SABINE WEISS

Düsteres Watt

Weitere Titel der Autorin:

Aus der Reihe um Liv Lammers
Schwarze Brandung
Brennende Gischt
Finsteres Kliff
Blutige Düne
Tödliche See
Zornige Flut

Historische Romane
Hansetochter
Das Geheimnis von Stralsund
Die Feinde der Hansetochter
Die Tochter des Fechtmeisters
Die Arznei der Könige
Die Perlenfischerin
Der Chirurg und die Spielfrau
Krone der Welt
Gold und Ehre
Blüte der Zeit

Titel teilweise auch als Hörbuch erhältlich

Über die Autorin:
Sabine Weiß arbeitete nach ihrem Germanistik- und Geschichtsstudium als Journalistin. Seit 2007 veröffentlicht sie erfolgreich Historische Romane, seit 2016 auch Kriminalromane um die junge Kommissarin Liv Lammers. Wenn sie nicht gerade mit ihrem Camper auf den Spuren ihrer Figuren reist und recherchiert, lebt Sabine Weiß mit ihrem Mann und ihrem Sohn in der Nähe von Hamburg.

SABINE
WEISS

DÜSTERES WATT

Sylt-Krimi

Lübbe

Dieser Titel ist auch als Hörbuch und E-Book erschienen.

Originalausgabe

Lektorat: Dr. Stefanie Heinen
Textredaktion: Dr. Ulrike Strerath-Bolz, Friedberg
Einband-/Umschlagmotiv: © Symbiont/gettyimages
Umschlaggestaltung: Manuela Städele-Monverde
Satz: hanseatenSatz-bremen, Bremen
Gesetzt aus der Stempel Garamond LT Std
Druck und Verarbeitung: C.H. Beck, Nördlingen
Printed in Germany
ISBN 978-3-404-18820-8

4 5 3

Sie finden uns im Internet unter
luebbe.de
Bitte beachten Sie auch: lesejury.de

Prolog

Langsam säbelte das Messer durch die Kruste. Das Fleisch war innen blutig, wie es ihm gefiel. Er spülte den Bissen mit dem exquisiten Rotwein herunter und zündete sich eine Zigarre an. Nur das Spiel der Wellen, das Knacken der Holzkohle und das Knistern des Tabaks waren noch zu hören. Für den weiten Sylter Sternenhimmel hatte er keinen Blick. Während er rauchte, überschlug er, wie viele Micromorts ihn diese Mahlzeit kosten würde. Zu seiner Irritation hatte er feststellen müssen, dass die wenigsten den Begriff Micromort kannten, dabei beschrieb diese Maßeinheit für den Tod die Wahrscheinlichkeit von eins zu einer Million, dass man stirbt. Seiner Ansicht nach sollte sich jeder klarmachen, wo er auf der Lebensskala stand. Während er tief den Rauch einsog, hing er dieser Haltung nach. Arbeitete nicht jeder mit seinen Handlungen auf das eigene Sterben hin? Oder aber man plante das Sterben anderer.

So wie er.

Gedankenverloren wog er das Messer in der Hand. Er hatte heute durch den Tabakkonsum seine Lebenserwartung um eine Dreiviertelstunde verkürzt. Der halbe Liter Wein schlug mit einem weiteren Micromort zu Buche. Dazu kam seine Vorliebe für scharf auf Holzkohle geröstete Steaks, die ihn ebenfalls nicht unerheblich dem Tod näher brachte. Es gab natürlich höhere Risiken. Sieben Micromorts für einen Marathonlauf, einhundertsiebzig für einen Kaiserschnitt oder am Ende der Skala eine Todeswahrscheinlichkeit von fünfunddreißigtausend Micromorts für die Besteigung des Mount Everest.

Sein Handy klingelte, aber er war noch nicht bereit. Alles musste seine Ordnung haben. Sorgfältig wischte er Blut, Fett und Fleischfasern von der Schneide des Messers ab. Die Menschen waren dumm, unfähig, die Risiken richtig abzuschätzen. Statistisch gesehen war Pizza gefährlicher als Terror, Autofahren lebensverkürzender als Fliegen. Es war genau genommen siebzehntausendsechshundert Mal wahrscheinlicher, einen Herzinfarkt zu erleiden, als bei einem Terroranschlag zu sterben. Mehr Menschen verreckten daran, dass sie an einem Kugelschreiber herumnuckelten – zwischen hundert und dreihundert im Jahr allein in Deutschland – als an Haiangriffen, die nur zwölf Tote weltweit ausmachten. Die Risiken abzuwägen, das war die Kunst.

Auf der Habenseite seiner persönlichen Bilanz standen heute zwei Microlifes, weil er sich durch sein Sportprogramm gequält hatte. Durch das Essen von Obst und Gemüse hatte er sein Leben um zwei weitere Stunden verlängert.

Er erhob sich, endlich bereit. Statistisch gesehen hatte der Mann, dem er gleich das Leben nehmen würde, noch 33,9 Jahre vor sich. Doch was zählte schon Statistik, wenn harte Fakten dagegenstanden? Eine Lebensspanne war eine simple Kosten-Nutzen-Rechnung. Und er würde immer auf der Gewinnerseite stehen. Deshalb dachte er jetzt auch nicht an Mord, sondern an Microlifes. Und an Geld.

1

Listland, Sylt, 3. August, 18.08 Uhr

Er wusch sich das Blut ab, ließ das reinigende Wasser über seine Haut rinnen. Ganz ruhig war er. Was er getan hatte, war unvermeidbar gewesen. Kritisch kontrollierte er im Spiegel seinen Haarschnitt und die Rasur, für die er vorhin den Barbier seines Vertrauens aufgesucht hatte; im Nacken war der Cut einen Millimeter zu lang. Als er aus dem Bad trat, ließ das sattgelbe Sonnenlicht die Staubpartikel auf seinem Designerschreibtisch und der gläsernen Vitrine mit seinen Gadgets hell aufscheinen. Verärgert machte er sich eine Notiz. Er gab doch nicht Unsummen für seine technischen Liebhabereien aus, um sie verstauben zu lassen! Anschließend speicherte er die Sicherungskopie und klappte das MacBook zu. Alles war bestens vorbereitet, wie es sich gehörte.

Vom Fenster aus blickte er über die Dünen. Fackeln und blühende Friesenwälle umgaben das Grundstück. Rosafarbene, blaue und weiße Hortensien, lila Heidekraut, Duftrosen und Lavendel. Auf dem Rasen luden Sitzlandschaften zum Verweilen ein. Der Gartenpavillon war ansprechend dekoriert, samt der Feuerschale aus Edelstahl, einem Einzelstück aus schwedischer Manufaktur. Ein perfekter Abend auf einer perfekten Insel.

Es war eine ausgezeichnete Idee gewesen, ebenfalls ein Krebsfest zu veranstalten. In Schweden hatte dieses Event schon lange Tradition, und auch von der Sylter Society wurde bereits seit Jahrzehnten ein Krebsfest in Kampen gefeiert. Aber natürlich hatten die Gastgeber darauf kein Monopol. Denn auch ihre Gäste rissen sich um die Einladung. Und gerade, um Geschäftspartner, Politiker oder Damen für sich einzunehmen, eignete sich dieses von Völlerei, Champagner und Aquavit geprägte Spektakel ausgezeichnet. Seine Verwandtschaft liebte derartige Festivitäten ohnehin; der Adel feierte gern, von Steifheit keine Spur. Dieses Mal war er jedoch angespannt. Die wirtschaftlichen Turbulenzen hatten vielen zu schaffen gemacht, auch ihnen. Deshalb durfte nichts schiefgehen. Das heutige Krebsfest war in vielfacher Hinsicht ein Ritt auf der Rasierklinge.

Seine persönlichen Vorbereitungen nahmen einige Zeit in Anspruch, doch irgendwann trieb das satte Röhren eines Lotus Elise, gefolgt von dem Wummern eines Aston Martin Valkyrie, ihn zur Eile an. Es gab nicht viele Orte, an denen man die Gäste anhand des Motorsounds ihrer Autos erkennen konnte. Aber Sylt nannte man nicht umsonst das deutsche Long Island. Oder bezeichnete man die Hamptons, das Mekka der New Yorker Milliardäre, als amerikanisches Sylt? Letztlich war das belanglos. Diese Etikettierungen waren etwas für Armleuchter, Leute, die es nötig hatten, nicht für ihn.

In seinem Ankleidezimmer hingen der maßgeschneiderte Anzug und das Hemd mit fliederfarbenem Besatz am Krageninnensteg sowie den Innenmanschetten bereit. Während er die Ringe überstreifte, rief er auf dem großen LED-Bildschirm die Aufnahmen der Überwachungskameras auf. Die Luxuswagen in der Auffahrt. Gäste in eleganter Sommer-Couture. Im Entree Kellner mit Willkommensdrinks, vereinzelt Personenschützer. Im Vestibül waren die Tische festlich eingedeckt. Blumenbouquets überall. Er schaltete ins Büro, in Küche und Hauswirtschaftsräume, in denen es von Personal nur so wimmelte, in die Schlafzimmer und Kinderzimmer. Die Aufnahmen hatten ihm schon so manchen Vorteil eingebracht. Nicht, dass er das nötig hätte, aber Kontrolle war wichtig und verschaffte ihm Befriedigung.

Geschirrklappern, Gelächter, das Klirren von Champagnergläsern beim Zuprosten. Eine nervtötende Geräuschkulisse, die er heute jedoch ertragen würde. Immerhin geben die Krebse keine Schmerzensschreie von sich, wenn man sie ins kochende Wasser wirft, dachte er. Da man pro Person zwölf bis fünfzehn Krebse rechnete, würde die Villa ansonsten von einem tausendfachen Schrei erschüttert werden. Seltsamerweise amüsierte ihn die Vorstellung.

Kaum konnte er sich von den Bildern losreißen. Er liebte es, die anderen zu steuern, ohne dass sie es merkten. Noch mehr liebte er es, wenn sie sich seinem Willen fügen mussten. Doch was war das? Heiße Wut schoss durch seine Adern. Wer das getan hatte, musste zur Rechenschaft gezogen werden, und zwar aufs Strengste!

* * *

Die Wanderdünen wirkten in den nächtlichen Schatten wie verwunschen. Wenig erstaunlich, dass diese Landschaft mit diversen Sagen und Mythen verwoben ist, schoss ihr durch den Kopf, während ihr Auto über die Landstraße raste. Geschichten von Hexentanzplätzen und Teufelsbeschwörungen rankten sich um diese Dünen. Ein mulmiges Gefühl ergriff sie, als sie den Wagen am Fahrbahnrand abstellte und ausstieg. Wo sich sonst Autokolonnen an Fahrradfahrern vorbeischoben, um die Urwüchsigkeit von Listland zu erobern, herrschte jetzt absolute Leere. Glücklicherweise würde die Dämmerung bald die unheimlichen Schatten vertreiben.

Leise drang das Grollen des Meeres zu ihr. Kaum Wind. Die salzgeschwängerte kühle Luft war eine Wohltat, nachdem in den letzten Tagen ein Temperaturrekord den anderen gerissen hatte. Und ein Ende der Hitzewelle war noch nicht abzusehen, das hatte sie auf dem Wetterradar gesehen. Das war aber nicht der Grund, warum sie den Schutz der Nacht gesucht hatte.

Sie holte den viereckigen Rucksack aus dem Kofferraum, setzte ihn auf und marschierte auf die Wanderdünen zu. Das Schild mit der Aufschrift: »Betreten verboten! Das gesamte Dünengebiet ist Naturschutzgebiet! Die Trampelpfade sind nur für die vierbeinigen Schafe!«, ignorierte sie. Sie war kein Schaf, weder mit zwei noch mit vier Beinen, sondern ein Mensch mit einem Ziel.

Es war weiter, als sie gedacht hatte. Weich umrieselte der Sand jeden Schritt, als sie die erste Düne erklomm. Sie ging zügig, geriet außer Atem. Schweißtropfen rannen ihren Rücken hinunter. Die Hände unter die Riemen des Rucksacks geschoben, hielt sie inne. Um sie herum zeichneten sich die Dünenkuppen gegen den Himmel ab. Eine sah wie die andere aus: karge Sandflanken und finstere Abgründe. Die Sylter Sahara, malerisch wie ein Schwarz-Weiß-Foto von Ansel Adams. Ob man sich hier wie in der echten Wüste verirren konnte? Gut, dass sie sich im Gelände zu orientieren wusste. Sie ließ den Blick schweifen. Kaum Lichter am Lister Ortsrand. In der Ferne durchschnitten die Signalfeuer der Leuchttürme die Nacht.

Hinter ihr raschelte etwas. Ihr Herz tat einen Sprung, sie riss den Kopf herum. Nichts zu sehen. Vermutlich hatte sie nur ein Kaninchen oder einen der Fasane aufgeschreckt, die auf der Insel oft herumstreiften. Alles war wieder still. Kaum zupfte eine Bö am Dünengras. Schnell lief sie weiter. In der

Dünensenke klang ihr Atem so laut, dass sie unwillkürlich die Luft anhielt. Vielleicht war es doch keine so gute Idee gewesen, hierherzukommen. Sie tastete nach ihrem Handy, fand es aber nicht. Es musste im Rucksack sein.

Im Augenwinkel nahm sie eine Bewegung wahr. Mit rasendem Puls starrte sie ins Zwielicht. War dort jemand? Ein Halbmond aus Sand an der nächstgelegenen Düne rieselte weg, als hätte jemand gerade seinen Fuß herausgezogen. Sei nicht albern. Wer stromert um diese Zeit schon verbotenerweise im Naturschutzgebiet herum? So verrückt wie du ist doch keiner! Oder war es etwa …

Im selben Augenblick blinzelten zaghaft die ersten Sonnenstrahlen über die Dünenkuppe. Sie versuchte, ihre Furcht beiseitezudrängen. Beeilung! Als sie die nächste Erhöhung erreicht hatte, setzte sie den Rucksack ab und packte das Gerät aus. Ein freudiges Kribbeln erfasste sie beim Anblick des technischen Wunderwerks. Sie liebte diesen Moment, lebte für diese Augenblicke. Kaum ein Windhauch bewegte die Rotorblätter des Quadrocopters. Der Himmel war beinahe wolkenlos – die Aufnahmen würden spektakulär werden. Natürlich würde sie die Fotos und Filme nicht unter ihrem richtigen Namen veröffentlichen. Der Betrieb unbemannter Flugobjekte über Naturschutzgebieten war untersagt und wurde teilweise mit einem Bußgeld in fünfstelliger Höhe bestraft. Aber unter den Drohnen-Fans kannte ohnehin jeder ihre Handschrift. Niemand filmte an Lost Places oder verbotenen Orten so spektakulär wie sie. Diese Aufnahmen würden ihr Respekt einbringen. Und sie schadete ja niemandem.

Routiniert koppelte sie Controller und Handy. Dann startete sie mit ihrem Smartphone die Drohne. Kontrollierte noch einmal alle technischen Einstellungen.

Wie eine Wespe surrend erhob sich der Copter in die Luft.

Ein Glücksgefühl durchströmte sie. Ein wenig war es, als würde sie mit in den Himmel aufsteigen. Höher und höher schoss die Drohne. Auf dem Display des Handys betrachtete sie gebannt die Landschaft, die das Kameraauge enthüllte. Gemächlich flog sie den Dünengürtel ab. Die Weite der Natur, die langsam aus dem Schlaf zu erwachen schien, das Meer, das auf beiden Seiten die Insel liebkoste. Ein Streifflug über die Häuseransammlung am Ortsrand von List, dann zurück über die Wanderdünen. Wie malerisch der Sonnenaufgang war! Das Licht verzauberte das Cremeweiß der Dünen, das kräftige Lila des Heidekrauts und das Anthrazit der Dünengräser. Gebannt bewegte sie die Joysticks des Controllers, um zu filmen und zu fotografieren.

Jetzt noch einmal ein Tiefflug über die drei Lister Wanderdünen. Plötzlich stolperte ihr Herzschlag. Was lag da auf der Düne? War das …

Ihre Handflächen wurden schlagartig feucht. Sie ließ die Drohne tiefer sinken. Keine Reaktion auf das Herannahen des Flugobjekts, auf deren schrilles Surren.

Auf einmal in der Ferne ein hartes Klacken. Beinahe gleichzeitig flackerte das Bild auf dem Smartphone. Das Display wurde schwarz. Herzrasen. Hatte ein Vogel die Drohne angegriffen? Waren soeben Hunderte Euros in den Dünen versenkt worden? Schon wollte sie losrennen, um das kostbare Gerät zu bergen. Aber was war das klackende Geräusch gewesen?

Im selben Augenblick setzte die Übertragung wieder ein. Erleichterung durchströmte sie. Sie starrte auf den Bildschirm.

Als sie erkannte, was sie sah, war es zu spät.

2

Listland, Sylt, 4. August, 8.50 Uhr

Eine warme Meeresbrise strich über Livs Haut. Die breite Krempe ihres Hutes verschattete ihr Gesicht. Liv blickte über die leicht gekräuselten Nordseewellen, die im Sonnenlicht funkelten. Die schiere Unendlichkeit von Horizont und Himmel weitete ihr Herz und machte sie zugleich demütig. Sie fühlte sich eins mit den Elementen, war Teil des natürlichen Lebenskreislaufs. Aus Wasser war alles, und ins Wasser kehrte alles zurück – war es nicht so? Schließlich bestand ein Säugling zu fünfundneunzig Prozent aus Wasser, und selbst ein Erwachsener noch zu beinahe zwei Dritteln. Sie war also mit allem verbunden. Und gleichzeitig war sie auf sich allein gestellt.

Sanft schaukelte der Bootsrumpf im Takt der Wellen. Obgleich es Morgen und sie erst vor wenigen Stunden aufgestanden war, fühlte Liv sich schläfrig. Jetzt den Sonnenhut über das Gesicht ziehen und ein Nickerchen machen ... Sie war im Ferienmodus. In den letzten Wochen hatte Liv in der Mordkommission Flensburg Berge von Akten zusammengetragen und anschließend alte Fälle gesichtet. Papierarbeit war ein wichtiger Aspekt der Ermittlungen – aber so dröge musste es nach Livs Geschmack auch nicht zugehen. Selten hatte sie einen Urlaub derart herbeigesehnt.

Ein Sprühregen aus Meerwasser riss sie aus ihren Gedanken. Sebastian grinste sie übermütig an. »Wovon träumst du?«

Liv spürte Glück in sich aufbranden. Seit knapp zwei Monaten waren Sebastian und sie ein Paar. Sie hatte lange gezögert, eine Beziehung mit ihm einzugehen, weil er als Rechtsmediziner in gewisser Weise ein Kollege war. Doch ihre Gefühle hatten sich nicht unterdrücken lassen. Seit sehr langer Zeit hatte sie sich nicht mehr so intensiv auf jemanden eingelassen, hatte sich so weit geöffnet. Hatte ihre seelischen Abwehrschilde heruntergefahren. Diese Schutzlosigkeit jagte ihr eine Heidenangst ein.

Sebastian und sie hatten es langsam angehen lassen, hatten sich entdeckt, waren meist für sich gewesen. Dieser Urlaub war für sie beide etwas Besonderes. Ihre ersten gemeinsamen Ferien. Aber auch eine Bewährungsprobe. Livs Großmutter Elise und ihre Tochter Sanna würden hinzukommen. Zudem sollte Liv endlich Sebastians Ex-Frau und seinen Sohn kennenlernen, was sie ausgesprochen nervös machte. Sebastians Verhältnis zu seiner Jugendliebe Larissa war noch immer eng. Ein richtiges Familientreffen also …

»Ich habe davon geträumt, dass du angekleckert kommst, ehe ich einen Sonnenstich bekomme. Aber du hast ja derart getrödelt«, sagte Liv und überspielte launig ihr Gedankenkarussell.

»Getrödelt? Mein Boot hatte eine …«

Natürlich wusste sie, was er sagen wollte, ließ ihn aber nicht aussprechen, sondern umfasste das Doppelpaddel ihres Kajaks und sprühte eine Meerwassersalve zurück.

Lachend schüttelte Sebastian einen Tröpfchenregen aus dem Locken. »Ich glaube, du hast schon einen Sonnenstich. Du brauchst wohl ärztliche Hilfe. Na warte!« Sie platschten ins Meer, tobten und küssten sich, als wären sie nicht Anfang dreißig, sondern übermütige Teenager.

Wenig später hielten sie sich etwas atemlos an den Kajaks

fest, die sie zusammengebunden hatten. Die Nordsee hatte nach der Hitze der letzten Wochen fast Badewannentemperatur. Vor ihnen, über den Wellenkämmen, zeichnete sich der sanft geschwungene Dünengürtel des Sylter Ellenbogens ab. Kurz blieb ihr Blick an dem rot-weiß geringelten Leuchtturm List-Ost hängen. Dieser und sein Zwillingsturm List-West, weiß mit roter Haube, waren die nördlichsten Leuchttürme Deutschlands. Hier, im Norden der Insel, war der Strand angenehm leer und Dänemark ganz nah. Noch einmal zog Liv ihren Freund an sich, und ihre Lippen fanden sich erneut. Sie konnte nicht fassen, wie glücklich sie war. Konnte kaum glauben, dass es ihm ebenso zu gehen schien …

»Wir könnten es bequemer haben. Vielleicht sollten wir an Land paddeln und uns eine gemütliche Dünensenke suchen. Ein kleines Päuschen machen«, meinte Sebastian japsend, als eine versprengte Welle sie übersprühte.

»Und unsere Kajaktour?« Sie hatten schon lange vorgehabt, Sylt mit dem Boot zu umrunden. Sebastian kannte diese Tour bereits. Für Liv, die auf Sylt geboren und aufgewachsen war, war dies eine neue Art, die Heimat zu erkunden, auf die sie sehr gespannt war.

»Unsere Ferien fangen doch erst an.«

»Stimmt auch wieder.«

Als sie mit den Kajaks auf das Ufer zusteuerten, hörte Liv ein dumpfes Brummen, spürte gleichzeitig das leichte Vibrieren des Bootsrumpfs. Klingelte da ihr Handy in der Trockentonne? Kurz überlegte sie, ob Elise oder Sanna Probleme wegen der Anreise haben könnten. Aber das glaubte sie nicht. Beide kannten Sylt gut, und mit ihren sechzehn Jahren würde Sanna ohnehin kaum ihre Mutter um Hilfe bitten.

Liv freute sich auf das Zusammensein mit ihrer kleinen Familie. Seit sie als Jugendliche schwanger geworden und von ihrem Vater verstoßen worden war, waren ihre Großmutter und sie unzertrennlich. Elise und Sanna waren die wichtigsten Menschen in ihrem Leben. Und nun war Sebastian dabei, in diesen Kreis aufgenommen zu werden …

Sie entschloss sich, das Handy zu ignorieren, und zog das Kajak an Land. Gleißend lag der feine Sandstrand vor ihnen. Kein einziger Fußabdruck im Spülsaum, das seichte Wasser von karibischem Blau. Nur in der Ferne waren stecknadelkopfgroß Spaziergänger und Badende zu sehen. Diese Einsamkeit war wie ein Wunder, denn die Insel war tatsächlich überfüllt. Alle Zimmer vermietet, alle Campingplätze ausgebucht, dazu die Tagesgäste: So voll hatte Liv Sylt noch nie erlebt. Die Menschen schienen ausgehungert nach dem Meer und der Weite, nach dem Savoir-vivre und der lässigen Ferienstimmung, die es auf Sylt stets gratis gab.

Ihr und Sebastian waren Freundschaft und Zufall zu Hilfe gekommen. Livs Freundin Katharina war auf Ibiza und hatte Liv ihr Haus angeboten. So nannten sie für zwei Wochen ein wunderschönes Kapitänshaus in den Lister Dünen ihr Eigen. Besser ging es nicht.

Sie zog die Rettungsweste über den Kopf, löste ihren Zopf und drückte das Meerwasser aus den langen rotblonden Haaren. Schmal und lang gezogen fiel ihr Schatten auf den Strand. Neben ihr brachte Sebastian sein Kajak an Land. Präzise Bewegungen, sportlich, gelassen, gleichzeitig ein kluger Kopf. All das mochte sie an ihm. Sie ergriff seine Hand, und ihre Finger umschlangen einander.

»Eine gute Idee, ein windstilles Dünenbett zu suchen«, murmelte sie zwischen zwei Küssen. Mit der anderen Hand tastete Sebastian jedoch im Boot nach seiner Trockentonne.

»Warte kurz, mein Handy hat geklingelt.«

»Deins auch?« Liv sah ihn an und spürte, wie die Urlaubsstimmung in einem Adrenalinstoß zerstob.

Beide wussten, was das bedeutete.

Ein Taxi blau-weiß sammelte sie am nächsten Strandaufgang ein. Die Kajaks hatten sie an der Holztreppe festgemacht. Liv trug den Wickelrock und die Leinenbluse, die sie in der Trockentonne gehabt hatte, dazu Sonnenbrille und Flipflops. Nicht gerade die geeignete Kleidung für eine Kommissarin. Aber sie würde ja ohnehin gleich Schutzanzug und Überschuhe anziehen. Außerdem wurde Sebastian zu seinem Wagen gebracht, um seine Notfallausrüstung zu holen; er würde ihr Klamotten mitbringen. Ihr VW Bulli hatte hingegen den Geist aufgegeben, und eine Reparatur war derzeit einfach nicht drin, schließlich wünschte ihre Tochter sich nun doch ein Auslandsjahr.

Wenig später hatten sie mit dem Streifenwagen das Kassenhäuschen passiert, das den Zugang zum Ellenbogen markierte, und fuhren durch Listland. Die schmale Straße aus Betonplatten war belebt, sodass sie sich vorsichtig an Fahrradfahrern und entgegenkommenden Wagen vorbeischieben mussten. Ein malerischer Flickenteppich aus Heideflächen und Dünengras erstreckte sich bis zu den weißen Flanken der Wanderdünen. Schon von Weitem sah Liv den Mannschaftswagen und die Schutzpolizisten, die am Straßenrand ein Absperrband spannen wollten und dabei die Schaulustigen zurückdrängen mussten.

Als sie anhielten, löste sich Livs alter Schulfreund und Kollege Momke aus dem Schatten eines Rettungswagens. Sein blonder Schopf war ausgebleicht, auf der Nase pellte die Haut ab. Zu türkisfarbenen Bermudashorts trug er ein fliederfarbenes Poloshirt.

»Was für ein Glück, dass du auf der Insel bist!«, rief Momke bei ihrem Anblick sichtlich erleichtert. »Gut, dass wir nicht lange auf deine Kollegen aus Flensburg warten müssen!«

»Gur Dai! Ich freu mich auch, dich zu sehen.« Liv buffte ihn freundschaftlich.

Für weiteren Small Talk schien er aber keinen Kopf zu haben. »Ein Stück weiter in den Wanderdünen liegt halb begraben eine Leiche. Wenn ich mich nicht irre …« Momke neigte sich zu ihr und senkte die Stimme, obwohl niemand in unmittelbarer Nähe war. »… handelt es sich bei dem Toten um Karl von Raboisen.«

Liv durchforstete ihr Gedächtnis. »Sollte mir der Name etwas sagen?«

»Das ist doch Allgemeinwissen! Die Familie gehört zu den reichsten in unserem Bundesland. Mindestens Millionäre. Alter schleswig-holsteinischer Adel«, sprudelte Momke los. »Seine Frau ist die Politikerin Charlotte von Raboisen. Du weißt schon, der aufsteigende Stern am Politikerhimmel. Auf dem Sprung in den Landtag. Sehr aktiv in Fragen der Wirtschaftsförderung, der Inneren Sicherheit und der Gleichstellung. Die Sylter würden es natürlich gut finden, eine der ihren in den obersten Rängen zu haben.«

»Sie sind aber keine alteingesessene Sylter Familie?«

»Die Freiherren von Raboisen sind vor etwa zehn Jahren zugezogen. Der Familiensitz liegt bei Glücksburg, soweit ich weiß. Allerdings habe ich Karl von Raboisen lediglich ein, zwei Mal bei Empfängen im Rathaus gesehen und bin nicht hundertprozentig sicher. Sein Gesicht … ich weiß nicht, ob die Möwen …«

Vor Livs innerem Auge stiegen Bilder hoch, auf die sie gerne verzichtet hätte. Fahrig tupfte Momke sich mit einem geblümten Taschentuch die Schweißtröpfchen von der Stirn.

Obgleich es erst Vormittag war, stand die Luft zwischen den Dünen schon. Ein Trupp Fahrradfahrer mit bunten Helmen steuerte auf sie zu und fragte einen der Polizisten, was hier vor sich gehe. Einer der Radfahrer machte Fotos von ihnen. Liv bat einen Schutzpolizisten, einzuschreiten, und wandte sich wieder an Momke: »Am besten sperren wir die ganze Straße ab.«

»Bist du verrückt? Dann müssten alle Autos und Radfahrer auf die Listlandstraße ausweichen. Die Touristen drehen durch! Und die Inselverwaltung erst!«

»Willst du riskieren, dass alle Spuren zertrampelt werden?« Liv trat in den Schatten des Wagens und schob die Sonnenbrille ins Haar. »Der Tote hat keine Papiere bei sich? Oder ein anderes Erkennungszeichen? Markanten Schmuck? Tätowierungen?«

»Nichts. Nach der Kontrolle der Taschen habe ich nichts mehr angefasst. Wenn er tatsächlich Karl von Raboisen ist, könnte der Fall weite Kreise ziehen. Du weißt ja, wie das ist, wenn Adel, Politik oder Superreiche verwickelt sind. Hier hätten wir gleich alles auf einmal! Jede Entscheidung würde von der Presse breitgetreten. Da dürfen wir uns keinen Fehler erlauben.«

»Also lieber großflächig absperren, sage ich doch. Hast du mal versucht, diesen Karl von Raboisen anzurufen?«

»In seiner Villa im Mövengrund haben wir nur den Butler erreicht.« Momke sagte das, als sei es das Normalste der Welt. »Herr von Raboisen sei mit seiner Jacht unterwegs. Auf den Schiffsfunk reagiert er nicht, und bei seinem Handy springt die Mailbox an.«

»Butler?«

»Was denkst du denn, wie es in diesen Kreisen zugeht? Aber stimmt schon: Das kommt selbst auf Sylt nicht so oft vor.

Allerdings habe ich gehört, dass gerade in den Sommerferien die Butler-Agenturen auch auf der Insel gut zu tun haben. Warum auch nicht, wenn man das nötige Kleingeld hat? Mit bis zu vierhundert Euro die Stunde schlägt so ein Hausdiener zu …«

»Könnte unser Toter sich nicht einfach auf Listland verirrt haben und eines natürlichen Todes gestorben sein?«, unterbrach Liv ihn.

»Herzinfarkt oder verdurstet, meinst du? Dachten der Rettungssani und ich auch erst. Aber dann haben wir die Kopfverletzung, die aufgekratzten Knöchel und die eingerissenen Fingernägel entdeckt.«

»Stumpfe Gewalt und Abwehrspuren.«

»Möglich«, sagte Momke, dem die Vorstellung sichtlich missfiel.

Liv fragte nach einem Schutzanzug. »Wer hat den Toten gemeldet?«, wollte sie wissen.

»Ein anonymer Anrufer um sechs Uhr fünfzig. Vermutlich eine Frau, der Kollege war aber nicht sicher. Hat aufgelegt, ehe wir nachhaken konnten.«

Liv sah sich um. »Sie hat genau diesen Ort genannt?«

Momke konsultierte seinen Notizblock. »Dritte Parkbucht rechts, von Westerland aus gesehen. Dann etwa siebenhundertfünfzig Meter ins Naturschutzgebiet hinein.« Er blickte auf. »Am nördlichen Ende der Parkbucht steht übrigens ein Straßenschild schief, und darunter liegen Glassplitter. Könnte Autoglas sein.«

»Jemand ist panisch losgerast und dagegengekracht?«

»Denkbar. Ich lasse die Spuren sichern.«

Liv schlüpfte in die Hosenbeine und wickelte den Rock ab; darunter trug sie noch immer den Badeanzug. Die Leinenbluse bauschte sich unangenehm im Overall, also weg damit. Der dünne Kunststoff klebte sofort an ihrer nackten Haut. Momke musterte sie irritiert. »Dass dein Stil ungewöhnlich ist, wusste ich ja, aber dieser Aufzug ist doch etwas unpassend, findest du nicht?«

»Wenn es dich beruhigt: Sebastian bringt mir gleich angemessenere Kleidung mit.«

Momke zog sich ebenfalls einen der weißen Plastikanzüge über. »Sebastian ist auch auf Sylt? Dann ist es also was Festes? Wer hätte gedacht, dass jemand es schafft, dein Herz zu erobern. Erster gemeinsamer Urlaub?« Ein wenig Wehmut schwang in seinen Worten mit.

Eine Zeitlang hatte Liv gefürchtet, dass Momke sich von ihr mehr als nur Freundschaft wünschte. Inzwischen war er glücklich verheiratet und frischgebackener Vater. Sie lächelte zurückhaltend.

»Nun mach's nicht so spannend! Was sagen denn die Kollegen dazu? Musstet ihr euch schon viele blöde Sprüche anhören?«

»Geht so.« Liv bemerkte, dass der alte Freund sich abgefertigt fühlte. »Lass uns später darüber reden«, fügte sie in verbindlicherem Ton hinzu. Sie folgten dem abgesperrten Spurenpfad durch die Dünen. »Erzähl, wie geht es dir?«, lenkte sie ab.

»Ioanna und ich waren gerade auf dem Weg durch die Salzwiesen zum Watt. Wir wollten mit Ing ein wenig durchs flache Wasser toben, das liebt sie nämlich. Da kam der Anruf. Ich also zurück nach Archsum, meine Liebste mit unserer Lütten allein weiter ans Meer.« Er blinzelte in die Sonne. »Vielleicht bin ich ja rechtzeitig zur Eistorte zurück.«

Das war eher unwahrscheinlich. Selbst wenn es ein Fehlalarm war und Sebastian ungewöhnlich schnell eindeutig einen natürlichen Tod feststellen könnte, gab es viel Papierkram. Da die zuständige Mordkommission ihren Sitz in Flensburg hatte, oblag es der Kriminalpolizei Sylt, den Ersten Angriff vorzunehmen. Todesermittlungsverfahren wurden immer eingeleitet, wenn der Leichnam eines Unbekannten gefunden wurde oder Anhaltspunkte für nicht natürliche Todesfälle vorlagen.

»Welche Maßnahmen hast du organisiert?«, fragte Liv.

»Natürlich weiß der Rest vom K1 Bescheid, das sagte ich ja schon am Telefon. Auch die Chefin Hilke Hasselbrecht und der Staatsanwalt haben sich auf den Weg nach Sylt gemacht. Hennes ist mit Andreas ebenso unterwegs hierher.«

»Super.« Liv freute sich, dass Hennes zu ihr stoßen würde. Der alte Querkopf und sie waren gute Teampartner und im Laufe der Zeit sogar Freunde geworden. Mit ihrem Kollegen Andreas war es etwas anderes. Früher war sie mit dem draufgängerischen Kommissar öfter aneinandergeraten. Dann war er bei einer Geiselbefreiung verletzt worden und anschließend in der Rehabilitationsklinik gewesen. Als Hennes und sie ihn in der Reha besucht hatten, war Andreas ruhig gewesen, beinahe in sich gekehrt. Er hatte ausführlich nach ihren aktuellen Fällen gefragt und viel von seiner Freundin und deren zwei kleinen Kindern gesprochen. Er wollte sich verloben, was ebenfalls unerwartet kam, da Andreas' Freundinnen früher so oft gewechselt hatten, dass man sich ihre Namen kaum hatte merken können. Auch hatte er von seinen Eltern erzählt, die er normalerweise mehrmals in der Woche besuchte. An diesem Tag hatte Liv einen anderen Andreas aufblitzen sehen, jemanden, der Halt bei seiner Familie suchte. Sie war gespannt, wie er mit dem Wiedereinstieg zurechtkommen würde.

»Die KTU ist ebenfalls unterwegs. Ich fasse die Leiche garantiert nicht mehr an, das überlasse ich den Kriminaltechnikern. Ich will mich doch nicht mit Botersen-Evers anlegen! Außerdem habe ich die Rettungs- und Suchhundestaffel angefordert.«

Sie durchschritten eine Dünensenke. Der Blick öffnete sich

auf die Häuser am Ortsrand von List und die Wattseite der Insel. Auf der Listlandstraße ließ die Sonne die Blechdächer der Autos wie die Glieder einer Kette aufscheinen. In den Dünen standen zwei Beamte etwas ratlos mit einer Rolle Absperrband. Wo sollte man in dieser weiten Landschaft eine Grenze ziehen? In ihren weißen Anzügen waren sie in den kargen Dünen ein unwirklicher Anblick. Wie Astronauten auf einer Weltraummission, dachte Liv.

Sie zupfte an dem Schutzanzug. Es kam ihr vor, als würde der Schweiß schon in ihre Schuhe sickern. Sie nahm das Gespräch wieder auf. »Wie ist es mit Verstärkung?«

»Sieht schlecht aus«, meinte Momke zerknirscht. »Dies ist eines der beliebtesten Wochenenden auf Sylt. Wir haben Einsätze beim Poloturnier in Keitum, dem Hafenfest Hörnum und der Sailing-Week. Überall werden die Bäder- und Schutzpolizisten gebraucht, und selbst wenn es auf Sylt grundsätzlich friedlich ist, hat auch die Kripo genug zu tun.« Momke sah sie von der Seite an. »Wenn es sich nicht um Karl von Raboisen handelt, sondern um einen verirrten und verdursteten Wanderer, der die Düne runtergestürzt ist, dann reicht unser Team ja auch.«

Aus sicherem Abstand nahm Liv den Leichenfundort in Augenschein. Es war wichtig, sich einen Überblick zu verschaffen, ehe sie sich den Details zuwandte. Der Tote lag halb begraben am Fuß einer Düne. Das Rot der Schädelverletzung konnte sie auch von hier aus erkennen. Falls es Fußspuren gegeben hatte, die erklären würden, ob er dorthin gewandert oder von der Dünenkuppe gestürzt war, schienen diese verschwunden zu sein. Eine Wanderdüne war immer in Bewegung, auch wenn man es nicht sah. Hoffentlich würden Karlpeter Botersen-Evers, der Leiter der Kriminaltechnik, und sein Team noch Spuren ausfindig machen. Soweit Liv erkennen konnte, trug der Tote eine Leinenhose und ein Hemd, dazu Halbschuhe.

»Hast du einen Rucksack entdeckt? Oder eine Mütze?« Beides würde auf einen Wanderer hindeuten.

Momke schüttelte den Kopf. »Könnte höchstens noch im Sand vergraben sein.«

»Kennt einer deiner Kollegen Karl von Raboisen vielleicht besser, sodass er ihn identifizieren könnte? Ansonsten sollten wir vorsichtshalber den Zahnstatus anfordern.«

»Ich habe deshalb schon mit dem Staatsanwalt gesprochen.«

Sie hörten ein Rascheln: Sebastian kam im Schutzanzug den Spurenpfad entlanggeeilt, seinen Tatortkoffer in der Hand. Momke und er begrüßten sich; Liv sah Sebastian an, wie konzentriert er war. Alles Leichte, Spielerische war aus seinem Gesicht verschwunden. Er ist ein großartiger Rechtsmediziner, nicht nur in fachlicher Hinsicht, sondern auch, weil er nie vergisst, dass er es mit Menschen und nicht mit Forschungsobjekten zu tun hat, dachte Liv, schob ihre aufwallende Verliebtheit dann aber weg.

»Ich habe mit meinen Kollegen am Institut für Rechtsmedizin in Kiel abgesprochen, dass ich die Leichenschau vornehme. Bis die KT eintrifft, mache ich nur das Nötigste. Wurde an dem Leichnam etwas verändert?«

Knapp informierte Momke ihn. Kaum hatte er seinen letzten Satz beendet, ging Sebastian auch schon los.

»Das war's dann wohl mit eurem Urlaub«, meinte Momke.

»Ich hoffe, nicht. Elise und Sanna kommen auch nach Sylt.«

»Ach ja, die Lesung. Wir haben schon Tickets. Herr Harksen hat es mir erzählt.« Ihr ehemaliger Lehrer, Heimatkundler auf der Insel, würde mit Livs Großmutter die Lesung gestalten.

»Da wird Elise sich freuen«, meinte Liv, war mit den Gedanken jedoch bereits wieder woanders.

* * *

Sebastian begutachtete die Heidefläche, um nicht versehentlich Spuren zu zerstören, dann stellte er seinen Koffer ab. Er war vollkommen fokussiert. Normalerweise hätte er den Kriminaltechnikern den Vortritt gelassen, aber wer wusste schon, wann diese eintreffen würden? Bis dahin konnten wertvolle Anhaltspunkte verloren gehen.

Zunächst nahm er das Bild des Toten in sich auf, dann kniete er sich neben ihn. Wie es seine Art war, erwies er dem Toten im Geiste die Ehre. Dieser Mann war geboren worden, er hatte geliebt, gelacht, gelitten, und jetzt würde der verwesende Körper wieder in den ewigen Kreislauf der Natur eingehen.

Er bestimmte die Umgebungstemperatur, um die Todeszeit besser berechnen zu können, was ohnehin schwierig werden würde, da bei Temperaturen unter dem Gefrierpunkt und über 35 Grad die Ergebnisse stark von der Norm abwichen. Der Leichnam strömte bereits einen deutlichen Geruch aus, auch zeichneten sich Leichenflecke ab. Die kleinen Inseln der Livores auf der Haut waren dabei, zu größeren Arealen zu konfluieren, was dafür sprach, dass der Eintritt des Todes zwei bis sechs Stunden zurücklag. Der Tote war zwischen vierzig und fünfzig, weiß, mittelgroß, schlank. Er sah nicht wie ein Wanderer aus, sondern trug teure Kleidung und handgenähte Deckschuhe, wie sie von Seglern geschätzt wurden. In der Gummilaufsohle klebte Erde, die deutlich dunkler war als der Dünensand. Vielleicht hatte er zu einem Segelausflug aufbrechen wollen, als der Tod ihn ereilte.

Wieder einmal vergegenwärtigte Sebastian sich eine der wichtigsten Lektionen seines Berufs: nichts von Bedeutung sollte man aufschieben – das Leben konnte schnell vorbei sein …

Er richtete seine Aufmerksamkeit auf das Gesicht. Gepflegt, sonnengebräunt, die Zähne für das Alter sehr weiß, möglicherweise gebleicht. Die Oberlippe des Mannes war teilweise vernarbt, es handelte sich allerdings um eine alte Verletzung.

Sebastian wandte sich zu Momke um. »Die Zähne sind sehr hell. Es wäre denkbar, dass nach einem Unfall eine Sanierung nötig gewesen ist.«

»Dann war es ja gut, dass ich jemanden losgeschickt habe, um mehr über den Zahnstand Karl von Raboisens herauszufinden«, meinte Momke erleichtert.

Auf der Gesichtshaut des Toten fielen Sebastian merkwürdige Flecken auf, denen er sich mit besonderer Sorgfalt widmete. Behutsam löste er etwas von dem schorfartigen Belag und diktierte seine Beobachtungen. Anschließend betrachtete er die Schädelverletzung. Wundränder wie von Tierfraß. Hämatome, die auf einen Schlag oder einen Sturz hindeuten konnten. Wenig Hornhaut an den Händen des Toten. Weiße Streifen, als hätte er normalerweise Ringe getragen. Aufgeplatzte Knöchel. Abgebrochene, eingerissene Fingernägel. Keine mechanische Erregbarkeit der Muskulatur mehr, dafür aber Pupillenreaktion auf pharmakologischen Reiz. Vorsichtig bewegte Sebastian die Gelenke. Die Totenstarre hatte bereits eingesetzt. Da der Rigor Mortis auch von der Umgebungstemperatur abhängig war, würde er diese bei der späteren Berechnung des möglichen Todeszeitpunkts berücksichtigen müssen.

Als er den Körper bewegte, um die tiefe Rektaltemperatur zu ermitteln, quoll auf einmal Flüssigkeit aus dem Mund des Toten. Sebastians Anspannung steigerte sich noch. Sofort nahm er eine Probe aus der Mundhöhle.

»Ist eine Trinkflasche oder ein Rucksack gefunden worden?«, forschte er nach.

»Bislang nicht.«

Könnte es sich bei den Gesichtsflecken um getrockneten Schaumpilz handeln? Dann könnte der Mann ertrunken sein. Was für ein Widerspruch zu dem Fundort! Andererseits konnte Schaumpilz auch bei Gewebswassersucht der Lungen sowie bei einer Betäubungsmittelvergiftung auftreten. Dann war er allerdings meist eher rötlich.

Sebastians Sinne waren bis zum Äußersten geschärft. Jeder Leichenfund war ein Rätsel für ihn, und wenn es tatsächlich mysteriöse Umstände gab, spornten diese ihn nur noch mehr an. Er hatte täglich mit Toten und – in der Rechtsmedizinischen Ambulanz – den Abgründen der menschlichen Gesellschaft zu tun, aber ein vorzeitig beendetes Leben forderte ihn besonders heraus. Die Mutmaßung, dass dieser Mann sich verlaufen hatte, gestürzt oder verdurstet war, wurde zunehmend unwahrscheinlich. Nein, so wie es aussah, könnte dieser Mann noch leben. Und er würde herausfinden, ob und wie ihm jemand den Lebensfaden abgeschnitten hatte. Je besser er arbeitete, desto leichter würde es Liv und ihren Kollegen fallen, zu ermitteln, was dem Toten zugestoßen war. Wer ihm möglicherweise etwas angetan hatte. Und was.

Ein warmes Gefühl erfüllte ihn. Er bewunderte Liv für die Arbeit, die sie leistete. Liv und er waren in gleicher Weise gerechtigkeitsliebend und professionell. Die Auseinandersetzung mit Tatverdächtigen und Tätern erforderte besonderen Mut und Entschlossenheit. Auch er sah das, was Menschen einander anzutun im Stande waren. Aber er nahm es durch die wissenschaftliche Brille wahr, die Distanz schuf. Liv war den

Emotionen unmittelbar ausgesetzt. Kurz gestattete er sich eine Erinnerung an die schönen Stunden, die er mit Liv verbracht hatte. Sie war ganz anders als Larissa, die er so sehr geliebt hatte. Und doch …

Sebastian rief sich zur Ordnung. Der präfrontale Cortex seines Gehirns übernahm, und seine ganze Aufmerksamkeit galt wieder dem Toten.

3

Momke riss sich die Sonnenbrille herunter und starrte Sebastian so fassungslos an, dass es schon komisch wirkte. Überhaupt bot Momke inzwischen einen knallbunten Anblick. Sein Gesicht leuchtete mit Polohemd und Basecap um die Wette, und über dem Nacken baumelte ein geblümtes Taschentuch, das er an seiner Kappe befestigt hatte. »Wie bitte? Ertrunken? Der Tote liegt doch in der Wüste … ich meine, auf der Düne«, sagte Momke ungläubig.

»Du weißt, dass ich nichts von Spekulationen halte. Über das Wie kann ich also nicht viel sagen. Bislang deuten jedoch alle Anzeichen darauf hin.«

»Der Mann könnte also auch in den Dünen ertränkt worden sein? Mit Hilfe einer … Wasserschale? Oder man hat ihn woanders ertränkt und dann hierhergetragen?« Momke überlegte, aber es klang durch, wie unwahrscheinlich ihm dies erschien.

»Wie gesagt: Die erste Untersuchung legt nahe – ich betone: noch ist es nicht erwiesen –, dass der Mann ertränkt worden sein könnte. Genaueres muss die Obduktion ergeben, die meine Kollegen in Kiel vornehmen werden.«

»Du gibst den Fall also ab?«, fragte Momke, sichtlich verwundert über Sebastians mangelnde Einsatzbereitschaft.

»Auch ohne mich wird im Institut ausgezeichnete Arbeit geleistet. Meine Kollegin Doktor Paans vertritt mich. Ich habe Urlaub.«

Sebastians Blick wanderte zu Liv. Erwartete er von ihr, dass sie ebenfalls diesen Fall sausen ließ? Liv glaubte kaum, dass sie ihr kriminalistisches Gehirn nun, da es schon mal getriggert worden war, zur Ruhe bringen könnte – Urlaub hin oder her. Auf jeden Fall nicht, solange sie nicht abgelöst werden konnte.

Sebastian fuhr fort: »An Mund- und Nasenöffnung des Toten finden sich anscheinend Schaumpilz-Antragungen. Dazu möglicherweise retrograde Ertrinkungsflüssigkeit im Rachen. Keine Waschhautbildung an Händen und Füßen.«

»Er hat also nicht längere Zeit im Wasser gelegen«, konstatierte Liv.

»Das ist nicht wahrscheinlich, nein. Bei der Obduktion wird der Tote sicherheitshalber aber auch noch auf Gewebswassersucht oder eine Betäubungsmittelvergiftung überprüft.«

Urs, ein Schutzpolizist, den Liv schon von früheren Fällen kannte, trat zu ihnen. Das Haar klebte an seiner schweißbedeckten Stirn. Er reichte Momke einen Umschlag. »Der Zahnarzt hat seine Praxis glücklicherweise im Souterrain seiner Villa. Er musste also nur die Füße aus den Eiskübeln nehmen und in sein Patientenarchiv steigen.«

Momke gab den Umschlag an Sebastian weiter, während Urs diskret seinen Uniformkragen weitete. »Im Auto ist mir das Hirn geschmort worden. Wir sollten definitiv Polizei-Cabrios beantragen …«

»Blausilberne Cabrios wären in der Tat standesgemäß. Am besten noch Luxusschlitten, damit ihr mit den restlichen Syltern mithalten könnt, was?«

Die spöttische Stimme ließ Liv herumfahren. Schon bei Hennes' Anblick geriet Liv ins Schwitzen. Ihr Kollege trug wie immer ein Jeanshemd zur Jeanshose. Die Hosenbeine hatte er einmal umgekrempelt, sodass man die geringelten Socken sehen konnte, das Hemd stand einen Knopf weiter auf als nötig, aber die Ärmel reichten bis zu den Handgelenken. »Gib's ruhig zu, davon träumst du doch auch schon lange«, begrüßte sie ihren Team-Partner grinsend.

»Wenn schon, dann einen Polizei-Käfer-Cabrio von 1951«, meinte Hennes. Er nickte grüßend in die Runde.

»Aber damit wäret ihr kaum so schnell hier gewesen. Das ist ja wohl Rekordzeit«, sagte Liv anerkennend mit einem Blick auf die Uhrzeit; noch nicht mal Mittag.

»Wir haben alles stehen und liegen gelassen und sofort einen Autozug bekommen.« Auch ihr Kollege Andreas war zu ihnen getreten.

Liv reichte ihm die Hand. »Gut, dass du wieder im Einsatz bist.«

»Ich bin auch froh darüber. Ein Mann braucht eine Aufgabe. Bin meiner Familie in den letzten Wochen schon ganz schön auf die Nerven gegangen.« Andreas lächelte schief und rieb sich dabei über sein Haar, das er neuerdings kurz rasiert trug, was seinem Gesicht eine ungewohnte Verletzlichkeit gab. Die Narbe von seiner Kopfwunde war als rosafarbener Fleck zu erkennen. Auch seine übliche Haltung, breitbeinig, das Kreuz durchgedrückt, wirkte bemüht. »Also her mit der Arbeit. Zur Not löse ich den Fall auch im Alleingang. Energie genug habe ich.«

»Das ist ja mal eine Ansage.«

Ein Vogel schrie durchdringend. Liv sah auf. Ein Schemen zeichnete sich im tiefen Blau ab. Für einen Augenblick war ihr, als ob Geier über ihnen kreisten, aber es waren natürlich nur Möwen. In einiger Entfernung rief ein bulliger Mann, dessen Hemd am Rücken klebte, lautstark Anweisungen. Botersen-Evers, der Chef der kriminaltechnischen Abteilung, übernahm resolut das Kommando. Sie waren ein gutes Team, das hatten sie schon mehrfach bewiesen. Auch die Rettungs- und Suchhundestaffel war gerade eingetroffen.

Jetzt stürmte Botersen-Evers auf sie zu; Schweißperlen glitzerten auf seiner Oberlippe. »Ist das Spurenvernichtungskommando am Fundort gewesen? Wer war dort? Die Rechtsmedizin etwa?«, wollte Botersen-Evers in einem scharfen Ton wissen; üblicherweise gebührte der KT der Vortritt.

»Ehe Sie hier angekommen sind, habe ich schon einen wichtigen Teil meiner Arbeit erledigt«, meinte Sebastian ruhig.

»Wer ist hier wichtig? Ohne die Spuren ist ein Kriminalist nichts!«

»Und ohne rechtsmedizinisches Gutachten ebenso wenig. Sie sollten wissen, dass ich mich stets vorschriftsmäßig und spurenschonend verhalte.«

Abwägend blickte Botersen-Evers ihn an.

»Wir hatten die Leiche vorher bereits abgeklebt«, warf Momke ein.

»Das ist ja wohl auch das Mindeste«, gab Botersen-Evers widerwillig nach.

Hennes und Sebastian besprachen sich mit dem Kriminaltechniker, dann begaben sich Sebastian und Botersen-Evers zu dem Toten.

»Wird Zeit, dass die Leiche abtransportiert wird, die stinkt ja schon bis hierher«, meinte Andreas. Obgleich es stimmte, dass sich der Körper bei dieser Hitze schnell zersetzte, spürte Liv einen heftigen Widerwillen gegen den respektlosen Ton ihres Kollegen.

»Die Bestatter warten auf dem Parkplatz«, berichtete Momke.

Hennes hakte ein. »Apropos Parkplatz: Ich habe mich als Teamleiter von meiner besten Seite gezeigt und jemanden zum Supermarkt geschickt. Im Mannschaftswagen wartet eine große Kühltasche mit Kaltgetränken und Eis. Lasst uns doch die Lagebesprechung dorthin verlagern.«

Sie gingen zurück. Gegen eine Abkühlung und etwas Schatten hatte Liv nichts einzuwenden; der Schutzanzug schien sich an ihrem Körper festgesaugt zu haben, soviel sie auch daran zupfte.

Neben dem Mannschaftswagen war inzwischen ein Faltpavillon aufgestellt worden. Liv öffnete den Overall und krempelte ihn bis zur Hüfte herunter; im Badeanzug war es angenehm luftig.

Andreas pfiff anerkennend. »Sexy, Lammers! Solltest du jetzt immer tragen.«

Da war er wieder, der alte Andreas. Liv ignorierte den Spruch und schnappte sich aus der Kühltasche eine Rhabarberschorle. Die mit Kondenswasser bedeckte Glasflasche rollte sie über Stirn und Wangen; das tat gut. Sobald sie die Flasche angesetzt hatte, war sie auch schon ausgetrunken.

»Normalerweise hält sich unser plietscher Herr Doktor ja mit Beurteilungen am Leichenfundort zurück; Sebastian muss also einigermaßen sicher sein«, meinte Hennes. »Wenn tatsächlich Tod durch Ertrinken vorliegt, muss es sich um ein Tötungsdelikt handeln, und der Täter muss sein Opfer hierhergebracht haben.«

»Aber warum sollte ein Täter sein Opfer erst ertränken und dann hierherschleppen? Das ist aufwendig, eine Ackerei, und die Gefahr, entdeckt zu werden, ist groß.« Andreas schüttelte entschieden den Kopf.

»Vielleicht will der Täter uns damit etwas sagen. Oder eine andere Botschaft übermitteln«, meinte Liv, die nun ihr Waffeleis auspackte.

Andreas verdrehte die Augen. »Deine Fantasie in Ehren, aber Botschaft übermitteln – das ist doch Quatsch.«

Die entschiedene Ablehnung ihres Kollegen irritierte Liv. Vermutlich fühlte er sich unter Druck, sich zu profilieren. »Vom Himmel gefallen ist der Tote sicher nicht«, sagte sie.

»Die Frage ist, ob der Tote nach einem Transport wirklich noch Flüssigkeit im Magen gehabt hätte oder in den Dünen ertränkt worden ist. Wir wissen zu wenig, um derartige Spekulationen anzustellen«, ging Hennes dazwischen. »Solange wir nicht sicher sagen können, um wen es sich bei dem Toten handelt und ob es sich um einen unnatürlichen Todesfall handelt, sollten wir uns auf die Suche nach möglichen Zeugen konzentrieren. Irgendjemand könnte etwas Ungewöhnliches bemerkt haben. Der anonyme Anrufer muss gefunden werden, vielleicht durch einen öffentlichen Aufruf in den Medien. Außerdem müssen wir die Funkdaten anfordern, damit wir wissen, welche Handys sich bei den Funkmasten eingeloggt haben.«

»Das wird uns kaum weiterhelfen, denn der Mobilfunk läuft in List im Wesentlichen über einen einzigen Funkmast, da kommt also ganz schön was zusammen«, meinte Momke.

Hennes breitete eine Sylt-Karte aus. »Verschaffen wir uns erst mal einen Überblick über die Zugänge zu dem Dünengebiet«, sagte er und zog den Anti-Stress-Würfel aus der Tasche, den das Team ihm geschenkt hatte, damit er leichter über den Nikotin-Entzug hinwegkam.

»Wo sind wir denn genau?« Andreas überflog den lang gezogenen Umriss der Insel.

Liv wies auf die obere Beule Sylts, die wie ein Kopf auf einem schmalen Körper wirkte und von einer Landzunge in Form einer Sichel überwölbt wurde. »Listlön nennt man die Landschaft zwischen der Vogelkoje in Kampen und dem Ellenbogen. Das Gebiet ist genau genommen Privatbesitz …«

Andreas zupfte zweifelnd an seiner Unterlippe. »Wie kann dieses große Stück Sylt in privater Hand sein?«

»Lange Geschichte«, sagte Liv. »Listland war vom dreizehnten bis zum neunzehnten Jahrhundert dänisches Herrschaftsgebiet. Der Landstrich hatte eine strategische Bedeutung, weil es einen Schutzhafen gab. Außerdem strandeten hier viele Schiffe.«

»Wahrscheinlich durch falsche Seezeichen angelockt.« Hennes schaltete und drückte beiläufig auf dem Würfel herum. »Wenn man sich die Preise anguckt, steckt in vielen Syltern noch immer der alte Strandräuber.«

»Das ist eine infame Lüge«, protestierte Momke, der verzweifelt gegen das Schmelzen seines Eises anleckte. »Das Strandrecht war klar geregelt. Im sechzehnten Jahrhundert wurde der erste Strandvogt eingesetzt.«

»Na ja, ganz unrecht hat Hennes nicht. Heißt es nicht, dass damals von den Kanzeln gepredigt wurde: ›Der Herr segne unseren Strand‹?«, meinte Liv. »Abgesehen davon gab es auf Sylt keinen Wald – die Sylter waren also auf das Holz angewiesen. Die Masten wurden zu den tragenden Balken ihrer Häuser.«

»Wird das hier eine Geschichtsstunde?« Andreas klang genervt.

»Wie auch immer: Heute gehört Listland einer rund dreißigköpfigen Erbengemeinschaft. Bei Weitem der größte Teil ist das Naturschutzgebiet Nord-Sylt. Rechnerisch passen zweitausendfünfhundert Fußballfelder auf die Fläche. Es umfasst die bis zu dreißig Meter hohen Dünen, die höchsten natürlichen Sandberge sowie die einzigen Wanderdünen Deutschlands.«

»Wie die Uwe-Düne.«

»Sorry, jetzt kommt Klugscheißerwissen«, sagte Liv grinsend. »Die Uwe-Düne ist die höchste Erhebung Sylts, weil sie auf dem Geeströcken liegt. Die höchste Sanddüne ist der Süterknol. Und die Wanderdünen …«

Andreas sah sich um. »Die wandern doch gar nicht.«

»O doch«, meinte Liv lachend. »Der Westwind treibt die Dünen stetig nach Osten.« Liv merkte selbst, dass sie abschweifte. »Die restlichen Wanderdünen der Insel sind mit Bepflanzungen wie Strandhafer befestigt worden, damit sie nicht noch mehr Häuser oder Kirchen unter sich begraben.«

Hennes umriss mit dem Zeigefinger auf der Karte einen Kreis. »Das Gebiet ist also riesig und wird von Straßen eingefasst. Theoretisch könnte man nachts überall halten und in die Dünen wandern.«

»Wenn das Betreten nicht verboten wäre«, wandte Momke ein.

»Wovon sich der Tote oder derjenige, der den Toten in die Dünen gebracht hat, nicht abhalten ließ.«

Momke suchte nach etwas, woran er seine klebrigen Hände abwischen konnte. »Wenn der anonyme Anrufer der Täter war, könnten wir uns auf den Parkplatz und den Weg in die Dünen konzentrieren«, sagte er.

Liv dachte an den schiefen Pfosten und die Glassplitter an der Parkbucht, von denen Momke berichtet hatte. »So oder so müssen wir herausfinden, ob an der umgebenden Strecke etwas Ungewöhnliches beobachtet worden ist.«

Während die Kommissare über das weitere Vorgehen berieten, traten Sebastian und Botersen-Evers wieder zu ihnen. Sebastian hatte den Schutzanzug nun ebenfalls bis zur Hüfte heruntergezogen. Das T-Shirt klebte teilweise auf seiner Haut. Liv riss sich nur ungern von dem Anblick los. Sie mochte Sebastians Körper, der sportlich, aber nicht übertrieben muskulös war. Jetzt konnte sie diese Ablenkung allerdings nicht gebrauchen.

Sebastian ergriff das Wort. »Üblicherweise wird der Zahnbefund erst im Institut überprüft, aber Kollege Botersen-Evers und ich haben wegen der besonderen Umstände einen direkten Abgleich vorgenommen. Denn bei dem Toten liegt etwas Außergewöhnliches vor: Er hat vier Implantate im Frontzahnbereich.« Er wies auf die Zahnakte. »Eine derartige Implantat-Versorgung kommt nur sehr selten vor, was auch an den hohen Kosten liegt. Der Zahnersatz ist wegen der Parodontose auch ohne Röntgenbild zu erkennen. Ich habe zusätzlich eben mit dem Zahnarzt telefoniert. Raboisen hat bei einem Segelunfall – der Mast ist ihm ins Gesicht geschlagen – die Frontzähne verloren. Das erklärt auch die Narben auf der Oberlippe. Andere Zahnmerkmale stimmen ebenso überein.«

Botersen-Evers ergänzte: »Parallel habe ich mit diesem Butler telefoniert. Er hat genaue Angaben über Raboisens Kleidung gemacht, die gleichfalls zu unserer Leiche passen. Kurz gesagt: Es handelt sich mit ziemlicher Sicherheit um Karl von Raboisen.«

Die Information hing in der Luft wie eine Rauchfahne.

»Na, dann ist hier bald die Kacke am Dampfen«, platzte Momke heraus. Hektisch kippte er sich Wasser aus seiner Flasche über die klebrigen Hände, wovon die Hälfte auf seiner Hose landete. »Sorry, aber ist doch wahr. Adelige Familie, reicher Geschäftsmann, Ehefrau politisch engagiert – das hätte jetzt nicht sein müssen.«

»Raboisen trug wohl mehrere Ringe, darunter einen schweren Siegelring mit Familienwappen, die jedoch fehlen«, setzte Botersen-Evers hinzu.

»Also wurde er beraubt?«

»Oder er hat die Ringe zu Hause abgezogen.«

»Was ist mit seinem Handy?«

»Haben wir nicht gefunden.«

Seit klar war, dass es sich mit hoher Wahrscheinlichkeit um Karl von Raboisen handelte, ging Liv etwas im Kopf herum. »Momke erwähnte vorhin, dass die Familie im Mövengrund lebt. Das ist eine Sackgasse, die direkt an das Naturschutzgebiet grenzt. Raboisen könnte von dort aus in die Dünen gelaufen oder getragen worden sein.«

»Wir müssen also sofort jemanden losschicken, um diesen Bereich ebenfalls abzusperren, und schnellstmöglich dort nach Spuren suchen«, entschied Botersen-Evers.

»Kannst du schon etwas über den Zeitpunkt des Todes sagen?«, fragte Hennes bei Sebastian nach. Er machte Anstalten, die Ärmel seines Jeanshemdes hochzukrempeln, ließ es dann aber doch sein.

»Bei diesen Temperaturen wird das Ergebnis leicht verfälscht. Vermutlich war er bei meinem Eintreffen zwischen zwei und sechs Stunden tot«, sagte Sebastian.

»Also starb er in der Nacht von Freitag auf Samstag zwischen drei und sechs Uhr?«

»Genaueres wird die Obduktion ergeben.« Sebastian wandte sich ab, um nicht weiter zum Spekulieren gedrängt zu werden.

»Was weißt du über Karl von Raboisen und seine Frau?«, richtete Hennes das Wort an Momke. Dessen Bericht war kurz. »Ich werde Wanda bitten, dass sie uns von Flensburg aus ein Dossier über Raboisen zusammenstellt«, entschied Hennes. Ihre Kollegin Wanda war schwanger und musste daher ohnehin Schreibtischdienst leisten. »Andreas übernimmt mit Momke die weiteren Aufgaben hier vor Ort: die ersten Spuren auswerten, Suche nach möglichen Zeugen und so weiter.«

»Das ist alles? Hast du nichts Besseres für mich als Klinkenputzen?«, beschwerte sich Andreas.

»Klinkenputzen ist Teil der normalen polizeilichen Arbeit, das weißt du genauso gut wie jeder andere hier. Ich werde gemeinsam mit Liv die Familie informieren und befragen.«

»Wir sollten auch gleich den Polizeipressesprecher ins Bild

setzen, damit er uns die Medien vom Leib hält«, schlug Liv vor.

»Mach du das. Außerdem brauchen wir ein Foto des Toten zur Identifikation – sicher ist sicher. Ich rede in der Zwischenzeit mit unserer Chefin, damit sie den Staatsanwalt ins Bild setzt«, sagte Hennes, steckte den Anti-Stress-Würfel in die Brusttasche seines Jeanshemdes und rief auf seinem Handy die Nummer der K1-Leiterin Hilke Hasselbrecht auf.

Die Ermittler strebten auseinander. Da die Kriminaltechnik die Leiche freigegeben hatte, machten sich Liv und Hennes auf den Weg zum Fundort, gefolgt von den Bestattern. Vereinzelt waren im Dünensand Spurenmarken aufgestellt worden. Sebastian nahm letzte Untersuchungen vor.

Der Anblick des Mannes berührte Liv. Oft hieß es, dass die Toten friedlich wirkten, aber das war bei Karl von Raboisen nicht der Fall. Er war von den Umständen seines Todes gezeichnet. Es war, als riefe er ihr zu: Finde heraus, wer mir das angetan hat. Sie waren es ihm schuldig, aufzuklären, was ihm zugestoßen war. Als Liv sein Gesicht fotografierte, achtete sie darauf, dass die Schädelverletzung kaum zu sehen war, um den Schock für die Angehörigen so klein wie möglich zu halten.

Sie war so vertieft gewesen, dass die Berührung an ihrer Schulter überraschend kam. »Ich fahre ins Haus und schreibe den Bericht für meine Kollegen. Deine Kleidung habe ich im Mannschaftswagen hinterlegt. Wir sehen uns später«, sagte Sebastian. Kurz standen sie im Gewusel des Sicherungsangriffs unschlüssig beieinander, dann ergriff er ihre Hand und drückte sie zärtlich. »Ich freu mich schon auf nachher«, sagte er leiser.

»Es könnte allerdings länger dauern«, meinte Liv.

»Ist doch klar. Ich verbringe den Rest des Tages einfach mit Noah. Oder ich gehe ohne dich zum Kajakfahren.«

»Untersteh dich!« Sein Sohn würde sich freuen, wenn er

seinen Vater für sich hatte. Und Sebastians Ex Larissa vielleicht auch. Liv wusste, wie tief eine Jugendliebe in Herz und Seele verwurzelt war, und wenn man dann noch ein gemeinsames Kind hatte … Ein Anflug von Eifersucht und ihre übliche Grundskepsis Liebesbeziehungen gegenüber überkamen Liv. Sie musste Sebastian vertrauen, so schwer es ihr auch fiel. Außerdem gingen jetzt die Ermittlungen vor. Einem Impuls folgend küsste sie Sebastian, wobei sie das Gefühl hatte, dass alle sie anstarrten, weil sie es an diesem Ort für unpassend hielten.

Prompt meldete sich Andreas zu Wort: »Das gibt's doch nicht, Lammers – wirst du mir etwa untreu?«

Liv grinste, unfähig, sich über den blöden Spruch zu ärgern. »Ich glaube, dein Dickschädel hat doch mehr gelitten, als du wahrhaben willst«, meinte sie, musste aber feststellen, dass ihr Kollege das ganz und gar nicht lustig fand.

4

Im Dienstwagen drehte Hennes die Klimaanlage auf. Die plötzliche Kälte verstärkte Livs mulmiges Gefühl noch. Sie waren auf dem Weg nach Keitum zu dem Poloturnier, an dem Charlotte von Raboisen und ihre Töchter beteiligt waren. Die Familie musste schnellstmöglich über den Todesfall informiert werden, denn es konnte bei der Aufmerksamkeit, die die polizeiliche Absperrung mittlerweile erregte, immer etwas durchsickern. Zudem waren bei den Wanderdünen auch schon die ersten Pressefotografen gesichtet worden, die sich zur Haupturlaubszeit ja ohnehin gerne auf der Insel aufhielten, um Prominente wie Günther Jauch, Jürgen Klopp oder Guido Maria Kretschmer bei ihren Urlaubsvergnügungen abzulichten.

Die Straßen und Radwege Richtung Inselsüden waren voll. Ständig mussten sie Stop-and-go fahren. Die Temperaturanzeige war jetzt, um die Mittagszeit, auf 38 Grad hochgeschnellt, der Motor heulte.

»Mannomann, wo wollen die denn alle hin? Das ist ja, als würde es zum Urlaubsvergnügen gehören, die klimatisierten Karossen auf der Insel auszuführen«, schimpfte Hennes, als sie sich durch den Stau in Kampen schoben, der sich durch Ampeln, Busse und abbiegende Autos gebildet hatte. »Der Autozug war auch schon knallvoll. Wo seid ihr eigentlich untergekommen? Hallo, Liv – jemand zu Hause? Ist es, weil dir die Leiche den Urlaub verhagelt?«

Liv hatte tatsächlich nicht zugehört. »Hm? Nein, das nicht. Oder besser gesagt, nicht nur.« Das war ernst gemeint; der Mann in den Dünen hatte ihren vollen Einsatz verdient. Wenn sie sich vorzeitig aus den Ermittlungen herausziehen könnte, hätte sie allerdings auch nichts dagegen. »Ausgerechnet Polo«, setzte sie mit einem Stoßseufzer hinzu.

Hennes starrte sie an. »Ah, jetzt kapiere ich. Du fürchtest, deine Schwester in Keitum zu treffen.«

»Als Mädchen waren Annika und ich pferdeverrückt. Wir waren bei jedem Ringreit-Turnier. Du weißt ja, mein Neffe Jan spielt Polo. Aber vielleicht sind die derzeit gar nicht auf der Insel.«

Wieder mussten sie stoppen. Hennes nutzte die Zeit, um den Ärmel seines Jeanshemdes hochzukrempeln. Liv bemerkte das Pflaster in seiner Armbeuge, unter dem sich ein blauer Fleck ausbreitete. »Da hat ja jemand mächtig danebengestochen. Warst du Blut spenden? Oder beim Arzt?«

»Nur ein Check-up. Ist ab und zu nötig in meinem hohen Alter.« Hennes lachte trocken, zupfte aber an dem Ärmel, als wäre es ihm peinlich. Dass er sechzig geworden war und sich dem Rentenalter näherte, machte ihm anscheinend noch immer zu schaffen. »Was ist eigentlich mit der Anklage gegen deinen Vater?«, fragte er. »Gibt's da was Neues?«

Liv unterdrückte ein Seufzen. »Nein. Das zieht sich alles unfassbar hin. Ich kann es kaum erwarten, dass Ocke vor Gericht steht.« Ihr Smartphone signalisierte den Eingang einer Nachricht. Liv sah nach. »Wanda hat das Dossier geschickt. Das ging ja schnell.« Sie rief das Dokument auf. Froh, sich von ihrem verhassten Vater abzulenken, las sie vor. »Karl von Raboisen, Jahrgang achtundsiebzig. Geboren bei Glücksburg. Das holsteinische Adelsgeschlecht der Raboisen wurde im dreizehnten Jahrhundert erstmals erwähnt, damals hatten sie ihren Sitz bei Plön. Weiteren Besitz hatten sie unter anderem in Blankenese, auch wenn es wohl damals noch nicht so nobel war. Na, das ist mal wirklich alter Adel.«

»Altgediente Raubritter, meinst du wohl.«

»Besitztümer hatten sie unter anderem in Elmshorn, Hamburg und Blankenese. Die Familie ist mit dem Verkauf von Holz, Grundbesitz und Mineralwasser reich geworden.«

»Wie die Bismarcks?«

»Anscheinend so ähnlich. Heute besitzt das Familienunternehmen ein ganzes Konglomerat von Firmen. Am bekanntesten sind die Schloss- und Gartentage auf Gut Raboisen.« Nun erinnerte Liv sich, schon öfter von Freunden über dieses Event gehört zu haben, bei dem man ausgefallene und hochwertige Gartenmöbel, Dekorationsgegenstände und Pflanzen kaufen konnte. Hatte nicht sogar ihre Großmutter Elise mal mit ihren Bingo-Damen einen Ausflug dorthin unternommen? »Der Vater Eduard von Raboisen hat den Vorstandsvorsitz der Holding inne, Karls Mutter ist tot. Karl von Raboisen hat gemeinsam mit seinem Bruder Georg schon als Jugendlicher mit seinen Eskapaden für Schlagzeilen gesorgt. ›Schampus-Karli‹ nannte ihn die Klatschpresse despektierlich.«

»Da war er wahrscheinlich auch noch stolz drauf.«

»Georg klagt fleißig gegen diese Schlagzeilen. Das eine oder andere Mal ist ihm auch schon Schadenersatz zugesprochen worden.« Sie scrollte weiter. »Jede Menge Fotos von Jetset-Partys. Côte d'Azur, Cap Ferrat, Ibiza, Monaco. Dicke Autos, Gerüchte über Kokain-Konsum …«

»Also wie es sich für einen adeligen Schnösel gehört.«

»Im Gegensatz zu seinem Bruder ›Glamour-George‹ erlebte Karl wohl eine Läuterung durch das Wirtschaftsstudium in Harvard. Die Heirat mit Charlotte brachte ihn dann erneut in die Presse, da sie offenbar vom Rang her über ihm steht, ihre Familie aber verarmt ist.«

»Du wirst ja noch eine richtige Adelsexpertin. Abo für die Regenbogenpresse erwünscht?«

»Das musst du Wanda anbieten, ich trage nur vor. Wo war ich stehen geblieben? Auf jeden Fall ein attraktives Paar. Charlotte ist eine klassische Schönheit und hat ebenfalls ein betriebswirtschaftliches Studium abgeschlossen. Zweitausendacht Umzug nach Sylt. Zwei Töchter. Erfolgreiche Poloreiterin. Engagement für verschiedene Wohltätigkeitsvereine. Seit zweitausendvierzehn sitzt sie für die Raboisen-Holding in politischen Gremien und Wirtschaftsverbänden. Ist für die Geschäftsführung eines der Wirtschaftsverbände in Schleswig-Holstein im Gespräch.«

»Wie praktisch, da kann sie gleich für die Familie etwas deichseln …«

»Dazu gängige politische Laufbahn: Schulsprecherin, Studierendenparlament, Schulverein, Kultur- und Wirtschaftsausschuss, schließlich Bürgermeisterkandidatin und Landesliste.«

Liv fragte sich, warum Karl von Raboisen und seine Familie auf Sylt lebten. Wenn es ein Herrenhaus auf dem Festland gab und auch die Firma ihren Sitz dort hatte, erschien ihr das Pendeln per Zug oder Auto umständlich. Oder hatte man in diesen Kreisen einen Privatjet? Sie fuhr fort: »In der Rangliste der reichsten Schleswig-Holsteiner kommen die Raboisens nur wenige Plätze nach den Familien Langness und Oetker, Dräger, Bartels, Ahlmann oder Dethleffsen. Das Familienvermögen wird auf etliche Millionen geschätzt. Karl von Raboisen ist für die Holding tätig, während sein Bruder Georg offenbar das schwarze Schaf der Familie ist. Zudem ist Karl regelmäßig bei der OSTAR dabei.«

»Der Transatlantik-Regatta für Einhandsegler? Nicht ungefährlich und ziemlich elitär. Ohne Sponsoren geht da nichts. Aber das hatte Karl von Raboisen wohl nicht nötig. Der ist sein eigener Sponsor.«

Der Verkehr quälte sich weiter. Sie passierten den Langen Christian, den Leuchtturm südlich von Kampen. Am Wenningstedter Kreisel bogen sie Richtung Braderup ab, in der Hoffnung, auf dieser Strecke schneller voranzukommen. Doch vor Munkmarsch standen sie schon wieder im Stau. Die Außentemperatur betrug inzwischen 39 Grad, im Wagen hingegen war es so kalt, dass Liv fröstelte. Sie las weiter. »Zuletzt ist Karl wegen des Bieterwettbewerbs um eine große Baufläche bei Munkmarsch in der Presse gewesen.«

Hennes machte eine ruckende Kopfbewegung zu einem Bagger, der gerade ein altes Backsteinhaus zertrümmerte. »Die Sylter finden immer noch ein Fleckchen Erde, das sie vergolden können. Und wenn die letzte Villa modernisiert wurde, können sie bei den alten Gebäuden wieder anfangen, weil die nicht mehr up to date sind.«

Liv ging nicht darauf ein. Die Bauwut auf Sylt hatte sie schon als Jugendliche in Rage gebracht – und die Entwicklung hatte sich seitdem noch deutlich verschärft. »Wo war ich? Öffentliche Auftritte. Zuletzt … ohaueha.« Sie stockte.

»Was?«

»Die Familie lädt regelmäßig an die hundert Leute aus Gesellschaft und Politik zu einem Krebsessen auf Sylt ein. Und rate mal, wann das letzte Krebsfest war.«

Hennes sah sie fragend an. Plötzlich schnellte seine zottelige Augenbraue hoch. »Bitte nicht«, sagte er matt.

»Doch. Am Freitagabend.«

Er pulte den Anti-Stress-Würfel aus der Hemdtasche. »Super. Warum können die Sylter Fälle nicht ein einziges Mal einfach gestrickt sein?« Hennes hüstelte erst entnervt, dann heftiger, wobei er noch röter anlief. Er tastete nach seiner Brusttasche, wo sich aber schon länger keine Tabakpackung mehr befand. Liv suchte in ihrem Rucksack nach Bonbons, stieß aber nur auf Lakritz, die durch die Hitze zu einem Klumpen zusammengeschmolzen waren. Ehe sie losgefahren waren, hatte sie sich im Mannschaftswagen die Kleidung angezogen, die Sebastian ihr mitgebracht hatte. Leinen-Chino, T-Shirt und Ballerinas waren diensttauglich und einigermaßen luftig, aber trotzdem viel zu warm.

Hennes hatte einen Bonbon gefunden und beruhigte sich langsam. »Das hört sich ja wieder übler an. Nimmst du was gegen den Husten?«, fragte Liv.

»Nun mach mal keinen Aufstand, ich hab mich nur verschluckt!«, murrte Hennes. »Wo waren wir stehen geblieben? Ach ja, bei diesem Krebsfest. Ruf Hasselbrecht an, wir brauchen eindeutig mehr Leute, um die Gäste und ihre Alibis zu checken. Ich will, dass alle Fotos gesichtet werden, die an diesem Abend gemacht wurden, und zwar auf jedem verkackten Handy. Wanda, Aziz und die restlichen Flensburger Kollegen sollen sich Raboisens berufliches Engagement vornehmen.«

Der Verkehr am Keitumer Kreisel war gemeingefährlich. Autos, autonome Busse, E-Bikes und Radfahrer fuhren wild durcheinander. Endlich hatten sie die Landstraße Richtung Inselosten erreicht. Die sonst so grünen Äcker und Wiesen waren durch den trockenen Sommer ausgebleicht. Pferde und Kühe drängten sich in den Schatten der Bäume. Sogar an den Bushaltestellen rasteten tomatenrote Radfahrer und Wanderer.

»Wenn der Tod in der Nacht nach dem Krebsfest eingetreten ist, wieso glaubt dieser Butler dann, dass Karl von Raboisen beim Segeln war?«, überlegte Liv.

»Anscheinend hatte er den Segelausflug ja vor. Aber ist er

überhaupt auf dem Boot gewesen? Ist er vielleicht sogar dort angegriffen worden? Ich habe schon einen Kollegen zum Lister Hafen geschickt, um Raboisens Jacht, die *Barmstede*, in Augenschein zu nehmen.«

»*Barmstede*? Komischer Name für eine Jacht.«

»Fand ich auch erst. Als ich mich umgehört habe, hieß es aber, der Name bezieht sich auf die Ritter von Barmstede, von denen die Raboisens ursprünglich abstammen.«

»Wenn diese Ungereimtheiten und die Flüssigkeit im Magen nicht wären, hätte man denken können, dass Raboisen einfach betrunken war und sich verlaufen hat. Vielleicht finden die Kollegen ja Hinweise darauf oder Zeugen«, sagte Liv.

Sie bogen gegenüber dem Umspannwerk nach rechts ab. Der Keitumer Poloplatz am Siidik, ganz in der Nähe des Kontorhauses Keitum, war schon von Weitem zu sehen, denn er wurde von großen Werbebannern begrenzt. »German Polo Masters« verkündete ein Schild. Weitere Plakate warben für den Titelsponsor, eine Privatbank sowie weitere Werbepartner, allesamt hochpreisige Marken. Auf dem Parkplatz herrschte geschäftiges Treiben. Aus Lieferwagen wurden Champagner- und Weinkisten geladen, Offroader ruckelten mit Pferdeanhängern über das Gras. Sicherheitsleute kontrollierten die Zugänge.

»Das Veranstaltungsgelände wird um zwölf Uhr geöffnet. Heute finden die Sylter Horse Show, zwei Polospiele und ein Springwettbewerb statt, für die Kinder gibt es eine Hüpfburg und Kutschfahrten. Der erste Chukker ist um vierzehn Uhr«, las Liv von dem Programm ab, das sie auf ihrem Handy herausgesucht hatte.

»Der erste was?«

»Chukker nennt man die Zeitabschnitte beim Polo. Ein Spiel besteht aus vier Abschnitten à sieben Minuten.«

Hennes schnaubte. »War ja klar, dass du dich damit auskennst.«

»Wenn ich heute noch auf Sylt leben würde, wäre ich bestimmt eine der Amazonen.«

Ihr Kollege starrte sie an. »Ein Kampfweib bist du doch jetzt auch«, stichelte er.

»Jetzt übertreibst du aber! Nur weil ich dich in den Kampfkünsten abgehängt habe ...«

»Denkste. Ich hab dich bei unserem letzten Übungskampf gewinnen lassen.« Hennes unterrichtete Liv und ihre Tochter seit einiger Zeit in dem Selbstverteidigungssystem Krav Maga.

Sie lachte. »Ich meine den Amazonen-Corps Morsum. Frauen stellen inzwischen drei der acht Ringreitvereine auf Sylt.«

Hennes winkte ab. »Konnte Pferde noch nie leiden. Elitärer Kram ist das hier.«

»Polo schon, das Ringreiten stammt allerdings aus der bäuerlichen Pferdewirtschaft und ist sogar als immaterielles Kulturerbe von der UNESCO anerkannt.«

»Na, von mir aus.«

»Für mich sind die Ringreit-Turniere immer großartig gewesen. Und ich war wirklich nicht schlecht«, gab Liv zu.

Sie parkten direkt neben dem Eingang. Nach der Kühle im Auto brandete eine Hitzewoge über sie, als sie die Türen öffneten. Einer der Sicherheitsleute wollte sie abfangen, wies ihnen aber, nachdem sie sich ausgewiesen hatten, den Weg zu den Ställen. Im Gehen hörten sie, wie er die Turnierleitung informierte. Ein lang gezogenes Zelt und weitere Pavillons mit Pagodendächern säumten das Gelände; dort war Kleidung drapiert, Schmuck und Einrichtungsgegenstände wurden ausgestellt. Daneben reihten sich die bulligen Sportwagen weiterer Sponsoren aneinander.

»Damit man auch bei einem Reitturnier das Shoppen nicht vergisst. ›Schatz, ich habe mir mal eben ein paar Klamotten, neue Brillis und ein Wägelchen zugelegt‹«, ätzte Hennes.

»Immerhin ist der Verein *Dunkelziffer* der Charitypartner des Poloturniers.«

»Ein Feigenblatt, mehr nicht.«

Liv hob die Schultern. »Sexuell missbrauchte Kinder und Jugendliche können jede Unterstützung gebrauchen.«

»Okay, ich sage ja schon gar nichts mehr. Wo du recht hast, hast du recht.«

Im Gastronomiebereich bereiteten Köche und Kellner die Bewirtung der Gäste mit lokalen Köstlichkeiten vor. Liv konsultierte im Gehen weiter das Programm. Die Tageskarten waren größtenteils erschwinglich, der Eintritt ins VIP-Zelt schon heftig, und das kulinarische Rahmenprogramm sah Live-Cooking-Events für mehrere Personen vor, für die der Eintritt im vierstelligen Euro-Bereich lag.

Strohballen türmten sich vor einem der großen weißen Zelte, aus dem es intensiv nach Pferden duftete und aus dem das Schnauben und Wiehern unzähliger Rösser zu hören war. Liv spürte, wie die Atmosphäre verschüttete Erinnerungen weckte. Stimmengewirr, englische Sprachfetzen und auch spanische Worte drangen zu ihr.

Gleichzeitig senkte sich ihre Aufgabe schwer auf ihre Schultern. Irgendwo hier war die Familie, deren Leben gleich einen heftigen Schlag erhalten würde. Die den Verlust eines geliebten Menschen verkraften musste. Und sie waren die Boten, die diese Botschaft überbringen mussten.

Im Stall herrschte geschäftige Stimmung. Liv überschlug anhand der diversen Teams, dass etwa einhundertzwanzig Pferde hier für das Turnier vorbereitet wurden. Jeder Reiter benötigte vier Pferde, da man mit jedem Pferd nur einen

Chukker reiten durfte. Während Hennes in der Stallgasse nach der Familie von Raboisen fragte, sah Liv sich nervös um. Ob ihr Neffe Jan und ihre Schwester Annika in der Nähe waren? Zu ihrer Erleichterung entdeckte sie weder ihre Schwester noch ihren Neffen; ein Eklat hätte die Situation nur noch unangenehmer gemacht. Liv entspannte sich etwas und vertiefte sich kurz in den Anblick der Pferde. Sie wusste, dass Polopferde meist einer besonderen Rasse entstammten und sehr speziell ausgebildet und trainiert wurden. Deshalb kauften manche Reiter direkt im poloverrückten Argentinien ausgebildete Polopferde und engagierten die argentinischen Trainer gleich mit.

Schließlich fanden sie die Raboisens. Zwischen der letzten Pferdebox und der Koppel hielt die Familie unter einem schicken Festzelt Hof. Anhand der Fotos aus dem Dossier erkannte Liv Charlotte und Eduard von Raboisen, den Vater des Toten, sofort. Charlotte von Raboisen war das umschwärmte Zentrum eines größeren Grüppchens und redete angeregt mit einer Dame im Reitdress. Eine stämmige Frau mit Pagenschnitt und Gesundheitslatschen zum Kleid stand einen Schritt hinter ihnen und notierte etwas in einem Buch.

Charlotte von Raboisen war fülliger als auf den Fotos. Die blonden Locken hatte sie hochgesteckt, das feingeschnittene Gesicht dezent geschminkt, dazu trug sie weiße Hosen, Reitstiefel und Polohemd. Liv musste an die Klatschzeitschriften denken, die beim Friseur oder in sonstigen Wartezimmern lagen. Fotos von Adelsfamilien zogen vor ihrem inneren Auge vorbei, auf denen die Damen des Hauses stets wie auf Hochglanz poliert wirkten. Charlotte von Raboisen war keine Ausnahme. Liv nahm nicht an, dass Charlotte von Raboisen reiten würde, denn um die rechte Hand war ein Verband gewickelt, und sie trug Schmuck. Eduard von Raboisen saß in Reitkleidung auf einem Pferd und diskutierte mit einem südländisch wirkenden Mann. Als die Ermittler näher traten, hörten sie, dass Charlotte von Raboisen über einen Unfall sprach, der sie in diesem Jahr leider davon abhielt, am Poloturnier teilzunehmen.

Livs Blick flog weiter. Auf den Stehtischen standen Champagnerkühler und Kristallgläser, Canapés und Kaviar. Zwischen den Holzbänken versorgte ein schmächtiger junger Mann zwei große pudelähnliche Hunde und drei Yorkshireterrier, die mit Glitzerhalsbändern geschmückt waren, mit Wasser. Mit seinem aus dem Gesicht gebundenen Pony trug er eine ähnliche Frisur wie die Terrier, was lustig wirkte. Liv hatte schon oft festgestellt, dass Herrchen ihren Hunden ähnlich sahen. Allerdings hatte sie in einem psychologischen Fachartikel gelesen, dass dieser Eindruck trog; das ähnliche Hund-Mensch-Paar fiel einem nur mehr auf.

Charlotte von Raboisen rief dem Mädchen, das gerade auf ein Pferd gestiegen war, etwas zu. Diese lächelte, und dabei färbten sich ihre ohnehin roten Wangen noch mehr. Das musste Jennifer sein, die älteste Tochter. Die Ähnlichkeit war unverkennbar. Die blonden Haare, die feinen Gesichtszüge, dazu eine Stupsnase.

Liv war unvermittelt angerührt von der Aufregung des Mädchens, das stolz aufgerichtet im Sattel saß. Körperlich war sie mager, aber bereits an der Schwelle zur Frau. Jennifer stand vermutlich, wie so viele in ihrem Alter, an einem Wendepunkt. Noch ließen das Reiten und andere Vergnügungen ihrer Kindheit ihr Herz höherschlagen, aber bald schon würde sie vollends in eine Welt eintreten, in der die Anerkennung durch andere Jugendliche und ihre erste Liebe alles andere überlagerten. Ihre sechsjährige Schwester Sophia – die Haare ins Rötliche spielend, blass, aber ebenfalls mit Stupsnase – legte letzte

Hand an die geflochtene Mähne des Pferdes. Wie gut konnte Liv sich in die beiden hineinversetzen! Sie war ihrer Schwester früher ebenfalls so nah gewesen. Kummer stieg in ihr auf, aber auch Verbitterung. Wie hatte es nur dazu kommen können, dass Annika und sie sich derart voneinander entfernt hatten? Die Frage war rein rhetorisch. Es war unvermeidlich gewesen.

Liv konnte es inzwischen kaum erwarten, die schlechte Nachricht zu überbringen, diese Last los zu sein, und die Ermittlungen voranzutreiben. Die Kommissare gingen auf Charlotte von Raboisen zu, die immer noch in ihr Gespräch vertieft schien. Um ihre Füße lief schwanzwedelnd einer der Terrier. Eduard von Raboisen beobachtete die beiden Eindringlinge kühl, wenn nicht gar missbilligend.

»… haben deshalb ein Mentoring-Programm für Frauen in der Landespolitik aufgelegt. Wussten Sie, dass bundesweit nur zehn Prozent der Bürgermeisterposten von Frauen besetzt sind?«, fragte Charlotte von Raboisen gerade und nahm den Terrier auf den Arm. »Je kleiner die Gemeinde, desto geringer der Frauenanteil. Meistens konzentrieren Frauen sich auf die Ressorts Familie, Kultur oder Sport, dabei können wir auch in der Inneren Sicherheit entscheidende Weichenstellungen vornehmen. Kommen Sie doch nachher an unseren Tisch, direkt in der ersten Reihe am Spielfeld, dann können wir in Ruhe darüber …«

Liv unterbrach sie nur ungern. »Frau von Raboisen?«, sagte sie trotzdem.

Die Dame wandte sich ihnen mit einem professionell-freundlichen Lächeln zu. Der Terrier auf ihrem Arm litt sichtlich unter der Hitze, denn er hechelte heftig. Make-up und Frisur der Frau waren perfekt, die Finger manikürt, an der teuren Reitkleidung störte kaum ein Hundehaar. Hennes stellte sich und Liv vor.

»Die Kriminalpolizei? Was kann ich für Sie tun?«

»Es geht um Ihren Mann …«

»Karl ist mit seiner Jacht unterwegs. Er wird spätestens am Montag zurück sein.«

»Könnten wir uns an einen ruhigen Ort zurückziehen?«, fragte Liv.

»Ich habe gleich noch einen Termin mit der Tagespresse, dann startet die Horse Show, bei der wir auch unsere Pferde präsentieren werden.«

»Es ist dringend.«

Die ältere Tochter und andere Neugierige beobachteten sie. »Nun gut. Setzen wir uns einen Augenblick«, gab Charlotte von Raboisen nach. Der Hund sabberte auf ihren Verband. Charlotte von Raboisen wischte achtlos darüber; an den manikürten Fingern trug sie diverse Ringe, darunter einen Siegelring. Sie musterte ihren Terrier besorgt. »Phi, kommst du mal? Ich glaube, wir müssen Pepo ein kühles Tuch auf den Bauch legen oder ihm ein Hundeeis geben, der Arme kollabiert uns sonst.«

Nachdem sie ihrer jüngeren Tochter den Hund übergeben hatte, nahmen sie auf der weich gepolsterten Holzbank Platz. Charlotte von Raboisen lächelte die Kommissare auffordernd an.

Als Liv gerade beginnen wollte, trat Eduard von Raboisen hinzu. »Charlotte, wo bleibst du denn? Ist etwas?«, fragte er konsterniert. Aus der Nähe erkannte Liv, dass er an die siebzig war, in seiner Polokleidung aber noch topfit wirkte. Sein Gesicht war von vornehmer Blässe, die Falten auf der Stirn und um das Kinn tief.

Das Lächeln der Politikerin verkrampfte leicht. »Die Herrschaften sind von der Polizei aus Flensburg.«

»Was auch immer Sie hierhertreibt, heute passt es ganz und

gar nicht. Lassen Sie sich von Charlottes Assistentin Maja einen Termin geben.« Er wies auf die stämmige Frau mit den Gesundheitslatschen. »Und nun entschuldigen Sie uns bitte …«

»Es geht um Ihren Sohn Karl. Wir gehen davon aus, dass ihm etwas zugestoßen ist«, sagte Hennes unbeirrt.

»Zugestoßen? Was meinen Sie damit?«, fragte der Senior scharf. »Karli ist mit seiner Jacht unterwegs.«

Liv straffte sich. »Es tut mir leid, aber wir haben schlechte Nachrichten. Karl von Raboisen wurde tot aufgefunden.«

Ein erstickter Laut war zu hören. Charlotte von Raboisen hatte die Hand vor den Mund geschlagen. Hinter ihrem Großvater waren Jennifer und Sophia aufgetaucht. Die Sechsjährige krümmte sich, als würde sie gleich zusammenbrechen. Plötzlich ging Sophias Atem pfeifend, sie hustete, kaum schien sie noch Luft zu bekommen. Alle Aufmerksamkeit wandte sich ihr zu. Noch nie hatte Liv einen derart heftigen Asthmaanfall erlebt. Vielleicht war diese Krankheit der Grund für die Wahl von Sylt als Wohnort; die saubere Seeluft wirkte sich heilsam auf alle Lungenkrankheiten aus.

Maja, die Assistentin, brachte Charlotte von Raboisen eilig ihre Handtasche. Diese holte daraus ein Asthmaspray und hielt es ihrer Tochter an den Mund. Krampfhaft sog Sophia das Medikament ein. Auch ihre große Schwester versuchte sie zu beruhigen, schien aber verständlicherweise selbst geschockt. »Was erlauben Sie sich? Wie können Sie so etwas behaupten! Sehen Sie, was Sie angerichtet haben? Wie können Sie uns das antun!«, fauchte Charlotte von Raboisen Liv an.

Auch der Senior starrte die Kommissare wütend und ungläubig an. »Das ist eine Lüge. Ich rufe meinen Sohn sofort an!« Er holte sein Handy aus der Jackentasche und versuchte, das Display zu entsperren, aber seine Hände bebten derart, dass er mehrere Anläufe benötigte, was ihn noch wütender zu machen schien. Wie von ferne drangen Lautsprecherdurchsagen und Musik zu ihnen.

Sophias Asthmaanfall war etwas abgeklungen. Sie saß vornübergebeugt, die Ellbogen auf die Knie gestützt, und atmete durch den gespitzten, leicht geöffneten Mund aus. Ihre Augen waren rot unterlaufen. Charlotte von Raboisen strich beruhigend über den Rücken ihrer Tochter. »Was hat die Frau gesagt? Was ist mit Papa?«, fragte die Kleine.

»Mit Papa ist alles … Das kann nicht sein! Karl wollte mit seiner Jacht …« Charlotte von Raboisens Stimme brach. Jennifer, die wie betäubt über die langen Ärmel ihres Poloshirts gerieben hatte, umarmte sie. Eduard von Raboisen hielt sein Handy ans Ohr und drehte sich weg, denn die Hunde kläfften aufgeregt. Einer der Terrier sprang an Charlotte von Raboisen hoch, aber sie schien ihn gar nicht wahrzunehmen.

»Das Kriseninterventionsteam ist informiert. Wenn Ihnen jemand beistehen soll, mit dem Sie reden können …«, begann Liv.

»Nein, das kommt nicht infrage«, unterbrach Charlotte von Raboisen sie.

»Wir könnten in Ihr Haus fahren und dort in Ruhe reden«, schlug Hennes vor.

Wie in Trance nickte Charlotte von Raboisen. Dann traten Tränen in ihre Augen, und sie suchte nach einem Taschentuch. Ihre Assistentin kam Liv zuvor.

Eduard von Raboisen kehrte zurück. Sein Gesicht war erstarrt. »Ich erreiche Karli nicht. Kein Wunder, er ist ja auch auf See. Ich werde an diesem lächerlichen Gespräch nicht länger teilnehmen. Mein Pferd muss für den ersten Chukker warmgeritten werden.«

»Du kannst jetzt doch nicht …«, begann Charlotte von Raboisen fassungslos.

»Sag du mir nicht, was ich tun kann«, fiel er seiner Schwiegertochter scharf ins Wort. Dann richtete er das Wort an Liv und Hennes. »Wie war noch gleich Ihr Name?«

»Kommissarin Lammers und Hauptkommissar Erdt.«

Mit zusammengezogenen Augenbrauen musterte er Liv. »Sie sind aber nicht verwandt mit Ocke Lammers?«

Liv unterdrückte ihren Unmut. Was die Einheimischen anging, war Sylt ein Dorf. »Das tut nichts zur Sache«, sagte sie. »Ich bin in meiner Funktion als ermittelnde Kommissarin hier.«

Die ausweichende Antwort gefiel ihm offenbar nicht, doch statt nachzuhaken tippte er erneut auf das Handy.

»Äh, Frau von Raboisen?« Die helle Stimme stammte von einer jungen Frau, die eine große Kamera um den Hals trug und einen Schreibblock in der Hand hielt. Die Tagespresse. Das hatte gerade noch gefehlt.

Charlotte von Raboisen schob ihre Tochter behutsam weg und tupfte ihre Tränen ab. Wollte sie wirklich mit dieser Journalistin – Praktikantin wohl eher, dem Aussehen und unsicheren Auftreten nach zu urteilen – sprechen? Liv überlegte, ob sie die Adelige aufhalten sollte. Erstaunlich gefasst sagte diese: »Eine dringende familiäre Angelegenheit ist … eingetreten. Ich hoffe, Sie haben Verständnis, dass ich …« Eine hilflose Handbewegung, ihre Stimme brach nun doch. Die Reporterin nickte sichtlich überfordert. Nach kurzem Zögern eilte sie davon.

Die ältere Tochter wollte nun ihrerseits ihre Mutter beruhigen, doch Charlottes Schwiegervater ging erneut dazwischen. »Ich habe mit einem Freund bei der Staatsanwaltschaft gesprochen«, sagte Eduard von Raboisen. »Es scheint wahr zu sein.« Seine Kiefermuskeln spielten; die einzige Bewegung in seinem Gesicht. War es wirklich in diesen Kreisen so, dass man öffentlich keine Gefühlsregungen zeigte? Liv hatte das für ein Klischee gehalten. Aber letztlich trauerte ja ohnehin jeder anders.

Charlotte von Raboisen suchte Livs Blick. »Ich will meinen Mann sehen. Sonst kann ich es nicht glauben.«

Liv war erleichtert, dass die Frau von sich aus darum bat; das machte es einfacher. »Wir können Ihnen ein Foto zeigen.«

Auf ein stummes Nicken hin rief Liv auf ihrem Smartphone das Foto auf. Die Schädelverletzung war nur zu erahnen. »O mein Gott, er ist es wirklich. Das ist Karl«, brach es aus Charlotte von Raboisen heraus. Sie ließ zu, dass auch ihre Töchter das Foto in Augenschein nahmen. Der Anblick nahm die beiden ebenfalls sichtlich mit. »Was ist Karl denn nur zugestoßen?«

»Das würde ich auch gerne wissen.« Eduard von Raboisen warf den Ermittlern einen finsteren Blick zu, als trügen sie die Schuld an dem Unglück.

»Genaueres können wir erst nach Abschluss der rechtsmedizinischen Untersuchung sagen.«

»Aber offenbar gibt es Anlass für die Polizei, zu ermitteln«, sagte Eduard von Raboisen.

»Wir sind von Gesetzes wegen verpflichtet, jedem ungeklärten Todesfall nachzugehen. Die Umstände seines Todes müssen untersucht werden. Deshalb sind wir auf Ihre Mithilfe angewiesen. Wenn es Ihnen lieber ist, können wir mit einem ausführlicheren Gespräch warten«, bot Liv an.

Anscheinend hatte sich bereits herumgesprochen, dass etwas geschehen war, denn immer mehr Menschen umringten das Festzelt und verfolgten die Geschehnisse aufmerksam. »Nein, nur das nicht. Sie sollten nicht noch mehr Zeit verplempern. Wir können in List reden.« Eduard von Raboisen wandte sich seiner Schwiegertochter zu. »Ich werde meinen Ersatzmann benachrichtigen. Dann fahre ich voraus und werde mich um alles kümmern. Du kommst sofort hinterher.«

Charlottes Gesicht war jetzt tränennass, ihr Make-up verwischt. »Aber unsere Gäste, das Team, die Pferde, die Hunde …«

»Wofür haben wir Personal! Reiß dich zusammen!« Der Senior eilte davon. Diese Hast erschien Liv ungewöhnlich. War es ein Fehler, ihn allein nach List fahren zu lassen? Hatte er etwas zu verbergen? Sicherheitshalber schickte sie eine Nachricht an Momke. Er sollte Raboisen in Empfang nehmen.

»Haben Sie denn jemanden, der Sie fährt?«

Entschieden schüttelte Charlotte von Raboisen den Kopf. »Im Augenblick nicht. Aber das schaffe ich schon allein.« Sie gab ihrer Assistentin und einer älteren Frau mit einem strengen Dutt sowie dem Hundesitter kurze Anweisungen.

Liv und Hennes gingen voraus zum Parkplatz. Neugierig wurden sie beäugt.

»Was meinte Ihr Schwiegervater damit, dass er sich um alles kümmern werde?«, fragte Liv.

»Die Benachrichtigung unserer Verwandten, unserer Geschäftspartner und unserer Belegschaft, nehme ich an. Die Planung der Beerdigung.« Charlotte von Raboisen hatte beim Sprechen vor ihre Füße geblickt, als fürchte sie zu fallen; jetzt sah sie auf. »Schließlich geht es hier um Karl Eduard Otto Lüder Hermann Freiherr von Raboisen. Mein Schwiegervater würde eine derartige Angelegenheit nie dem Zufall überlassen.«

Sie hatten eine überdimensionierte Geländelimousine erreicht, auf deren Haube das Bentley-Signet prangte. Auch wenn Liv keine Expertin war, wusste sie doch, dass selbst ihr Gehalt mehrerer Jahre nicht ausreichen würde, um sich dieses Auto zu kaufen. Als handele es sich um einen gewöhnlichen Jeep, war der weiße Luxuswagen allerdings dreckbespritzt.

Hennes kontrollierte sein Handy. »Liv, ich muss noch einmal schnell ins Revier und würde nachkommen. Vielleicht könntest du bei Frau von Raboisen ...«, begann er zerknirscht. Liv wunderte sich. Was sollte das?

»Wir haben Platz«, bot Charlotte von Raboisen, die gerade eine Kurznachricht verfasste, etwas abgelenkt an.

* * *

Etwas kratzte, schabte und schrie. Michelle fuhr in ihrem Zelt hoch, strich mit dem Kopf an der Nylonwand entlang und verhedderte sich mit ihren Haaren im Moskitonetz. Verdammt! Als sie sich befreit hatte, presste sie die Fingerspitzen an die Schläfen. Ihr Kopf brummte, ihr T-Shirt und der Schlafsack waren klitschnass. Selbst durch die Zeltwand blendete die Sonne. Warum war es schon so hell? Und so höllisch heiß? Von draußen drangen Kinderlachen und Stimmengewirr zu ihr. Auf dem Campingplatz schien bereits einiges los zu sein. Warum hatten ihre Freunde sie nicht geweckt? Und warum war sie so spät dran?

Der Zeltboden war voller Sand. Ihr Blick fiel auf den leeren Rucksack neben ihrer Isomatte. Schlagartig war die Erinnerung wieder da. Der Körper in den Wanderdünen. Der Verlust der Drohne. Der Angriff. Sie bebte, als bekäme sie Schüttelfrost. Wer auch immer da in den Dünen gewesen war, er hatte sie verfolgt. Sie war gerannt, so schnell sie konnte, aber der feine Sand hatte ihre Bewegungen unerträglich verlangsamt. Ganz nah hatte sie den Atem hinter sich gehört, die Schritte, hatte einen undefinierbaren Geruch wahrgenommen. Gerade noch hatte sie es zum Auto geschafft. Beinahe hatte ihr Wagen sich festgefahren, aber dann war er auf einmal losgeschossen, gegen den Zaunpfosten gekracht – endlich hatte sie wegrasen können. Immer wieder hatte sie durchs Heckfenster geschaut. Verfolgte sie auch weiterhin jemand?

Erst beim Campingplatz hatte sie innegehalten. Hatte darauf gewartet, dass ihr Herz sich beruhigte. Um die Zeltburg, die sie und ihre Freunde errichtet hatten, hatten halb leere Weinflaschen und benutztes Geschirr gelegen. Während die ersten Frühaufsteher aus den Zelten krochen, war sie ins Bett gefallen. Sie hatte sich immer wieder einzureden versucht, dass sie sich geirrt hatte. Da war nichts gewesen. Eine Sinnestäuschung, vielleicht ein Fleck auf der Drohnenkamera. Der Verfolger – nur der Wind im Dünengras. Und doch hatte sie keine Ruhe gefunden. Der Verlust ihrer Drohne war der beste Beweis für das, was vorgefallen war. Also hatte sie sich entschlossen, die Polizei anzurufen. Sie mussten überprüfen, was es mit dem Körper in den Dünen auf sich hatte. Ob es wirklich ein Toter war, wie sie geglaubt hatte. Nachdem sie den Anruf abgesetzt hatte – anonym natürlich –, hatte sie eine der Weinflaschen geleert und war sofort in tiefen Schlaf gefallen.

Wieder dieses Kratzen und Schreien, dann auf einmal ein Ruck auf ihrem Zelt – ein dunkler Schatten hatte sich über ihr niedergelassen und schlug mit den Flügeln. Eine Möwe. Michelle ignorierte die Kopfschmerzen und stürzte hinaus.

»Hau ab, du …«, schimpfte sie. Zu spät. Sie ließ die Schultern hängen. Schon hatte das Vieh einen riesigen Vogelschiss auf ihrem Zeltdach hinterlassen und flog mit den Resten eines Brötchens davon. Ekelhaft. Das kam davon, wenn man das halbe Frühstück zwischen den Zelten liegen ließ. Unter ihren Schuhen hatten ihre Freunde einen Zettel deponiert: »Sind schon am Strand, Schlafmütze.« Ein warmes Gefühl ergriff sie, und sie wünschte sich dringend, mit ihren Freunden über diesen Albtraum zu sprechen und anschließend darüber zu lachen.

Ein lauter Knall ließ sie panisch herumfahren. Aufgedrehtes Gackern. Zwischen den Dünen spielten Kinder mit Luftballons. Die Erinnerung an die Verfolgungsjagd war wieder da. Erneut glaubte sie den Atem ihres Verfolgers zu hören, erneut diesen seltsamen Geruch wahrzunehmen. War es vielleicht gar kein Mann, sondern eine Frau gewesen? Was hätte er – oder sie – getan, wenn er sie erwischt hätte? Hatte er etwas mit dem leblosen Körper in den Dünen zu tun? Hatte er ihn vielleicht dort abgelegt? Aber warum? Oder war es vielleicht doch ihr Ex gewesen, der ihr einen Schreck hatte einjagen wollen und der sich jetzt am Strand ins Fäustchen lachte? Er hatte ihr nie verziehen, dass sie sich von ihm getrennt hatte. Dass sie besser mit Drohnen umgehen konnte als er. Entschieden schüttelte sie den Kopf. Nein, das konnte nicht sein.

Michelle massierte erneut ihre Schläfen. Die vielen Fragen ließen sie durchdrehen. *Denk nach, du musst nachdenken!* Ob die Polizei ihr geglaubt hatte? Ob sie jemanden zu den Wanderdünen geschickt hatten? Sie schluckte. Ihr war übel. Michelle kramte eine Kopfschmerztablette aus ihrem Kulturbeutel und spülte sie mit einem schalen Schluck aus einer Colaflasche hinunter. Der Verfolger musste ein Fremder gewesen sein. Und dieser Fremde hatte verhindern wollen, dass sie verschwand. Ob er glaubte, dass ihre Drohne die Aufnahmen direkt auf ihr Handy überspielt hatte? Manche Drohnen konnten das, ihre allerdings nicht. Nur über die Speicherkarte oder die Cloud kam man an die Aufnahmen. Oder wollte er unterbinden, dass sie jemandem erzählte, was sie gesehen hatte? Was genau hatte sie denn gesehen? Dieser Körper in den Dünen. Ein Mann. War er verletzt gewesen oder tot? Da war etwas Rotes an seinem Kopf gewesen. Leblos hatte er gewirkt.

Michelle schluckte erneut saure Galle. Das Stimmengewirr auf dem Campingplatz und die Schreie der Möwen schienen nur gedämpft zu ihr zu dringen. Was sollte sie tun? An den Strand zu gehen – daran war nicht zu denken. Im Gegenteil.

Sie musste verschwinden! Der Fremde hatte ihr Auto gesehen. Die Kennung auf ihrer Drohne fiel ihr ein. Er könnte leicht herausfinden, wer sie war. Vielleicht wusste er es bereits. Ihr Oberkörper flog herum, als lauerte er in ihrer Nähe. Hektisch suchte sie die Umgebung ab. War es der hochgewachsene Mann am Abwaschbecken, der sie beobachtete? Der Alte am Wasserhahn? Oder doch die Frau, die sich ganz in ihrer Nähe die Turnschuhe zuband? Michelles Puls ging schnell, ihr Magen krampfte. Sie musste zur Polizei, sofort. Musste den Polizisten gestehen, was sie getan, was sie gesehen hatte. Auf dem Polizeirevier wäre sie in Sicherheit, bis der Angreifer gefasst wäre.

Michelle schlüpfte in ihr Zelt und zog sich hastig um. Portemonnaie, Handy und Schlüssel in den leeren Drohnenrucksack geworfen. Ohne die Reißverschlüsse an ihrem Zelt zuzuziehen, lief sie los. Auf dem Weg zum Strand drängten sich die Urlauber mit Surfbrettern, Basttaschen, Schwimmtieren und Bollerwagen: Ferienstimmung pur. Ihr war das alles auf einmal ein Graus. Durchdringender Geruch nach Sonnencreme fachte ihre Übelkeit neu an. In ihrer Eile rannte sie beinahe ein Mädchen mit einem gigantischen aufblasbaren Pfauen-Schwimmring um.

Der Parkplatz bei der Rezeption war voll, Autos kreisten auf der Suche nach einer Lücke. Bald hatte sie ihren Wagen erreicht. Der linke Scheinwerfer war zerbrochen, die Stoßstange zerkratzt. Sie sah sich um. War der Angreifer vielleicht hier? Wartete er auf sie? Du spinnst, dachte sie. Fahr zur Polizei, umso eher kannst du dieses unerfreuliche Kapitel abschließen. Die Drohne siehst du ohnehin nicht wieder. Sie steckte den Schlüssel ins Schloss, öffnete, warf die Handtasche auf den Beifahrersitz, ließ sich auf den Kunstledersitz fallen, der so heiß war, dass sie aufschreien wollte.

Im gleichen Moment spürte sie, wie eine Hand ihren Mund verschloss und ihren Hinterkopf an den Autositz presste. Dieser Geruch, dachte Michelle noch, ehe der Angriff ihre Sinne vernebelte und Panik ihr Herz aussetzen ließ.

5

List, 13.05 Uhr

Das Interieur des Autos war von Lederduft, Trauer und Sprachlosigkeit gesättigt. Einzig die jüngere Tochter suchte ab und zu bei ihrer Mutter und ihrer Schwester Trost. Sophias Atemnot hatte erneut mit dem Asthmaspray gelindert werden müssen. Charlotte von Raboisens Telefon klingelte ständig, was diese nicht wahrzunehmen schien. List kündigte sich mit den üblichen Baukränen an, die bewiesen, dass der Bauboom auf Sylt nach wie vor grassierte.

In List bogen sie westwärts in eine schmale Sackgasse ab. Der Mövengrund lag im Schutze des Süterknol mit seiner Wetterstation. Malerische Reetdachhäuser, deren große Gärten sich teilweise zum Naturschutzgebiet hin öffneten, reihten sich aneinander. Im Wendehammer stand ein Mannschaftswagen der Polizei. Schutzpolizisten sperrten mit Flatterband ein Haus, den Weg zum Schutzgebiet und einen Teil des Dünengürtels ab. Ein geschnitztes Holztor, das dezent mit dem Wappen der Raboisens – drei Wolfsköpfen – geschmückt war, öffnete sich zu einem weitläufigen Grundstück am Rande des Naturschutzgebiets. Die reetgedeckte Friesenvilla war verschachtelt. Ein geschwungener Weg führte auf eine Garage und ein Häuschen zu, beides ebenfalls im friesischen Stil gestaltet, genau wie der Gartenpavillon. Von hier aus sah man, dass die Villa durch die leichte Hanglage sehr viel größer war als zunächst gedacht. Typisches Sylter Understatement: Von der Straße aus wirkten die Friesenvillen oft sympathisch normal, erst bei genauer Betrachtung enthüllten sie Luxus und Größe. Diese hier verfügte über zwei Eingänge. Ein Polizei-Dienstwagen parkte neben einem weiteren Bentley; Momke war anscheinend rechtzeitig hier gewesen.

Charlotte klammerte sich nach dem Aussteigen an ihre Töchter, als würde sie sonst zusammenbrechen. Dann ging sie, von den Mädchen wie von Buchstützen eingefasst, auf die näher gelegene Hälfte der Villa zu. Liv sah sich um. Wie weit war es von hier aus zum Fundort der Leiche? Fünfhundert Meter oder mehr? Wäre es möglich, Karl von Raboisen hier umzubringen und dann ungesehen durch das Dünengelände zu tragen? Sie nahm sich vor, den Weg abzulaufen. Außerdem musste in den umgebenden Häusern nach Beobachtungen gefragt werden.

Erneut klingelte ein Handy. Die näher gelegene Tür der Villa stand offen. »… du weißt, wie die Journalisten sind. Es ist nur eine Frage der Zeit …«, hörte sie Charlotte von Raboisens dünne Stimme.

Liv trat ein und blieb neben der telefonierenden Witwe im Entree stehen. Die Villa war modern und karg eingerichtet. Mit den verspielten Dekorationsgegenständen, die man bei den Schloss- und Gartentagen der Raboisens kaufen konnte, hatte dieser urbane Wohnstil nichts gemein. Nichts lag herum, was ahnen ließ, dass hier eine Familie mit zwei Töchtern und fünf Hunden wohnte. Vom geräumigen Vestibül gingen mehrere Türen ab. Ein Durchgang öffnete sich zum Wohnzimmer. Dort gab die breite Fensterfront einen spektakulären Blick auf die Dünen frei; es war, als säße man einfach nur zwischen Sand und Dünengras.

Für diese Aussicht würden manche einen Mord begehen, schoss es Liv durch den Kopf. Reitstiefel lagen erdumsäumt auf den Fliesen, Reitjacke und Helm hatten Jennifer und Sophia auf einen Sessel geworfen. Die Mädchen hatten sich auf eine großflächige Sofalandschaft zurückgezogen. Sophia hatte den Kopf auf den Schoß ihrer großen Schwester gelegt und weinte, während Jennifer ihr tröstend den Rücken streichelte.

»Muss das sein? Wie sieht es denn hier aus! Und mit den Reitkleidern auf das Daybed!«, rief Charlotte von Raboisen, die ihr Telefonat beendet hatte, plötzlich mit einem schrillen Unterton.

»Wer soll schon ... Papa ist ...«, wollte Sophia protestieren, dann schluchzte sie auf.

Ein Schatten huschte über Charlotte von Raboisens Gesicht. Sie ging zu ihrer Tochter und strich ihr über die Wange. »Ist schon gut. Ich hab's nicht so gemeint.«

In diesem Augenblick trat auch Hennes ein. Raboisens Handy schrillte, sie schaltete den Ton aus. »Bringen wir es hinter uns. Folgen Sie mir in mein Büro.«

Sie stiegen die geschwungene Treppe ins Souterrain hinab. Das Büro war klein und vollgestellt, ein Kontrast zur Weite der restlichen Villa. Das Fenster ging zur Einfahrt hinaus, eine weitere Tür zu einem engen Büroraum. Auf dem Schreibtisch, den Regalen und den Fensterbänken standen Kakteen, in der Ecke ein bepflanzter Zimmerbrunnen, dessen Wasserfall sich in eine Granitschale ergoss, sodass der Raum wie eine Oase wirkte. Im Bücherregal reihten sich dicke Bände über Wirtschaft und Politik, aber auch Biografien aneinander, davor waren Pokale von Reitturnieren, bizarre Steine und eine Lupe am Band drapiert. Unzählige Fotos an den Wänden zeigten die Familie vor dem Herrenhaus, bei Festen oder zu Pferd, dazwischen ein beeindruckendes Panoramafoto von Sanddünen. Dazu kamen diverse gerahmte Urkunden und Dankesschreiben. Charlotte von Raboisen zog eine Jalousie ein wenig herunter, sodass die Pflanzen beschattet wurden. Dann schob sie Papiere auf dem Schreibtisch zusammen. »Sie müssen entschuldigen ... ich bin darauf nicht eingerichtet ...«

»Das Bild ist aber nicht hier aufgenommen worden, oder?« Hennes wies auf die Fotografie.

Charlotte von Raboisens Blick ruhte auf dem Bild. »Nein, das ist in der tunesischen Wüste. Ich habe mich auf einer Reise in die dortige Landschaft verliebt.« Ihre Stimme brach, und sie räusperte sich. »Auch mit Karl bin ich in die Wüste gereist.« Ihr Mund verzog sich zu einem traurigen Lächeln. »Dort hat Karl mir versprochen, dass wir eines Tages in der Nähe einer Düne leben würden. Und er hat sein Versprechen gehalten, obgleich sein Vater es vorgezogen hätte, wenn wir unseren Hauptwohnsitz bei Glücksburg behalten hätten.« Sie starrte aus dem Fenster, offenbar entschlossen, sich von der Trauer nicht überwältigen zu lassen, aber schließlich rannen ihr doch die Tränen über die Wangen.

Die Kommissare ließen ihr Zeit. Als Charlotte von Raboisen sich gefangen hatte, schloss sie eine Schublade des Schreibtischs auf und holte eine zierliche Pappschachtel heraus. Sie öffnete das Band, Macarons in verschiedenen Pastelltönen kamen nach dem Öffnen der Kordel und des Seidenpapiers zum Vorschein. Sie bot Liv und Hennes von den Mandelbaisers an. Die beiden lehnten ab.

»Soweit ich weiß, haben Sie sich in Tunesien aber auch für die Räumung von Landminen engagiert«, sagte Liv, um ein unverfänglicheres Thema anzuschneiden, das Raboisen am Herzen lag.

Charlotte von Raboisen nahm einen rosafarbenen Macaron heraus, biss davon ab, steckte ihn dann aber ganz in den Mund. »Das ist richtig. Seit Prinzessin Diana für ein Verbot von Landminen gekämpft hat, ist viel zu wenig geschehen, obgleich heute ihr Sohn Prinz Harry und seine Gattin Meghan diesen Kampf fortsetzen.« Sie klang, als sei sie mit den Vertretern des britischen Königshauses gut bekannt; und vielleicht war sie das ja auch. »In Tunesien gibt es, wie auch in Ägypten und Marokko, viele Minenfelder, die zum Teil noch aus dem Zweiten Weltkrieg stammen. Besonders stark vermint ist der Grenzstreifen zwischen Tunesien und Libyen. Vielen Menschen erscheint dieses Problem weit weg, denn sie wissen nicht, dass auch die DDR die deutsch-deutsche Grenze umfangreich vermint hatte.« Charlotte von Raboisen schien bei diesem Thema Fassung zurückzugewinnen. Sie verschloss die Packung, öffnete sie nach kurzem Zögern erneut und aß das nächste kleine Gebäckstück.

»Minen sind wirklich furchtbar. Es ist eine Schande, dass Antipersonenminen trotz der internationalen Ächtung noch so häufig verwendet werden«, stimmte Hennes zu.

»Vor allem Antifahrzeugminen werden noch viel zu oft verlegt – und die wirken letztlich genauso wie Antipersonenminen. Die Ottawa-Konvention weist in dieser Hinsicht große Lücken auf, die dringend geschlossen werden müssen.«

Liv klappte ihr Notizbuch auf. Es kam ihr seltsam vor, über Minen zu reden, wo es doch um den Mord gehen sollte; andererseits schien Charlotte von Raboisen nun gefasster. »Ihr Engagement ist wirklich bewundernswert. Wie haben Sie und Karl sich kennengelernt?«

»In Louisenlund.« Das schien aus Charlotte von Raboisens Sicht alles zu sagen. Und tatsächlich wusste Liv sofort Bescheid: Louisenlund war ein Elite-Internat in Schleswig-Holstein. Die Ausbildung dort kostete fast fünfzigtausend Euro im Jahr. »Ein Paar sind wir aber erst geworden, als wir gemeinsam studiert haben. In Harvard.« Offenbar wollte Charlotte von Raboisen nicht weiter darauf eingehen, denn sie schwieg.

»Wie haben Ihre Familien auf die Verbindung reagiert?«

»Meine Eltern waren zugegebenermaßen nicht begeistert, nachdem sie den Gotha konsultiert hatten.«

»Den Gotha?«, fragte Hennes nach.

»Das genealogische Handbuch des Adels. Während meine Familie im grünen Gotha der Gräflichen Häuser verzeichnet ist, findet sich Karls Familie nur im weinroten Buch. Das mag sich für Sie albern anhören, spielt jedoch in unserer Welt eine wichtige Rolle. Aber Karl und ich haben uns geliebt …« Ihre Stimme zitterte erneut. »Und deshalb gab es keine langen Diskussionen.« Sie blickte Liv mit brennenden Augen an. »Verzeihen Sie, die Erinnerung schmerzt. Müssen wir wirklich darüber sprechen?«

»Wir wollten uns lediglich einen Eindruck von Ihrer Ehe verschaffen«, sagte Hennes.

Liv wies auf ein Foto, das auf dem Schreibtisch stand. »Sie waren ein schönes Paar.«

Charlotte von Raboisen nahm das Bild zur Hand und strich zärtlich darüber. »Ja, das waren wir.« Wieder Schweigen. Es schien nicht so, als wollte sie über ihre Ehe reden.

»Wann waren Sie zuletzt in den Dünen? In den Wanderdünen auf Sylt, meine ich?«, fragte Liv wie beiläufig.

»Der Zugang ist verboten, um die Dünen zu schützen«, sagte Charlotte von Raboisen. »Allerdings nehme ich mit unseren Gästen regelmäßig an den Wanderungen zum Fuß der Wanderdünen teil. Und Karl und ich waren oft auf der Aussichtsdüne am nördlichen Ortseingang, Sie wissen schon, an der Mövenbergstraße.« Sie schüttelte ruckartig den Kopf. »Ich kann noch immer nicht fassen, dass Karl … Was ist denn eigentlich genau passiert?«

»Heute Morgen wurden wir durch einen anonymen Anrufer benachrichtigt. Als die Polizei und der Rettungswagen eintrafen, wurde Ihr Gatte gefunden. Er war tot.« Liv blieb bewusst vage.

»Wann haben Sie Ihren Mann zuletzt gesehen?«, wollte Hennes wissen.

Noch ein Macaron. Das Naschen schien kein Genuss, sondern eine pure Notwendigkeit zu sein, wie bei dem Kriminaltechniker Botersen-Evers, dessen Treibstoff Zucker zu sein schien. »Um etwa ein Uhr nachts, nach dem eigentlichen Krebsessen. Ich habe mich mit Maja auf die Terrasse gesetzt. Sie haben Maja Forsberg, meine persönliche Assistentin, vorhin kurz beim Poloturnier gesehen. Gegen vier war ich im Bett.«

»Wie ist der Abend verlaufen? Ist Ihnen etwas Besonderes aufgefallen?«

»Nein.« Auf Charlotte von Raboisens Handy leuchtete etwas auf. »Alles war wie immer. Die Gäste haben sich amüsiert.«

»Es gab keine Diskussionen, keinen Streit?«

»Glauben Sie etwa, dass einer unserer Gäste …«

»Wir wissen es nicht, können es aber derzeit auch nicht ausschließen.«

Charlotte von Raboisen zögerte. »Es gab tatsächlich eine kurze Unannehmlichkeit, als Georg auftauchte.«

Liv merkte auf. »Ihr Schwager, also Karls Bruder?«

Sie nickte. »Wir wussten gar nicht, dass er auf Sylt weilt. Aber Eduard hat ihn schnell abwimmeln können.«

»Wie ist das Verhältnis zu Georg?«, fragte Liv, als hätte sie keine Ahnung.

»Zerrüttet. Georg hat sich mit seinem Vater und seinem Bruder überworfen. Er fühlte sich ungerecht behandelt. Am besten sprechen Sie mit meinem Schwiegervater darüber.«

»Und was wollte Georg an diesem Abend?«

»Das weiß ich nicht. Sehen Sie mir bitte nach, dass ich nicht mehr dazu sagen möchte. Die Angelegenheit ist belastend genug.«

Liv unterstrich ihre letzte Notiz. Servierte ihnen Charlotte von Raboisen einen Täter und ein Motiv auf dem Silbertablett?

»Wen hatten Sie noch zu diesem Krebsessen geladen?«

»Verwandte, Freunde, Geschäftspartner, einige Kollegen aus der Politik. Derartige gesellschaftliche Ereignisse sind in unseren Kreisen begehrt. Man denkt ja immer, der Adel sei steif, aber das stimmt nicht. Wir feiern gern. Unser Krebsessen ist für viele das letzte Event in Deutschland, ehe es an die Côte d'Azur geht.«

»Ach so. Die Jachten wollen bewegt werden.« Liv hörte die Ironie in Hennes' Stimme, aber Charlotte von Raboisen schien sie nicht wahrzunehmen.

»So ist es. Außerdem stehen dort die nächsten gesellschaftlichen Verpflichtungen an.«

»Der Jetset-Zirkus zieht weiter. Es könnte ja langweilig werden«, stichelte Hennes weiter. Jetzt stutzte Charlotte von Raboisen doch.

»Sie haben sicher eine Gästeliste«, sagte Liv schnell.

»Natürlich. Die bekommen Sie von Paul, dem Butler meines Schwiegervaters.« Wieder leuchtete es auf dem Handy. Charlotte von Raboisen überflog die eingetroffene Nachricht. Die Macaron-Packung war jetzt halb leer.

»Nehmen Sie das Gespräch ruhig an, wenn es dringend ist.«

»Das kann noch einen Moment warten. Wir sind ja sicher gleich fertig. Es wird Zeit, dass ich aus den Reitkleidern herauskomme und den Verband wechsle.« Tatsächlich war der Stoff fleckig.

»Was ist mit Ihrer Hand passiert?«, fragte Liv nach.

»Ein Unfall. Ich bin gestolpert. Das Timing war natürlich schlecht. Eine erfahrene Polospielerin wie ich fehlt dem Team. Aber nun ist ohnehin alles anders. Man kann es sich nicht aussuchen.«

Hennes übernahm. »Hatte Ihr Mann sonst noch Differenzen mit jemandem?«

»Nicht, dass ich wüsste.«

»Ihr Gatte wollte am nächsten Morgen segeln gehen? Ist das nicht ungewöhnlich, direkt nach so einer Feier?«

»Karl hat das Segeln geliebt. Er brauchte seine kleinen Auszeiten.«

»Hatte er Probleme in der Holding?«

»Meines Wissens nicht. Auch das müssen Sie meinen Schwiegervater fragen. Ich habe mich in den letzten Jahren auf mein politisches Engagement und die Gremienarbeit konzentriert.«

»Was hielt Karl von Ihrem Engagement?«, wollte Liv wissen.

»Er hat mich unterstützt. So wie ich ihn.« Charlotte von Raboisen packte die Macaron-Packung zurück in die Schublade.

»Sie sind nach der Feier also schlafen gegangen. Darf ich fragen, ob Sie ein gemeinsames Schlafzimmer haben? Mich würde interessieren, wann Ihr Gatte ins Bett kam.«

»Wir haben ein gemeinsames Schlafzimmer, aber Karl war oft lange auf. Manchmal schlief er in seinem Büro, seinem Separee, wie er es nannte.« Sie lächelte wehmütig.

»Beschreiben Sie uns bitte den heutigen Morgen.«

»Karl war morgens nicht da, wie erwartet. Das Haus wurde wieder auf Vordermann gebracht, und wir haben uns auf das Turnier vorbereitet.«

»Sie haben nicht versucht, ihn anzurufen?«

»Nein, das war bei uns nicht üblich. Ich sagte doch: Wenn er segelte, wollte er seine Ruhe haben.«

»Wer ist ›wir‹? Sie haben eine Zugehfrau, nehme ich an? Wir haben mit einem Butler telefoniert. Gibt es weiteres Personal?«

»Paul Dekker, der Butler, ist vor allem für meinen Schwiegervater tätig. Gunda ist unsere gute Fee. Gerhard Yorkssen ist unser Fahrer und Hausmeister. David kümmert sich um unsere Hunde. Dazu kommen meine Assistentin und die beiden Grooms, also die argentinischen Pferdepfleger. Nach Bedarf engagieren wir Aushilfen oder Köche. Zusätzlich das Personal auf dem Festland«, zählte Charlotte von Raboisen auf.

»Mit wem hat Karl sich am Freitag unterhalten? Wer könnte wissen, wie der weitere Abend verlaufen ist?«

»Fragen Sie seinen Vater. Oder auch seinen Freund, Piet. Ich schreibe Ihnen die Telefonnummer auf. Piet von und zu Krummendiek ist meistens der Letzte auf einer Party.« Wieder rührte sich das Telefon. Charlotte von Raboisens Züge bebten, als sie das Smartphone aufnahm. »Ich muss jetzt wirklich telefonieren. Mit unserer Familie reden. Sie sollten die Nachricht von uns erfahren und nicht aus der Presse oder von Fremden.« Liv und Hennes erhoben sich. »Wie geht es jetzt weiter? Wann erfahren wir … was genau geschehen ist? Wann dürfen wir Karl …«

Liv setzte sie über den üblichen Ablauf in Kenntnis. »Dürften wir uns im Arbeitszimmer Ihres Gatten umsehen?«, fragte sie noch.

»Ich zeige Ihnen alles, was für Sie von Interesse sein könnte.«

Aus dem Erdgeschoss waren Stimmen zu hören. Charlotte von Raboisen hatte es auf einmal eilig, sie hinaufzubringen.

Eduard von Raboisen stand mit Momke im Vestibül. Raboisen trug noch immer die Polokleidung. Er wirkte aufgebracht. »Da bist du ja endlich! Wo hast du denn gesteckt? Es sieht ja schlimm hier aus!« Eduard von Raboisen wies auf den Schmutz und die Kleidung auf den Fliesen.

Liv wurde innerlich zu Eis. Sein verächtlicher Ton erinnerte sie nur zu gut an ihren eigenen Vater. Sie sah, wie Charlotte unter den schroffen Worten zusammensank. Eine plötzliche Welle der Sympathie überkam sie.

Ehe Charlotte von Raboisen auf die Vorwürfe ihres Schwiegervaters reagieren konnte, sprangen die Mädchen auf und rafften ihre Sachen zusammen. In diesem Augenblick bewegte sich etwas an der Tür. Japsend und kläffend sprangen die Yorkshireterrier ins Haus und begrüßten ihre Frauchen – Charlotte von Raboisen und ihren Töchtern schien je ein Hund zu gehören – stürmisch. Auch an Liv und Hennes sprangen die Terrier hoch. Die schwarz-weißen pudelähnlichen Hunde wurden von dem jungen Mann an der Leine geführt. Sie hechelten so stark, dass ihre Zungen den Boden volltropften.

»Bring die beiden bitte hinters Haus zum Zwinger und wasch sie«, wies Charlotte von Raboisen den Hundesitter an. Nun traf auch die Haushälterin ein, die den Mädchen die Stiefel und die Kleidung abnahm. Praktischerweise hatte sie eine Fusselbürste parat, mit der sie auch gleich Livs' und Hennes' Hosenbeine abbürsten wollte, was diese jedoch ablehnten. Die Mädchen zogen sich ins Obergeschoss zurück, während Eduard von Raboisen leise auf seine Schwiegertochter einredete, die immer kleiner zu werden schien.

Momke wandte sich an Liv und Hennes. Er senkte die Stimme. »Soll ich bleiben? Allerdings haben wir mit der Gästeliste und dem Caterer samt Personal ganz schön was zu tun. Oder braucht ihr Unterstützung bei Freiherr von Raboisen und …«

»Freiherr? Du hast wohl auch verpasst, dass die Adelsprivilegien seit hundert Jahren abgeschafft und alle Deutschen vor dem Gesetz gleich sind! Adel heißt das schon längst nicht mehr, sondern man sagt ›Namen mit historischem Bezug‹«, unterbrach Hennes ihn.

»Du bist ein solcher Muffkopp«, murmelte Momke.

Hennes ignorierte das. »Fahr ruhig los. Wir treffen uns in einer Stunde zur Besprechung vor Ort. Sag den anderen Bescheid.«

Momke verzog sich, sichtlich erleichtert.

»Wir würden uns gerne mit Ihnen unterhalten, Herr von Raboisen«, richtete Liv nun das Wort an den alten Herrn.

»Und ich mit Ihnen! Ihr Kollege hat nur herumgedruckst! Was ist Karli denn nun zugestoßen?«

»Müssen wir im Stehen reden?«, fragte Hennes.

»Begleiten Sie mich in meinen Salon«, bot Eduard von Raboisen etwas widerwillig an.

Liv bemerkte, wie Hennes' Mundwinkel zuckten. Ein Salon in einem Friesenhaus, das kam vermutlich auch nicht allzu oft vor.

Durch eine Verbindungstür folgten sie ihm in die andere Haushälfte. Hier war alles gediegener und durch eine Klimaanlage stark heruntergekühlt. Der Raum wirkte, als habe man ihn aus einem Herrenhaus hierhergebeamt. Dunkle Holzmöbel, Perserteppiche. An den Wänden hingen Gemälde von Reit- und Jagdszenen in wappengeschmückten Rahmen, alte Waffen, Hirschgeweihe. Ein Stück weiter befand sich eine deckenhohe Bücherwand, prominent platziert die dicken Bände des Gotha, wie Liv jetzt erkannte. Aktuelle Businesszeitschriften auf dem Schreibtisch aus Nussbaumholz, darüber eine Doppelzugleuchte aus Messing, ein Humidor stand in der Ecke.

Ein Mann im schwarzen Anzug nahm sie in Empfang und

erkundigte sich, ob er ihnen etwas zu trinken bringen dürfe; das musste Paul sein. Eduard von Raboisen schickte den Butler weg. Abgesehen von seinen geröteten Augen merkte man ihm nicht an, dass die Todesnachricht ihm zusetzte.

»Was ist denn nun? Erfahre ich endlich, was meinem Sohn passiert ist? Ihr Arbeitstempo grenzt ja schon an Verschwendung von Steuergeldern! Muss ich mich erst bei Ihren Vorgesetzten beschweren?«, brauste Eduard von Raboisen unvermittelt auf.

»Das steht Ihnen natürlich frei. Ich bezweifle aber, dass Sie dort mehr erfahren werden«, meinte Hennes.

Liv ergriff das Wort. Wieder berichtete sie von dem anonymen Anruf und der Leiche, verschwieg aber auch diesmal Fundort und mutmaßliche Todesursache.

Eduard von Raboisen setzte sich in einen antik wirkenden Ledersessel, der unter ihm knarzte. »Ich habe meinen Sohn zuletzt auf der Feier gesehen, gegen zwei Uhr. Inzwischen wurde im Vestibül getanzt, andere Gäste hatten sich zur Whiskymeile abgesetzt. Ich habe mich auf Französisch empfohlen.«

»Was soll das bedeuten?«, fragte Hennes.

»Ich bin zu Bett gegangen, ohne mich zu verabschieden. Nur Karli wusste Bescheid. Die Gästeliste und die Informationen des Caterers hat Paul bereits Ihrem Kollegen übergeben.« Er holte eine Zigarre aus dem Humidor und wickelte sie in einem komplizierten Ritual aus. Seine Hände bebten so stark, dass Liv sich Sorgen um seine Finger machte, als er das Ende der Zigarre abknipsen wollte. Wie aus dem Nichts tauchte der Butler auf, betätigte den Zigarrenschneider und hielt dem Adeligen Feuer hin. Eduard von Raboisen paffte ein paar Züge. »Wenn Sie mich jetzt fragen, wer meinem Sohn etwas angetan haben könnte, so habe ich keine Antwort darauf. Karli hatte keine Feinde.«

»Wir hörten, dass Ihr Sohn Georg bei dem Fest auftauchte.«

»Was wollen Sie damit unterstellen? Trotz aller Meinungsverschiedenheiten sind wir doch eine Familie und halten zusammen.«

»Was wollte Georg?«, forschte Liv nach.

»Was er immer will: Geld. Georg lebt chronisch über seine Verhältnisse. Ein Grund für Diskussionen – ja. Für Streit – das auch. Aber nicht für Gewalt. Das ist unter unserer Würde.« Sein Gesicht verdüsterte sich.

»Wollte Karl allein segeln?«

»Ja.«

»Wie war das Verhältnis zu seiner Frau?«

»Gut. Für meinen Geschmack war Karli allerdings viel zu nachgiebig. Das fing schon mit dem Einfall an hierherzuziehen. Ein Zweitwohnsitz, schön und gut. Aber doch nicht für immer! Viel zu unpraktisch, wenn man ein Haus zu bestellen hat und als Geschäftsmann unterwegs ist.«

»Aber Sie wohnen auch hier.«

»Soll ich etwa hinter meinem Sohn zurückstehen?«

»Ich nehme an, der Umzug hatte auch mit dem Asthma Ihrer Enkelin zu tun.«

»Deshalb muss man ja noch lange nicht auf diese Insel ziehen!« Er machte eine wegwerfende Geste. »In unserem Herrenhaus hätte Charlotte mehr als genug Beschäftigung. Meiner Meinung nach haben Charlottes gesellschaftliche Verpflichtungen und die Erziehung der Mädchen unter ihrem politischen Engagement gelitten. In ihrer Position hat man Pflichten. Vor allem als Frau.«

Liv war sein Ton schon lange aufgestoßen. Jetzt fing ihr Blut an zu kochen. Hennes warf ihr einen warnenden Blick zu. Eine derartige Diskussion wäre kontraproduktiv. »Und im Beruf? Wie hat die Zusammenarbeit mit Ihrem Sohn in Ihrer

Firma ausgesehen? Waren Sie und Karl sich immer einig?«, fragte Hennes.

»Diese Frage stellte sich nicht. Mir obliegt die Führung der Holding.« Das Rauchen schien Eduard von Raboisen zu beruhigen. Normalerweise sog Hennes Zigarettenrauch förmlich ein – die Abstinenz fiel ihm schwer –, aber den Zigarrenrauch wedelte er demonstrativ weg.

»Wo lag der Arbeitsschwerpunkt Ihres Sohnes?«, hakte Liv nach.

»Karli war im Vorstand der Holding und Chief Strategy Officer.«

»Was bedeutet das?«

»Er hat sich um die strategische Ausrichtung der Holding gekümmert. Hat mit potenziellen Geschäftspartnern verhandelt, neue Geschäftsfelder eruiert ...«

»Wenn man sich die Berichterstattung in den Boulevard-Medien ansieht, hat er diese Aufgabe nicht immer allzu ernst genommen«, meinte Hennes.

»Eine infame Unterstellung! Wie können Sie es wagen! Halten Sie die Schmierpresse für eine ernst zu nehmende Quelle? Karli hat von klein auf gelernt, dass es seine Pflicht ist, unseren Stand zu erhalten und unser Vermögen zu mehren. Ein Familienstand wie der unsere ist eine Verpflichtung. Das hat Karli im Gegensatz zu Georg erkannt.«

Von Pflicht war in der letzten Stunde sehr oft die Rede gewesen. Liv umkreiste das Wort auf ihrem Notizblock.

»Lassen Sie uns noch einmal auf das gestrige Zusammentreffen mit Ihrem Sohn Georg zu sprechen kommen«, begann Hennes.

Eduard von Raboisen streifte unwirsch die Zigarrenglut in einer kleinen Metallschale ab und erhob sich. »Ich sagte bereits, dass mir die Unterstellung darin nicht gefällt. Ich habe genug von Ihren Unverschämtheiten. Statt mir zu berichten, was Sie über den Tod meines Sohnes wissen, beleidigen Sie uns – eine Familie, die ebenso alt wie die Equites Originarii ist, die uradeligen Geschlechter Holsteins und Stormarns. Vor beinahe achthundert Jahren wurde unsere Familie erstmals urkundlich erwähnt. Unseren Stammsitz gibt es noch heute. Und Sie …«

»Beruhigen Sie sich bitte, Herr von Raboisen«, ging Liv dazwischen. »Wir wollen lediglich den Charakter und das Verhältnis Ihrer Söhne besser ergründen.«

»Indem Ihr Kollege ehrabschneidende Unterstellungen tätigt?«

»Es tut mir leid, wenn Sie es so aufgefasst haben. Bei einem ungeklärten Todesfall kann das Charakterbild des Toten ebenso hilfreich sein wie die Chronik der Ereignisse. Konflikte innerhalb der Familie müssen natürlich ebenfalls ausgelotet werden.« Hennes war es sichtlich unrecht, dass sie sich in seinem Namen entschuldigte, aber Liv ließ ihn nicht zu Wort kommen.

»Genug davon! Haben Sie denn überhaupt schon etwas herausgefunden?«, forschte Eduard von Raboisen nach.

Liv führte auf, was sie wussten. Eduard von Raboisen nahm mit geradem Rücken auf der Sesselkante Platz, als wollte er gleich wieder aufspringen.

»Für weitere Erkenntnisse müssen wir die rechtsmedizinische Untersuchung abwarten. Sie sind also gegen zwei ins Bett gegangen. Gibt es dafür Zeugen?«, fragte Hennes.

»Ich bin Witwer«, sagte Eduard von Raboisen entrüstet.

»Also keine Zeugen.«

Hennes' Gegenüber schüttelte den Kopf.

»Mit wem hat Ihr Sohn sich an diesem Abend besonders intensiv unterhalten?«

»Das weiß ich nicht. Da müssten Sie am ehesten Piet fragen, Karlis Freund.«

Hennes beugte sich vor. »Sie gelten als reich, was durchaus Begehrlichkeiten wecken kann.«

Eduard von Raboisen ließ ihn den Gedanken nicht weiter ausführen. »Reich ist eine Übertreibung. Es gibt weitaus reichere Familien als uns. Wir sind wohlhabend. Wir lassen uns unseren Besitz etwas kosten und investieren in die Zukunft, ins Geschäft. Genau genommen sind wir gehobener Mittelstand. Derartige Begehrlichkeiten – vermutlich spielen Sie auf Bedrohungen oder Erpressungen an – kommen bei uns nicht vor.« Falsche Bescheidenheit, naserümpfend vorgetragen. Er erhob sich erneut. »Und nun entschuldigen Sie mich. Ich muss unsere Verwandten und Geschäftspartner informieren und außerdem alles für eine standesgemäße Bestattung in die Wege leiten. Der Leichnam muss in unsere Hauskapelle überführt werden. Wann können wir Karli …« Seine Stimme bebte leicht. »… abholen lassen?«

»Das werden wir mit dem Rechtsmedizinischen Institut in Kiel klären und Sie dann informieren. Dürfen wir mit Ihrem Butler sprechen?«

»Ich weiß zwar nicht, was das bringen soll – aber bitte. Fassen Sie sich kurz, ich benötige Pauls Dienste für die Organisation der Trauerfeierlichkeiten.«

6

Sie trafen den Butler in einem Büro von der Größe einer Abstellkammer an, wo dieser auf einem Tablet tippte. Alles in diesem Zimmer war penibel ordentlich, bis hin zu Paul Dekkers unergründlicher Miene. Auf Liv wirkte der Butler tadellos langweilig, selbst die Haare waren von einem matten Aschblond. Hennes wies auf ein zusammengeklapptes Bügelbrett, das neben dem Schrank lehnte. »Sie bügeln nicht wirklich die Zeitungen? Ich habe das immer für ein Gerücht gehalten.«

»Ein Trugschluss. Es ist den Herrschaften nicht zuzumuten, dass sie sich die Finger mit Druckerschwärze beflecken«, sagte Paul Dekker gleichmütig.

»Was sind Ihre weiteren Aufgaben in diesem Haushalt?«

»Ich stehe Herrn von Raboisen in verschiedensten Bereichen zur Seite. Ich assistiere ihm im Geschäftlichen, erledige seine Korrespondenz, organisiere seine Reisen und seinen Haushalt, fahre ihn. Eduard von Raboisen ist ein beeindruckend vielseitiger Mann.«

»Ich dachte, Gerhard sei der Fahrer.«

»Gerhard fährt meist Frau von Raboisen oder die Töchter des Hauses.«

»Warum sind Sie nicht mit auf dem Poloturnier gewesen, wenn Sie so unverzichtbar sind?«, fragte Liv.

»Herr von Raboisen hatte mir eine Aufgabe übertragen. Das Telefon wurde auf mich umgeleitet. Natürlich bin ich sogleich hierhergeeilt, als ich von dem tragischen Todesfall hörte.«

»Um was für eine Aufgabe handelte es sich?«

»Darüber zu sprechen steht mir nicht zu. Ich bin meinem Auftraggeber gegenüber zur Diskretion verpflichtet, das verlangt auch der Kodex meiner Ausbildung an der internationalen Butler-Akademie. Deshalb werden Sie von mir auch keinerlei Indiskretionen über die Freiherren von Raboisen erfahren. Wir Butler betreiben das verschwiegenste Gewerbe der Welt.«

Wie ernst es Paul Dekker damit war, zeigte sich im weiteren Gespräch, denn er antwortete einsilbig. Über Karl von Raboisen und dessen Familienverhältnisse könne und werde er sich kein Urteil erlauben. Blieb nur noch eins: »Wo Sie von Freitagabend bis Samstagfrüh waren, können Sie uns ja wohl verraten. Oder unterliegt das auch dem Butler-Kodex?«, fragte Hennes.

Paul Dekker hielt seinem Blick stand. »Hier, natürlich.«

»Sie haben bedient?«

Paul Dekker wirkte indigniert. »Nein, dafür standen uns selbstverständlich Hilfskräfte zur Verfügung. Ich habe für den reibungslosen Ablauf gesorgt und mich persönlich um die wichtigsten Gäste gekümmert.«

»Die ganze Nacht?«

»Bis zum Morgengrauen. In diesen Kreisen will niemand feiern und am nächsten Morgen in einem Saustall aufwachen.«

»Ach ja, ich erinnere mich, in einer Dokumentation gesehen zu haben, dass Butler sogar dafür geschult werden, exakte Koks-Linien zu ziehen«, meinte Hennes. Liv schämte sich für ihren Kollegen. Was sollte diese Provokation?

»Ich hoffe nicht, dass diese Informationsquelle repräsentativ für die hiesige Polizei ist«, erwiderte Paul Dekker kühl.

Liv lenkte ab. »Dann haben Sie sicher auch das Eintreffen von Georg von Raboisen beobachtet. Beschreiben Sie uns bitte, wann das etwa war und wie es abgelaufen ist.«

»Herr Georg traf gegen neunzehn Uhr dreißig ein, gleichzeitig mit den anderen Gästen, um die ich mich auch weiterhin vorrangig gekümmert habe. Herr von Raboisen sprach kurz mit seinem Sohn und schickte ihn dann weg.«

»Und Karl?«

Paul Dekker überlegte. »Herr Karl wechselte auch ein paar Worte mit Herrn Georg.«

»Worum ging es in dem Gespräch?«

»Das weiß ich nicht.«

»Stritten die Herren?«

»Auch das entzieht sich meiner Kenntnis.«

»Erinnern Sie sich, wann Sie Karl von Raboisen zuletzt gesehen haben?«, übernahm Hennes.

Der Butler dachte erneut nach. »Das muss gegen vier, halb fünf gewesen sein, als ich weiteren Champagner aus dem Weinkeller holen ließ. Herr Karl stand zu dem Zeitpunkt auf der Terrasse und konsultierte sein iPhone.«

»Mit wem hatte er vorher zusammengesessen? Mit wem telefonierte er?«

»Herr Karl war meistens in Gesellschaft seines Freundes, Piet von Krummendiek. Mit wem er telefonierte, ist mir nicht bekannt.« Er komplimentierte sie hinaus. »Auch eine Beerdigung will organisiert sein, schließlich ist es eine einmalige Angelegenheit.«

Liv konnte sich nur mühsam beherrschen, Hennes nicht schon auf der Treppe zur Rede zu stellen. Ihr Partner schrieb eine Kurznachricht an ihre Kollegen, damit sie herausfanden, ob Georg von Raboisen noch auf der Insel war und ein Alibi hatte. In der Küche schnippelte die Haushälterin Römersalat und briet parallel Garnelen und Steaks in Pfannen an, im Backofen brutzelte etwas, und in Schälchen standen Croûtons und geriebener Parmesan bereit. Offenbar änderte der Todesfall die grundlegenden Abläufe in diesem Haus nicht. Livs Magen knurrte bei der Vorstellung von Cesar's Salad wie aufs Stichwort. Ihr Frühstück war lange her. Sie dachte an das Picknick, das Sebastian und sie in der Trockentonne verstaut hatten. Sicher waren die Käsesandwiches inzwischen mit Sonnenenergie gegrillt.

Die Kommissare ließen sich den Weg in Karl von Raboisens Arbeitszimmer weisen. Das großzügig geschnittene, minimalistisch eingerichtete Büro im ersten Stock bot ebenfalls Dünenblick. Hennes und sie zogen Latexhandschuhe über. Die Kriminaltechniker würden sich ohnehin später hier umsehen. Das Notebook ließ sich hochfahren, doch auf das Passwort gab es keinen Hinweis. Auf dem futuristischen Schreibtisch herrschte gähnende Leere. In einem Rollcontainer fanden sich Aktenordner und aufgereihtes Schreibzeug, Taschenrechner, sogar ein Nadeletui. Das Sofa wirkte nicht, als ob jemand darauf geschlafen hätte. In einer Glasvitrine lagen Miniroboter und andere technische Spielereien. Der Flachbildschirm war riesig.

»Was sollte das eigentlich gerade? Warum musstest du Eduard von Raboisen und seinen Butler derart anmachen?«

»Ich habe nur ausgesprochen, was in der Zeitung steht. Was soll daran falsch sein?«, meinte Hennes unschuldig. »Willst du diese Schnösel etwa verteidigen? Mit der Mehrung von Familienvermögen kennst du dich ja auch aus.«

»Haha. Du weißt genau, dass mein Kommissarsgehalt als Alleinerziehende das Gegenteil von Familienvermögen ist.«

»Komm schon, deine Familie …«

»Ich dachte, diese Diskussion hätten wir längst hinter uns gelassen«, unterbrach ihn Liv entnervt. Hennes wusste besser als viele andere, dass Liv schon in ihrer Jugend mit ihrem Vater, einem reichen Sylter Bauunternehmer und Immobilienmagnaten, gebrochen hatte und enterbt worden war. »Um das klarzustellen: Eduard von Raboisen ist kein Beschuldigter, sondern hat gerade seinen Sohn verloren. Das sollten wir nicht vergessen. Der Tod eines Angehörigen schmerzt jeden, ob arm oder reich. Dass du Probleme mit gewissen Leuten hast, tut nichts zur Sache.«

Hennes hatte den LED-Bildschirm eingeschaltet, der jedoch kein Programm zeigte. »Ich habe Probleme mit arroganten Heuchlern, die sich ihrer Kohle oder ihres Titels wegen für was Besseres halten. Nicht mehr und nicht weniger«, sagte er und öffnete die Tür des begehbaren Kleiderschranks.

»Ich halte es jedenfalls für unnötig, ihn gegen uns aufzubringen«, meinte Liv in einem abschließenden Tonfall. Sie betrachtete die Minidrohne in der Glasvitrine. Die kleinen Fluggeräte hatten ja in den letzten Jahren die Privathaushalte rasant erobert.

Im Kleiderschrank zog Hennes Schubladen auf, tastete die Kanten ab. Plötzlich pfiff er durch die Zähne. Liv trat näher. Unter den Socken hatte er ein Geheimfach entdeckt, in dem ein Rekorder lag. Ihr Kollege schaltete ihn ein. Und tatsächlich, jetzt zeigte der LED-Bildschirm ein Bild. Genau genommen war er in neun verschiedene Bereiche aufgeteilt. Liv erkannte die Küche, Charlotte in ihrem Büro, die Kinderzimmer, die Einfahrt, dazu ein Schlafzimmer und weitere Räume; ein Feld war halb verdeckt, man sah nur unscharfe helle und gelbliche Streifen. »Sieh mal an. Der gute Karli hat anscheinend das ganze Haus überwacht.«

Was sollte diese Verniedlichungsform überhaupt? Warum nannten alle einen gestandenen Mann »Karli« – nur seine Frau nicht? »Ob die Familie von den Überwachungskameras wusste?«, sprach Liv ihren Gedanken aus.

»Eher nicht. Den seltsamen Blickwinkeln nach zu urteilen, könnten manche Kameras versteckt angebracht sein.«

Sie wies auf das halb verdeckte Übertragungsbild. »Wo diese Kamera wohl ist?«

Hennes hatte sein Handy bereits am Ohr. »Karlpeter? Schick mal einen deiner Leute für eine kriminaltechnische Untersuchung her. Ja, jetzt sofort …«

* * *

Die Fischerei hatte begonnen. Ansgar spürte, wie seine Anspannung ein wenig nachließ. Die Netze waren ausgesetzt, dieses gefährliche Manöver geschafft. Eine Unachtsamkeit, ein falscher Griff, und sie hätten sofort den Rettungshubschrauber rufen müssen, denn bei diesem Manöver wirkten große Kräfte, wurden Tonnen bewegt. Jetzt konnten die Schwärme befischt werden.

Sie befanden sich in der westlichen Deutschen Bucht, noch vor der Doggerbank. Der Seegang war moderat und der Himmel beinahe wolkenlos. Besser konnte es nicht sein. Noch einmal kontrollierte Ansgar alle Instrumente. Auf dem Sonar war der Fischschwarm gut zu erkennen. Nur eine einsame Segeljacht mit Kurs Nordwest war auf dem Radar aufgetaucht, die ihren Weg kreuzen würde. Selten, dass die Nordsee hier so leer war.

Ansgar ließ seinen Blick zum Horizont schweifen, und seine Gedanken wanderten für einen Augenblick gleich mit. Die unendliche Weite des Meeres, dieses Freiheitsgefühl und die Verantwortung für die Crew beflügelten ihn. Es war ein unglaubliches Gefühl, am Ziel zu sein. Als er seiner Familie und seinen Freunden damals verkündet hatte, dass er Hochseekapitän werden wollte – offiziell Nautiker BG, Große Hochseefischerei –, hatten ihn alle für verrückt erklärt. Ein Beruf ohne Zukunft, hatten sie geurteilt, schließlich nahmen die Fischbestände immer weiter ab. Ja, er war sogar angefeindet worden, da er zur Überfischung der Meere beitragen würde. Dabei gab es eine große Nachfrage nach Fisch. Seine Aufgabe war es, dieser nachzukommen und zugleich die fünfunddreißigköpfige Mannschaft und das Schiff sicher zu steuern und in den Heimathafen zurückzubringen.

Beinahe ehrfurchtsvoll berührte er die Schalthebel. Sein Trawler war in mehrfacher Hinsicht eine technische Hochleistungsmaschine. Auf einer Breite von achtundsiebzig Metern, einer Länge von siebzehn Metern und einem Tiefgang von sieben Metern befand sich eine ganze Fischfabrik samt Packraum und Frostung, in der täglich bis zu dreißig Tonnen Fischfilet produziert werden konnten.

Es war ein langer Weg gewesen bis auf die Kommandobrücke. Realschulabschluss, vier Jahre auf See, darunter achtzehn Monate auf einem Fahrzeug der Hochseefischerei, danach die Ausbildung an der Staatlichen Seefahrtschule Cuxhaven.

Noch einmal kontrollierte Ansgar alle Instrumente. Die Segeljacht hielt weiterhin auf sie zu. Die Ausweichregeln zwischen Wasserfahrzeugen waren im Schiffsverkehr klar festgelegt. In diesem Fall waren sie der Kurshalter und die Jacht ausweichpflichtig. Ohnehin war vorgeschrieben, dass sich andere Schiffe von Fischtrawlern, die nur eingeschränkt manövrieren konnten, sobald sie ihr Schleppnetz abgelassen hatten, fernhalten mussten.

Er würde den Segler anfunken. Möglicherweise schlief dieser gerade oder hatte sein AIS, das Automatische Identifikationssystem, nicht an. »Segeljacht auf Position fünfundfünfzig Grad, sechs Minuten Nord, sechs Grad fünfzig Minuten Ost, mit dem Kurs dreihundert Grad fünf Knoten. Hier ist der Fischtrawler …«, sprach er gleich darauf ins Funkgerät und nannte die Kenndaten seines Schiffs.

Besorgt fixierte Ansgar das Radar. Wenn die Jacht nicht abdrehte, wäre sie auf Kollisionskurs. »Segeljacht auf Position fünfundfünfzig Grad, sechs Minuten Nord, sechs Grad fünfzig Minuten Ost, mit dem Kurs dreihundert Grad fünf Knoten, bitte melden! Hier ist …«, wiederholte er seinen Funkspruch mehrfach. Seine Besorgnis wuchs.

Niemand reagierte. Noch immer änderte die Jacht ihren Kurs nicht, sondern hielt direkt auf sie zu. Mit dem Nebelschallgerät setzte Ansgar fünf kurze Töne zur Warnung ab, wie es die internationalen Kollisionsverhütungsregeln vorsahen. Er bemerkte, dass einige seiner Fischer zu den großen Fenstern der Kommandobrücke blickten, andere auf See hinaussahen. Was war denn an Bord dieser Segeljacht nur los? Hatte es dort einen Unfall gegeben? War jemand in Not oder gar über Bord gegangen? Schweiß trat Ansgar auf die Stirn. Viel Zeit blieb ihnen nicht mehr, um einen Zusammenstoß zu verhindern.

7

List, 14.21 Uhr

Durch das Fenster hatten die Kommissare gesehen, wie die Haushälterin mit den Mädchen auf der Terrasse den Salat gegessen hatte. Jetzt befüllte sie die Geschirrspülmaschine. Gunda war um die fünfzig und schlicht gekleidet, wirkte aber trotzdem so stilvoll, dass Liv sie bei dem Poloturnier beinahe für eine Freundin von Charlotte von Raboisen gehalten hatte. Livs Magen hing sofort wieder durch. Normalerweise hatte sie immer Schokolade oder Studentenfutter dabei. Sie bat Hennes um ein Kaugummi, das würde ihren Hunger dämpfen. Von oben hörten sie die Stimme von Charlotte von Raboisen, die offenbar noch immer telefonierte.

»Haben Sie kurz Zeit für ein paar Fragen?«, sprach Liv die Haushälterin an.

»Selbstverständlich. Möchten Sie einen Kaffee?«

»Gerne.«

Gunda bereitete zwei Espresso. Das Getränk tat Liv gut. »Ich bin seit fünf Jahren bei der Familie Raboisen. Eine Anstellung, für die ich dankbar bin«, begann Gunda ungefragt, während sie die Arbeitsfläche sauber wischte. »Mit Karl von Raboisen hatte ich naturgemäß weniger zu tun als mit seiner Gattin. Ich habe ihn am Freitagmorgen zuletzt gesehen, kurz vor meiner Abreise.«

»Sie waren beim Krebsfest nicht im Hause?«

»Glauben Sie, ich will mir ansehen, wie die Caterer hier

im Akkord die Krebse kochen und meine Küche verwüsten? Ich habe meine Schwester besucht, die ist gerade in Tinnum auf dem Campingplatz. Als ich zurückkam, war wieder alles blitzblank. Nun ja, es roch noch nach Krebssud, aber dagegen helfen Natron und Essig.«

»Ist Ihnen in den letzten Tagen etwas Ungewöhnliches aufgefallen?«

Gunda schien ernsthaft zu überlegen. »Nein«, sagte sie dann mit Überzeugung.

Liv dachte daran, wie Gunda beim Poloturnier geholfen hatte, als Sophia den Asthmaanfall hatte. »Auf mich wirkte es, als hätten Sie ein gutes Verhältnis zu Frau von Raboisen.«

»Das ist richtig. Mit den Jahren baut man eine gewisse Verbindung auf. Keine Freundschaft, aber doch eine Verbindung.«

»Wie würden Sie das Familienleben der Raboisens beschreiben?«

»Sieht man von den Anforderungen ihres Standes ab, handelt es sich im Grunde um eine normale Familie.«

»Und die Ehe?«

Die Haushälterin zögerte kaum merklich. »Frau Charlotte und Herr Karl haben … hatten viele Gemeinsamkeiten, das trägt eine Ehe. Ihr Umgang war von gegenseitigem Vertrauen geprägt, soweit ich das beurteilen kann.«

»Keine Affären?«, fragte Hennes direkt nach, was Gunda sichtlich missfiel.

»Aus Diskretionsgründen müsste ich jetzt schweigen, aber ich nehme an, dass die Information für Sie wichtig ist. Also: Ich denke, die beiden waren sich treu. Sie müssen verstehen, hier ist es nicht wie bei Bürgerlichen, sondern es geht um Ehre und Familie.«

»Das hört sich ja an, als würden Sie über die Mafia sprechen.«

Gunda starrte Hennes entgeistert an. Wortlos stellte sie die Espressotassen in den Geschirrspüler.

»Vielen Dank, dass Sie sich die Zeit genommen haben. Wo finden wir den Fahrer und Hausmeister?« Liv konsultierte ihr Notizheft. »Herrn Yorkssen?«

»Meistens ist er in der Garage oder im Hauswirtschaftshaus.«

Als sie vor die Villa traten, kam die Kriminaltechnikerin Oda aus den Dünen, in denen bereits etliche Spurenmarken steckten. Hennes erklärte ihr, was sie tun und worauf sie bei der Suche nach den Überwachungskameras achten sollte.

Beim Hauswirtschaftshaus musste es sich um das Reetdachhäuschen handeln. Dort war niemand zu sehen, wohl aber im Garten. Der Rasen war für Sylter Verhältnisse ungewöhnlich dicht; vermutlich Rollrasen, dachte Liv. Ob der Landschaftsarchitekt, der dies geplant hatte, damit einverstanden wäre, dass eine Art Planschbecken das makellose englische Grün platt drückte? Denn darin brauste der Hundesitter gerade die größeren Hunde ab. In einiger Entfernung standen ein moderner Zwinger und Ministrandkörbe für Hunde.

»Fangen wir mit ihm an?«, schlug Liv vor. »Vielleicht kommst du dabei ein bisschen runter. Deine Laune ist ja zum Weglaufen!«

»Weiß nicht, was du meinst«, sagte Hennes mit einer Unschuldsmiene.

Liv wandte sich an den Hundesitter. »Hätten Sie kurz Zeit für uns?«

»Wenn es Ihnen nichts ausmacht, dass ich die Hunde weiter bade?«, sagte er und zog das Haargummi, das seinen Pony aus der Stirn hielt, wieder fest.

Bei einem kurzen Vorgespräch nahm Liv die Personalien auf: *David Papen, einundzwanzig Jahre alt, Student aus Kiel.*

Während David den zweiten Hund mit einem speziellen Hundeshampoo einseifte, stand er ihnen Rede und Antwort. Er war ein unauffälliger Typ. Cargohose, Turnschuhe. Blass, die Schultern rund unter dem weiten T-Shirt; nicht gerade athletisch, eher Typ Milchbubi.

»Ich habe keine Ahnung von Hunden. Bin ein Katzenmensch. Um was für eine Hunderasse handelt es sich bei den beiden? Einen Pudel?«, fragte Hennes.

»Portugiesische Wasserhunde. Sie sehen tatsächlich ein wenig aus wie Pudel, sind aber ursprünglich als Helfer der Fischer eingesetzt worden und haben sogar kleine Schwimmhäute.« Der junge Mann spreizte die Zehen des Hundes vorsichtig. Zur Belohnung für seine Duldsamkeit erhielt der Vierbeiner ein Leckerli. »Normalerweise werden sie geschoren, aber das wollte Herr von Raboisen nicht.«

»Kommt mir bekannt vor, die Rasse«, meinte Liv.

»Barack Obama, der frühere amerikanische Präsident, hatte so einen. Seitdem ist er ein Modehund. Die beiden hier stammen allerdings aus einer guten Zucht und keiner dieser Tierfabriken, die mit Welpen nur Geschäfte machen wollen.«

»Wie sind Sie zur Hundepflege bei den Raboisens gekommen?«

»Ich studiere Jura und jobbe die Semesterferien über auf Sylt – wenn ich schon nicht wegfahren kann, will ich es wenigstens nett haben. Ich bin mit Hunden aufgewachsen und habe oft als Hundesitter, Dogwalker oder in Hundesalons gearbeitet. Hunde sind dankbarer als Menschen.«

»Wie lange sind Sie schon für die Familie tätig?«

»Seit drei Monaten.« Sorgfältig spülte David Papen das Fell aus und achtete darauf, dass kein Schaum in die Augen des Hundes geriet. Das Tier genoss die Wäsche sichtlich. »Mit den Hunden der Raboisens habe ich viel zu tun. Das Fell der

Wasserhunde und der Terrier muss regelmäßig ausgekämmt werden. Ich kümmere mich um die Zahnpflege und das Stutzen der Krallen. Nur ein gepflegter Hund ist ein guter Hund. Dazu kommen das Spazierengehen und das Training.«

Auf ein Kommando hin sprangen die Wasserhunde aus dem Becken. David Papen machte einen Schritt zurück, ehe die Hunde ihr Fell schüttelten, aber Liv und Hennes reagierten zu spät und wurden nass.

»Oh, sorry, ich hätte Sie wohl warnen sollen«, sagte der junge Mann zerknirscht.

Liv lachte. »Nicht so schlimm bei den Temperaturen. Wohnen Sie hier im Haus?«

David Papen rubbelte dem ersten Hund das Fell ab und schaute in die Ohren, dann nahm er sich den zweiten vor. »Nein. Ich habe ja auch noch andere Kunden. Von meinem Zimmer in List ist es aber nicht weit.« Liv notierte sich die Adresse.

Jetzt kamen die drei Terrier angelaufen. Jennifer hatte sie in den Garten gebracht, ging aber sofort wieder ins Haus. David Papen ließ zu, dass sie mit den Wasserhunden tollten und ebenfalls ins Becken sprangen. »Warum kümmern sich die Töchter des Hauses nicht um die Hunde?«, fragte Hennes.

»Das machen sie schon, wenn es ihre Zeit zulässt. Aber beide reiten, spielen Instrumente, obendrauf die Schulpflichten – da kommt ein Hund leicht zu kurz.«

»Was für einen Eindruck haben Sie von Familie von Raboisen?«

»Mit ihren Hunden gehen sie gut um, und das ist es, was für mich zählt.«

»Und Karl von Raboisen?«

»Mit dem hatte ich fast nichts zu tun. Er ist ständig unterwegs gewesen. Wenn er da war, ist er regelmäßig mit den

Hunden spazieren gegangen. Oder er hat die beiden mit auf die Jagd oder auch einen von ihnen mit auf seine Jacht genommen.«

»Auf die Jagd hier auf Sylt?«, fragte Hennes nach.

»Nein, wohl nicht. Offenbar besitzt die Familie verschiedene Wälder zur Privatjagd.«

»Aber an diesem Samstag wollte Karl von Raboisen keinen Hund mit zum Segeln nehmen?«

»Das weiß ich nicht. Ich war nicht hier, sondern in Niebüll. Die kleine Pipa musste zum Tierarzt. Ich habe einen Not-Termin in einer Tierklinik bekommen, der war aber morgens so früh, dass ich am Abend noch aufs Festland gefahren und in einer Pension abgestiegen bin. Danach bin ich sofort wieder hierhergekommen. Ich wurde ja während des Poloturniers gebraucht.« Liv notierte sich den Namen des Tierarztes.

David Papen scheuchte die Hunde aus dem Becken und kippte das Wasser auf den Rasen, dann ließ er sauberes ein. Die Terrier schienen mit nassem Fell um die Hälfte geschrumpft, während das Fell der Wasserhunde langsam trocknete und sie aufgeplustert wirken ließ. »Ich hoffe, dass ich bis zum Ende der Semesterferien hier arbeiten kann. So wie es aussieht, wird die Familie ja froh sein, wenn sich jemand um die Hunde kümmert.«

Die Kommissare beendeten das Gespräch und gingen zum Vorplatz zurück. »So ein Bad könnte ich auch vertragen«, sagte Hennes. »Ganz abgesehen von einem anständigen Mittagessen und einer Zigarette.«

»Ich könnte David bitten, dich abzubrausen. Das macht er bestimmt.« Liv musste bei der Vorstellung grinsen. »Sicher bindet er dir die graue Mähne auch zu einem Zöpfchen. Dann siehst du aus wie ein Bobtail.«

»Nun werd mal nicht frech! Etwas mehr Respekt vor dem

Alter!« Er musterte sie. »Und du würdest aussehen wie ein Afghanischer Windhund, mit deinen langen Armen, Beinen und Haaren.«

Sie mussten beide lachen. Liv war froh, dass die Missstimmung zwischen ihnen verflogen war. Sie musste in Zukunft einfach öfter die Gesprächsführung übernehmen, damit Hennes gar nicht erst mit dem Sticheln anfangen konnte. Bei dieser Familie gab es einfach zu viel, was Hennes aufstoßen würde.

Als Nächstes gingen sie zum Hauswirtschaftshaus. Da die Tür offen stand, traten sie ein. Sah es von außen mit seinem Reetdach und der Klinkerfassade wie ein gepflegtes Friesenhaus im Miniaturformat aus, so hatte es im Inneren den Charme einer engen Pension aus den Fünfzigerjahren. Ein funktionelles Quartier für das Personal, eindeutig. Fehlten nur noch die Glöckchen wie bei *Haus am Eaton Place* oder *Downton Abbey*. Ein groß gewachsener Mann mit keilförmiger Figur kam ihnen entgegen.

»Herr Yorkssen?«, fragte Hennes.

»Der bin ich.«

»Lammers und Erdt von der Kriminalpolizei Flensburg. Wir würden gerne mit Ihnen sprechen.«

»Ich habe zu tun. Bin gerade erst zurück, habe geholfen, mich um die Pferde zu kümmern.« Sie folgten dem Mann hinaus, wo er den Staub vom Bentley-Geländewagen polierte, neben dem ein neuer Kastenwagen stand, dessen Kofferraum von einer Hundebox eingenommen wurde. In den nächsten Minuten füllte sich die Seite in Livs Notizbuch schnell. Gerhard Yorkssen, siebenundfünfzig Jahre alt, auf Sylt geboren. Liv versuchte, durch einige Brocken Söl'ring das Gespräch aufzulockern, aber Yorkssen blieb kühl. Andererseits: Was erwartete sie bei dem Todesfall, der dieses Haus überschattete?

»Herr Karl von Raboisen hat mich engagiert. Seine Frau und die Töchter fahre ich regelmäßig, den Freiherrn nur, wenn Paul nicht im Hause ist.«

»Wie war die Stimmung zwischen dem Ehepaar?«

»Meistens haben die beiden sich auf der Fahrt in Unterlagen vertieft. Da wurde nicht viel geredet.«

»Haben Sie auch für Georg von Raboisen gearbeitet?«

»Früher schon.«

»Wir hörten, dass Herr Georg überraschend zum Krebsfest auftauchte.«

»Davon weiß ich nichts.«

»Wie war das Verhältnis von Karl und Eduard von Raboisen zu Georg?«

»Distanziert.«

Ging das schon wieder so wortkarg los? Das führte doch zu nichts! Liv spürte, dass sie eine Pause brauchte. Die Hitze, der Hunger, die vielen Gespräche ... Sie wollten sich schon bedanken, als Hennes sagte: »Interessant, die Menschen kennenzulernen, die hier hinter den Kulissen wirken. Es muss gut für die Familie Raboisen sein, sich auf jemanden wie Sie verlassen zu können. Die Raboisens können sicher sein, pünktlich und heil irgendwo anzukommen, und wissen auch, dass ihre Pferde wieder gesund und munter im Stall landen. Das ist bei der Hitze wichtig, denke ich mir.«

Erstaunt sah Liv ihren Partner an. Yorkssen nickte. »Die Pferde können ja nichts für das, was passiert ist. Und die Herrschaften haben verständlicherweise keinen Kopf dafür. Abgesehen davon gibt es ja noch die beiden Argentinier«, meinte er jetzt.

»Wo sind die Pferdepfleger untergebracht?«

»Im Hof, bei den Pferden. Die habe ich noch nie hier gesehen.« Er schien zu überlegen. »Aber Sie hatten nach der Ehe gefragt. Nach so vielen Jahren ist man eben nicht mehr so verliebt wie am ersten Tag.«

»Was meinen Sie damit?«, fragte Liv nach.

»Natürlich haben Karl und Charlotte von Raboisen auch mal gestritten. Über die Familie, die Geschäfte. Wenn ich sie gemeinsam vom Festland nach Sylt zurückgebracht habe – und das kam öfters vor –, war aber wieder alles in Ordnung.«

»Können Sie sich an Themen erinnern, über die gestritten wurde?«

»Nein. Aber die Stimmung zwischen ihnen war manchmal … eisig. Frau von Raboisen schien auch zeitweise …«

In diesem Augenblick kam Charlotte von Raboisen mit eiligen Schritten aus dem Haus. Gerhard Yorkssen verstummte. Konzentriert wienerte er die Kühlerfigur des Bentleys.

»Ich habe Ihnen erlaubt, sich in den Räumen meines Mannes umzusehen – aber das, was Ihre Kollegin da tut, geht wirklich zu weit!«, rief Charlotte von Raboisen erbost.

»Was meinen Sie, Frau von Raboisen?«, fragte Liv.

»Sehen Sie selbst!«

Liv und Hennes folgten ihr in die Villa. Im Souterrain war Oda im Büro der Politikerin dabei, die Kakteen von der Fensterbank zu heben. Gerade ergriff die Kriminaltechnikerin eine verzierte, breitrandige Porzellanschale, in die eine Schildkröte in Erde eingepflanzt schien.

»Nicht! Das ist eine Dioscorea mexicana – eine absolute Rarität! Ich habe sie von meiner Tochter Jenny bekommen!«, protestierte Charlotte von Raboisen. Schon hatte die Kriminaltechnikerin die Pflanze aus dem Substrat gelöst. »Unterlassen Sie das!«

Unbeirrt untersuchte Oda den Topf. Dann pinselte sie über den Rand. »Hier ist sie ja.« Sie sah triumphierend auf. »Die Digitalkamera.«

Charlotte von Raboisen erstarrte. »Eine Kamera?«, echote sie. »In dieser Schale?«

»Die siebte versteckte Kamera in diesem Haus.«

»Aber wer sollte … wer könnte …«

»Ihr verstorbener Gatte, nehme ich an. Die Überwachungsbilder laufen auf jeden Fall in seinem Zimmer zusammen. Nun fehlen nur noch die bei Ihren Angestellten und eine weitere«, sagte Hennes. Charlotte von Raboisen sah aus, als habe man ihr einen Schlag versetzt.

»Die halb verdeckte Kamera fehlt noch?«, fragte Liv.

Die Kriminaltechnikerin nickte. »An die gespeicherten Aufnahmen kommen wir noch nicht heran. Aber über das, was von dem Bildausschnitt sichtbar ist, dürften wir sie früher oder später finden.«

Liv rief das Bild vor ihrem inneren Auge auf. »Ich glaube, ich hab da eine Idee …«

»Was wollen Sie denn schon wieder?«

Eduard von Raboisen hatte inzwischen die Reitkleidung abgelegt und trug trotz der hohen Temperaturen einen schwarzen Leinenjanker. Ob es an der unvorteilhaften Farbe oder der Trauer lag, auf jeden Fall wirkte sein Gesicht eingefallen. Paul Dekker saß vor ihm am Schreibtisch und machte sich Notizen. Liv folgte Hennes und Oda hinein, die sich einen Klapptritt beschafft hatte. Hinter ihr, in einigem Abstand, kam Charlotte von Raboisen.

»Die Kriminaltechnik muss kurz etwas überprüfen«, sagte Hennes.

»Hier? Was hat mein Salon denn mit dem Tod meines Sohnes zu tun? Jetzt reicht es mir aber wirklich! Die ersten Trauergäste werden bald eintreffen; Verwandte, die ohnehin noch auf der Insel sind. Ich werde mich über Sie beschweren! Unser Familienanwalt ist bereits unterwegs!«, sagte Eduard von Raboisen scharf. »Hat Ihr Vater Sie auf mich angesetzt? Will Ocke uns auf diesem Wege fertigmachen, wenn es ihm schon geschäftlich nicht gelingt? Ich habe mich nämlich nach Ihnen erkundigt!«

Was sollte das denn nun wieder bedeuten? Allmählich ging Liv die Geduld aus. »Ich sagte bereits: Mein Privatleben hat nichts mit meinem Beruf zu tun. Abgesehen davon sind Sie anscheinend nur ungenügend informiert worden, denn ich habe schon seit Langem keine Verbindung mehr zu meinem Vater.« Sie zwang sich zur Ruhe. »Wir nehmen an, dass in diesem Salon eine Kamera versteckt ist, und möchten dies überprüfen.«

»Eine Kamera? Was soll das, Charlotte?«

»Ich habe damit nichts zu tun. Offenbar hat Karl …«

»Dürfen wir nun diese Kamera ausfindig machen?«, fragte Liv.

Raboisen zögerte sichtlich ungehalten. Oda sah sich um. »Vermutlich befindet sich die Kamera in der Deckenleuchte«, sagte sie.

Eine schroffe Handbewegung des Adeligen. »Da bin ich ja gespannt.«

Wenig später hatte die Kriminaltechnikerin die Kamera ausfindig gemacht und gesichert. Das Gerät war so angebracht, dass es vor allem den Schreibtisch aufnehmen konnte, war aber anscheinend verstellt worden, sodass es lediglich den Teil eines Messingarms gezeigt hatte. Eduard von Raboisens Kiefer mahlten. »Wusstest du davon, Charlotte?«

»Dasselbe wollte ich dich fragen. Eduard, hast du …«

»Nicht jetzt!«

Blass und bebend fuhr Charlotte fort: »Auch in meinem Büro war eine Kamera versteckt. In den Kinderzimmern. Und sogar in unserem Schlafzimmer. Das ist wirklich unerträglich!«

»Nicht jetzt, sagte ich!« Sie wollten die Bibliothek verlassen. »Du bleibst, Charlotte. Wir müssen reden. Halten Sie sich weiter zu meiner Verfügung, Paul. Wenn ich es mir recht überlege, hätten Sie beim Abstauben diese Kamera entdecken müssen. Eine unverzeihliche Nachlässigkeit.« Der Butler verzog bei diesem Rüffel keine Miene. Allein der Tonfall ließ Liv die Haare zu Berge stehen. Wie dieser Eduard von Raboisen sie an ihren verhassten Vater erinnerte! Dieselbe herrschsüchtige, abfällige Art. Sie musste aufpassen, dass sie ihm bei den Ermittlungen dennoch unvoreingenommen begegnete.

»Ich fürchte, Sie werden beide diesen Raum verlassen müssen, denn er muss nach diesem Fund ebenfalls kriminaltechnisch untersucht werden«, sagte sie, obwohl sie wusste, dass sie die Familie mit dieser Aufforderung nur noch mehr gegen sich aufbringen würde.

Die Ermittler suchten mit Oda die weiteren versteckten Kameras, die sich unter anderem in einem Ringordner, in der Küchenuhr und im Badezimmerradio befanden.

»Diese Kameras werden ja auch immer kleiner. Gruselig«, meinte Liv.

»Das ist heute wie in Agentenfilmen, wo sich die Kameras in Kugelschreibern oder Armbanduhren befinden – nur, dass die Dinger inzwischen für jedermann erschwinglich sind«, meinte Oda.

»Haben diese Kameras die ganze Zeit gefilmt?«

»Nein, mit ziemlicher Sicherheit sind sie mit einem Bewegungsmelder und einer Geräuscherkennung ausgestattet. Sie springen also nur an, wenn etwas passiert.«

»Und die Speicherung der Aufnahmen?«, wollte Hennes wissen.

»Ist über den Computer erfolgt, zu dem uns noch das Passwort fehlt. Vermutlich wurde eine Überschreibfunktion verwendet, bei der die ältesten Aufnahmen gelöscht wurden. Das wird die KT beim LKA in Kiel herausfinden.«

»Es gibt also Hoffnung, dass wir tatrelevante Informationen erhalten. Es sei denn …«

»… der Täter hat die Kamera abgedeckt oder die Aufnahmen gelöscht«, beendete Hennes Livs Satz.

* * *

Vom Fenster ihres Büros aus sah Charlotte von Raboisen zu, wie die Kommissare die Villa verließen. Sie dachte nicht daran, zu ihrem Schwiegervater zu gehen. In diesem Zustand war Eduard unberechenbar. Genau wie Karl es gewesen war. Ihre Brust war eng, sie bekam kaum Luft. Es kam ihr vor, als sei sie in einem bösen Traum gefangen. Dass die Polizei auf die Kameras gestoßen war, konnte sie nicht fassen. Schon jetzt hämmerte es in ihrem Schädel, weil sie so viel geweint hatte. Die Einfahrt verschwamm vor ihren Augen. Hätte sie damals doch auf ihre Eltern gehört, als diese ihr von der Heirat abgeraten hatten! Den Finger zwischen die entsprechenden Seiten des Gotha gelegt, hatte ihre Mutter ihr die Schwachpunkte der Raboisens hergebetet. Sie hatte eine standesgemäßere Ehe für ihre Tochter vorgesehen. Aber Charlotte hatte Karl geliebt, ja, mehr noch, sie war ihm damals geradezu verfallen gewesen. Jetzt schauderte sie bei der Erinnerung daran, was er ihr alles angetan hatte.

Vibrierend meldete sich ihr Smartphone. *Geh ran, es könnte wichtig sein!* Die Nachricht von Karls Tod war durchgesickert; ständig riefen Journalisten an. Auch ihre familiären Verpflichtungen drängten. Selbst mit ihrer Mutter hatte sie nur kurz sprechen können. Immerhin hatte Charlotte die Kurznachricht abgesetzt, die ihr schon die ganze Zeit auf den Nägeln gebrannt hatte …

Noch immer vibrierte das Handy. Charlotte wollte das Gespräch annehmen. Sie wollte es wirklich. Doch ihr Körper reagierte nicht. Sie fühlte sich matt, kraftlos. *Gib nicht auf, nicht jetzt! Das Schlimmste liegt hinter dir. Jetzt musst du weitermachen.* Plötzlich aufwallende Trauer zerriss den Gedankenfaden, und ein kehliger Schluchzer entrang sich ihrer Kehle.

»Mama?« Eine dünne Stimme, in den Grundfesten erschüttert. Charlotte schaffte es trotzdem nicht, sich zu ihrer Tochter umzudrehen. Wie schwach sie war! »Mama? Ist alles … in Ordnung?«

Reiß dich zusammen! Das bist du deinem Stand schuldig. Ruckartig wie eine Marionette, die sich von ihren Fäden befreit, wandte Charlotte den Kopf. Es tat weh, in die Gesichter ihrer Töchter zu sehen. Dieser Schrecken, diese Trauer, diese … Sie streckte ihre Hand aus, die heftig zitterte. Unter ihrem Verband pochten die Wunden, als seien sie entzündet. Jennifer und Sophia waren sofort bei ihr, umarmten sie, klammerten sich an sie. Die Berührung tat ihr gut. Zusammen würden sie es schaffen, sie mussten es einfach.

Sophia hustete, sog pfeifend die Luft ein. Beruhigend strich Charlotte ihrer Tochter über den Rücken. Hoffentlich hatte das Kind nicht noch einen Anfall! Wie bei Jenny und ihr war das Asthma dank der guten Nordseeluft beinahe ganz verschwunden gewesen. Nur manchmal war es kurz wieder aufgeflammt, wenn …

»Ich verstehe das nicht! Was ist denn nur mit Papa passiert?«, schluchzte Sophia.

»Das erfahren wir bald. Die Polizei wird es herausfinden und denjenigen bestrafen, der ihn aus unserer Mitte gerissen hat.«

Jetzt erst bemerkte Charlotte die Blutflecke auf Jennys Pullover. Sie wollte gerade etwas dazu sagen, als Eduards Stimme aus dem Vestibül zu ihnen drang.

»Charlotte? Wo steckst du denn! Muss ich dir jetzt wirklich hinterherlaufen? Dieses Verhalten ist ja wieder einmal das Allerletzte!«

Sie kniff die Augen zusammen, unfähig, sich zu rühren.

* * *

Paul Dekker legte das Tablet und den digitalen Stift sorgfältig ab. Er richtete seine Manschetten, zupfte seinen Kragen und die Bügelfalte seiner Hose zurecht. Durch die offene Tür hörte er die laute Stimme des Freiherrn. Gemessenen Schrittes ging Paul in die Gästetoilette. Sobald er die Tür hinter sich geschlossen hatte, ballte er die Hände zu Fäusten und riss in einem lautlosen Schrei den Mund auf. Wie er seinen Dienstherrn hasste! Eduard von Raboisen war genau so ein Widerling, wie es sein Sohn gewesen war – nur auf eine andere Art und Weise. Einzig die Frauen der Familie wussten seine Diensteifrigkeit und seine Opferbereitschaft zu schätzen. Vor allem eine … eine, die ebenfalls zu leiden hatte.

Erneut wallte seine Erbitterung auf. Nachdem die Polizisten den Raum verlassen hatten, hatte der Freiherr ihn wegen der versteckten Kamera beschimpft, ihm angekündigt, seinen Lohn zu kürzen, und sogar versucht, ihn zu schlagen. Aber auch Eduard von Raboisen würde eines Tages bekommen, was er verdiente. Ganz so, wie es sein Sohn bekommen hatte. Er hingegen, Paul Dekker, Sohn eines Ungelernten und einer Fließbandarbeiterin, würde beweisen, dass er über dieses schäbige Verhalten erhaben war. Für ihn war diese Anstellung nur eine Trittstufe auf seinem Weg. Paul malte sich sein Ziel in den schillerndsten Farben aus, ganz so, wie er es in der Psychotherapie geübt hatte.

»Ich kann das schaffen«, redete er sich selbst gut zu. »Ich schaffe das. Ich …«

Beherrscht nahm er einige tiefe Atemzüge. Schließlich holte er das duftende Seifenstück hervor, das er statt der abgegriffenen Billigseife verwendete, die sein Dienstherr, dieser Geizkragen, auslegte, und wusch sich die Hände, bis sie beinahe wund waren. Er zog eine Grimasse, um sein Gesicht wieder vollkommen entfalten zu können. Dann öffnete er die Tür einen Spalt weit, lauschte kurz und schlich hinaus. Er musste dringend etwas erledigen.

8

Zwischen der Villa der Raboisens und dem Naturschutzgebiet ließ Hennes sich kurz über die bisherigen Ergebnisse der Spurensuche informieren, die bislang allerdings mager waren. Allein das Raboisen'sche Domizil stellte sie vor eine gewaltige Aufgabe. Sie brauchten Verstärkung, um die Arbeit hier zu intensivieren. Zunächst wollten sie jedoch für eine Besprechung zurück zum Leichenfundort.

Die Kommissare rissen die Türen des Dienstwagens auf und ließen erst einmal die drückend heiße Luft abziehen. »Auf der Motorhaube könnten wir Spiegeleier braten«, meinte Hennes.

»Carbecue statt BBQ, was? Dagegen hätte ich nichts. Ich komme um vor Hunger. Du hast nicht zufällig ein Lachsfilet, ein paar Kräuter und Alufolie dabei?«

»Nicht dein Ernst!«

Liv grinste. »Es gibt sogar Weltmeisterschaften im Carbecue. Dabei wird die Abwärme von Motor und Aggregaten zum Kochen genutzt. Auf dem Auspuffkrümmer kann man super grillen.«

»Verlockend, aber heute ist es schlecht. Ich nehme an, dass wir bei unserem derzeitigen Stützpunkt etwas zwischen die Kiemen bekommen.«

Das Wasser, das sie im Auto deponiert hatte, war warm, trotzdem trank Liv die Flasche aus. Kaum, dass sie sich ins

Auto gesetzt hatte, war sie schweißnass. Sie schaltete das Radio ein. *Surfin' USA* von den Beach Boys war ihr zu aufgeregt. Der Sommerhit auf dem nächsten Sender kam erst recht nicht infrage, besser war schon der Reggae von Seeed. *Meine Stadt hat Fieber / sie tropft und klebt …* Wie passend!

Sie reihten sich in der Listlandstraße wieder in den Verkehr ein. Tiefblau schimmerte die Nordsee auf der Wattseite. »Was hältst du von den Raboisens und ihrem Haushalt? Eduard erinnert mich an meinen gewalttätigen Vater. Charlotte scheint sich vor ihm zu ducken. Als Gesellschaftsdame und Politikerin so selbstbewusst, und ihrer Familie gegenüber so unsicher. Wie sie die Macarons in ihrem Schreibtisch eingeschlossen hat – seltsam.« Liv schüttelte bei der Erinnerung den Kopf.

»Und diese Kameras! Entweder, Karl von Raboisen war paranoid, oder er hatte guten Grund, seiner Familie zu misstrauen. Dann könnte es einen Zusammenhang mit seinem Tod geben.«

»Es stimmt schon, statistisch gesehen werden die meisten Morde innerhalb der Familie oder im näheren Umfeld verübt. Aber würdest du Eduard von Raboisen wirklich zutrauen, seinen Sohn erst zu ertränken und dann in die Dünen zu schleifen? Oder Charlotte?«

»Du weißt ja, bestimmten Leuten traue ich alles zu, wenn es um die Verteidigung ihrer Besitztümer geht. Ehrlich gesagt, ich denke vor allem an Georg. Eduard hat ihn quasi verstoßen, vielleicht sogar enterbt – das müsste sich ja herausfinden lassen. Jetzt, wo Karl tot ist, wäre Georg der Haupterbe. Und er war zum mutmaßlichen Todeszeitpunkt auf der Insel.«

»Hast du schon eine Nachricht von den Kollegen bekommen, die Georg von Raboisen überprüfen?«

»Noch nicht. Der gute Georgie-Porgie scheint nicht erreichbar zu sein.«

»Überhaupt, dieser Aufwand! Warum hat man Karl nicht einfach von der Jacht gestoßen? Wer weiß, ob und wann die Leiche jemals gefunden worden wäre.«

»Apropos Jacht – ich habe eine SMS bekommen. Das Schiff liegt nicht im Lister Hafen. Es ist anscheinend verschwunden. Momke hat schon die Wasserschutzpolizei informiert.«

»Ich denke, der Stützpunkt auf Sylt wurde aufgegeben?«

»Schon, aber die Schiffe sind ja trotzdem unterwegs. Außerdem arbeiten die Kollegen auch mit der Küstenwache und den Seenotrettern zusammen.«

Liv überlegte. »Könnte es sein, dass Karl von Raboisen auf seiner Jacht getötet wurde? Aber wie ist er dann in die Dünen gekommen? Oder sollten alle nur glauben, er sei mit der Jacht unterwegs?«

»Ein Manöver des Täters, um Zeit zu gewinnen? Möglich.«

»Warum lag der Tote in den Dünen? Meinst du, der Leichenfundort hat etwas mit der Vorliebe von Charlotte von Raboisen für Wüsten zu tun?«

»Ein symbolischer Akt? Wer weiß.«

»Und die Töchter ... ob sie etwas wissen?«, meinte Liv nachdenklich.

»Dir ist klar, wie heikel das ist. Wir dürfen die beiden nur hochoffiziell und in Anwesenheit der Mutter befragen. Wenn die Töchter beim nächsten Mal von sich aus etwas erzählen ...«

»... hören wir nicht weg.«

Auf dem Parkplatz zwischen den Dünen, von wo aus die Polizei den Ersten Angriff führte, stand die Luft. Inzwischen reihten sich mehrere Zeltdächer nebeneinander. Es war eine bunte Mischung. Offenbar hatten Teammitglieder ihre klappbaren Gartenpavillons herschaffen lassen oder sich welche geliehen. Auf einer Holzbank saßen Polizisten, die Mützen abgezogen, rotgesichtig und verschwitzt. Auf einem Klapptisch standen Getränke und Teller mit belegten Brötchen mit glänzender Wurst und welligem Käse. Aus dem Naturschutzgebiet kamen Botersen-Evers und Momke gestiefelt. Liv schnappte sich einen Apfel von dem improvisierten Büfett und checkte die Nachrichten auf ihrem Handy. Sebastian hatte geschrieben. Er habe seinen Bericht an das Institut für Rechtsmedizin gemailt und sei nun auf dem Weg zum Strand, wo er sich mit Noah und Larissa treffen würde.

Eine kurze Welle der Eifersucht durchflutete Liv, doch dann tippte sie: »Wäre gerne bei euch. Grüß schön. Vermisse dich!«.

In diesem Augenblick hielt ihr jemand eine eiskalte Flasche an den Arm. Liv zuckte überrascht zurück. Andreas grinste sie an. »Wusste gar nicht, dass du so schreckhaft bist.« Sein nackter, durchtrainierter Oberkörper wirkte ein wenig deplatziert auf Liv, und sie wusste kurzzeitig nicht, wo sie hinschauen sollte; er hatte ja mehr Brust als manche Frau. Das T-Shirt hatte er um den Nacken gelegt.

»Danke.« Sie rollte die kühle Flasche über die Stirn.

»Hoffe, du nimmst mir nicht übel, dass ich vorhin so ehrlich meine Meinung gesagt habe.«

»Keineswegs.«

»Ich bin echt froh, wieder im Dienst zu sein. Wenn man ausgeknockt ist, weiß man erst, was man gehabt hat. Gute Kollegen, einen spannenden Job.« Andreas rieb sich über die kurz rasierten Haare und sah sie mit schief gelegtem Kopf an; eine Pose, als habe er sie sich von einem Hollywoodstar abgeschaut. »Ich will beweisen, dass ich ein guter Polizist bin.«

»Das brauchst du nicht zu beweisen. Das wissen wir.«

Andreas nickte, anscheinend froh über ihre Anerkennung. Er zupfte an seiner Unterlippe. Das Herumgefummel machte sie ganz nervös. »Ist das eigentlich was Ernstes mit dir und dem Doktor?«

Was war das denn für eine Frage? »Ja, wieso?«

»Nur so. Man kann ja nie wissen.«

Hennes telefonierte am Rande des Parkplatzes, unruhig hüstelnd tigerte er auf und ab. Als sie vollzählig waren, beendete er das Telefonat und eröffnete die Besprechung, indem er den Sachstand zusammenfasste. »Der Leichnam von Karl von Raboisen hat inzwischen die Rechtsmedizin in Kiel erreicht und kommt dort unters Messer. Bente ist bei der Obduktion dabei und wird schnellstmöglich berichten.«

»Bentes letzter Einsatz vor den Ferien, na super«, sagte Liv mitfühlend.

Hennes wandte sich an Momke. »Mir war wichtig, dass wir den Familienmitgliedern keine Gelegenheit geben, sich abzusprechen, deshalb habe ich Liv mit Charlotte von Raboisen nach List fahren lassen. Wie hat Eduard von Raboisen auf dich gewirkt, als du bei der Villa angekommen bist?«

»Er war nicht gerade begeistert, genauso wenig wie dieser Butler, erklärte sich aber sofort bereit, die Gästeliste zur Verfügung zu stellen. Ich habe schon damit angefangen. Achtundneunzig Gäste, damit haben wir mehr als genug zu tun«, meinte Momke. »Das Catering-Unternehmen hat Rabia übernommen.«

»Eine Sylter Firma«, ergänzte die burschikose syrischstämmige Kommissarin und verteilte geschnittene Melone aus einer Tupperdose. »Die fraglichen Köche und Kellner sind anscheinend alle noch auf der Insel, sodass die Befragungen kein Problem sein dürften.«

»Und Georg von Raboisen?«

»Ist im Hotel *Miramar* in Westerland abgestiegen, allerdings gerade nicht erreichbar. Der Portier mutmaßt, er sei mit seinem Katamaran unterwegs«, berichtete Andreas.

»Bleib dran. Wir müssen so schnell wie möglich mit ihm

reden. Wanda soll noch einmal recherchieren, ob es bei den Auseinandersetzungen zwischen den Brüdern auch mal zu Handgreiflichkeiten gekommen ist. Ob zwischen unseren Blaublütern echtes Blut floss«, meinte Hennes. »Die Chronik des Opfers ist das Wichtigste. Mit wem hat Karl von Raboisen wann gesprochen? Wann wurde er zuletzt gesehen? Wir benötigen einen vollständigen zeitlichen Ablauf bis zu seinem Verschwinden.«

Hennes berichtete nun, was sie bei der Familie herausgefunden hatten. »Warum hat das Opfer seine Familie überwacht? Wusste irgendjemand davon? Wir müssen uns das Personal noch einmal in dieser Angelegenheit vornehmen. Und die Töchter. Kinder bekommen oft mehr mit, als man denkt.«

»Mit der gebotenen Zurückhaltung natürlich. Die Mädchen leiden schon genug. Möglicherweise machen sie ja auch von ihrem Zeugnisverweigerungsrecht Gebrauch«, meinte Liv.

»Was habt ihr zu berichten?«, wandte Hennes sich an die Kriminaltechniker.

Botersen-Evers schob sich den Rest Melone in den Mund und übernahm. »Wir haben den Sand unter der Leiche und in der näheren Umgebung gesiebt und sind dabei auf etwas Interessantes gestoßen.« Er hob ein Asservatentütchen hoch. »Plastiksplitter und der beschädigte Propeller einer Drohne. Gehörte vermutlich zu einem Quadrocopter. Die Marke wissen wir noch nicht genau. Das Plastik scheint noch nicht lange im Sand gelegen zu haben, verwittert ist es nicht.«

»Fingerabdrücke?«

»Alles voll.«

»Sonst nichts?«, fragte Hennes.

»Zigarettenstummel, Lollistiele, Bänder von Luftballons – das Übliche eben. Und wir sind noch lange nicht fertig.«

»Gute Arbeit, Karlpeter.«

»Eine Drohne«, wiederholte Liv nachdenklich. »Mitten im Naturschutzgebiet, wo das Drohnenfliegen verboten ist.«

»Muss nichts zu bedeuten haben. Jemand hatte den Plastikschrott in der Tasche und hat ihn zufällig verloren. Oder ein Sturm hat das Zeug in die Dünen getragen.«

»Vielleicht hat die Drohne auch etwas gefilmt, was sie nicht filmen sollte, und ist deshalb vom Himmel geholt worden. Manche Leute werden rabiat, wenn es um Drohnen geht. Es gibt sogar Drone-Guns, die die GPS-Signale stören, andere Genervte greifen schlicht zur Zwille«, sagte Liv.

»Weit hergeholt, diese Theorie, findest du nicht?«, warf Andreas ein.

»Nicht, wenn es eine Aufnahme des Täters gibt.«

Momke überlegte. »Kann man herausfinden, ob zwischen Freitag und Samstag hier eine Drohne aufgestiegen ist? Vielleicht hat jemand etwas gesehen. Navigieren Drohnen nicht mithilfe von Satelliten?«

»Soweit ich weiß, kann man die Meldungsfunktion ausschalten. Aber das lässt sich ermitteln«, meinte Botersen-Evers.

»Macht das«, entschied Hennes. »Und wo werden die Aufnahmen gespeichert? Lässt sich da vielleicht ansetzen?«

»Speicherchip, Smartphone, Cloud – auch das lässt sich individuell einrichten«, erklärte der Kriminaltechniker.

Hennes ging die Reihe weiter durch und sprach den Streifenpolizisten Urs an, der hummerrot im Gesicht war. »Was haben eure Befragungen ergeben? Hat jemand etwas an der Strecke beobachtet?«

»Ein Wagen wurde gestern Nacht in dieser Parkbucht oder ganz in der Nähe gesehen. Ein VW up!, dunkle Farbe, Hamburger Kennzeichen.«

»Wer nimmt denn nachts die Dünenstraße und macht so eine Beobachtung?«

»Ein Barbesitzer nach Feierabend. Hat sich aber nichts dabei gedacht. Manchmal wandern Leute von einem Strandabschnitt zum anderen und holen ihr Auto erst am nächsten Tag ab. Wir werden checken, ob das zersprungene Glas auf dem Parkplatz zu dem Wagen passt.« Die wenigsten wussten, dass sich Autoglas genau einem bestimmten Wagen zuordnen ließ, es war beinahe so individuell wie ein Fingerabdruck.

»Gegebenenfalls werden wir nach dem Wagen suchen lassen.« In diesem Augenblick klingelte Hennes' Telefon. Er nahm das Gespräch an.

Liv war in Gedanken noch immer bei der Drohne. Konnte das Zufall sein? »Vielleicht sollten wir einen Aufruf in den Medien starten. Wir könnten eventuell Straffreiheit versprechen, wenn der Drohnenpilot sich meldet«, überlegte sie laut.

»Auf jeden Fall können wir mal in den sozialen Medien schauen, ob in den letzten Tagen Drohnenvideos von Sylt hochgeladen worden sind«, meinte Momke.

Hennes hatte das Telefonat beendet und wandte sich ihnen zu. »Das war Bente. Die Obduktion dauert noch an, aber es gibt erste Erkenntnisse. Am Nacken und am Hinterkopf von Karl von Raboisen finden sich Hämatome. Er könnte gewaltsam unter Wasser gepresst worden sein. Der Tod trat vermutlich zwischen drei und sechs Uhr morgens ein. Unter den abgebrochenen Fingernägeln konnten winzige Faserspuren sichergestellt werden. Das Wasser aus der Lunge wird noch analysiert, damit wir wissen, ob es sich um Meerwasser handelt. Gleiches gilt für die Erde unter den Schuhsohlen.«

»Ein Ertrunkener in den Dünen. Das hört sich an, als hätte damit ein Wahnsinniger ein Konzept verfolgt«, sagte Momke.

»Aber warum? Wurde Karl von Raboisen woanders ertränkt und in die Dünen geschleppt? Oder ist er im Naturschutzgebiet getötet worden? Raboisen war mit seinen eins achtzig kein Riese, aber auch nicht klein. Ihn durch die Wanderdünen zu schleppen dürfte nicht einfach gewesen sein«, merkte Liv an.

»Bleiben wir zunächst bei dem, was wir herausfinden können. Wann war Karl wo? Mit wem hatte er Streit? Mit wem hat er beim Krebsessen und auf der Party gesprochen? Wer hat ihn zuletzt gesehen? Prüft die Alibis der Familienmitglieder und des Personals. Wie war die Ehe der Raboisens wirklich? Worüber zofften sich die beiden? Irgendwelche Laster, Affären? Alles muss auf den Tisch! Woran hat Karl von Raboisen genau gearbeitet? Wie war das Verhältnis zu seinem Vater, der ja bei der Verwandtschaft ein und aus zu gehen scheint, wie es ihm passt. Warum hat Raboisen die Überwachungskameras installiert? Hatte er einen Grund für sein Misstrauen?«

Nur selten musste in einem Mordfall eine derartige Fülle von Personen befragt werden. Meistens kristallisierte sich schnell ein kleiner Kreis von Verdächtigen heraus. Hoffentlich würde es auch hier so sein, sonst würde Liv es kaum über sich bringen, ihren Urlaub wieder aufzunehmen; es käme ihr so vor, als ließe sie ihre Kollegen mit dieser Arbeitslast im Stich. Sie verteilten die Aufgaben. Liv und Hennes würden sich Piet von und zu Krummendiek vornehmen, den Freund von Karl von Raboisen, in dessen Gesellschaft er einen Teil des Abends verbracht haben sollte. Doch vorher schickte sie eine Kurznachricht an ihre Freundin Katharina, die sicher aus der feinen Sylter Gesellschaft etwas über die Raboisens zu berichten wusste.

* * *

Ihr war heiß, so heiß. Michelles Haut brannte wie Feuer. Sie war ganz wund, als hätte man ihr die Gesichtshaut abgezogen. Und sie war blind. Ihre Lider fühlten sich bei jeder Bewegung auf ihren Augäpfeln wie Schmirgelpapier an. Was spannte sich da um ihren Kopf, das ihre Augen geschlossen hielt? Dazu dieser Gestank – rauchig, als steckte sie im Höllenfeuer. Brannte es etwa? Der Fluchtinstinkt ließ sie zucken. Bei der ruckartigen Bewegung war ihr, als müsste ihr Kopf explodieren.

Ihr schwindelte, und für einen Moment wusste sie nicht, wo oben und wo unten war. Hände und Füße kribbelten schmerzhaft, bewegen konnte sie sich nicht. War sie gefesselt? Aber wer …

Panik kroch erneut in ihr hoch, und obgleich sie ruhig zu bleiben versuchte, raste ihr Herz. Kalter Rauch, kein loderndes Feuer, dachte sie ein wenig beruhigt, als sich der Schmerz in ein dumpfes Wubbern verwandelte und sie die Panik niedergekämpft hatte. Sie musste ruhig bleiben. Systematisch. Also: Systemcheck.

Heftig sog sie durch die Nase die Luft ein, denn in ihrer Mundhöhle steckte etwas, trocken und Übelkeit erregend groß. Der Geruch war faulig, fischig und zugleich irgendwie trocken. Ein Niesanfall schüttelte sie, und mit jedem Nieser war ihr wieder, als müsste ihr Kopf platzen.

Michelle versuchte sich daran zu erinnern, was geschehen war. Aufblitzende Bilder, Gefühle, Geräusche, Berührungen. Der Drohnenflug. Der Überfall im Auto. Die Bewusstlosigkeit. Jemand hatte an ihr herumgerissen. Sie, unfähig, sich zu rühren. Unfähig zu schreien. Das Klingeln eines Handys. Und dann auf einmal ein Zischen, gefolgt von beißendem Schmerz.

Wo war sie? Wer hatte sie hierhergebracht? Sie entführt? Was wollte der Entführer von ihr? Es ging um die Drohnenaufnahme, klar. Wie konnte sie ihn überzeugen, dass sie ihn nicht verraten würde? Wie konnte sie sich befreien und ihm entkommen?

Und wie lange war sie schon hier? Auf jeden Fall würden ihre Freunde sie vermissen, oder? Sie wusste es nicht. Ihr Zelt stand nun ja schon länger leer. Sie war nicht zu erreichen. Was würde sie in so einer Situation tun? Zur Polizei gehen? Aber war sie wirklich schon so lange hier? Sie konnte nicht sehen, ob es hell oder dunkel war. Spürte nur den klebrigen Schweiß auf ihrem Körper und ihre Gesichtshaut, die in Flammen zu stehen schien.

Ihre Zunge fühlte sich zu dick für ihren Mund an. Reibeisentrocken war ihre Kehle, die Nasenlöcher eng und wund. Sie bekam schlecht Luft und hatte unheimlichen Durst. Alles würde sie geben für ein kühles Bier, eine eiskalte Brause …

Ihre Gedanken wanderten zu ihrem Entführer. Wer war er? Diese Stimme, sein Geruch … Er war der Unbekannte, der sie in den Dünen verfolgt hatte, davon war sie überzeugt. Hatte er den Mann in den Dünen umgebracht? Auf jeden Fall hatte er sie an diesen Ort verschleppt, an dem Backofentemperaturen herrschten, hatte sie gefesselt und geknebelt. Wo war sie?

Michelle fühlte in ihren Körper hinein. Ließ die Aufmerksamkeit zu ihren Händen wandern, in ihre Finger. Kommt schon, bewegt euch! Da – ihr Zeigefinger kribbelte schmerzhaft, dann zuckte er. Sie wollte vor Freude aufschreien, aber der Knebel ließ es nicht zu. Es dauerte ewig, bis sie wenigstens einen Teil ihrer Finger wieder spürte.

Sie saß aufrecht, die Beine angezogen, hockte beinahe. Überall um sie herum Wände. So eng, so dunkel. Am meisten machte ihr zu schaffen, dass sie nichts sehen konnte. Sie war ein visueller Mensch, lebte für die Welten, die sie mit ihrer Kamera und ihrer Drohne erschloss und anderen zugänglich machte. Ihr Schreibtischjob war gut bezahlt und nur ein Vehikel, um ihrer Leidenschaft frönen zu können. Und da war sie ein Ass. Ihre Augen, ihre Übersicht waren ihr Talent. Wenn sie nur wieder sehen könnte! Sie musste als Erstes die Augenbinde loswerden.

Bei dem Versuch, die Arme zu heben, stieß Michelle erneut auf Widerstand. Eine Wand, hart und rau. Mit den Schultern die Binde berühren – aussichtslos. Also gegen die Wand neigen und versuchen, die Binde abzustreifen. Doch sie kam mit dem Kopf nicht an die Wand, hier war es einfach zu eng. Wieder stieg Panik in ihr auf, gemischt mit Platzangst.

9

Keitum, 17.45 Uhr

Wieder waren sie auf dem Weg nach Keitum. Liv und Hennes hatten sich gegen die Klimaanlage entschieden und stattdessen alle Fenster heruntergelassen. Der Fahrtwind strömte herein und trug den Duft des Heidekrauts und des Meeres zu ihnen. Endlich waren die Straßen etwas freier. Vermutlich entspannten die Urlauber alle am Meer – oder an einem Schattenplatz. Nachdem sie bei der Besprechung so viel geredet hatten, hingen sie nun ihren Gedanken nach. Auch Hennes schien froh, sich nicht unterhalten zu müssen. Liv ergänzte ihre Notizen. Sie fragte sich, ob Piet von und zu Krummendiek bereits vom Tod seines Freundes gehört hatte.

Sie parkten hinter der Kirche. Backsteinrot leuchtete Sankt Severin gegen den Sommerhimmel. »Piet von und zu Krummendiek – wer heißt denn so?«, murmelte Hennes, während sie den Hügel gen Keitum hinabliefen und sich dabei wattwärts hielten.

»Kann ja nicht jeder Hennes Erdt heißen. Hauptsache, du verkneifst dir dieses Mal deine Sprüche.«

»Du mich auch.«

»Meine Güte, manchmal frage ich mich, ob wir wirklich befreundet sind«, stieß Liv aus.

Hennes legte den Arm um sie und drückte sie kurz an sich. »Schon gut, ich reiß mich ja zusammen. In meinem Alter kann man eben nicht mehr aus seiner Haut.« Er lachte trocken. »Gute Ausrede, oder?«

»Nee. Ganz und gar nicht.«

Schließlich hatten sie ein Feld erreicht, auf dem junge Weinstöcke wuchsen und an dessen Rand ein Land Rover stand. Neben einem Traktor unterhielten sich ein Bauer und ein Herr mit einem Panamahut zu Leinenhemd und -hose, der wie ein mondäner Weltreisender aussah.

»Herr von und zu Krummendiek?«, fragte Liv, obgleich sie sicher war, dass es sich um den Adeligen handeln musste, schließlich wussten sie von seiner Sekretärin, dass sie ihn hier finden würden.

Piet von und zu Krummendiek wandte sich ihnen zu. Er war deutlich älter, als es Karl von Raboisen gewesen war, was Liv nicht erwartet hatte; vielleicht war er eine Art väterlicher Freund. »Da haben Sie aber Glück gehabt, gerade wollte ich zu meiner Verabredung zum Lunch fahren. Worum geht's? Nein, warten Sie: Nutzen wir die Gelegenheit. Interessieren Sie sich für Wein? Na, sicher! Dann zeige ich Ihnen den neuen Weinberg.« Ehe sie ihn aufhalten und den Grund ihres Besuchs ansprechen konnten, marschierte Krummendiek los und dozierte: »Seit zweitausendneun wird der Sölviin geerntet. Direkt an der Straße zwischen Keitum und Munkmarsch befindet sich der erste Weinberg. Damit habe ich nichts zu tun, aber für die Winzer war es ein voller Erfolg. Der produzierte Wein kam ausgezeichnet an.«

»Ist ja auch ein cleverer Marketing-Gag: ein Weinanbaugebiet auf Sylt«, warf Hennes ein.

»Nicht nur. Sylt hat mehr Sonnenscheinstunden als der Rheingau. Deshalb haben meine Investoren und ich sofort zugeschlagen, als ein neues Weinanbaugebiet auf der Insel ausgeschrieben wurde. Falls Sie Interesse haben: Sie können auch noch einen Rebstock erwerben. Wine-Sharing, sozusagen.«

Er hatte etwas von einem Gebrauchtwagenhändler, fand Liv. Außerdem brannte die Sonne auf diesem ungeschützten Weinacker extrem. »Interessant, aber deshalb sind wir nicht hier. Wir sind von der Kriminalpolizei. Es geht um Karl von Raboisen«, sagte sie.

»Ist etwas mit Karlis Jacht? Er wollte die Regattastrecke erkunden und das Teilnehmerfeld vom Wasser aus beobachten.« Entweder wusste Piet von und zu Krummendiek tatsächlich nichts vom Tod seines Freundes, oder er war ein guter Schauspieler.

»Es tut uns leid, Ihnen mitzuteilen …«, begann Liv.

»… dass Karl von Raboisen tot ist.« Hennes vollendete ihren Satz.

Piet starrte die Kommissare an, dann lachte er auf. »Das ist ein Witz, oder?« Purer Unglaube.

»Leider nicht«, erwiderte Liv.

Ihr Gegenüber zog den Panamahut ab. »Das geht doch nicht! Das ist unmöglich! Ich muss …« Er lief ein paar Schritte, klemmte den Hut unter den Arm, holte sein Handy heraus, hielt es unschlüssig, steckte es wieder weg. Schließlich wandte er sich zu ihnen um. Für das weitere Gespräch zogen sie sich in den Schatten der Bäume zurück. Piet von und zu Krummendiek wirkte abgelenkt, seine Antworten kamen abgehackt.

»Ob mir am Abend des Krebsfestes etwas aufgefallen ist? Nein. Karli war gut drauf.« Piet knautschte seinen Hut. »Mit Karli ließ sich immer zünftig feiern. Er hatte so viel Energie! So viele Pläne.« Er schloss die Augen und kniff mit Zeigefinger und Daumen in die Nasenwurzel. »Es ist bitter für seinen Vater. Denn Georg …« Er verstummte.

»Was ist mir ihm?«, fragte Hennes nach.

»Unter uns gesagt: Georg ist nicht in der Lage, dem Hause Raboisen vorzustehen. Er ist weder vertrauenswürdig noch verlässlich.«

Sie fragten nach dem Streit beim Krebsfest, aber er wusste darüber kaum mehr, als sie bereits erfahren hatten. »Erinnern Sie sich daran, wann Sie Karl zuletzt gesehen haben?«

»Lassen Sie mich überlegen. Wir hatten auf dem Tisch getanzt, bis dieser zusammenbrach. Während die Trümmer beseitigt wurden, unterhielten wir uns auf der Terrasse. Ich war ziemlich fertig. Später sagte man mir, dass Paul mich nach Hause gefahren hat.«

»Wann war das ungefähr?«

»Das weiß ich nicht mehr.« Piet überlegte. »Warten Sie – als wir in den Tisch-Trümmern lagen, habe ich ein Foto gemacht.« Er holte das Handy aus der Hosentasche und scrollte durch die Bilder. Das Foto war ein typischer Schnappschuss, verwackelt und mit einem schiefen Bildausschnitt. Piet und Karli lagen lachend, mit geröteten, feucht glänzenden Gesichtern in Holztrümmern. Hinter ihnen das Partyvolk, einige erschrocken, die meisten belustigt. Die Bilddaten gaben an, dass das Foto um 3.54 Uhr geschossen worden war. Liv betrachtete es lange. Es war schwierig, das Gesicht des Toten mit diesem lebensfrohen Mann in Übereinstimmung zu bringen.

»Mit wem hat Karl sich an diesem Abend besonders intensiv unterhalten? Gab es etwas, was ihn belastet hat? Jemanden, mit dem er Stress hatte?«

Stumm schüttelte Piet den Kopf, wischte mechanisch durch die Fotos.

»Kommen Sie, es muss doch etwas geben!«, redete Hennes ihm ins Gewissen. »Wir hören immer nur, wie friedlich alles war – abgesehen von Georgs Besuch natürlich. Tatsache ist aber, dass Ihr Busenfreund Karli keines natürlichen Todes gestorben ist. Wollen Sie denn gar nichts dazu beitragen, herauszufinden, was ihm zugestoßen ist?«

Seine Worte gaben Piet offenbar zu denken. »Ich will nicht behaupten, dass diese Unstimmigkeiten etwas mit Karlis Tod zu tun haben. Aber er hatte schon seit Längerem Streit mit seinem Vater wegen der Neuausrichtung der Firma. Eduard ist sehr ... traditionell eingestellt. Karli hingegen hatte einen moderneren Ansatz.«

»Inwiefern?«

»Karli wollte in Zukunftstechnologien investieren. Sein Engagement auf Sylt ausbauen. Unsere gemeinsamen Projekte ... tja, daraus wird jetzt wohl nichts mehr«, setzte er hinzu.

»Was waren das für Projekte?«

»Ein Grundstückskauf auf Sylt. Und die Beteiligung an einem Investmentfonds.« Er winkte ab. »Dazu kam die Situation mit Charlotte.«

»Was ist mit ihr?«

»Karli war der Auffassung, dass Charlotte die Familie vernachlässigte. Dass sie zu viel Zeit in politisches Geplänkel investierte. Dass sie in falsche Kreise geraten war.«

»Inwiefern?«

»Ihr Kampf gegen Landminen in allen Ehren, aber es gibt Friedensinitiativen, die zur Radikalität neigen. Es schickt sich in unseren Kreisen, politisch eine gewisse Neutralität zu wahren. Das entspricht eher unserer Auffassung von Seriosität. Charlotte hingegen wollte ihr politisches Engagement sogar noch ausbauen. Die anderen schmücken sich mit ihr, das schmeichelt natürlich. Aber alles, was ich hier sage, bedeutet natürlich nicht, dass Eduard oder Charlotte etwas mit Karlis Tod zu tun haben.« Er seufzte schwer und blickte auf seine

Breitling-Uhr. »Sie werden mir nachsehen, dass ich jetzt wirklich losmuss, trotz allem.«

»Natürlich. Würden Sie uns die Fotos schicken? Und falls Ihnen noch etwas einfällt, melden Sie sich bitte.« Liv reichte ihm eine Visitenkarte mit den Telefonnummern.

Auf dem Kopf nahm der zerknautschte Panamahut wieder halbwegs seine Form an. Liv und Hennes marschierten zum Parkplatz der Sankt-Severin-Kirche, wobei sie sich im Schatten des Buschwerks hielten. Als Piet mit seinem Land Rover vorbeikam, verlangsamte er das Tempo. »Melden Sie sich, wenn Sie stolze Besitzer eines Sylter Weinstocks werden wollen oder eine Investitionsmöglichkeit für Ihre Bezüge suchen. Bei uns hat Geldanlage Tradition«, sagte er, schon wieder deutlich geschäftstüchtiger.

Schweigend sahen sie ihm nach. »Von der Nachricht vom Tod seines Freundes hat er sich auf jeden Fall schnell wieder erholt«, meinte Liv schließlich.

»Da hat ihm die Sorge um die gemeinsamen Projekte beinahe mehr zu schaffen gemacht. Wir sollten durchleuchten, worum es dabei ging und ob Karl und er bereits geschäftlich verbunden waren. Hilke hat Andreas auf den Papierkram in Raboisens Büro angesetzt.«

»Ausgerechnet Andreas? Das wird ihm nicht gefallen.«

»Das muss es auch nicht. So können wir sehen, ob er schon wieder stressfest ist.«

Am Auto tranken sie etwas und ließen die Türen offen, damit es wenigstens etwas abkühlte. Hennes kontrollierte sein Telefon. »Irgendwas Wichtiges?«, wollte Liv wissen.

»Kann ich noch nicht absehen. Wir sind ja auch gleich im Kommissariat.«

Auf der Fahrt nach Westerland meinte Liv: »Ist es dir aufgefallen: Zumindest einige der Handverletzungen von Karl waren auf den Fotos bereits zu sehen. Wir müssen das auf weiteren Schnappschüssen des Abends überprüfen. Außerdem tauchten auch die Töchter auf einigen Fotos auf.«

»Du meinst, sie könnten etwas beobachtet haben? Was hältst du von den Angaben, die der gute Herr ›von und zu‹ über Karls Vater und die Ehe mit Charlotte gemacht hat?«

Liv dachte an die Widersprüche, die sie bei Charlotte von Raboisen zu spüren geglaubt hatte. An ihr eigenes Unbehagen im Umgang mit Raboisen senior. »Keine großen Überraschungen, wenn du mich fragst. Wir wussten ja bereits, dass wir Charlotte und Eduard von Raboisen genauer unter die Lupe nehmen müssen. Für mich passt in diesem Fall ohnehin einiges nicht zusammen.«

* * *

»Paul! Wo stecken Sie?!«, schrie Eduard von Raboisen. Nichts passierte. Was war das schon wieder für eine Schlamperei!

Er stützte sich keuchend auf den Schreibtisch. Seit er die Nachricht von Karlis Tod erhalten hatte, wahrte er Haltung, doch nun schwanden seine Kräfte. Karli – wie hatte er ihm dieses Unglück antun können! Als wenn die jüngsten geschäftlichen Luftschlösser und Eskapaden nicht aufreibend genug gewesen wären! Ja, Karli war kein Versager wie Georg, aber das … es war einfach zu viel!

Eduard sank stöhnend in sich zusammen. Behutsam klappte er das in feinstes Leder gebundene und mit Goldschrift verzierte Familienbuch zu, in das er soeben Karlis Todesdatum eingetragen hatte. Es war ein Erbstück, das von Generation zu Generation an den Familienvorstand weitergereicht wurde, und es war ihm so viel wert, dass er es überall mit sich führte.

Für einen Augenblick fühlte Eduard sich tatsächlich wie der alte Mann, der er mit seinen einundsiebzig Jahren auch war. Ein Mann, der plötzlich ohne angemessenen Erben dastand. Und er wusste auch, wer dafür verantwortlich war. Erbitterung wallte in ihm auf. Er holte den Waffenkoffer aus dem Schrank, öffnete das Zahlenschloss, und zog das Samttuch beiseite. Beinahe zärtlich strich er über den wappenverzierten Kolben seines Lieblingsgewehrs. Das althergebrachte Symbol ihrer Macht beruhigte ihn sofort. Er durfte seinem Instinkt nicht nachgeben, nicht jetzt. Erst musste er die letzten geschäftlichen Transaktionen seines Sohnes überprüfen. Karli hatte doch wohl nicht ernsthaft …

Vom Parkplatz hörte er die Stimmen der Polizisten und Kriminaltechniker. Wollten diese unerträglich impertinenten Ermittler nicht endlich verschwinden? Seine Hand wanderte weiter über die Samtauslage und hielt bebend an der Stelle inne, an der die Pistole fehlte, die er üblicherweise für den Fangschuss verwendete. Die Polizei sollte besser nicht erfahren, dass die Waffe verschwunden war.

* * *

Andreas' Knie wippte, als er sich den nächsten Ordner vornahm. Dass Hasselbrecht ihn ausgerechnet hierhergeschickt hatte! Da war ja das Klinkenputzen noch besser gewesen! Er war noch nie ein Papiertiger gewesen, immer ein Mann der Tat. Trotzdem war ihm wichtig, dass er klarkam. Niemand sollte glauben, er sei dieser Aufgabe nicht gewachsen. Er wollte voll durchstarten und beweisen, was in ihm steckte. Sich selbst wollte er es beweisen, seinen Eltern, seiner Verlobten und seinen Kollegen, allen voran Liv. Als die K1-Chefin diesen Frischling zur Mordkommission geholt hatte, hatten alle Lammers insgeheim belächelt. Aber inzwischen hatte Liv sich trotz aller Patzer Respekt verschafft und war anscheinend im Ansehen sogar an ihm vorbeigezogen. Dabei hatte er doch bei seinem letzten Einsatz nur verdammtes Pech gehabt! Er war bei einer heldenhaften Tat verletzt worden – warum würdigte das niemand? Immerhin hatte Hasselbrecht ihm auch noch aufgetragen, zu überprüfen, ob es tatsächlich eine geschäftliche Konkurrenz zwischen Karl von Raboisen und Livs Vater gegeben hatte. Diesen Auftrag wertete er als Vertrauensbeweis. Außerdem kam ihm das gut zupass, denn so würde er möglicherweise etwas über seine Kollegin erfahren, was ihm nützlich sein könnte.

Erneut versuchte Andreas, sich auf die Unterlagen zu konzentrieren, doch es fiel ihm schwer. Wie stickig es hier war! Luft, er brauchte Luft! Andreas sprang auf und öffnete das Fenster. Eine frische Brise, Möwenschreie. Aus dem Fenster sah er auf den Gartenpavillon an der Grundstücksgrenze, den sich jetzt die Kriminaltechniker vornehmen würden. Er atmete tief ein, wandte sich um und lief durchs Zimmer, wo er über die Ledersitze strich, den Designerschreibtisch, den gigantischen LED-Bildschirm, die Glasvitrine mit den Minirobotern. Dieser Reichtum gefiel ihm. Das war cool. Nicht alles war so ganz sein Geschmack, aber es machte was her. Das Notebook und den Rekorder hatte die KT bereits beschlagnahmt, darum würden sich die Computerforensiker des Landeskriminalamts kümmern. Beim LKA würde man die Aufnahmen der Überwachungskameras sichten und herausfinden, ob diese manipuliert oder Abschnitte gelöscht worden waren.

Ein Wimmern, das durch das Fenster zu ihm getragen wurde, weckte seine Aufmerksamkeit. Eine erstickte Stimme, weiblich. »… schaffe das nicht … nein, das geht nicht … halte es nicht aus …« War das Charlotte von Raboisen? Ihre Haushälterin? Oder die größere Tochter? Andreas näherte sich leise dem Fenster.

»… weiß nicht, was geschehen ist … wenn die Polizei …« Wieder wimmerte sie. Sie musste direkt unter dem Fenster stehen. Er musste herausfinden, wer da sprach! Gleichzeitig wollte er sie nicht verscheuchen, wer wusste schon, was sie noch ausplaudern würde. Ein Schritt, zwei.

Andreas beugte sich vorsichtig hinaus. Noch war niemand zu sehen. »Ich brauche dich … ohne dich schaffe ich das nicht. Du hast mir doch schon mal geholfen …«

Wobei geholfen? Bei Karls Ermordung etwa? Wer war sie? Mit wem telefonierte sie? Er musste es wissen! Andreas beugte sich nun weit aus dem Fenster. Aber die Telefonierende war verschwunden. Im Haus fiel eine Tür zu. Auch als er die Treppe hinunterlief, war niemand zu sehen. Schließlich kam Jennifer aus dem Gästebad. Das Gesicht des Mädchens war rot und verschwollen.

»Hast du gerade telefoniert?«, fragte Andreas unschuldig.

»Nein, wieso?«

Das Handy steckte in ihrer Hosentasche. Klar, Jugendliche gingen niemals ohne. Er wusste, dass er sie eigentlich nicht befragen durfte. »War dein Freund am anderen Ende?«, fragte er dennoch.

Jennifer verschränkte die Arme. »Ich habe nicht telefoniert.«

»Wann hast du deinen Vater eigentlich zum letzten Mal gesehen?«

»Beim Krebsfest. Phi musste um zehn ins Bett und ich um zwölf.«

»Wie war euer Verhältnis denn so, also deins zu deinem Vater?«

»Gut.«

Die Haushälterin kam um die Ecke. Irritiert hielt sie inne. »Jenny, kommst du mal?« Kaum waren sie verschwunden, rief Botersen-Evers nach Andreas. »Wir machen Schluss für heute. Hasselbrecht will uns im Kommissariat im Kirchenweg zu einer Besprechung sehen.«

10

Westerland, 18.30 Uhr

Ganz Westerland schien nur aus Autos zu bestehen. Eine Blechlawine schob sich durch die Stadt, alle Parkplätze waren voll, und auch die Straßenränder waren belegt. Die Tagesurlauber strebten sonnenverbrannt dem Westerländer Bahnhof entgegen, als Liv und Hennes sich im Dienstwagen dem Polizeirevier näherten.

Im Vorraum des hübschen Backsteingebäudes im Kirchenweg – dem ehemaligen Sitzungssaal des Amtsrichters – wurde gerade ein Unfall mit einem E-Bike aufgenommen. Das Kommissariat befand sich im ersten Stock. Die Chefin der Mordkommission und der Staatsanwalt standen mit Momke vor der Pinnwand und sprachen über die bisherigen Ermittlungsergebnisse. Hilke Hasselbrecht hatte ihre birnenförmige Figur trotz der hohen Temperaturen in ein Damenkostüm gezwängt, auch ihre rote Fönfrisur saß perfekt. Leipoll blickte abgelenkt auf das Display seines Handys.

Liv rief einen Gruß in die Runde, weil sie das Gespräch nicht unterbrechen wollte. Sie überflog die bisherige Chronik des Opfers. Diese Zeitleiste wies noch Lücken auf. Maja Forsberg, die persönliche Assistentin, hatte bestätigt, dass sie mit Charlotte von Raboisen noch bis zum Morgengrauen auf der Terrasse gesessen hatte. Die Haushälterin Gunda Stetzt war tatsächlich bei ihrer Schwester auf einem Campingplatz gewesen, der Hundesitter David Papen bei dem Tierarzt auf dem

Festland und Gerhard Yorkssen und Paul Dekker im Dienst. Auf der langen Liste mit den Festgästen war erst ein Bruchteil der Namen abgehakt. Auf der kürzeren Liste für die Cateringmitarbeiter sowie weitere Familienmitglieder und Freunde sah es ebenfalls noch mau aus.

Während Hennes sich mit der K1-Chefin besprach, ließ Liv einen doppelten Espresso aus der Maschine laufen und schnappte sich ein paar Kekse aus der Dose. Dann versuchte sie zum wiederholten Mal, Georg von Raboisen zu erreichen, doch der Bruder des Toten war anscheinend nach wie vor offline. Zumindest hoffte sie, dass es bei ihm wirklich zutraf. Sie suchte sich einen freien Computer, um die ersten Berichte zu verfassen.

Es war 18.45 Uhr. Karl von Raboisen war seit mindestens zwölf Stunden tot. Liv war gespannt, was die Kollegen bis jetzt herausgefunden hatten. Ob sich ein Muster, ein Motiv abzeichnete. Je klarer die Ereignisse wurden, die zu dem Tod geführt hatten, desto schneller könnte sie sich aus den Ermittlungen zurückziehen. Was Sebastian wohl gerade machte? Sie könnte ihn schnell anrufen.

»Frau Lammers, würden Sie mal herkommen?«, unterbrach der Staatsanwalt sie. Als sie neben ihm stand, hielt er ihr sein Smartphone hin. Eine der Sylter Online-Zeitungen berichtete über den Leichenfund. Auf dem dazugehörigen Foto war Liv im heruntergekrempelten Schutzanzug zu sehen. Ihr Badeanzug war deutlich zu erkennen. »Urlaubsstimmung am Tatort. Ist die Polizei mit dem nötigen Ernst bei der Sache?«, lautete die Zwischenüberschrift.

»Halten Sie das für eine angemessene Berufskleidung?«, fragte der Staatsanwalt indigniert.

Liv ärgerte sich über die Kritik an diesen Äußerlichkeiten. Schließlich hatte sie für diesen Einsatz eigens ihren Urlaub unterbrochen. Sie hätte sich genauso gut weigern können, dann hätte sie angenehme Stunden mit Sebastian in den Dünen und auf dem Meer verbracht. »Ich weiß nicht, ob es Ihnen bekannt ist, Herr Leipoll, aber ich bin direkt aus dem Urlaub geholt worden.«

»Dennoch sind Sie als Vertreterin des Staates zu einem angemessenen Auftreten verpflichtet.«

»Dieses Foto ist unerlaubterweise von Schaulustigen geschossen worden. Abgesehen davon, war ich bei den Befragungen und Gesprächen selbstverständlich angemessen gekleidet.« Ihr Blick blieb an dem Text hängen, in dem das Opfer beschrieben und Spekulationen über den Mord angestellt wurden. Der Zahnarzt wurde zitiert, der ihnen den Zahnbefund von Karl von Raboisen geliefert hatte. Auch Besucher und Teilnehmer des Poloturniers kamen zu Wort. Anscheinend war aber nichts über die näheren Umstände des Todes durchgesickert. Sie war erleichtert. Dieses Täterwissen würde bei Befragungen von entscheidender Bedeutung sein. Auf einem weiteren Foto war Charlotte von Raboisen zu sehen.

»Wird dieser Schicksalsschlag ihrer politischen Karriere ein Ende bereiten?«, fragte die Online-Zeitung.

»Ich stehe Eduard von Raboisen gegenüber im Wort, dass wir tun werden, was in unserer Macht steht …«, begann Roman Leipoll.

»Das tun wir doch immer.«

»Die Aufmerksamkeit ist dieses Mal allerdings besonders groß.«

»Ich tue, was in meiner Macht steht, auch wenn es keine große Aufmerksamkeit gibt«, sagte Liv entschieden.

Leipoll musterte sie. Es war bekannt, dass er das Interesse der Medien zu schätzen wusste und gerne betonte, dass die Staatsanwaltschaft Herrin des Verfahrens war. »Sorgen Sie einfach dafür, dass die Ermittlungsergebnisse im Mittelpunkt der Berichterstattung stehen und nichts sonst.« Als ob sie etwas dafür könnte, was die Presse berichtete! Liv entschied sich, ihren Gedanken nicht laut auszusprechen.

Livs Handy klingelte, und auch wenn der Anruf privat war, kam er ihr gerade recht, um das Gespräch zu beenden. Gleich darauf stand sie hinter dem Backsteingebäude im Schatten und telefonierte mit ihrer Großmutter Elise. »Das ist ja ärgerlich, dass du arbeiten musst. Kann denn keine Verstärkung kommen, sodass du abgelöst werden kannst?«

»Hasselbrecht hat bereits Kollegen von den anderen Mordkommissionen um Diensthilfe gebeten, aber in den Sommerferien ist das ja immer so eine Sache. Sobald es möglich ist, klinke ich mich aus den Ermittlungen aus.«

»Was sagt Sebastian dazu?«

»Ich habe seit heute Morgen nicht mehr mit ihm gesprochen. Und jetzt ist er mit Larissa und Noah zusammen am Brandenburger Strand.« Das hatte er ihr zumindest in seiner jüngsten Kurznachricht mitgeteilt.

Elise schwieg kurz. Sie mochte Sebastian sehr, das wusste Liv. Auch Sanna unterhielt sich gerne mit ihm. Ihre Tochter hatte inzwischen ein beinahe morbides Interesse an rechtsmedizinischen Themen entwickelt.

»Wir haben auf jeden Fall schon fast alles gepackt. Unser Zug verlässt Flensburg um 8.44 Uhr. Um 10.44 Uhr sind wir auf Sylt, gerade rechtzeitig vor der Mittagshitze. Morgen soll es ja noch mal bannig heiß werden«, sagte Elise schließlich.

Liv überlegte. Sie war nicht sicher, ob sie die beiden wirklich würde abholen können, wie sie es versprochen hatte. »Ich habe schon mit Sebastian telefoniert, er holt uns ab und bringt uns zu Katharinas Haus«, ergänzte Elise, als hätte sie Livs Gedanken erraten.

Livs Erleichterung war groß. »Das ist ja super. Wie geht es Sanna? Freut sie sich auch auf die Ferien?«

»Die ist schon den ganzen Tag bei einer Freundin und freut sich so sehr auf Kimi, dass es ihre jüngsten Erinnerungen an Sylt überwiegt.«

Im Stillen verfluchte Liv ihren Vater, wie so oft. Bei Sannas letztem Aufenthalt auf Sylt hatte Ocke ihre Tochter nicht nur geschlagen, sondern war auch übergriffig geworden. Würde Sanna je wieder unbefangen auf diese wunderschöne Insel kommen?

Weitere Polizeiwagen fuhren auf den Hinterhof. Ihre Kollegen und die Kriminaltechniker stiegen aus. Die meisten waren sonnenverbrannt und durchgeschwitzt.

»Ich muss Schluss machen. Wir sehen uns morgen. Ich freue mich – wir waren so lange nicht mehr gemeinsam auf Sylt.«

»Das ist wohl wahr.« Einen Augenblick hing der Gedanke zwischen ihnen, dann beendeten sie das Gespräch.

Andreas kam auf Liv zu. Auch er telefonierte, gab ihr aber mit der anderen Hand wedelnd zu verstehen, dass sie warten solle. »Die können da nicht raus. Ich habe dir doch gezeigt, wie das mit dem Terrarium geht, mach dir also keine Sorgen.« Er steckte das Handy weg und wandte sich Liv zu. »Meine Freundin hat Angst, dass meine Tierchen aus dem Terrarium ausbrechen könnten; sie hütet mit ihren beiden Kindern bei mir ein.«

»So gefährlich werden deine Haustiere ja wohl kaum sein.«

»Würdest du wollen, dass eine Vogelspinne frei in der Wohnung herumläuft?«

Liv lachte überrascht. »Okay, ich verstehe das Problem. Nein, das würde ich auch nicht wollen. Ich wusste gar nicht, dass du eine Tarantel hast.«

»Ich habe auch nicht eine Tarantel, sondern fünf. Angenehme Haustiere. Und so interessant.«

Er schien es ernst zu meinen. Sie gingen gemeinsam durch die verzierte Backsteinpforte in die ehrwürdigen Räumlichkeiten des früheren Amtsgerichts. »Noch was Besonderes gefunden?«, wechselte Liv das Thema.

»Klar. Jede Menge Papierkram. Außerdem habe ich kurz mit der älteren Tochter gesprochen. Wenn du mich fragst, weiß die was.«

Liv horchte auf. »Gesprochen im Sinne von Befragung?«

»Wo denkst du hin!?«, fragte Andreas entrüstet. »Geplaudert eben. Normal. Und ihr? Habt ihr Georg von Raboisen erreicht?«

»Noch immer verschollen.«

Als sich die Ermittler mit Getränken versorgt hatten, rief Hilke Hasselbrecht sie zu der Abschlussbesprechung des heutigen Tages zusammen. Die Chronik des Opfers nahm langsam Gestalt an. Nachdem Karl und Piet auf dem Fest mit dem Tisch zusammengekracht waren, hatte Karl kurz mit dem Butler diskutiert und war dann zuletzt auf der Terrasse gesehen worden.

Hilke Hasselbrecht sah in die Runde. »Bente hat sich wegen der Obduktion und des vorläufigen Berichts der Rechtsmedizin gemeldet. Karl von Raboisen ist tatsächlich niedergeschlagen und danach ertränkt worden«, verkündete sie. »Bei der Obduktion wurden die klassischen Symptome Lungenblähung und Paltauf'sche Flecken festgestellt, also die charakteristischen verwaschenen Unterblutungen des Lungenfells. Dazu kommt der Schaumpilz, den Doktor Gerlich ja bereits vor Ort gesichert hat. Dieser entsteht, wenn sich die eingeatmete Flüssigkeit feinblasig mit der vorhandenen Restluft verquirlt. Auch gibt es Flüssigkeit in den Keilbeinhöhlen. Zudem wurden die Sehrt-Risse oder auch Fritz-Zeichen entdeckt, also Risse in der Schleimhaut, die durch das Schlucken großer Wassermengen und die folgende Überdehnung des Magens hervorgerufen werden. Wir wissen noch nicht, um was für eine Flüssigkeit es sich handelt. Da die Ertrinkungsflüssigkeit in den Blutkreislauf gelangt ist, werden Proben von Knochenmark, Lebergewebe und Nierengewebe untersucht. Die Ergebnisse dürften in einigen Stunden vorliegen.«

»Was ist mit der Schädelverletzung? Gibt es Erkenntnisse über den Gegenstand, mit dem Karl von Raboisen niedergestreckt wurde?«, fragte Liv nach.

Hasselbrecht konsultierte den Bericht. »Die Form ist recht markant. Keine Lackspuren oder Ähnliches.« Sie zeigte eine Nahaufnahme der Wunde, auf der die Ränder gut zu erkennen waren. »Sein Alkoholpegel war hoch, sodass von einer verminderten Steuerungsfähigkeit ausgegangen werden muss.«

Anschließend berichteten Liv und Hennes über ihre Befragungen, dann übernahm Botersen-Evers. »Karl von Raboisens iPhone ist anscheinend gecrasht worden, also nicht einfach nur ausgeschaltet, deshalb können wir es nicht orten. Es hat sich zuletzt um 4.13 Uhr im Lister Funkmast eingeloggt.«

»Unmittelbar vor seinem Tod also. Mit wem hat er telefoniert?«

»Das wissen wir nicht. Sein Gesprächspartner nutzte ein Handy mit Prepaid-Karte, das seitdem abgeschaltet ist«, sagte Hilke Hasselbrecht.

»Bei der Drohne handelt es sich um ein Modell, das die Aufnahmen auf der internen Festplatte und in der Cloud speichert, also auf internetbasiertem Speicherplatz und nicht auf dem Smartphone«, setzte Botersen-Evers seinen Bericht fort.

Hasselbrecht übernahm wieder. »In den letzten Tagen sind viele Drohnenaufnahmen von Sylt in den sozialen Medien hochgeladen worden. Besonders aktiv war eine junge Drohnenpilotin namens Michelle Müller. Auf weiteren Filmchen sieht man, wie sie ihre Drohne startklar macht, auf einem Foto schaut sie etwas ratlos unter die Motorhaube ihres Autos – sieht aus wie ein nicht mehr ganz neuer blauer VW up!.«

»Das scheint zu passen. Ein Hoch auf die sozialen Medien!«, meinte Roman Leipoll begeistert. »Ist sie noch auf Sylt?«

»Das habe ich schon überprüft. Sie ist auf einem Campingplatz in Westerland abgestiegen und hat dort noch bis übermorgen gebucht. Ans Telefon habe ich sie aber nicht bekommen«, berichtete Momke.

»Gute Arbeit. Wir sollten mit ihr reden. Kannst du später hinfahren?« Momke nickte.

»Und wir warten nur darauf, dass wir Georg von Raboisen endlich erreichen. Wenn es am Tatabend einen Konflikt gegeben hat, dann mit ihm«, sagte Hennes.

Hilke Hasselbrecht nickte zufrieden. Sie wollte gerade die Besprechung aufheben und ihr Team in den Feierabend schicken, als Roman Leipoll das Wort ergriff. »Es ist mir ein Anliegen, Ihnen deutlich zu machen, dass die Familie von Raboisen eine herausgehobene Stellung in unserem Bundesland hat und dass daher eine Aufklärung des Tötungsdelikts von herausragender Wichtigkeit ist«, sagte er.

Liv warf Hennes einen sprechenden Blick zu. Sie waren sich einig, dass es diese Worte nicht gebraucht hätte. Gleich nach dem Ende der Besprechung strebten die Ersten dem Feierabend entgegen.

Die K1-Chefin nahm Liv beiseite. »Ich weiß es zu schätzen, dass Sie sofort Ihren Urlaub abgebrochen haben und zu uns gestoßen sind«, sagte sie. »Durch die Ferienzeit sind wir personell knapp dran, und es wird dauern, bis wir Verstärkung bekommen. Würden Sie noch einen oder zwei Tage weitermachen, bis es so weit ist?«

Liv nickte. »Ich kann meine Kollegen und Sie jetzt doch nicht hängen lassen.« Hasselbrecht drückte ihr kurz die Schulter, eine ungewöhnliche Geste für die sonst so steife Chefin.

Einige Zeit später riss ein Gruß Liv aus ihrer Versenkung. »Bis morgen!«, rief Momke freudig winkend. »Du solltest auch langsam Feierabend machen. Schließlich hast du eigentlich Urlaub.«

Liv sah auf die Uhr. Himmel, warum war es auf einmal schon so spät? »Tschüss!«, rief sie Momke nach.

Sie hatte nur noch schnell die ersten Berichte beendet. Ihr Handy hatte sie stumm geschaltet. Jetzt schaute sie darauf. Keine Nachricht von Sebastian. Vermutlich amüsierte er sich ausgezeichnet mit seiner Ex und dem gemeinsamen Sohn. Sie sah sich um. Die meisten Schreibtische waren leer. Die Fenster standen offen, die Luft war jetzt angenehm warm. Sonnenlicht malte Westerlands Dächer golden. Was für einen Hunger sie hatte! Es reichte wirklich für heute. Liv fuhr ihren Rechner herunter und kam auf die Füße. In diesem Augenblick klingelte ihr Telefon.

11

Liv und Hennes marschierten durch die Friedrichstraße zur Promenade vor dem Brandenburger Strand. Um die weißen Zelte, die anlässlich der Sylter Sailing Week aufgebaut worden waren, herrschte Gedränge. Neben den unverzichtbaren Getränke- und Essensständen gab es alles rund um Segeln und Strandurlaub, aber auch einige hochklassige Campmobile sowie einen Segel-Simulator. Am Wasser leuchteten die bunten Segel der Katamarane und sonstigen Boote um die Wette. Aus den Lautsprechern drang Musik. Liv hätte am liebsten die Schuhe ausgezogen und wäre barfuß an den Strand gelaufen – zumal auch Sebastian hier irgendwo sein musste.

Während sie sich bei den Organisatoren der Regatta nach dem Katamaran von Georg von Raboisen erkundigten, wanderte Livs Blick zu dem Clubhaus der Surfer und den anderen Holzbuden, vor denen Surfboards lagen. Der Wind war zwar mau, aber allein der Gedanke, ein Board zu schnappen und sich in die Wellen zu stürzen, war verlockend. Nicht nur in ihrer Jugend hatte sie viel Zeit an diesem Strandabschnitt verbracht. Einige ihrer schönsten und einige ihrer schrecklichsten Erinnerungen waren mit diesem Ort verbunden.

Hennes buffte sie in die Seite. Liv hatte nicht zugehört, aber offenbar wusste ihr Kollege, wohin sie mussten. Sie folgte Hennes die Treppe hinunter an den Strand. Sofort zog Liv die Schuhe aus. Wie herrlich, den warmen Sand unter den Füßen zu spüren! Auf den Tetrapoden vor der Promenade saßen Leute und sonnten sich, Handtücher waren zum Trocknen über die Betonblöcke gelegt. Sie sah sich nach Sebastian um, konnte ihn aber nicht entdecken. Ob er immer noch mit Larissa und Noah zusammen war?

Ihr Kollege steuerte einen Katamaran an, dessen Segel großflächig mit Werbung gepflastert waren. Vor den zwei Rümpfen hatte es sich ein Grüppchen bequem gemacht. Im Sand standen schief Champagnerflöten und -flaschen, dazwischen mehrere Platten mit Sushi auf einer Picknickdecke. Der Lautstärke der Gespräche und des Gelächters nach zu urteilen, war dies nicht die erste Runde. Liv fand es immer wieder erschreckend, wenn bestimmte Klischees Wirklichkeit zu werden schienen. Hier waren die Frauen auf den ersten Blick zu blond und zu perfekt; die Männer zu glatt und zu sehr von ihrer eigenen Großartigkeit überzeugt.

»Vornehm geht die Welt zugrunde«, murmelte Hennes, als hätte er ihre Gedanken erraten.

Georg von Raboisen hatte wie sein Bruder dunkelblondes Haar, das jedoch mit hellen Strähnchen versehen war; auch seine Zähne wirkten zu weiß, um natürlich zu sein. Seine Kleidung war extravagant. Liv sprach ihn an, ehe ihr Kollege übernehmen konnte. Die Gesellschaft wandte sich ihnen zu.

»Georg von Raboisen?«

»Der bin ich. Setzen Sie sich doch zu uns.« Er lächelte Liv sichtlich angetan an. »So reizende weibliche Gesellschaft ist uns immer willkommen.«

»Das wäre wohl nicht so passend. Kommissarin Lammers und Hauptkommissar Erdt, Kripo Flensburg«, sagte Hennes und wies sich aus.

Ihr Gegenüber hob grinsend die Hände. »Ich bekenne: Ich hatte auf See einen Schnaps. Werde ich jetzt verhaftet?« Seine

Freunde lachten. »Sehen Sie mir den lahmen Scherz nach. Wir sind in Feierlaune. Die Sylt Sailing Week ist ein Highlight des Jahres. Leider habe ich es nicht ins Starterfeld der Deutschen Meisterschaften geschafft, die gerade vor Sylt ausgetragen werden. Aber immerhin sind wir beim ›Sansibar Race‹ dabei, einer Zehn-Meilen-Regatta mit Steuerleuten …«

Liv ging ein Stück. Sie mussten Abstand zu der Gruppe bekommen oder – noch besser – einen ruhigeren Ort aufsuchen. »Mit Steuerleuten aus dem Feld der besten Hobie-sechzehn-Segler«, führte Liv seinen Satz zu Ende, um ihn mit sich zu locken, was ihn sichtlich freute.

»Erstaunlich, dass Sie sich mit diesem Rennen und Sport-Segelkatamaranen wie dem Hobie sechzehn auskennen.«

»Rudimentär.«

»Lassen Sie mich raten: Sie surfen eher. Ich nehme Sie gerne mal mit auf eine Segeltour …«

Ernst unterbrach Liv ihn. »Es geht um Ihren Bruder.«

»Hat er mich etwa wegen gestern angezeigt? Dieser Spießer!«

»Gäbe es denn einen Grund dazu?«, fragte Hennes.

Liv kam es nicht richtig vor, Georg von Raboisen länger im Unklaren zu lassen. »Sie haben die Nachricht noch nicht gehört?«

»Nein. Hätte ich das tun sollen? Offline zu sein ist heutzutage der wahre Reichtum. Beim Segeln lasse ich mich um keinen Preis stören – und schon gar nicht durch so etwas Profanes wie einen Anruf.«

Das zumindest schien Georg von Raboisen mit seinem Bruder gemeinsam zu haben. Als sie ihm vom Tod seines Bruders berichteten, starrte er sie an. Eine lange Zeit waren nur das sanfte Flattern der Segel im Wind und die Meeresbrandung zu hören. Plötzlich stöhnte Georg von Raboisen laut auf. »Das kann nicht sein! Sagen Sie, dass das nicht wahr ist!« Sein Ausruf gellte über den Strand.

Dann fiel er auf einmal Liv um den Hals und klammerte sich an sie. Er heulte auf, seine Schultern bebten. Liv versuchte vergebens, sich aus seinem Griff zu befreien, aber Georg schien untröstlich. Wenn seine Trauer in Groll umschlagen würde, wäre sie in unmittelbarer Gefahr. Sie machte sich entschieden los. Etliche Strandbesucher hatten sich ihnen neugierig zugewandt. In einiger Entfernung entdeckte sie Sebastian. Alarmiert beobachtete ihr Freund die Szene. Ausgerechnet jetzt musste er sie sehen! Der sechsjährige Noah trug ein zu großes Fußballtrikot und hielt Sebastians Hand. Larissa stand daneben; mit ihrem Pareo eine echte Strandschönheit. Für ihren Sohn hatten die beiden eine Strandmuschel aufgebaut, damit er vor der Sonne geschützt war. Wie eine perfekte Familie sahen sie aus, was Liv einen Stich versetzte. Sebastian machte einige Schritte auf sie zu, aber da ging Georg von Raboisen endlich auf Abstand. Tränen liefen über die Wangen des Mannes. Liv schämte sich für den hässlichen Gedanken, aber seine Trauer erschien ihr aufgesetzt.

»Georgie, was ist denn?« Ein Mann in Ralph-Lauren-Langarmshirt und Montcler-Daunenweste stolperte durch den Sand zu ihm.

Georg machte sich los. »Karli … er …«

»Lassen Sie uns in Ruhe reden«, bat Liv. Doch es war zu spät. Schon informierte der Adelige seine Begleiter. Alle waren sichtlich geschockt. Für einen Augenblick ging alles durcheinander. Die Frauen weinten und versuchten einander zu trösten. Der Mann ging mit versteinertem Gesicht weg und telefonierte.

Georg ließ sich auf einen Bootsrumpf sinken und rang die Hände. Leise wisperte das Segel im Wind. »Ich hätte nicht so mit Karli auseinandergehen dürfen. Warum haben wir nicht die Gelegenheit bekommen, uns zu versöhnen?«, fragte er verzweifelt.

»Worum ging es denn bei Ihrem Streit?«

»Immer um das Gleiche: Ich wollte das, was mir zusteht.« Er kniff die Lippen zusammen.

»Geld?«

»Auch, aber vor allem bin ich Teil dieser Familie. Ich sollte ebenso die Gäste zu dem Krebsfest und anderen Events begrüßen. Ich sollte meinen Platz im Herrenhaus einnehmen. Ich sollte ebenfalls ein Domizil auf Sylt haben und über die Zukunft der Firma mitentscheiden. Ich lasse mich nicht einfach ausbooten.«

»War Ihr Vater dafür verantwortlich oder Karl?«

»Mein Vater natürlich. Karli hat sich ihm nie widersetzt. Ihm kam es gut zupass, mich los zu sein. Er war der Kronprinz …« Georg sah sie an. »Wie ist Karli gestorben? Hatte er einen Unfall?«

Liv legte eine kurze Pause ein. »Ihr Bruder wurde ermordet.«

Georg von Raboisen starrte sie mit offenem Mund an. »Und nun wollen Sie wissen, ob ich ihn ermordet habe – meinen eigenen Bruder?!« Er sprang auf. Auf seiner Stirn pulste eine Ader. »Nein, das habe ich nicht!« Wieder hatte er geschrien. Unwillkürlich wanderte Livs Blick zu Sebastian. Sie sah, dass er und Noah die Strandmuschel abbauten, während Larissa die Badetücher zusammenlegte.

»Wo waren Sie nach dem Eklat beim Krebsfest?«, fragte Hennes.

»Auf meinem Hotelzimmer. Und von jetzt an sage ich nichts mehr ohne meinen Anwalt. Nichts!« Georg verschränkte die Arme wie ein dickköpfiges Kind.

»Beruhigen Sie sich doch!«

»Nichts!«

Liv und Hennes verabschiedeten sich notgedrungen. Er schien ein extremer Charakter zu sein, tieftraurig und handzahm im einen Augenblick, wütend und ablehnend im nächsten Moment.

Hoffentlich ließ Georg von Raboisen morgen wieder mit sich reden. Wenn erst eine offizielle Vorladung zugestellt werden musste, konnte es dauern. Die Sonne hatte sich bereits merklich gesenkt. Hennes checkte seine Nachrichten. »Momke schreibt, er sei auf dem Campingplatz gewesen. Weder diese Drohnenpilotin noch ihr Auto sind da, auch keiner ihrer Freunde. Das müssen wir morgen noch einmal versuchen.« Als sie ein Stück gegangen waren, meinte Hennes: »Geh ruhig zu Sebastian. Ist längst Zeit für Feierabend. Du weißt ja, Work-Life-Balance und so.«

Liv war froh über das Angebot. Trotzdem kam es ihr nicht richtig vor, den Freund und Kollegen einfach so allein zu lassen. »Willst du mitkommen?«

»Auf einen Sundowner etwa – oder wie ihr das hier schimpft? Nein, danke. Nun geh schon. Bis morgen!« Die Hände in die Taschen seiner Jeans gestopft, marschierte Hennes los.

Livs Herz klopfte wie verrückt, als sie auf Sebastian und seine kleine Familie zulief.

* * *

Das Feuer fraß sich unaufhaltsam durch den Wald. Baum um Baum fiel ihm zum Opfer. Tiere flohen panisch. So gewaltig war der Waldbrand, dass es für die Helfer lebensgefährlich war. Sie mussten strategisch den Einsatz planen, um mit wenigen Mitteln möglichst viel zu erreichen. Schneisen schlagen.

Eingeschlossene retten. Sie war vollkommen konzentriert, als sie auf das Display starrte. Ihr Puls beschleunigte sich. Die Farbtupfer – waren das etwa Zelte, mitten im Wald? Und da, ein Mann auf dem Waldboden … er lag da, ausgestreckt.

In diesem Augenblick ein Quietschen, dann packte jemand ihre Schulter. Schüttelte sie. Schrie sie an. Wollte etwas von ihr. Lass mich, wollte Michelle rufen. Das Feuer … der Mann … er muss gerettet werden …

Wieder wurde an ihren Schultern gerüttelt, grob. Ihr Kopf flog gegen etwas Hartes. Ein Feuerwerk der Schmerzen im Schädel. Mit einem Mal fühlte sie sich klarer. Der Waldbrand war verschwunden, die Drohne, der Mann. Hatte sie geträumt? Nur die Hitze war geblieben. Der Rauchgestank. Und die Dunkelheit. Wobei … unter der Augenbinde hatte sich ein Spalt aufgetan. Es einen Lichtschein zu nennen wäre eine heillose Übertreibung gewesen. Die Dunkelheit war lediglich einen Hauch weniger … ihre Gedanken waren so quälend träge … einen Hauch weniger dunkel.

»Ich habe hier etwas zu essen und zu trinken.«

Beim Klang der Stimme zuckte sie zusammen. Da war jemand. Jetzt erinnerte sie sich. Es musste ihr Entführer sein. Oder besser gesagt, ihre Entführerin. Eine Frau. Damit hätte sie nie gerechnet. Wie konnte eine Frau zu so etwas fähig sein? Aber es musste sich um die Entführerin handeln, denn da war wieder dieser seltsame Geruch. Wie lange war diese Frau … und wieso hatte sie nicht bemerkt … Michelle versuchte, sich aufzurichten und ihre Gedanken zu ordnen, die wild durcheinander waberten.

Wieder die Frauenstimme: Ein abgehackter, harter Ton. »Ich werde dir jetzt den Knebel aus dem Mund nehmen. Du wirst nicht schreien. Du wirst nur reden, um meine Fragen zu beantworten. Wenn das klar ist, dann nicke.«

Michelle nickte ruckartig. Nichts wollte sie lieber, als diesen Knebel loswerden. Etwas trinken. Gerettet werden. Sie wollte weinen vor Erleichterung, spürte aber nur, wie ihr Hals eng wurde. Die Frau klang seltsam. Wie von ferne. Die Worte wie einstudiert.

»Du wirst mich nicht angreifen. Sonst kneble ich dich sofort wieder, und dann wird dich niemand je finden.«

Wieder nickte Michelle.

Eine Bewegung an ihrem Kopf. Ein Ruck. Der Schmerz explodierte in ihr. Sie wollte schreien, brachte aber nur ein Krächzen heraus. Lippen und Mundhöhle brannten, und sie schmeckte Blut. Der Knebel hatte sich durch die Trockenheit offenbar mit Lippen und Mund verbunden, deren zarte Haut nun durch das grobe Entfernen mit aufgerissen war.

Flüssigkeit auf ihren Lippen, in ihrem Mund. Sie wollte trinken, schlucken, musste husten. Nass rann es über ihr Kinn, tropfte auf ihre Brust. Dann war es schon wieder vorbei.

»Durst …« Dieses Krächzen – war sie das gewesen?

Stille. Sie dachte, die Frau wäre weg. »Was hast du gesehen? Auf dem Monitor, als du die Drohne geflogen hast.«

»Gar nichts.« Das Sprechen fiel ihr schwer. Jedes Wort musste sie hervorwürgen, so trocken war ihre Kehle.

Wieder diese Pause. »Lüg nicht.«

»Bitte, lassen Sie mich gehen! Ich habe nur … einen Körper gesehen. In den Dünen.«

»Wie sah er aus?«

»Ein Mann. Verletzt. Sonst habe ich nichts gesehen … ich schwör's.«

»Hast du jemandem davon erzählt?«

»Nein.« Die erneute Stille war beängstigend. Wusste die Frau, dass sie log? »Nur der … Polizei. Ich hab angerufen, anonym«, setzte Michelle schnell hinzu.

»Wo sind die Aufnahmen der Drohne gespeichert?«

»Auf … der Drohne. Interne Festplatte.«

»Wo noch?«

»In der … Cloud.«

Die Pause dauerte ein paar Atemzüge, als müsste die Frau erst überlegen, was sie sagen wollte. »Brauche ich ein Passwort für diese Cloud?«

Michelle sagte ihr alles, was sie wissen wollte. »Bitte … lassen Sie mich gehen!«

»Ich muss erst wissen, ob du die Wahrheit gesagt hast.«

Panische Angst ergriff von Michelle Besitz. Würde die Frau sie etwa wieder knebeln? Würde sie sie allein lassen? Würde niemand sie je finden? »Durst … ich habe Durst … Bitte … es ist so heiß … lassen Sie mich … ich kann meine Hände und Füße nicht …«

Sie hörte das Summen eines Handys. Ein Flaschenhals wurde auf ihre wunden Lippen gerammt und machte ihrer Rede ein Ende. Gierig trank sie, doch viel zu schnell war es schon wieder vorbei, und von Neuem wurde grob ein Knebel in ihren Mund gestopft und ein Tuch fest um den Kopf geschnürt. Dann hörte sie ein metallisches Klacken, und selbst der Spalt hellere Dunkelheit war der Nachtschwärze gewichen. Michelle wollte vor Verzweiflung weinen, musste aber feststellen, dass sie keine Tränen mehr hatte.

* * *

»Sei nicht sauer, weil Noah so reagiert hat«, sagte Sebastian und legte Liv seinen Pullover über die Schultern, als ob er geahnt hätte, dass sie zu frieren anfing.

»Bin ich nicht«, sagte Liv. Im Sand standen eine Flasche Roséwein und zwei Gläser, daneben die Schalen, aus denen sie

Thai-Nudeln gegessen hatten. Die Sonne ging unter. Es hätte romantisch sein können. Wenn ihr nicht der Fall noch durch den Kopf ginge. Wenn sie nicht so müde wäre. Und wenn Noah nicht so abweisend reagiert hätte. Vielleicht war es keine so gute Idee gewesen, Larissa und Noah nach dem Gespräch mit Georg von Raboisen zu begrüßen. Dass Larissa frostig reagierte, hatte das Kennenlernen nicht gerade herzlicher gemacht. Larissa und Noah hatten sich abrupt verabschiedet, beinahe war es wie eine Flucht gewesen. So hatte sie sich die Begegnung mit den beiden nicht vorgestellt. Natürlich hatte sie nichts dagegen gehabt, mit Sebastian allein zu sein. Aber so …

»Wenn er dich besser kennt, wird Noah dich mögen, da bin ich ganz sicher.«

»Klar.«

»Liv?«

»Was?«

»Du bist sauer. Oder enttäuscht. Eins von beidem.« Sebastian streichelte über ihren Unterarm, was ihr eine wohlige Gänsehaut bescherte. »Er ist nur ein Kind.«

»Ja, ich weiß.« Nun sah sie auf, sah die versprengten Sommersprossen auf Sebastians Nasenrücken, die von der Sonne noch dunkler geworden waren. »Es ist nicht wegen Noah. Es ist … Larissa und du …« Als Liv sie am Strand gesehen hatte, hatten die beiden so innig gewirkt, so vertraut.

»Das ist vorbei, das habe ich dir schon oft gesagt. Aber ich sage es dir gerne noch einmal. Ich will dich, nicht Larissa.« Sebastian küsste sie.

»Oh ja, bitte.« Sie lächelte. »Das darfst du wirklich gerne noch einmal sagen.« Sebastian sagte es. Dann zog er sie an sich, und sie ließen sich erneut in den noch warmen Sand sinken.

* * *

Endlich allein. Hennes atmete durch, musste aber prompt husten. Dieses Mal beherrschte er sich nicht. Er schüttelte seinen Fuß aus, bis die Zehen zu kribbeln begannen. Wie ruhig es auf einmal im Kommissariat war! Aus der Tiefe seiner Tasche wühlte er die Packung, wog sie in der Hand. So alt war der Tabak schon, dass er kaum noch duftete. Dann rief er zu Hause an. Rachel freute sich hörbar über den Anruf, was ihm guttat. Er hatte kein einfaches Leben gehabt, und ihre Beziehung war auch kompliziert. Rachel war kompliziert. Hennes hatte sie zu seiner Zeit als Seemann kennengelernt, war damals aber nicht reif genug für eine Bindung gewesen. Als er sich für sie entschieden und sie gesucht hatte, war sie bereits liiert und Mutter gewesen. Sobald sie für ihn frei gewesen war, hatten sie Nägel mit Köpfen gemacht. Binnen Tagen war sie bei ihm eingezogen. Sein Leben hatte sich radikal verändert. Verbessert. Wäre da nicht …

»Ist alles in Ordnung mit dir?«, fragte Rachel unvermittelt.

»Ja. Wieso nicht?«

»Das Sankt-Franziskus-Hospital hat angerufen.«

Es durchfuhr Hennes wie ein Stromstoß. »Was wollten die?«

»Dich sprechen.«

Nach kurzem Überlegen log er: »Ach, das ist nur wegen eines anderen Falls, hatte ich ganz vergessen.«

»Und da rufen die bei dir privat an?«

»Ich habe denen wohl aus Versehen die falsche Nummer gegeben. Was machen die Katzen?«, lenkte er ab. Sie plauderten noch ein Weilchen über ihre kapriziösen Perserkatzen und Rachels Pläne für seinen Ruhestand.

Nach dem Telefonat wollte Hennes noch arbeiten, driftete aber immer wieder in Grübeleien ab. Was hatte die Klinik von ihm gewollt? Waren die Ergebnisse der Untersuchung so alarmierend? Sofort schossen ihm Horrordiagnosen durch den Kopf. Seit er als jugendlicher Matrose seine erste Zigarette geschnorrt hatte, hatte er geraucht. Ohne Livs Hartnäckigkeit würde er vermutlich noch immer qualmen wie ein Schlot. Gut, die Liebe zu Rachel, der Husten und die ständigen Schmerzen in den Beinen hatten ebenfalls dazu beigetragen. Er überlegte, ob er in der Klinik anrufen sollte, doch mit jeder Minute, die er wartete, wuchs seine Angst. Ich will es gar nicht wissen, wenn ich todkrank bin, dachte er. Und gleich darauf: Sei kein Schisser! Als er in der Klinik anrief, wurde er jedoch vertröstet. Die Abteilung sei nicht mehr besetzt. Ein Gefühl der Erleichterung durchströmte ihn. Aufschub bis morgen …

Hennes humpelte die Treppen hinunter, füllte seine Lungen tief, was prompt wieder einen Hustenreiz auslöste. Auch, wenn er es nicht zugeben würde, tat ihm die Sylter Luft gut. Er ging an die Promenade. Liv und Sebastian waren nicht mehr zu sehen. Als er schnell marschierte, setzten die Stiche wieder ein. Bald war jeder Schritt eine Qual. Er ließ sich in einen Strandkorb fallen. Sehnsüchtig dachte er an das Päckchen in seiner Brusttasche. Viel zu langsam ließen die Schmerzen nach, aber allmählich entspannte er sich.

Auf dem Rückweg hörte er Gelächter und Wortfetzen aus einer Kneipe. Partystimmung, Sommerfeeling. Einen Absacker, dann kann ich gut schlafen, dachte er und trat ein. Aus einem Bier und einem Schnaps wurden zwei, dann drei. Nach einem Toilettengang sah er, dass in einem Hinterzimmer Karten gespielt wurde. Sofort kribbelte es in seinen Fingern. Er hatte schon immer gerne gezockt. Poker, Black Jack, Roulette, zur Not tat es auch ein Daddelautomat. Für ihn bewährte Methoden zur Zerstreuung, Ablenkung von Problemen und Zweifeln an seinem Lebensweg. Dieser Hang zum Glücksspiel hatte ihm schon eine Menge Ärger eingebracht. Ärger, von dem seine Kollegen nichts wissen durften. Sogar mit Rockerbanden hatte er sich eingelassen. Sich Geld geliehen, sich erpressbar gemacht. Heute schämte er sich dafür. Aber der Reiz war stark, auch jetzt. *Nur ein Spielchen, das lenkt ab …*

12

List, 22.31 Uhr

Die Wasserhunde schlugen vor ihrer Hütte an. Charlotte von Raboisen eilte zum Fenster. Es würde doch nicht etwa um diese Uhrzeit jemand kommen? Sie war froh, dass die Polizei und diese Spurensicherungsschnüffler endlich verschwunden waren. Auch Verwandte und Freunde hatten sich hinauskomplimentieren lassen. Sie war noch nie eine dieser Adeligen gewesen, die ständig die gesamte Sippschaft im Hause haben mussten. Und im Adel war doch letztlich jeder mit jedem verwandt, und sei es über ein paar Ecken.

Die Einfahrt lag ruhig da, nur vom Licht aus den beiden Villenhälften und dem Hauswirtschaftler-Haus erhellt. Charlotte knöpfte die schwarze Seidenbluse zu, die sie sich vorhin von einem Boten aus einer Boutique in Kampen hatte bringen lassen, und frischte ihr Make-up auf. Sie war nervös. Die letzten Stunden war sie eingespannt gewesen, hatte das offizielle Pressezitat abgestimmt, mit ihrem Schwiegervater die Bestattung besprochen und mit Verwandten geredet. Sie wusste nicht, was sie gleich erwarten würde. Was für Folgen der Tod ihres Mannes in dieser Hinsicht haben würde.

Ihre Töchter lagen mit ihren Terriern auf dem Daybed. Im Fernseher lief *Gilmore Girls*. Diese humorvolle Mutter-und-Tochter-Serie gönnten sie sich ab und zu gemeinsam, wenn sie des Lesens und Puzzelns müde waren. Aber die beiden schauten gar nicht hin. Phis Blick war trüb, sie war von den Asthmaanfällen und den Medikamenten geschwächt. Jenny wirkte abwesend. Sie trug Kopfhörer, wie um sich von der Welt abzuschirmen.

Phi setzte sich halb auf. »Musst du noch mal weg?«, fragte sie ihre Mutter beunruhigt.

»Nur kurz. Ich bin in einer Stunde wieder da. Wenn etwas ist, meldet ihr euch bei Gunda oder Großvater.«

Die Kleine schüttelte entschieden den Kopf. »Bestimmt nicht.«

»Geht rechtzeitig ins Bett. Ich schaue nachher noch mal zu euch ins Zimmer.«

Charlotte kam es im Haus stiller als sonst vor, obgleich Karl oft unterwegs gewesen war oder sich in sein Arbeitszimmer zurückgezogen hatte. Auf Sylt hatte sie sich immer wohler gefühlt als in dem alten Herrenhaus, zumal sich das Asthma hier gebessert hatte. Sie selbst hatte früher heftig an der Lungenkrankheit gelitten und diese wohl an ihre Töchter vererbt. Wenigstens hatten sie keine Tierhaarallergie, sodass sie Hunde halten konnten.

Sie passierte den Zugang zum Nebenhaus. Ihr Schwiegervater hatte behauptet, nichts von der Überwachung gewusst zu haben. Warum hatte Karl sie überwacht? Was hatten seine Kameras alles aufgezeichnet? Charlotte mochte gar nicht darüber nachdenken. Sie trat in die Garage, doch der Bewegungsmelder sprang nicht an. Der Raum lag dunkel vor ihr. Sie wedelte mit dem Arm vor dem Sensor. Noch immer nichts. Das Tor war einen Spalt weit offen. Hatte Gerhard nicht bemerkt, dass die Glühbirne durchgebrannt war? Und warum hatte er das Tor offen gelassen? Wenn Karl das mitbekommen hätte, wäre der Ärger vorprogrammiert gewesen. Ihr Puls pochte im Hals, als ihr der Gedanke kam, dass vielleicht jemand hier eingebrochen sein könnte und die Wasserhunde deshalb angeschlagen hatten. Karl hatte die Hunde abgerichtet, damit sie das Grundstück bewachten und gehorsam waren. Alles musste nach seiner Pfeife tanzen.

Es half nichts, sie musste hinaus, wenn sie ihren Plan in die Tat umsetzen wollte. Charlotte schaltete die Taschenlampenfunktion ihres Smartphones ein und leuchtete in die Garage. Niemand zu sehen. Da schepperte etwas. Sie zuckte zusammen. Sah etwas durch den Torspalt wischen. Aufatmen. Spitze Ohren, buschiger Schwanz – nur ein Fuchs.

»Frau von Raboisen?« Unvermittelt stand Gerhard in der Tür. Beinahe hätte sie aufgeschrien, so sehr hatte er sie erschreckt. Er trug einen ausgeleierten Jogginganzug; was für ein Prolet.

»Da war ein Fuchs«, sagte sie mit mühsam beherrschter Stimme. »An der Mülltonne.«

»Diese Mistviecher! Ich werde Ihrem Schwiegervater Bescheid geben.« Eduard machte es Freude, mit seiner Flinte auf Fuchsjagd zu gehen; im Dienst des Vogelschutzes natürlich. Niemand wusste, dass Eduard auch unerlaubt auf Sylt jagte, natürlich mit Schalldämpfer auf der Waffe.

Gerhard musterte sie neugierig. Charlotte schwitzte, was nicht nur an der Wärme lag, die auch um diese Zeit noch die Insel einhüllte. »Ich muss noch mal zu Maja, die Presseanfragen besprechen. In einer Stunde bin ich wieder da. Die Mädchen wissen Bescheid.«

»Ist gut.« Sie fürchtete, dass Gerhard gleich ihren Schwiegervater informieren würde, denn er war Eduard treu ergeben. Dann hatte sie wirklich nur eine Stunde, was knapp genug war.

Sobald Charlotte auf der Landstraße war, gab sie Vollgas, überholte trödelnde Urlauber halsbrecherisch. Wie lang diese Insel war, wenn man es eilig hatte! Sylt mochte mit seinen neunundneunzig Quadratkilometern nicht groß sein; wenn man aber von einem Zipfel zum anderen fuhr, läpperten sich die Kilometer doch.

Als sie den Bentley geparkt hatte, atmete sie tief durch. Wollte sie das wirklich? Würde sie überstehen, was gleich geschah? Und vor allem: Was genau würde gleich passieren? Mit weichen Knien stieg sie aus.

* * *

Jenny knibbelte an den Einstichstellen. Sie waren gut verheilt, zu gut. Durch das Fenster hatte sie gesehen, wie ihre Mutter weggefahren war. Dass ihre Mutter sie angelogen hatte, schmerzte sie. Vertrauten sie einander nicht wie Freundinnen? Der Gedanke tröstete sie kurz, denn ihre andere Freundin Nea hatte sich rührend um sie gekümmert, hatte mit ihr lange telefoniert und ihr Nachricht um Nachricht geschickt. Viele Cousinen und Cousins sowie einige ihrer Schulfreunde hatten ihr ebenfalls ihr Beileid ausgesprochen und ihr gesagt, dass sie für sie da seien. Gleichzeitig hatte Jenny die brennende Neugier und die Sensationslust in ihren Stimmen gehört. Ein Mord? Wie aufregend! Angewidert schüttelte sie die Erinnerung ab. Nur wenige gab es, denen sie vertrauen konnte, die sie annahmen, wie sie war. Vor allem ihre Mutter liebte sie vorbehaltlos.

Wohin wollte Charlotte? Warum verriet sie es ihr nicht? Fuhr ihre Mutter dorthin, wohin sie auch in der Nacht des Krebsfestes gefahren war? Denn Jenny wusste, dass Charlotte nicht die ganze Zeit bei Maja gewesen war. Das zumindest hatte sie noch mitbekommen. Danach allerdings … Sie wusste nicht, wie das hatte passieren können. Nervös dachte sie an das Etui in ihrer Tasche. Wo blieb er nur? Konnte er nicht einfach hier sein, bei ihr?

Nie würde sie ihre Mutter verpetzen. Ihre Mutter war

großartig. Ja, Charlotte hatte Karl gegenüber gekuscht – aber wer tat das nicht? Auf der anderen Seite ließ ihre Mutter sich nicht unterkriegen, was ihren Kampf für Gleichberechtigung, für Frieden, Umweltschutz und Gerechtigkeit anging. Vater war Charlottes politisches Engagement zunehmend auf den Geist gegangen. Sie solle etwas zum Wohl der Familie tun, alles darüber hinaus sei unnütz. Jenny hingegen bewunderte, was ihre Mutter tat. Sie hatte mehr als einmal mitbekommen, wie ihre Mutter versucht hatte, die Welt ein bisschen besser zu machen. Solche Menschen brauchte die Politik – und nicht die immer gleichen alten weißen Männer.

Noch einmal kontrollierte Jenny ihr Handy. Einsamkeit und Sehnsucht ließen ihre Brust eng werden. Ein überdrehter Dialog schwappte zu ihr. Phi hatte auf ihre Lieblingsserie umgeschaltet. Mit ihrer Mutter schauten sie oft *Gilmore Girls*. Die Serie tat ihnen einfach gut, auch wenn ihr Vater ihren profanen Geschmack verachtet hatte. Jenny dachte an ein Zitat aus der Serie, bei dem ihr das Lachen im Halse stecken geblieben war. »Wir haben für den ganzen Gefühlsballast noch ein Zimmer angebaut. Aber das war alles. Es gab kein Blutvergießen oder so.«

Nun ja, das konnte man von ihnen wirklich nicht sagen. Hier hatte es Blut gegeben. Jenny musste schlucken. Unvermittelt kochte Angst in ihr hoch. Eine Angst, gegen die es nur ein Mittel gab. Sie zog das Etui aus ihrer Hosentasche, steckte es unentschlossen weg. Eigentlich sollte es ihr besser gehen, jetzt, da niemand mehr da war, der ihr sagte, wie schrecklich sie war. Wie verkehrt. Wie peinlich. Wie unfähig. Als sie sich dabei ertappte, dass sie die Wolldecke zusammenlegte, die Phi einfach liegen gelassen hatte, knüllte sie diese zusammen und warf sie auf den Boden. Sie spürte den Impuls, darauf herumzutrampeln, um sich zu schlagen, Tische und Stühle umzuschmeißen und das weiße Daybed mit Schokoladensoße zu beklecken. Oder noch Abgefahreneres, wie es ihr immer öfter in den Sinn kam.

Sie fuhr mit dem Zeigefinger unter ihren Ärmel. Ihr Fingernagel grub sich unter das frische Narbengewebe. Der Schmerz drängte ihre Gefühle beiseite. Jenny dachte daran, wie es gewesen war, als sie sich die Wunden zugefügt hatte. An ihre Verzweiflung. Ihre Mutlosigkeit. Schmerzen waren ihr Rettungsanker, vor allem, wenn er nicht bei ihr war.

Aber erst einmal musste sie tun, was sie ihrer Mutter versprochen hatte. »Zeit fürs Bett, Phi«, sagte sie.

»Ich bin noch nicht müde. Es ist doch niemand da, der …«

»Mama hat gesagt, du sollst ins Bett gehen!« Jenny kratzte sich den Schorf von der Wunde. Der Schmerz tat gut. Ihre Fingerkuppen fühlten sich feucht und klebrig an. Wieder ein Blick auf ihr Handy. Gleich war es so weit …

Sie schaltete den Fernseher aus. Kleine rote Tupfer breiteten sich auf ihren Ärmeln aus; ihre Schwester bemerkte sie nicht. »Ins Bett, Phi.«

»Bitte, Jenny, sei nicht doof, lass mich noch ein wenig …«

»Ich sage es Mama. Oder Eduard.« Das wirkte, obwohl Jenny diese Drohung natürlich nie wahrmachen würde. Ihr Großvater war beinahe noch schlimmer als ihr Vater. Aber nur beinahe. Sie war froh, dass sie Karl los waren.

* * *

»Sie ist schon wieder weggefahren«, hörte Paul Gerhard sagen, als er gerade zu seinem Zimmer gehen wollte.

Paul schob sich hinter einen Busch an die Hausecke. Bis eben hatte er noch die Bestattungsfeierlichkeiten vorbereitet. Eduard von Raboisen war mit keinem seiner Entwürfe zufrieden gewesen. Paul hatte den Feierabend kaum erwarten können, schließlich hatte er noch etwas vor. Und nun kam ihm auch noch Gerhard in die Quere!

»Ich denke wirklich, dass wir es der Polizei sagen sollten.« Gunda. Natürlich. Schon lange wusste Paul, dass die beiden eine Beziehung führten. Nichts blieb lange verborgen, wenn man unter einem Dach wohnte. Es sei denn, man war so diskret, wie er es zu sein pflegte.

»Das können wir nicht machen.«

»Ach nein? Hat denn auf uns jemand Rücksicht genommen? Uns mit versteckten Kameras zu überwachen!« Gunda klang entrüstet, was Paul ihr nicht verdenken konnte. »Die ganze Küche hatte die Kamera in der Küchenuhr im Blick! Was, wenn sie auch aufgezeichnet hat …« Sie senkte die Stimme, sodass Paul nichts mehr verstehen konnte. Lauter fuhr sie fort: »Karl von Raboisen durfte uns nicht überwachen! Wir mögen angestellt sein, aber wir haben auch Persönlichkeitsrechte.«

»Ja, schon gut! Reg dich nicht so auf!«

»Wir könnten Charlotte auf Schadensersatz verklagen, weil wir unerlaubt gefilmt wurden – weißt du das nicht? Bei dem Hungerlohn, den sie uns bezahlen, und der herabwürdigenden Behandlung durch Karl wäre das kaum mehr als ein berechtigtes Schmerzensgeld.«

»Gunda, beruhige dich doch! Vielleicht sollten wir uns lieber unauffällig verhalten. In Anbetracht …«

Die Hunde schlugen so unvermittelt an, dass Paul zusammenzuckte.

»Scht! Da schleicht vielleicht jemand herum. Bestimmt Paul. Der wartet doch nur darauf, uns bei Eduard anzuschwärzen, damit er umso besser dasteht. Ziehen wir uns lieber zurück.«

Kurz war Paul versucht, sich in diesen Dialog einzumischen, aber er beherrschte sich. Wenn die beiden verschwanden, hatte er endlich freie Hand.

13

List, 5. August, 6.45 Uhr

Als Liv in ein Handtuch gewickelt aus der Dusche kam, stand Sebastian in Boxershorts und T-Shirt am Küchenblock und streute gerade frische Blaubeeren auf ihr Müsli. Liv hielt einen Augenblick inne, um den Anblick zu genießen. Klares Sonnenlicht fiel über die Heidelandschaft in die offene Küche. Katharina hatte das alte Kapitänshaus behutsam modernisiert. Aufgewachsen war ihre Freundin ebenfalls in Morsum, aber dann war die Familie nach List ins Kapitänshaus der Großeltern gezogen. Der Inselnorden war Liv damals unendlich weit weg vorgekommen, aber sie hatten sich auch weiterhin ständig gesehen. Hatten in Katharinas Zimmer unter dem Dach gesessen, auf den Königshafen hinausgeblickt und gequasselt. Heute lebte Katharina hier mit ihrem Lebensgefährten Dominik: ein bestens auf Sylt vernetztes Paar, das sich zudem für den Inselschutz starkmachte. Auf ihre Frage nach den Raboisens hatte Katharina noch nicht reagiert, aber sie war ja auch im Urlaub.

Sebastian setzte die Espressomaschine in Gang, schäumte Milch auf, reichte ihr eine Schale Milchkaffee und legte sogar einen Minimuffin auf die Untertasse.

»Das ist ja ein großartiger Service«, meinte Liv, der diese liebevolle Betüdelung beinahe unangenehm war.

»Für Croissants ist es noch zu früh«, sagte Sebastian lächelnd. Sie schloss ihn in die Arme; die Nacht war kurz gewesen, und er roch so gut. Lange noch waren sie am Strand gewesen, hatten geredet und ihre Zweisamkeit genossen.

»Spinnst du? Alles ist perfekt. Lieb, dass du Elise und Sanna nachher abholst.«

»Ist doch klar.« Er strich über die Oberkante des Handtuchs, das sie nach dem Duschen umgebunden hatte. »Noch haben wir ja ein paar Tage vor uns. Ich hoffe nur, dass du nicht unsere ganzen Ferien mit Arbeit verbringen wirst.«

»Bestimmt nicht.« Liv küsste ihn erneut, machte sich dann aber los und trank ihren Kaffee. Ihre Gedanken waren zu dem Fall gewandert, und sie rekapitulierte ihr Vorgehen, während sie den Muffin in den Milchschaum tunkte und die Nachrichten auf ihrem Handy kontrollierte. Als Erstes würde sie sich heute Morgen nach der Drohnenpilotin erkundigen.

»Die Jacht ist gefunden worden«, berichtete sie. »Hat einem Fischtrawler die Vorfahrt genommen. Da niemand auf das Anfunken reagiert hat, und die Jacht in deutschen Hoheitsgewässern trieb, nahm sich die Seenotleitung der Deutschen Gesellschaft zur Rettung Schiffbrüchiger des Schiffes an und schickte einen Heli. Niemand an Bord. Ein fliegender Holländer, sozusagen.«

»Oder ein fliegender Sylter«, meinte Sebastian.

»So könnte man es auch sagen. Ein Schiff des Havariekommandos schleppt die Jacht an Land, damit sie spurenkundlich untersucht werden kann.« Liv fischte mit dem Teelöffel Muffinbröckchen aus dem Milchkaffee. Das mit der Jacht war eine gute Nachricht, die ihre Ermittlungen voranbringen könnte.

Sebastian machte sich ebenfalls einen Espresso. »Ich hatte mich übrigens von meiner Kollegin informieren lassen, was den Obduktionsbericht angeht, wollte uns aber den Abend nicht mit noch mehr Arbeit verderben.« Er krümelte aus einer kleinen Metalldose Kardamom in den Espresso, wie es seine

Art war. Der Geruch löste bei Liv deplatzierte weihnachtliche Gefühle aus, aber Sebastian meinte, der Kaffee sei so leckerer und bekömmlicher. Als er ihr von dem Gewürz anbot, schüttelte sie schnell den Kopf. »Der Tod im Wasser ist als Tötungsdelikt eine Rarität, das weißt du sicher. Es sei denn, jemand wird beispielsweise in der Badewanne gefunden.«

Er nippte an dem Espresso. »Ertrinken, das bedeutet, jemand musste einen minutenlangen Todeskampf erleiden. Scheußlich. Abgesehen davon, dass einiges an Kraft nötig ist, um einen Mann wie Karl von Raboisen unter Wasser zu halten.« Er stellte die Tasse ab. »Heute Morgen hat sich meine Kollegin noch einmal gemeldet. Frau Doktor Paans ist eine Lerche.« Er bemerkte Livs fragenden Blick. »Eine Frühaufsteherin. Du weißt schon: Eulen und Lerchen. Wie auch immer: Die Analyse des Wassers aus der Lunge des Toten liegt jetzt ebenfalls vor.«

»Und das verschweigst du mir so lange? Na, raus damit!« Liv lächelte, um ihrer Forderung abzumildern.

»Es handelt sich um destilliertes Wasser mit chemischen Zusätzen.«

»Das gibt's in der Drogerie oder an der Tankstelle.« Liv überlegte. »Wofür wird das benötigt?«

»Destilliertes Wasser enthält keinen Kalk mehr, weshalb man es zum Putzen, für Luftentfeuchter, Bügeleisen oder als Wischwasser für das Auto verwendet.«

Liv kam eine Idee. Sofort schickte sie Hilke Hasselbrecht eine Nachricht. »Ich muss los«, sagte sie, mit den Gedanken bereits woanders.

Sebastian legte den Arm um ihre Taille. »Ich dachte, wir hätten noch etwas Zeit. Habt ihr eure Besprechung schon so früh morgens?«

»Ich will vorher noch auf den Campingplatz, um mit der

Drohnenpilotin zu reden. Was wirst du heute unternehmen? Triffst du Larissa und Noah?«

»Später auf jeden Fall. Aber erst mal gehe ich joggen. Noah ist ohnehin im Fußballcamp, und Larissa hat ein Beautytreatment gebucht. Wir wollen uns zum Mittagessen treffen. Vielleicht kannst du zu uns stoßen. Anschließend gehen wir eventuell Minigolf spielen.«

»Mal sehen, wie es läuft. Du weißt, wie es bei Ermittlungen ist. Hört sich so oder so nach einem entspannten Tag an.« Der Fall vereinnahmte ihre Aufmerksamkeit immer mehr. Aber ein wenig Zeit blieb noch.

Liv rief auf ihrer Playlist *Ain't no Mountain High Enough* von Marvin Gaye und Tammi Terrell auf. Der Rhythmus ging ihr sofort ins Blut. Sie tanzte mit Sebastian Richtung Schlafzimmer, störte sich nicht daran, dass das Handtuch auf die Fliesen glitt – ein wenig Urlaubsgefühl musste sein; trotz des Falls.

Das Campingplatz-Büro war noch nicht besetzt, aber Liv fand einen der Mitarbeiter beim Brötchenverkauf. Natürlich prangte der Leichenfund auf den Titelseiten der Sylter Zeitungen. Beinahe genüsslich diskutierten die Camper am Verkaufstresen, was man über Karl von Raboisen, seine Familie und die Ermittlungen wusste. Auch wurde darüber spekuliert, wie es nun mit Charlotte von Raboisens politischer Karriere weitergehen würde. Ausgiebig wurden politische Konkurrenten zitiert. Der Campingplatz-Mitarbeiter ging mit Liv zum Büro, um die Platznummer herauszufinden, und anschließend zu Michelles Zelt. Liv sah in das Zelt, in dem Schlafsack und Klamotten wild durcheinander lagen. Dann weckte sie die Freunde der jungen Frau, die etwas verkatert aus ihren Zelten krochen. Was sie berichteten, war nicht gerade beruhigend.

Im Empfangsraum saßen einige schick gekleidete Herrschaften, die so unbeholfen wirkten, als hätten sie noch nie ein Polizeirevier betreten. Noch wehte eine angenehme Brise durch die offenen Fenster des Kommissariats. Den braunen Pütscher-Ringen um seinen Kaffeebecher nach zu urteilen, war Hennes schon eine Weile an seinem Platz.

Ihren Morgengruß quittierte er mit einem Brummen, also sprudelte Liv sofort los: »Ich bin heute Morgen auf dem Campingplatz gewesen. Michelle Müller ist verschwunden. Du weißt schon – die Drohnenpilotin.«

»Inwiefern verschwunden?«, fragte Hennes nach. Hilke Hasselbrecht trat ein, im Gespräch mit Rabia, die eine Kanne mit einer Flüssigkeit trug, in der bunte Kugeln schwappten. Sicher hatte die Kommissarin wieder etwas selbst zusammengebraut. Liv würde die Finger davon lassen. Rabias Gemüsesmoothies waren ihr noch in schlechter Erinnerung; den ganzen Tag hatte sie damals Spinat zwischen den Zähnen gefunden.

»Michelle Müller ist weg«, berichtete Liv. »Ihr Auto ist auch fort. Aber ihr Zelt und ihre restlichen Sachen sind noch da. Sie muss in der Nacht von Freitag auf Samstag auf den Campingplatz gekommen sein. Keiner ihrer Freunde hat sie gesehen. Sie wussten, dass Michelle den Sonnenaufgang mit der Drohne filmen wollte, und haben sie am Morgen schlafen lassen. Vor ihr Zelt haben sie einen Zettel mit dem Hinweis gelegt, dass sie an den Strand nachkommen soll. Sie kam aber nicht. Nachmittags stand Michelles Zelt offen. Sie haben sie angerufen, doch Michelle hat nicht reagiert. Dann haben sie auf dem Parkplatz nach dem Auto gesucht – es war weg. Also dachten sie, Michelle sei erneut zu einer Drohnentour aufgebrochen. Es kam sogar eine SMS, die das bestätigte. Aber die Freunde finden die Kurznachricht seltsam.«

Weitere Kollegen waren an sie herangetreten. Rabia bot

von dem Getränk aus der Kanne an. »Bubble Tea, selbst gemacht. Super bei diesem Wetter.« Ehe Liv ablehnen konnte, hatte sie schon ein Glas vor sich stehen.

»Was stimmt denn mit der Kurznachricht nicht?«, wollte Hasselbrecht wissen.

»Der Sprachduktus passt nicht. Viel zu knapp. Außerdem hatten die Freunde gemeinsame Pläne.«

»Wann wurde Michelle zuletzt gesehen?«

»Am Freitagabend. Sie ist früh schlafen gegangen, weil sie vor Morgengrauen in die Wanderdünen wollte.«

»Warum hat niemand sie begleitet?«, fragte Hennes nach und legte vorsorglich die Hand über seinen Becher.

»Michelle war bei diesen Ausflügen gerne allein. War wohl auch etwas geheimniskrämerisch. Nicht ohne Grund, wenn man die Rechtslage betrachtet. Ich habe gleich bei ihrer Familie auf dem Festland angerufen. Niemand hat seit Freitag etwas von ihr gehört.«

Andreas trank von dem Bubble Tea und verzog ungeniert das Gesicht. »Uh, Zuckerschock! Weißt du nicht, dass Zucker das reinste Gift ist?« Er schüttete den Tee in die nächststehende Zimmerpflanze, was Protestrufe auslöste. »Warum haben die Freunde nicht die Polizei informiert?«

»Sie dachten wohl, dass Michelle wieder auftaucht. Sie ist ja schließlich erwachsen und niemandem Rechenschaft schuldig.«

Täglich wurden zwei- bis dreihundert Vermisstenfahndungen aufgenommen. Etwa die Hälfte der Verschwundenen tauchte nach wenigen Stunden wieder auf. Nur etwa drei Prozent blieben länger als ein Jahr vermisst. Trotzdem schien die Nachricht alle Anwesenden unter Spannung zu versetzen. »Wir könnten Michelles Handy orten lassen. Wir könnten sie und ihren Wagen zur Fahndung ausschreiben. Wenn sie den

Täter oder das Tötungsdelikt beobachtet oder gefilmt hat und jetzt in seinen Händen ist, könnte sie selbst in großer Gefahr sein«, meinte Liv. Sie pinnte ein Porträtfoto an die Wand und schrieb die Grunddaten dazu. *Michelle Müller, 24 Jahre, 1,60 Meter groß, hellblonde kurze Haare mit rosa Strähnchen.*

Hilke Hasselbrecht dankte ihr. »Unser weiteres Vorgehen, was diese Informationen angeht, diskutieren wir gleich«, sagte sie. »Beginnen wir mit der Besprechung – wir haben viel zu tun. Allerdings bekommen wir auch Unterstützung. Wenn alles klappt, treffen schon heute Nachmittag die ersten Kollegen aus anderen Kommissariaten ein.« Sie wies auf das Foto der Jacht an der Pinnwand. »Wie Sie ja sicher gehört haben, ist die Jacht von Karl von Raboisen gefunden worden. Niemand war an Bord, und es gab auch keine Spuren eines Kampfes. Bis wir das Ergebnis der KT bekommen, wird es aber noch dauern. Die Funkdaten für die fragliche Nacht liegen uns hingegen vor. Neben der Befragung der Teilnehmer am Krebsfest müssen auch die Listen derjenigen abgearbeitet werden, deren Handys sich am Lister Funkmast eingeloggt haben. Lassen wir uns zunächst von der Kriminaltechnik auf den neuesten Stand bringen.« Sie räusperte sich, denn Karlpeter Botersen-Evers tuschelte gerade mit Rabia.

»Sorry, ich musste mir gerade mal das Rezept für diesen herrlichen Tee geben lassen«, sagte er, kam aber gleich zur Sache. »Die Drohnenmarke entspricht derjenigen, die Michelle Müller geflogen hat.«

»Wenn der Täter also Müllers Drohne vom Himmel geholt hat, könnte er anhand der Drohnenkennung herausfinden, wem sie gehört«, sagte Hennes.

»Exakt.«

»Wo könnte die Drohnenaufnahme noch gespeichert sein?«

»In der Cloud. Aber da diese über einen chinesischen Server läuft, dürfte es schwierig werden, Zugriff auf die Aufnahmen zu bekommen.«

»Wissen wir, wie die Drohne abgeschossen wurde?«

»Bislang haben wir keinen Hinweis darauf gefunden. Sobald ich ein paar Leute frei habe, lasse ich das erweiterte Umfeld des Leichenfundorts noch einmal absuchen. Wir können zwar nicht die kompletten Wanderdünen durchsieben …« Botersen-Evers klang beinahe frustriert. »Immerhin wissen wir, dass das Autoglas zu Michelle Müllers VW up! passt.«

»Volltreffer also! Sie könnte verfolgt worden und auf der Flucht gegen den Pfosten gekracht sein«, schloss Momke.

Nun übernahm Hasselbrecht wieder das Wort. »Für uns interessant ist aber insbesondere das Ergebnis der Wasser-Analyse aus der Lunge des Toten, weshalb ich heute Morgen bereits Maßnahmen in die Wege geleitet habe.« Sie warf Liv einen knappen Blick zu. »Es handelt sich um destilliertes Wasser mit chemischen Zusätzen.«

»Was für Zusätze?«, fragte Rabia.

Botersen-Evers zählte sie auf. »Derartige Mischungen werden beispielsweise für Zimmerbrunnen verwendet, um das Wasser algenfrei zu halten. Zimmerbrunnen, wie einer im Büro von Charlotte von Raboisen steht«, sagte er überdeutlich.

»Ich habe bereits jemanden losgeschickt, um den Brunnen zu sichern«, setzte Hasselbrecht hinzu.

»Dass man in einem Zimmerbrunnen wirklich jemanden ertränken kann, wage ich zu bezweifeln«, meinte Momke.

»Was ist mit dem Computer und dem Laptop sowie den Aufnahmen der Überwachungskameras? Haben wir bereits erste Ergebnisse des LKA?«, fragte Liv.

»Noch nicht detailliert. Die Fingerabdrücke auf den Kameras stammen ausschließlich von Karl von Raboisen. Die Tastatur ist abgewischt worden. Das Passwort für den Speicher wurde noch nicht gefunden.«

Andreas mischte sich ein. »Was ist mit der Befragung der Töchter? Ich sagte ja schon, dass ich den Eindruck hatte, dass die ältere der beiden etwas weiß.«

»Eine Vernehmung wurde beantragt.«

»Das kann dauern.«

»So sind die Spielregeln nun mal. Was hast du über die Geschäfte des Toten herausgefunden?«

Nun blätterte Andreas in seinem Notizblock herum, der eng beschrieben war. »Karl von Raboisen hatte viele Eisen im Feuer. In letzter Zeit hat er sich besonders intensiv mit der Investition in einen Fonds beschäftigt. Der Name seines Freundes Piet taucht in diesem Zusammenhang auf. Es ging um eine erhebliche Summe. Ein weiteres aktuelles Projekt war ein größeres Bauvorhaben hier auf der Insel. Ein Grundstück bei Munkmarsch, um das ein Bieterwettbewerb entbrannt ist«, berichtete Andreas.

»Ach, daran hatte Raboisen auch Interesse? Von der Sache habe ich in der Zeitung gelesen.« Momke warf Liv einen unergründlichen Blick zu. »Derart große Grundstücke kommen heute so gut wie nicht mehr auf den Markt. Dafür braucht man schon eine Stange Geld. Außerdem ist der Widerstand bei den Insulanern groß. Gerade hat sich eine neue Bürgerinitiative gegründet. Wenn ich an die Neubaupläne auf dem ehemaligen Marinegelände in List denke: viel zu viele Ferienwohnungen, viel zu wenig Wohnraum für Einheimische. Sieben Millionen Übernachtungen pro Jahr, das ist ein neuer Rekord – und weit über der Grenze des Erträglichen. Und das, wo Sylt schon lange unter dem Overtourism ächzt.«

»Und sich mit dem Overtourism die Nase vergoldet«, merkte Hennes an.

»Es sind nur einige wenige, die damit reich werden. Die Frage ist doch, wie viele Touristen und Hotels für die Insel verträglich sind, damit Mensch und Umwelt nicht noch mehr leiden.«

»Nee, die Frage ist eher, wie man die Urlauber auf das ganze Jahr verteilen kann, um noch mehr Kohle zu machen«, sagte Hennes sarkastisch.

Mit einer entschiedenen Geste machte Hilke Hasselbrecht der Diskussion ein Ende und forderte Andreas auf, weiterzureden.

»Es heißt, zwei Investoren sind im Rennen. Lammers Estates soll übrigens das Angebot zurückgezogen haben«, fuhr Andreas fort. Er grinste Liv an. »Wusste ja gar nicht, dass du eine so gute Partie bist, Liv. Da muss ich mich vielleicht doch noch mal ins Zeug legen.« Momke verzog das Gesicht; er hatte gewusst, dass die Firma von Livs Vater erwähnt werden würde.

Liv schwieg, aber auch die anderen Kollegen schienen von der Bemerkung eher genervt. Die Besprechung dauerte ohnehin schon viel zu lange; sie alle wollten endlich ihre Arbeit aufnehmen.

In den nächsten Minuten wurden Aufgaben verteilt. Nur eine kam nicht mehr zur Sprache. »Und was unternehmen wir nun wegen Michelle Müller?«, kam Liv auf den Beginn des Gesprächs zurück.

»Wir werden eine Vermissten-Fahndung einleiten«, entschied Hasselbrecht. »Versuchen Sie trotzdem weiter, Frau Müller zu erreichen, Liv. Finden Sie heraus, wo sie stecken könnte. Und ob sie in der Zwischenzeit weitere Aufnahmen hochgeladen hat.«

Als die Besprechung beendet war, führte einer der Polizisten Maja Forsberg herein, die persönliche Assistentin von Charlotte von Raboisen. Die Frau trat nervös von einer Gesundheitslatsche auf die andere. Sie neigte den Kopf, sodass ihr die Pagenfrisur ein wenig ins Gesicht hing. Es schien ihr nicht recht zu sein, dass so viele Polizisten anwesend waren.

»Frau Lammers? Können wir uns irgendwo in Ruhe unterhalten?«, fragte sie.

14

List, 9.47 Uhr

Sophia schaute sie bettelnd an, aber Charlotte brauchte bloß ein Kopfschütteln anzudeuten, da senkte ihre Tochter schon den Blick. Charlotte spürte, wie ihr heiß wurde vor Scham und Ärger. Ein Becher Kakao war genug, so hatte Karl es festgelegt. »Die Mädchen sollen ja nicht so fett werden wie du«, klang ihr seine ätzende Begründung noch im Ohr.

Paul trug die glatte Sonntagszeitung auf einem Tablett an den Frühstückstisch und neigte sich zu Eduard von Raboisen. »Ihr Sohn ist am Apparat. Piet von und zu Krummendiek bittet ebenfalls um Rückruf; es sei dringend.«

Eduard wischte die Hände an der Leinenserviette ab und ergriff die Zeitung. »Ich will jetzt nicht gestört werden.« Er senkte die Zeitung, sodass er über den Rand schauen konnte. »Bereite alles vor, damit wir morgen früh abreisen können.«

Charlotte legte das Messer auf dem Teller ab. Sie hatte kaum gegessen. Auch die Mädchen schienen keinen Hunger zu haben, obgleich Gunda den Tisch für das Sonntagsfrühstück liebevoll vorbereitet hatte. Vor allem Jenny stocherte lustlos in ihrem Müsli. Immer wieder sahen sie alle auf den Platz, der leer geblieben war. Karls Platz. Außerdem hatten sie eine unruhige Nacht gehabt. »Wir müssen auf Sylt bleiben. Phi hatte nachts wieder einen schlimmen Asthmaanfall, und Jenny musste sich übergeben. Und ich …«

»Die Kinder werden sich auf Gut Raboisen ebenso erholen«, fiel Eduard ihr ins Wort, ohne hinter der Zeitung hervorzuschauen.

Charlotte fächelte sich Luft zu. Ihr Hals war eng. Sie wagte es kaum, Eduard anzusehen. Wollte ihr Schwiegervater etwa nun Karls Platz einnehmen und sie noch mehr als üblich maßregeln? Das durfte sie nicht zulassen! Gleichzeitig fürchtete sie seinen Zorn. Aus dem Augenwinkel bemerkte sie, dass Phi die Hand nach der Kakao-Kanne ausstreckte. Kurz sah sie ihre Tochter an und nickte beinahe trotzig. Karl war tot und ihre Töchter beileibe nicht dick. Und selbst wenn – sie mussten doch selbst lernen, wann sie genug hatten! Phi strahlte, was Charlotte einen Energieschub gab. Es war so leicht, ihre Töchter glücklich zu machen. Glücklicher, als sie es in den letzten Jahren gewesen waren. Sie nahm ihren Mut zusammen. »Die Mädchen sollen zum Poloturnier, die Ablenkung wird ihnen guttun.«

»Papperlapapp.«

»Und ich habe morgen die Pressekonferenz. Es geht um die Kandidatur für den Wirtschaftsverband und das von mir initiierte Mentoringpro…«

Mit einem Ruck senkte ihr Schwiegervater die Zeitung. »Ihr werdet euch meinen Wünschen unterordnen!«, befahl er scharf. Jenny fuhr zusammen. Vor Schreck ließ Phi die Kanne fallen. Porzellan klirrte, der Kakao ergoss sich über die Käseplatte. Eduard funkelte das Mädchen an. »In die Ecke mit dir! Du bist fertig mit dem Frühstück. Schäm dich!« Das hatte er in der Vergangenheit öfter befohlen. Einmal hatte Jenny zu Beginn eines Abendessens die Sauciere schief gehalten und Soße verschüttet, woraufhin Eduard sie gezwungen hatte, bis zum Abräumen mit dem Gesicht zur Wand zu stehen. Karl und Eduard hatten Konversation betrieben, als ob nichts wäre, aber Charlotte war jeder Bissen im Hals stecken geblieben.

Kaum nahm sie das Schellen der Türglocke wahr. Phi standen die Tränen in den Augen. Leise pfeifend sog sie die Luft ein. »Bleib sitzen und iss weiter. Gunda wird für frischen Kakao sorgen«, sagte Charlotte mit fester Stimme und spürte, wie Jenny die Hand auf ihr Knie legte. Viel zu lange hatte sie Karls und Eduards Schikanen ertragen. Ihre Töchter verdienten, dass sie sich davon befreite. Auch sie wollte ein besseres Leben haben, wollte sich selbst und die Liebe wieder spüren.

In diesem Moment schob Eduard die Zeitung zusammen und schlug damit zu. So schnell kam der Hieb, dass Charlotte nicht einmal die Hände hatte heben können, um sich zu schützen. Scharf schnitt das Papier in ihre Haut. Charlotte schrie auf, genau wie die Mädchen.

»Lass das!«, rief Jenny und fing sich dafür ebenfalls einen Schlag ein. Sie sprang auf. »Du böser alter Mann!«, setzte sie nach. Charlotte war trotz des ungehörigen Verhaltens ein wenig stolz auf ihre Tochter. Als sei das noch nicht genug, zog Eduard auch Phi noch die Zeitung über, die sich inzwischen immer weiter aufblätterte. Die Blumenvase fiel um, lautes Klirren, als sie auf das Porzellanservice traf. Sein Gesicht war hassverzerrt. Zu seiner Entschuldigung hätte Charlotte vorbringen können, dass die Trauer für seine Unbeherrschtheit verantwortlich war. Aber sie hatte ihren Schwiegervater ebenso wie ihren Mann viel zu lange entschuldigt. So erhob sie sich und streckte die Hände nach ihren Töchtern aus. Sie würden gehen.

In diesem Augenblick trat Gunda ein. Die Augen auf das Chaos auf dem Frühstückstisch gerichtet, sagte sie: »Die Polizei steht vor der Tür. Sie sagen, sie haben einen Durchsuchungsbeschluss für Ihr Büro, Frau von Raboisen. Der Zimmerbrunnen soll mitgenommen werden.«

* * *

Liv war mit Maja Forsberg in eines der Büros gegangen und hatte Rabia hinzugebeten, die die Aussage auch gleich am Computer protokollieren würde. Frau Forsberg saß kerzengerade, und ihre Hände hielten die Griffe ihrer Handtasche so fest, dass die Knöchel weiß hervortraten.

»Ich wollte nicht, dass Charlotte mitbekommt, wenn ich noch einmal mit ihnen rede. Es käme mir illoyal vor«, sagte sie.

»Umso höher schätzen wir es, dass Sie hierhergekommen sind.« Liv lächelte sie aufmunternd an.

Maja biss sich kurz auf die Lippe. Dann platzte sie heraus: »Es mag hart klingen, aber mir tut es nicht leid, dass Herr von Raboisen tot ist. Kein bisschen.«

Das war eine Überraschung. Ihr demonstratives Schweigen signalisierte Liv, dass sie nachfragen sollte. »Wie kommt das?«

»Karl von Raboisen war ein furchtbarer Mensch. Er hat Charlotte und seine Töchter gequält.«

Liv spürte, wie die Anspannung sich in ihrem Rücken ausbreitete und sie aufrichtete. »Hat er sie geschlagen?«, hakte sie nach.

»Das nicht, soweit ich weiß, nein. Dass er Charlotte vorgestern durch die Glastür gestoßen hat, war ein Versehen.«

»Durch welche Glastür?«

»Im Badezimmer.« Sie stieß verächtlich die Luft aus. »Der Stoß war eine Ausnahme, soweit ich weiß. Seine Quälereien waren subtiler. Er setzte mehr auf psychische, auf verbale Gewalt. Die ist aber nicht weniger schlimm, glauben Sie mir.«

»Das glaube ich sofort.« Liv glaubte es wirklich, hatte sie derlei doch selbst bei ihrem Vater erlebt.

»Nichts, was Charlotte oder die Mädchen taten, war gut genug. Auch Gunda, Gerhard und Paul mussten oft unter seiner scharfen Zunge leiden. Ich ebenfalls. Mehr als einmal ist Charlotte zusammengebrochen, wenn sie allein war.« Plötzliche Reue überfiel Maja. Sie neigte sich zu Liv. »Sie verraten doch nicht, dass Sie es von mir haben, oder? Fragen Sie sie danach! Jetzt wissen Sie, worauf Sie hinarbeiten müssen.«

Aber so funktionierte Polizeiarbeit nicht. »Ich werde sehen, was ich tun kann. Hat Charlotte von Raboisen versucht, sich gegen das Verhalten ihres Gatten zu wehren?«

»Was hätte sie denn tun sollen? In ihrer Ehe hat sie sich gefügt. Selbst ihre geliebten Macarons hat sie vor Karl versteckt. Vielleicht sind ihre politischen und gesellschaftlichen Kämpfe eine Art Kompensation. Und dafür bewundere ich sie. Charlotte hat in politischen Gremien schon viel bewegt, und ihr Mentorinnen-Programm ist ein Segen für viele talentierte Frauen.«

»Sie glauben also nicht, dass Charlotte von Raboisen ihrem Mann etwas angetan haben könnte?«

»Auf keinen Fall«, sagte Maja Forsberg im Brustton der Überzeugung. »Dazu hätte sie nie den Mut gehabt. Selbst als er sich eine Geliebte zulegte, hat sie das hingenommen. Außerdem war sie die ganze Zeit bei mir, das habe ich doch bereits zu Protokoll gegeben.«

Eine Geliebte? Das war die zweite Neuigkeit! »Um wen handelt es sich bei der Geliebten?« Liv spürte ein inneres Kribbeln bei dieser Frage; endlich gingen die Ermittlungen entscheidend voran.

»Julia Dupois, eine Golferin und Finanzberaterin. Sie war auch bei dem Krebsfest. Ich nehme an, dass Karl von Raboisen mit ihr am Samstag lossegeln wollte. Er hat auch früher seinen One-Night-Stands auf See gefrönt. Aber das mit Julia ist etwas Ernsteres, denke ich. Auf jeden Fall dauert die Affäre schon länger an. Herr von Raboisen war doch mit seiner Jacht unterwegs, ehe er ermordet wurde?« Deutliche Neugier sprach aus Maja Forsbergs Frage.

Liv schwieg. Ihre Gedanken rasten. Das, was sie die ganze Zeit gespürt, was sie geahnt hatte, war anscheinend Realität. In der Ehe der Raboisens hatte etwas ganz und gar nicht gestimmt. Was aber bedeutete das für ihre Ermittlungen? Könnte Charlotte ihren Mann getötet haben? Oder könnte sie jemanden beauftragt haben, ihn zu töten? Auf jeden Fall würden sie die Politikerin ausführlich zu den Themen häusliche Gewalt und Ehebruch befragen müssen, genau wie die Töchter.

»Karl von Raboisen wollte sich aber nicht von seiner Gattin trennen?«, hakte Liv nach.

Maja Forsberg spitzte die Lippen. »Das ist in diesen Kreisen nicht üblich. Man arrangiert sich, alles andere wäre indiskutabel.«

»Hatte sie ebenfalls eine Affäre?«

»Nein, Charlotte doch nicht!«, sagte Forsberg entschieden.

»Wer könnte sonst für Karls Tod verantwortlich sein?«

Forsberg schien ernsthaft zu überlegen. »Da fällt mir niemand ein.«

Nachdem Maja Forsberg die Aussage abgezeichnet und Liv sie hinausbegleitet hatte, informierte sie ihre Chefin. Majas Aussage ging ihr nah. Liv hatte bei ihrer zu früh verstorbenen Mutter, bei sich selbst, bei ihrer Tochter und bei vielen Frauen, mit denen sie beruflich zu tun gehabt hatte, gesehen, was häusliche Gewalt anrichten konnte. Ja, sicher gab es auch Männer, die Opfer häuslicher Gewalt wurden, aber ihr Anteil war verschwindend gering. Die Zahlen waren erschütternd. Laut Bundeskriminalamt war beinahe jede zweite Frau in Deutschland seit ihrem sechzehnten Lebensjahr körperlicher und oder sexueller Gewalt ausgesetzt gewesen. Jede vierte Frau erlebte Gewalt durch aktuelle oder frühere Beziehungspartner. An jedem dritten Tag wurde statistisch gesehen eine Frau von ihrem

Partner oder Expartner getötet. Der Femizid war ein Erbe des Patriarchats, denn viele Männer fühlten sich im Recht. Dabei war häusliche Gewalt kein Kavaliersdelikt, sondern eine handfeste Straftat. Nach Livs Erfahrung kam sie in allen Gesellschaftsschichten vor. Bis die Frauen es wagten, zur Polizei zu gehen, waren sie im Schnitt bereits acht Mal geschlagen worden.

»Ich kann nicht begreifen, wie Frau von Raboisen sich einerseits für Gleichberechtigung und Frauenrechte einsetzen und andererseits häusliche Gewalt dulden kann«, rief Rabia aus, als Liv ihren Bericht beendet hatte.

»Da geht es mir ähnlich. Ich habe Charlotte von Raboisen bei politischen Unterredungen eher als selbstbewusst und konfliktfreudig erlebt«, stimmte Hilke Hasselbrecht zu.

»Viele Frauen schweigen, weil sie sich fürchten oder sich schämen. Sie bleiben, weil sie hoffen, dass es nicht wieder vorkommt. Weil sie die Illusion haben, dass sie den Mann ändern können«, sprach Liv aus, was die erfahrenen Ermittlerinnen zwar wussten, was in jedem individuellen Fall aber schwer zu begreifen war. »Dazu kommt, dass die Gesellschaft oft auf der Seite der Täter steht.« Voller Abscheu erinnerte Liv sich an Interviews mit dem amerikanischen Musiker Ike Turner, in denen dieser ganz offen darüber sprach, dass er seine damalige Frau Tina schlug – was die Journalisten kommentarlos hinnahmen. Es hatte Jahre gedauert, bis Tina Turner, noch heute eine der weltweit erfolgreichsten Sängerinnen, sich aus dieser gewalttätigen Ehe befreien konnte.

»Jeder Fall ist anders, eben weil wir es mit Individuen zu tun haben. Rabia, bitte sorgen Sie dafür, dass bei den Zeugenbefragungen ein Augenmerk darauf gelegt wird, wo sich Charlotte von Raboisen zur Tatzeit befand. Bislang hat lediglich ihre Assistentin angegeben, mit ihr auf der Terrasse gewesen zu sein. Wir wissen, dass geschlagenen Frauen die Tötung des Partners leider oft als einziger Ausweg erscheint«, sagte Hilke Hasselbrecht. »Das Gespräch mit Charlotte von Raboisen werde ich persönlich übernehmen. Sie, Liv, begleiten mich. Ich halte es für sinnvoll, dass wir das Gespräch bei ihr zu Hause führen, um sie nicht unnötig zu verunsichern. Außerdem kann ich mir dann selbst einen Eindruck von der Lage vor Ort machen.«

* * *

Michelle zuckte zurück, als die fette Spinne direkt auf sie zu krabbelte, stieß aber sofort gegen die Wand. Das Herz hämmerte in ihrer Brust. Nur durch einen kleinen Spalt konnte sie sehen, der sich an der Binde geöffnet hatte, als sie mit dem Kopf hart an der Wand entlanggeschrammt war. Wohin war die Spinne verschwunden? War das Insekt auf sie gekrabbelt? In ihr Hosenbein? Oder … war da gar keine Spinne gewesen? Hatte sie sich das Tier nur eingebildet?

Sie musste weggedämmert sein. Wenn sie schlief, spürte sie ihre brennende Haut wenigstens nicht so sehr. Dann war die Angst auch nicht so heftig. In ihren klaren Momenten hatte sie versucht, das Gespräch mit der Entführerin zu analysieren. Aber diese klaren Momente waren kurz … und wurden immer kürzer. Sie fühlte sich benommen, wusste manchmal kaum mehr, wo sie war. Wieder hatte sie von dem Waldbrand geträumt, bei dem sie mit ihrer Drohne die Löscharbeiten unterstützt hatte. Wie eine Heldin war sie sich dabei vorgekommen. Und jetzt stank sie nach Schweiß und Urin, sodass sie sich für sich selbst schämte.

Ruckartig schüttelte sie ihren Kopf, um klarer zu werden, obgleich er brutal schmerzte. Sie hatte etwas gehört. Ein Geräusch. Da – wieder! Michelle erstarrte. War das ein Poltern gewesen? Eine Tür vielleicht? Sie lauschte atemlos. Kam ihre Entführerin zurück? Ihre Panik wuchs, bis sie beinahe unbeherrschbar war. Keinen Millimeter bewegte sie sich mehr.

Nun hörte sie Schritte, ein seltsamer Klang. Eigentlich eher ein Schlurfen. War das tatsächlich ihre Entführerin? Oder war jemand anders in der Nähe? Jemand, der sie vielleicht befreien, der sie retten könnte? Ihr Herz schien vor Erregung auszusetzen. Michelle wollte schreien, gab jedoch kaum mehr als ein kehliges Brummen von sich. Durch den Knebel und die Trockenheit fühlte sich ihr Mund an wie zugeklebt. Sie hob in einer gewaltigen Kraftanstrengung in dem engen Raum ihre gefesselten Füße ein wenig, ließ sie auf den Boden sausen. Ein hohl klingender Aufschlag. Viel zu leise. Dafür stach es plötzlich qualvoll in ihren bislang tauben Fußsohlen. Lauschen. Das Schlurfen setzte sich fort. Noch einmal ließ sie die Füße auf den Boden poltern. *Das musst du doch hören!* Wieder Schlurfen. Verzweiflung überfiel sie. Hier bin ich! Noch mal und noch mal ließ sie die Füße fallen, bis ihr ganzer Körper bebte und sie vor Atemnot und Schmerz Sterne sah.

15

List, 11.59 Uhr

Eigentlich wollte Jenny sich für den Rest des Tages in ihrem Zimmer verschanzen und chatten, aber ihre Schwester hatte sie mit Kurznachrichten bombardiert, von denen jede einzelne wie ein Hilferuf wirkte. Als sie gerade zu Phi gehen wollte, ließen Stimmen sie innehalten. Es waren nicht die Leute von der Spurensicherung, die da sprachen. Die meisten waren am Gartenpavillon beschäftigt, was sie beunruhigte. Es war auch nicht der Polizist mit den kurz rasierten Haaren und dem stechenden Blick, der noch immer Vaters Büro durchwühlte.

»... warum sonst sollten die Polizisten den Zimmerbrunnen mitnehmen, das Büro unter die Lupe nehmen und immer wieder danach fragen, wo Frau von Raboisen in der Nacht des Krebsfestes gewesen ist ...«

Das war Gerhard. Jenny presste sich an die Wand. Sie wollte nicht hören, was da geredet wurde. Gleichzeitig hatte sie das Gefühl, lauschen zu *müssen.*

»... das können sie doch nicht wirklich glauben!« Gunda sprach jetzt. Jenny hatte schon öfter mitbekommen, wie die beiden die Köpfe zusammensteckten, wenn sie sich unbeobachtet fühlten.

»Du weißt doch selbst, dass sie mit dem Auto wegfährt oder geheimnisvoll telefoniert, wenn sie glaubt, dass niemand es mitbekommt. Dabei sollte sie doch an ihre Töchter denken! Was soll denn aus den beiden werden, wenn ...«

Wenn was? Jenny wurde eiskalt. Was hatte ihre Mutter getan? Was tat sie, wenn sie unterwegs war? Was würde aus ihnen werden, wenn ...

»Jenny hat doch selbst ...« Gunda senkte die Stimme. Jenny zitterte jetzt. Ihr Hals war so eng, wie sie es seit Langem nicht mehr gespürt hatte. Die Atemnot trieb ihren Puls hoch. Sie knibbelte an den Verschorfungen. Was hatte Gunda mitbekommen?

Schritte ließen sie zusammenfahren. Phi stand am Fuß der Treppe. Ihre kleine Schwester blickte beinahe flehend zu ihr hoch. »Jenny, magst du kommen? Wir können David helfen, die Hunde schön zu machen!«

»Aber safe. Bin schon unterwegs!« Jennys Stimmbänder gehorchten ihr nicht, sodass sie sich räuspern musste. Wo war ihre Mutter? Phi ergriff ihre Hand. Jenny vermied es, sich nach Gerhard und Gunda umzusehen, die beiden mussten nicht wissen, dass sie sie belauscht hatte.

Draußen war David mit den Hunden beschäftigt. Er hielt ihren Blick länger als nötig fest, was Jenny die Röte auf die Wangen trieb. Ihre Schwester bekam das glücklicherweise nicht mit, denn Phi hatte sogleich angefangen, ihrem Terrier das Fell zu bürsten. »Ich verstehe nicht, was die fremden Leute hier wollen. Warum haben die Mamas Wasserfall mitgenommen? Und warum stellen die so komische Fragen?«, wisperte Phi.

Jenny trennte den Blickkontakt mit David und wandte sich Phi zu. »Die Polizei versucht nur herauszufinden, was mit Papa passiert ist.«

Ihre Schwester runzelte die Stirn. »Papa war immer so streng. Aber ich vermisse ihn trotzdem«, sagte sie und stieß einen erstickten Laut aus. Jenny schloss sie in die Arme. Sie sollte jetzt sagen: »Ja, ich auch«, brachte es aber nicht über die Lippen.

»Was wäre, wenn die Polizei Mama verhaftet? Wenn sie uns Mama auch noch wegnehmen … ist Großvater dann für uns verantwortlich?« Blanke Angst sprach aus Phis Blick. »Das möchte ich nicht. Opa ist ja noch viel strenger als Papa. Anders streng.«

Erbitterung stieg in Jenny hoch. »Mama bleibt bei uns. Jeder, der etwas anderes behauptet, lügt.« Jetzt suchte sie Davids Blick und fand ihn genau im richtigen Moment. Ihr Atem ging plötzlich leichter. Er hatte so eine ruhige Art, mit den Hunden umzugehen. Und mit ihr. Phis Worte gaben ihr trotzdem zu denken. Warum sonst hätten die Polizisten so viele Fragen danach stellen sollen, wo Mama beim Krebsfest und in der Nacht gewesen war, wenn sie Charlotte nicht verdächtigten? Und warum hatten sie den Zimmerbrunnen mitgenommen? Sie selbst wusste, dass Mama nicht die ganze Nacht hier gewesen war. Aber wo sie gewesen war, wusste sie auch nicht. Sie vertraute ihrer Mutter mehr als sonst jemandem. Ihre Mutter war ihr Vorbild. Eines Tages würde sie ebenfalls an einer angesehenen Universität studieren und sich für das Wohl anderer Menschen einsetzen. Denn wenn man nicht selbst bestimmte, bestimmten andere über einen. Und das wollte Jenny nicht. Eines Tages, wenn sie … stark genug war. Jetzt, da niemand sie mehr fertigmachte, würden ihre Kräfte bald reichen. Wie zur Bestätigung leckte Puka ihr jiepend über das Gesicht; er spürte immer, wie es um sie stand.

Jenny strich über das Fell ihres Hundes; ein Blitz durchzuckte sie, als sie Davids Hand auf dem Fell berührte. Wieder wurde sie knallrot.

»Phi, magst du nicht eben drei Hunde-Eis von Gunda holen?«

»Vor dem Mittag?«

»Lass uns einfach mal was riskieren! Wer sollte sich jetzt

noch uns entgegenstellen?«, sagte Jenny halb ironisch, merkte aber sofort, wie die Worte ihre Schwester anspornten.

»Großv…« Jenny schüttelte heftig den Kopf. »Niemand!«, rief Phi mutig. »Wir sind ein super Team! Und für uns bringe ich gleich ein Eis mit!«

»Das ist eine großartige Idee!« Niemand würde ihnen das Eis mehr verbieten dürfen. Phi lief los und machte vor Freude einen kleinen Hüpfer.

Als sie allein waren, sah Jenny David an. Ihr Herz ging schnell. Er war so klug und so viel reifer als sie. Wenn er zu seinem Dienst kam, hatte er immer ein Buch unter dem Arm, in dem es um Paragrafen und Gesetze ging. Sie hatte einmal eins aufgeblättert und kaum ein Wort verstanden. Aber seine Gelehrsamkeit machte ihr keine Angst, allein schon durch seinen Zopf wirkte er witzig. Außerdem hatte er es nicht nötig, mit Markenklamotten, schnellen Autos, teuren Uhren oder langem Stammbaum anzugeben. Er war einfach cool, ohne von irgendjemandem oder irgendetwas abhängig zu sein. »Glaubst du auch, dass die Polizei denkt, dass meine Mutter … dass sie für Vaters Tod verantwortlich ist?«, fragte sie mit leiser Stimme.

David überlegte. »Das könnte sein. Statistisch gesehen finden sich die meisten Täter im Nahumfeld.«

So konnte er reden, das lernte er im Studium. Trotzdem war er sich nicht zu schade, sich gewissenhaft um ihre Hunde zu kümmern … und nicht nur das, auch sie nahm er ernst, obgleich er doch viel älter war. Bei ihm fühlte sie sich endlich einmal wohl in ihrem Körper. Schuldgefühle überfluteten Jenny. »Meinst du, die Polizei findet heraus, dass Vater und ich … an dem Abend …«

David tat so, als würde er den Hund streicheln, nahm aber ihre Hand und drückte sie fest. Die Röte ihrer Wangen vertiefte sich noch, und ihr Herz schlug wie wild. »Mach dir keine

Sorgen. Und selbst, wenn: Du bist noch nicht strafmündig. Für dich kommt nur das Jugendstrafrecht infrage. Aber deine Mutter …«

Phi kam zurück, eine kleine Kühltasche in der Hand, strahlend. Jenny zog ihre Hand weg und lächelte ihre Schwester an. Es tat ihr so gut, Phi glücklich zu sehen. Sie musste etwas tun, musste die Familie zusammenhalten.

* * *

Gegen Mittag saß Liv mit ihrer Chefin im Auto. Sie hatte zur Vorbereitung auf das Gespräch mit Charlotte von Raboisen die Dossiers noch einmal gelesen, im Internet recherchiert und sich Videos von gesellschaftlichen und politischen Auftritten angeschaut. Noch immer hatte sie keinen stimmigen Eindruck von der Persönlichkeit dieser Frau und noch weniger von der ihres Mannes.

Immer wieder waren Livs Gedanken aber auch zu der vermissten Drohnenpilotin gewandert. Die Fahndung war bislang ohne Ergebnis geblieben. Vor dem Revier waren sie auf eine Horde Pressevertreter gestoßen, die darauf warteten, dass die Personen aus Adel und Gesellschaft, die über das Krebsfest aussagten, das Gebäude wieder verließen. Auch einige Polizisten hatte das Promifieber gepackt, als eine bekannte Schauspielerin ihren Auftritt zelebriert hatte.

Hilke Hasselbrecht fuhr rasant, aber mit schlafwandlerischer Sicherheit. Sie mochte äußerlich eine vollendete Dame sein, aber ihre praktischen polizeilichen Fähigkeiten wurden innerhalb des Teams bewundert; die K1-Chefin schoss beispielsweise ausgezeichnet.

»Was für einen Eindruck haben Sie von Andreas, Liv?«, fragte Hasselbrecht unvermittelt.

Liv überlegte. Durfte sie offen sprechen? Ja, entschied sie, sie musste es sogar. »Von dem früheren Möchtegern-Rambo ist derzeit nicht viel zu spüren. Bei der Fahrt von Flensburg nach Sylt sei Andreas ziemlich ruhig gewesen, hat Hennes erzählt. Ich glaube, Andreas ist erst mal froh, dass er wieder arbeiten kann. Muss bitter sein, wenn man derart ausgeknockt wird. Und dann noch eine so besorgniserregende Verletzung wie ein Schädel-Hirn-Trauma«, meinte sie.

Hasselbrecht sah sie so lange an, dass Liv sich um ihre Sicherheit sorgte, schließlich gab es reichlich Gegenverkehr. »Ich habe Andreas gebeten, zu überprüfen, ob es geschäftliche Verbindungen zwischen den Raboisens und Ihrer Sylter Familie gibt. In diesem Fall würde ich Sie sofort von den Ermittlungen abziehen.«

»Das ist verständlich.«

»Gut, dass Sie das so sehen. Denn noch ist Andreas nicht mit allen Geschäftsverbindungen durch.«

Als sie ankamen, herrschte auf dem Vorplatz der Villa ein Auflauf. Diverse Sportwagen und Limousinen standen eng beieinander. Davor ein Grüppchen, lebhaft diskutierend. Liv erkannte etliche der Personen, weil sie im Zusammenhang mit dem Krebsfest ausgesagt hatten. Am Wegrand stand der Wagen der Kriminaltechnik, die sich nach der Villa nun den Garten vornahm. Auf der Terrasse trainierten Jennifer und ihre kleine Schwester die Hunde. Die Mädchen wirkten blass und ernst. Direkt vor der Villa belud Gerhard Yorkssen einen Transporter.

»Was ist denn hier los?«, wollte Hasselbrecht von dem Fahrer wissen.

»Herr von Raboisen will baldmöglichst zum Herrenhaus aufs Festland aufbrechen.«

Auf ihr Klingeln öffnete Gunda. Aus dem Vestibül war die

erregte Stimme Eduard von Raboisens zu hören. »… ihr mich gefälligst begleiten …«

Gunda ging voraus, räusperte sich hörbar. »… nicht möglich, solange Phis Asthma wieder so schlimm ist. Außerdem müssen die Pferde …«

»Genug der Widerworte, Charlotte! Es reicht schon lange! Ist es nicht Beweis genug für dein unbotmäßiges Verhalten, dass die Polizei deinen Zimmerbrunnen beschlagnahmt und dich anscheinend verdächtigt? Besinne dich …«

»Verzeihung. Weitere Herrschaften von der Polizei sind eingetroffen«, meldete Gunda sich nun vernehmlich zu Wort.

Sie traten näher. Auf dem Tisch vor dem Daybed thronte der Schildkrötenkaktus. Charlotte von Raboisen trug eine schwarze Bundfaltenhose mit Bluse, einen schwarzen Mullverband um ihren Arm, dazu Perlenohrringe; sie wirkte verweint.

Eduard von Raboisens Gesicht zeigte puren Unwillen, dann aber entdeckte er Hilke Hasselbrecht. Er strebte auf sie zu und schüttelte ihre Hand. »Frau Hasselbrecht. Gut, Sie zu sehen. Ich habe auch vorhin bereits mit unserem gemeinsamen Freund, dem Staatsanwalt gesprochen. Es ist ein Jammer, dass er schon abreisen musste. Die ganze Angelegenheit ist höchst unangenehm, da ist es gut zu wissen, dass wir Unterstützung von höchster Stelle haben.«

Hilke Hasselbrecht kondolierte nun auch Charlotte von Raboisen und versicherte, dass sie alle Hebel in Bewegung setzen würden, um den Täter zu finden. Liv wunderte sich ein wenig über ihren Ton. Hasselbrecht war eine unbestechliche Polizistin, doch im Moment wirkte sie durchaus beeindruckt.

»Ist es wirklich nötig, dass unsere Geschäftspapiere durchwühlt werden? Denn es ist doch irrwitzig, zu glauben, dass unsere Geschäfte oder Charlottes politisches Engagement etwas mit diesem sinnlosen Mord zu tun haben könnten. Und erst die Beschlagnahmung von Charlottes Zimmerbrunnen und unserer Haushaltsmittel – absurd!«

»Das ist normale Ermittlungsarbeit. Einen Grund für die Tötung Ihres Sohnes muss es ja geben. Wen hätten Sie denn im Verdacht?«, fragte Hasselbrecht frei heraus.

»Die ganze Angelegenheit ist so lächerlich, dass ich mir keine Spekulationen erlaube.«

Die Ermittlerinnen folgten Charlotte von Raboisen in ihr Büro. Dort saß die Assistentin an einem Computer. Maja Forsberg wagte kaum, die Ermittler anzusehen, und floh beinahe hinaus. Auf dem Schreibtisch herrschte größere Unordnung als gestern. Eine Etagere mit Macarons stand auf dem Tisch.

»Verzeihen Sie, dass Sie Zeugen dieser Auseinandersetzung werden mussten. So ein Ton ist bei uns unüblich, aber auch meine Nerven liegen blank«, entschuldigte Charlotte von Raboisen sich. »Phi hatte heute Nacht erneut einen furchtbaren Anfall. Wir *können* Sylt noch nicht verlassen, meine Tochter benötigt die heilsame Nordseeluft. Dieser Rückfall ist ein Jammer, denn ihr Asthma war beinahe abgeklungen.«

»Ich bin erstaunt, dass Sie Hunde halten. Ich dachte bislang immer, Tierhaare würde Asthma verschlimmern«, gab Liv ihrer Unkenntnis Ausdruck.

»Das ist häufig auch der Fall. Bei meinen Töchtern und mir geht das Asthma allerdings nicht mit einer Tierhaar-Allergie einher.« Charlotte von Raboisen wandte sich der K1-Chefin zu. »Es ist lange her, dass wir uns unterhalten haben. War es der sicherheitspolitische Empfang des Bürgermeisters in Schleswig?«, fragte sie.

»Ja, das nehme ich an.«

»Im letzten Jahr haben mich vor allem Wirtschaftsgremien in Anspruch genommen. Sie wissen ja sicher, dass ich für die

Geschäftsführung des Verbandes kandidiere. Wenn die Wahl denn unter den derzeitigen Umständen wie geplant stattfinden kann.«

»Haben Sie daran Zweifel?«

»Es ist noch zu früh für eine Entscheidung. Aber ich weiß, dass meine Konkurrenten versuchen werden, diesen Unglücksfall zu ihren Gunsten zu nutzen.«

Andererseits könnte Charlotte von Raboisen auch auf einen Mitleidsbonus hoffen, dachte Liv.

»Wir haben noch einige Fragen. Haben Sie etwas dagegen, dass wir das Gespräch aufzeichnen?«, fragte Hasselbrecht. Als Charlotte von Raboisen zustimmte, schaltete Liv die Aufnahmefunktion ihres Handys ein. Sie hatten sich gemeinsam für ein direktes Vorgehen entschieden.

»Wie Sie sich vielleicht denken können, haben wir mit verschiedenen Menschen über Ihren Gatten und Ihre Ehe gesprochen. Ich möchte nicht näher auf diese Gespräche eingehen. Über eines würden wir jedoch gerne noch ausführlicher mit Ihnen reden, und das ist Ihr Verhältnis zu Karl. Was war er für ein Ehemann?«, fragte Hasselbrecht.

Charlotte von Raboisen bot ihnen Macarons an, dann zog sie die Etagere heran, betrachtete die Mandelbaisers unschlüssig und erhob sich. Sie stellte sich vor das Fenster. Mit dem Rücken zu ihnen sagte sie schließlich: »Karl war ein fürchterlicher Ehemann.« Bei den Worten schien die Luft im Raum eisig zu werden. Abrupt wandte sie sich um. Schmerz und Wehmut zugleich zeichneten ihr Gesicht. »Anfangs war alles großartig. Unsere Reisen, die gemeinsamen Pläne. Aber eigentlich hätte mir schon bei den Hochzeitsplanungen klar werden müssen, dass etwas mit Karl nicht stimmte.«

»Inwiefern? Was stimmte mit Karl nicht?«, fragte Liv nach.

Charlotte von Raboisen lehnte sich gegen das Fensterbrett.

Die Sonne zeichnete ihren Umriss nach, aber ihre Gesichtszüge waren noch gut zu erkennen. Auf eine seltsame Weise wirkte sie durchscheinend, was nichts mit dem Sonnenlicht zu tun hatte.

»Karl plante unsere Hochzeit minutiös. Er legte en détail fest, was ich anzuziehen und zu sagen hatte. Als ich seinen Perfektionismus infrage stellte, reagierte er ruhig, aber ich spürte, dass er ungehalten war, und wollte ihn nicht verärgern.« Sie stieß ein nervöses Lachen aus. »Nun, darin sollte ich scheitern.« Mit bebenden Fingern strich sie über ihre Augen, wischte die plötzlich strömenden Tränen ab. »Tief in mir bin ich erleichtert, dass er tot ist. Ich schäme mich dafür. Trotzdem tut es gut, es auszusprechen. Mich nicht mehr verstellen zu müssen. Zumindest nicht Ihnen gegenüber.« Sie sah die Ermittlerinnen alarmiert an. »Sie werden es doch meinem Schwiegervater und meinen Töchtern nicht verraten?«

So viel Scham, so viele Geheimnisse, dachte Liv. »Nicht, wenn es nicht nötig ist.«

Charlotte von Raboisen nickte beruhigt. Ihr schien gar nicht in den Sinn zu kommen, dass sie sich mit diesem Geständnis verdächtig gemacht hatte. Liv tat sie auf einmal unendlich leid. Man sah förmlich, wie eine schwere Last von dieser Frau abzufallen schien, nun, da das scheinbar Unaussprechliche gesagt worden war. Charlotte von Raboisen war wahrlich kein Einzelfall. Viel zu oft hatte Liv erleben müssen, wie Frauen in toxischen Beziehungen verharrten: aus falsch verstandener Loyalität oder aus Angst.

»Wie haben sich Karls Verhaltensweisen im Alltag gezeigt? Hat er Sie geschlagen?«

»Nein, das hatte er nicht nötig. Karl hatte so seine Methoden …«

»Was für Methoden?«

»Seine Worte konnten mehr wehtun, als Schläge es vermocht hätten. Seine Verachtung traf mich tief. Und im Bett, da hat er … er wusste genau, wie er mich gefügig machen konnte.« Charlotte von Raboisen fiel es schwer, weiterzusprechen. Sie ließen ihr Zeit. Abrupt sah sie auf. »Mit Nadeln. Er hat mich abends im Bett so lange mit Nadelstichen traktiert, bis ich mich fügte.« Sie knöpfte ihre Bluse auf und entblößte ihren unteren Rücken, der rot gepunktet war. Liv war entsetzt; von einer derartig perfiden Methode hatte sie noch nie gehört.

»Warum haben Sie sich nicht dagegen gewehrt?«

»Was hätte ich denn tun sollen? Er hätte mich niemals gehen lassen. Außerdem hätte er mir die Mädchen genommen, das hat er mir oft genug angedroht. Eine Klausel in unserem Ehevertrag behandelt das Sorgerecht für die Kinder.«

»Warum haben Sie einen Ehevertrag mit einer derartigen Klausel überhaupt unterzeichnet?«, brach es aus Liv heraus.

Charlotte von Raboisen presste die Lippen zusammen. »Weil ich ihn nicht genau gelesen habe. Ich habe Karl geliebt und darauf vertraut, dass er alles in meinem Sinne regelt.«

»Wie die Ehefrauen, die ihren Gatten alle Geschäfte überlassen und bei einer Scheidung herausfinden, dass jede Versicherung, das Auto und sogar das gemeinsam abbezahlte Haus auf seinen alleinigen Namen laufen.« Hasselbrecht sah Liv mit einem konsternierten Stirnrunzeln an. »Das ist einer Freundin von mir tatsächlich passiert.«

Charlotte von Raboisen wirkte dankbar für diese Bestätigung.

»Und Ihr verletztes Handgelenk – wie ist das passiert?«, fragte Hilke Hasselbrecht nun.

»Spätnachmittags vor dem Krebsfest hatten wir einen Streit. Er drohte mir, ich wich zurück … und stolperte in eine Glastür.«

»Sie stolperten? Karl stieß Sie nicht?«, fragte Liv nach.

»Das sagte ich doch.«

War das technisch möglich? Wie viel Kraft wäre nötig, um beim Stolpern eine Glastür zu zerstören? Eindeutig eine Frage für die Kriminaltechnik, dachte Liv.

Hilke Hasselbrecht neigte sich vor. »Es tut mir sehr leid, was Sie durchgemacht haben. Aber wissen Sie, was ich nicht begreife? Sie haben sich öffentlich gegen häusliche Gewalt starkgemacht. Sie treten für Frauenrechte ein. Warum haben Sie diese Gewalt in Ihrem eigenen Hause geduldet?«

Charlotte von Raboisen legte den Kopf ein wenig zurück, wirkte abweisend und nobel zugleich. »Man trägt derartige Dinge nicht in die Öffentlichkeit. Das tut man einfach nicht. Aber es stimmt: Ich hätte es nicht hinnehmen dürfen. Ich habe mich für meine eigene Schwäche geschämt. Karl hat mir immer wieder zu verstehen gegeben, dass ich schuld daran sei, wenn er ausgerastet ist. Er hat mir ständig gesagt, wie grauenvoll ich bin, wie erbarmungswürdig, wie sehr er mich verachtet.«

»Und Ihre Töchter?«

Ein Schatten zog über Charlotte von Raboisens Gesicht. »Jenny und Phi zuliebe hätte ich mich wehren müssen. Ich habe es nicht gewagt. Ich war ein schlechtes Vorbild.«

Liv musterte sie eingehend. Das war die entscheidende Frage. Hatte Charlotte von Raboisen sich tatsächlich nicht gegen ihren Mann gewehrt? »Worum ging es bei Ihrem letzten Streit?«, fragte sie.

Charlotte von Raboisen legte ein Bein über das andere und dann die Hände auf die Knie. »Darüber möchte ich nicht reden.«

»Sie können sich sicher denken, dass diese Information entscheidend für unsere Ermittlungen sein könnte.«

Raboisen schwieg.

»Wenn es von Bedeutung für das Leben und Sterben Ihres Ehemannes ist, finden wir es ohnehin heraus«, sagte Liv. Eine lange Pause.

»Karl hatte ein Verhältnis«, bestätigte Charlotte schließlich, was sie bereits wussten. »Nichts Ernstes. Aber als ich erfuhr, dass er sie zum Krebsfest eingeladen hatte, war meine Geduld am Ende. Diese Kritik stand mir natürlich nicht zu. Jedenfalls war er dieser Meinung. Karl war der Einzige, der kritisieren durfte.«

»Wer war die Geliebte?«

»Julia Dupois, eine Golferin.« Sie lachte bitter. »Man sagt ja, dass Männer sich als Geliebte jüngere Versionen ihrer Ehefrauen suchen. So war es wohl auch bei ihr.«

»War Julia Dupois tatsächlich bei dem Krebsfest?«

»Ja, aber sie kam erst spät. Als sie eintraf, ließ ich mich entschuldigen. Maja überredete mich, meinen Kummer auf der Terrasse zu ertränken.« Die Formulierung fiel Liv auf; würde Charlotte von Raboisen sie wirklich verwendet haben, wenn sie ihren Mann ertränkt hätte?

»Danach haben Sie Karl nicht mehr gesehen?«

»Nein.«

»Und Ihr Schwiegervater – wusste er von Karls Gewalttätigkeit?«

»Eduard, er …« Sie stieß hart die Luft aus. »Er ist nicht besser. Irgendwoher musste Karl seine Verhaltensmuster ja haben.«

»Wusste Ihr Schwiegervater ebenfalls von der Geliebten?«

»Das kann ich Ihnen nicht sagen. Ich weiß es nicht.«

Charlotte von Raboisen wurde unruhig, und Liv fürchtete, dass sie jeden Augenblick das Gespräch abbrechen würde. Eine weitere Frage war bislang offengeblieben. »Wie ist Karl mit Ihren Töchtern umgegangen? Hat er auch sie gequält?«

Charlotte von Raboisen klang bitter, als sie sagte: »Gilt es als quälen, wenn ein Vater seinen Töchtern einbläut, dass sie zu dick, zu dumm und zu ungeschickt sind? Dass sie eine Schande für die Familie sind? Dass aus ihnen nichts werden kann?« Sie sog tief die Luft ein. »Ich habe mir mehr als einmal gewünscht, dass Karl tot wäre. Wenn er unsere Töchter beschimpfte oder mich nachts mit seinen Nadeln traktierte.« Vom Flur war ein erstickter Laut zu hören, etwas verursachte ein Geräusch an der Tür, dann vernahm man Schritte.

Charlotte eilte hinaus. Sofort rief sie: »Jenny, warte doch – ich habe es nicht so gemeint!« Ihre Stimme bebte. Sie eilte ihrer Tochter nach. »Jenny, warte! Lass uns reden!«

Liv und Hilke Hasselbrecht waren aufgestanden und beobachteten nun, wie Charlotte von Raboisen im Garten ihre Tochter einfing, wie sie sie in die Arme schloss und auf sie einredete. Ihre Worte schienen Jennifer zu beruhigen. Schließlich lehnte sich die Jugendliche an ihre Mutter, nickte immer wieder starr, als ob sie sich selbst zu etwas überreden müsste.

Als Charlotte von Raboisen zurückkehrte, fragte Hilke Hasselbrecht, ob sie mit den Töchtern sprechen könnten. Das wurde jedoch abgelehnt. »Das möchte ich jetzt nicht. Die Mädchen sind traumatisiert. Lassen Sie Jenny und Phi noch etwas Zeit.«

Liv sah noch einmal aus dem Fenster, wo die beiden sich mit ihren Hunden beschäftigten. Jenny blickte nach oben, als spürte sie Livs Aufmerksamkeit. Kurz begegneten sich ihre Blicke, dann wandte Jenny sich ab, als wäre nichts gewesen. Hatte Andreas recht und das Mädchen verbarg etwas?

16

Einige Minuten später passierten Liv und ihre Chefin die Schranke, die die Sackgasse vom Naturschutzgebiet trennte. Sie waren übereingekommen, die Gelegenheit zu nutzen und den Weg zum Leichenfundort abzulaufen. Hasselbrecht hatte sich aus dem Dienstwagen Turnschuhe geholt, die sie nun zu dem Kostüm aus Rohseide trug. Die Sonne hatte bereits ihren höchsten Stand überschritten; es war brütend heiß. Ein würziger Duft stieg aus dem Heidekraut auf. Vögel stoben auf und senkten sich wieder, wie Bälle, die kurze Hüpfer machten.

»Charlotte von Raboisen scheint nicht bewusst zu sein, dass sie sich mit ihren Aussagen selbst belastet«, sagte Liv, nachdem sie die Stoppuhr auf ihrem Handy eingeschaltet hatte. »Es ist fraglich, ob sie so offenherzig gewesen wäre, wenn sie ihren Mann tatsächlich getötet hätte.«

»Oder sie spielt die Unschuld, um uns genau davon zu überzeugen. Umso sicherer müssen wir sein, ob und wie lange sie zur fraglichen Zeit wirklich mit Maja Forsberg zusammen war.«

»Aber hätte sie ihren Ehemann in ihrem eigenen Zimmerbrunnen ertränken können? Die Schale, in die der Wasserfall mündet, ist nicht groß.«

»Groß genug. Es sind schon Leute in einer Pfütze ertrunken. Außerdem dürfen wir nicht immer logische Maßstäbe anlegen. Täter denken nicht unbedingt vernünftig.«

Sie hatten den Leichenfundort erreicht. Nur noch niedergedrücktes Gras verriet, dass hier ein Mensch gelegen hatte und Spuren markiert worden waren. Das Weiß der Dünen stach in den Augen. Über der Landschaft flirrte die Luft. Livs Mund war trocken; selbst auf diese kurze Wanderung hätten sie etwas zu trinken mitnehmen sollen. Liv sah auf ihr Handy. »Neun Minuten.«

»Wir sind zügig gegangen und hatten kein Gewicht zu schleppen. Wir müssen den Tathergang rekonstruieren, um herauszufinden, ob es Charlotte von Raboisen wirklich möglich gewesen wäre, ihren Mann hierherzutragen; rein kräftemäßig.«

»Ich bin etwa so groß wie sie«, sagte Liv.

»Aber Sie haben eine ganz andere Figur. Nein, wir müssen eine Kollegin finden, deren Statur eher der von Frau von Raboisen entspricht, und eine Rekonstruktion des Tathergangs vornehmen.«

Vom Rande des Naturschutzgebiets steuerte ein Grüppchen direkt auf die Düne vor ihnen zu. Die sommerlich-leicht bekleideten Leute folgten einem Mann in oliv-beiger Kleidung, der mit seinem weitkrempigen Hut ein wenig wie Indiana Jones aussah. »Ich dachte, das Betreten der Wanderdünen ist verboten«, meinte Hilke Hasselbrecht.

Liv war nun ebenfalls neugierig geworden, und so gingen sie den Wanderern entgegen. Auch aus der Nähe wirkte der Mann wie ein Abenteurer bei einer Wüstendurchquerung, was Liv bei der derzeitigen Hitze durchaus stimmig erschien. Der dunkle Teint eines etwa vierzigjährigen Mannes, der sich viel im Freien aufhielt, schulterlange schwarz-grau melierte Haare, markante Gesichtszüge, tiefe Falten, die eindeutig vom Lachen kamen. Ein interessanter Typ. Kein Wunder, dass seine Wandergruppe vorwiegend aus Frauen bestand.

Als die Polizistinnen ihn ansprachen, reagierte er überrascht. »Man sagte mir, die Sperrungen seien aufgehoben. Ich habe als Geologe und offizieller Naturwanderführer eine Sondergenehmigung, Wanderungen zum Fuß der Wanderdüne durchzuführen – das ist sonst nur den Guides des Naturgewalten-Zentrums erlaubt. Liam Wiesner mein Name.«

»Ihre Berechtigung wollen wir nicht infrage stellen, die können wir uns von offizieller Stelle bestätigen lassen. Wie oft führen Sie derartige Wanderungen durch?«, wollte Liv wissen.

Wiesner hakte die Finger in die Weste, aus deren Taschen ein Fernglas, ein Bestimmungsbuch, Lupen und sonstige Utensilien herausragten. »Je nachdem. Einmal pro Monat etwa. Nachfrage und Möglichkeiten sind genauestens abzuwägen. Wir befinden uns in einem fragilen Umfeld. Die Wanderdünen sind ein empfindliches Biotop. Zudem gibt es hier etliche seltene Pflanzen.« Er wies auf das niedergedrückte Heidekraut. »Dort, wo die Polizei alles niedergetrampelt hat, werden die Pflanzen lange brauchen, um sich zu erholen. Denn eigentlich befindet sich hier eine der letzten Flächen unberührter Natur auf Sylt.«

Wiesner machte eine große Geste zu seiner Wandergruppe, die langsam ungeduldig zu werden schien. Ungnädig bemerkte er, dass einige ihre Plastikflaschen aus den Rucksäcken gekramt hatten und ein junger Mann sogar die Verpackung eines Schokoriegels hatte fallen lassen. »Haben Sie es schon vergessen: Wir hinterlassen hier nichts als Fußspuren und nehmen nichts als schöne Erinnerungen mit!« Auf seinen strengen Blick hin hob der junge Mann den Müll eilig auf. Wiesner wandte sich wieder an die Ermittlerinnen: »Schließen Sie die Augen und lauschen Sie! Genießen Sie diese besondere Atmosphäre«, forderte er sie auf. Er ließ die Lider sinken und sog geräuschvoll die Luft ein.

Hilke Hasselbrecht dachte offenbar nicht daran, seiner Aufforderung zu folgen. »Wann waren Sie zuletzt hier?«

Widerwillig öffnete er die Augen und ließ seinen Blick über die Dünen schweifen. »Sehen Sie, da hinten steigt eine Feldlerche auf! Ein zauberhafter Anblick!«, rief er seiner Wandergruppe zu, die sich sofort suchend umwandte. »Ich bin zwar als Geologe ein Experte für die Erde und ihre Gesteine, aber als Naturführer weiß ich, dass alles mit allem zusammenhängt im großen Kreislauf der Natur.«

Interessant, sicherlich, aber sie hatten im Moment leider Wichtigeres zu tun. Liv räusperte sich ungeduldig.

»Um auf Ihre Frage zurückzukommen: vorgestern. Ich hatte eine Ausnahmegenehmigung für eine exklusive Reisegruppe.«

»Ist Ihnen bei dieser Wanderung etwas Ungewöhnliches aufgefallen?«

»Nein.«

»Wie ist es mit Drohnen? Haben Sie schon erlebt, dass Drohnen über die Wanderdünen fliegen?«

»Ab und zu. Dafür habe ich das hier.« Er wies auf eine Zwille an seinem Gürtel.

»Sie wissen aber sicher, dass Steinschleudern laut Waffengesetz verboten sind«, wies Hasselbrecht ihn zurecht.

»Das gilt lediglich für Präzisionsschleudern mit Armstützen oder vergleichbaren Vorrichtungen. Ich kenne meine Rechte. Und nun entschuldigen Sie mich.« Wiesner gab seiner Gruppe das Zeichen zum Aufbruch.

»Eins noch«, hielt Liv ihn auf. »Wenn man auf dieser Wanderdüne etwas ablegen würde – wie lange würde es wohl dauern, bis es von Sand bedeckt wäre?«

Liam Wiesner kniff nachdenklich die Augen zusammen; er schien zu ahnen, wovon Liv sprach. »Nicht sehr lange. Diese

Dünen wandern jährlich etwa vier Meter – in stürmischen Jahren sogar bis zu zehn Meter. Bald könnte die große Wanderdüne die Landstraße erreicht haben. Dann muss Sylt wohl einen Tunnel bekommen.«

* * *

Charlotte von Raboisen musterte Maja, als diese ihr Schreibzeug aus der Tasche holte. Maja Forsberg war eine dieser vielversprechenden jungen Frauen, denen eine glorreiche Zukunft nicht gerade in die Wiege gelegt worden war. Ein Arbeiterkind einfachster Herkunft. Karl hatte Maja offen verachtet und verspottet. Er hatte gemeint, dass Charlotte sich lieber Mentees ihres Standes zuwenden sollte, statt ihre Zeit an den Pöbel zu verschwenden. Charlotte fand jedoch, dass diese jungen Frauen einen besonderen Biss hatten und zudem ihr gegenüber unbedingt loyal waren, was ihr wichtig war. Bei Maja allerdings hatte sie mittlerweile so ihre Zweifel.

»Hast du die Polizei über Karls … Ausfälle informiert?«

Dass Maja beinahe das Notebook fallen ließ, sagte schon alles. Sie lief rot an. »Nein … ich … wie kommst du darauf?«

»Ich hatte den Eindruck, die beiden Ermittlerinnen wüssten Bescheid. Sie sahen mich so wissend an. Du hast ihnen auch nicht erzählt, wann wir uns beim Krebsfest getrennt haben?«

Stumm schüttelte Maja den Kopf. Charlotte ließ den Blick auf ihrer Assistentin ruhen und schwieg ebenfalls. Das eine oder andere Machtspielchen hatte sie sich bei ihren männlichen Kollegen abgeschaut. Schweigen war das einfachste Mittel, um jemanden aus der Reserve zu locken, denn Schweigen irritierte. Dieses Mal schien Majas Antwort jedoch zu stimmen. »Dann ist es ja gut.« Charlotte lächelte beruhigend. »Letztlich ist das ja auch in deinem Interesse. Was geht es die Polizei an, was wir getan haben, nachdem wir uns getrennt haben? Und warum sollten sie wissen, wie schäbig sich Karl auch dir gegenüber verhalten hat?«

Maja schluckte sichtlich.

In diesem Augenblick unterbrach Geschrei ihr Gespräch.

* * *

Als Liv und Hasselbrecht zurück am Dienstwagen waren, hatte sich ein Porsche derart quer auf den Vorplatz gestellt, dass sie kaum herauskamen. Der Motor lief. Aus dem Haus war ein hitziger Wortwechsel zu hören. Hasselbrechts Handy klingelte, sie nahm das Gespräch an. Liv trat näher und lauschte dem Wortwechsel.

»… du hast doch keinen Tag in deinem Leben gearbeitet! So jemanden kann ich in meinem Unternehmen nicht gebrauchen.«

»Jetzt bin ich aber nun mal dein einziger Sohn – du hast keinen anderen mehr!«

»Du willst doch nur Geld abzweigen, um es zu verprassen oder deine Schulden zu bezahlen!«

»Ich kann mich ändern!«

»Das hast du in den letzten dreißig Jahren auch nicht geschafft.«

»Lass uns doch vernünftig miteinander reden. Ich trauere auch um Karli. Ich …«

Ein scharfer zischender Laut machte der Rede ein Ende. Liv hatte nicht verstanden, was gesagt worden war, aber Georg von Raboisen stürmte, sich die hochrote Wange haltend, an ihnen vorbei.

»Folgen Sie mir, Liv!«, rief Hilke Hasselbrecht ihr im selben Moment zu; sie hatte ihr Telefongespräch beendet. Zügig marschierte die K1-Chefin an der Villa vorbei. »Die KT hat etwas gefunden.«

Botersen-Evers erwartete sie an der Seite des eleganten Gartenpavillons, wo dieser beinahe an den Friesenwall grenzte; dahinter begannen direkt die geschützten Dünen. Der Raum war im englischen Landhausstil gehalten. Die Hinterseite des Pavillons war eine Art Abstellkammer. Liv entdeckte sofort die Airbrush-Pistole und die Atemschutzmasken.

»Ihr habt nach dem Aufsprühen von Luminol Blutspuren entdeckt?«, fragte sie.

Der Leiter der Kriminaltechnik nickte. »Vereinzelte Spritzer an den Wänden und auf dem Boden. Die Gartengeräte untersuchen wir noch.«

»Ein Spaten könnte zum Spurenbild passen«, meinte Hasselbrecht.

»Außerdem haben wir einen angebrochenen Kanister mit destilliertem Wasser hier gefunden«, setzte Botersen-Evers hinzu.

Liv sah sich um. »Der Pavillon ist einigermaßen abgelegen. Wenn dies der Tatort wäre, würde das auch erklären, dass niemand den Angriff auf Karl von Raboisen mitbekommen hat«, durchdachte sie die neuen Erkenntnisse. »Der Täter hätte schnell mit der Leiche in den Dünen verschwinden können. Warum aber hat niemand gesehen, wie Karl den Pavillon aufgesucht hat? Und warum sollte er überhaupt hierherkommen?«

Hilke Hasselbrecht tupfte sich mit einem Taschentuch ein paar Schweißtropfen von der Stirn. »Das hätte uns eventuell sein Handy verraten können. Vielleicht ein geheimes Stelldichein mit seiner Geliebten?«

17

Westerland, 14.30 Uhr

Hennes trennte das Gespräch. Weitere Untersuchungen nötig – was bedeutete das? Reine Routine, er solle sich keine Sorgen machen, hatte die Ärztin gesagt. Aber er machte sich Sorgen, verdammt! Er hüstelte nervös. Schüttelte den Fuß aus, weil das Bein schon wieder kribbelte. Er solle zu einer Nachuntersuchung nach Flensburg in die Klinik kommen, hatte sie gesagt. Nein, nicht im nächsten Monat, sondern möglichst schon Anfang der Woche. Als ob er einfach hier wegkönnte!

»Habe ich was verpasst? Ist das ein neuer Modetanz?«, fragte Momke, der unbemerkt zu ihm getreten war, und ahmte das Schütteln des Beins nach. Hennes bereute einmal mehr, dass er sich hatte überreden lassen, mit den Kollegen in der Friedrichstraße zu Mittag zu essen. Die Geselligkeit hatte ihn nur genervt. Immerhin waren Momke und er etwas früher aufgebrochen, weil sie mit Julia Dupois, der Geliebten von Karl von Raboisen, verabredet waren.

»Halt bloß die Klappe!«, brummelte Hennes, dem keine schlagfertige Erwiderung einfiel.

Momke zuckte beinahe zurück. »Hui, was ist dir denn über die Leber gelaufen?« Er marschierte los. Erst schien es, als würde er schmollen, aber dann lachte er Hennes an. »Weißt du noch, diese verrückten Tänze?« Er machte ein paar Schritte und Bewegungen, sang dazu *Macarena*, *Time Warp* oder den *Ententanz* und ließ sich auch nicht irritieren, als die ersten Urlauber lachten. Hennes wäre am liebsten im Erdboden versunken. Als ein Frauentrupp anfing mitzutanzen, nahm er Reißaus.

»Komm schon, mach mit! Wie wäre es mit einer Polonaise?«, rief Momke ihm nach. Doch dann gab er endlich das alberne Gehopse auf und folgte ihm. Auf dem Weg zum Polizeirevier und auf der Fahrt nach Hörnum redete Momke die ganze Zeit. Beim Budersand-Hotel wurde ihnen gesagt, dass Julia Dupois auf dem Golfplatz sei.

»Das hatten wir anders verabredet«, knurrte Hennes.

»Was ein echter Golfer ist, der kann es eben einfach nicht lassen«, meinte Momke und wies auf die Golfwagen. »Komm, wir nehmen einen Cart.«

»Da bringen mich keine zehn Pferde hinein!«

»Zum Platz geht es steil hoch, da sind wir mit dem Cart schneller.«

Da Hennes schon wieder das lästige Kribbeln im Bein spürte, gab er nach. Geschickt steuerte Momke den Golfwagen zum Golfplatz und über die Dünen, bis sie Julia Dupois gefunden hatten. Der Rasen war so grün und ebenmäßig, dass es schon unnatürlich wirkte, doch überall blitzte am Horizont die Nordsee auf. Ganz allein stand Julia Dupois an der 13, die sich in einem hohen Dünenkessel befand. Die Golferin trug ein Golfkleid und Schirmmütze, die blonden Haare hatte sie zu einem Zopf gebunden. Es war so, wie Charlotte von Raboisen gesagt hatte: Ehefrau und Geliebte waren einander sehr ähnlich; nur mit einem Altersunterschied von zwanzig Jahren. Julia war ebenfalls eine Schönheit. Erste Recherchen hatten ergeben, dass sie aus einer wohlhabenden Familie stammte und ihre Wurzeln in Frankreich hatte. Nach dem betriebswirtschaftlichen Studium an einer angesehenen amerikanischen Universität war sie bei einer Wirtschaftsprüfungsgesellschaft angestellt gewesen. Inzwischen war sie neben ihrer Golfkarriere als Finanzberaterin tätig.

Nicht nur der Schatten der Kappe warf tiefe Ringe unter ihre Augen, Julia schien sichtlich angegriffen von dem Tod ihres Geliebten. »Sie fragen sich sicher, wie ich trotz der schrecklichen Nachricht und meiner Trauer Golf spielen kann«, sagte sie. »Aber mein Sport ist es, der mich tröstet. Vor allem auf einem so anspruchsvollen Platz wie diesem, einem der wenigen echten Linksgolf-Plätze Deutschlands. Hier braucht man Können, Strategie und Gespür für den Wind. Ich darf sicher ein paar Bälle schlagen, während wir reden?«

Ehe Hennes ablehnen konnte, hatte Momke sich schon einverstanden erklärt. Tatsächlich antwortete Julia Dupois so präzise, wie es ihre Golfschläge waren. Allerdings knallte die Sonne auf dem Platz heftig, sodass Hennes seine Sonnenbrille aufsetzen und zusätzlich die Augen mit der Hand abschirmen musste. So schwül wie es war, müsste irgendwann ein Gewitter aufziehen, doch es war kein Wölkchen zu sehen.

»Es wäre wichtig für uns, mehr über Ihre Beziehung zu erfahren. Wie haben Sie sich kennengelernt? Und wie haben Sie Karl erlebt?«, fragte Momke.

»Karl war ein begeisterter Segler. Wir haben uns bei einer Party nach der Saint Barths Regatta in der Karibik getroffen. Er hat mich fasziniert. Sehr maskulin, sehr klar. Ein High Performer und gleichzeitig ein Gentleman alter Schule. Mir hat gefallen, wie er um mich geworben hat.«

»Wann war das ungefähr?«, fragte Hennes nach.

»Vor etwa einem Jahr.«

Gekonnt schlug sie den Ball aus dem Dünenkessel. Auf dem Weg zum nächsten Loch begegneten sie einer Gruppe Golfer, die ihre Trolleys hinter sich herzogen und Hennes und Momke irritiert musterten, dann aber doch grüßten, als sie sahen, dass sie in Begleitung von Julia Dupois waren. »Wie hat er Sie umworben?«, nahm Hennes den Gesprächsfaden wieder auf.

»Wie man es sich vorstellt: Blumen, Champagner, Geschenke, Städtetrips.«

»Dass er verheiratet ist und Kinder hat, hat Sie nicht gestört?«, wollte Hennes wissen.

»Die Ehe bestand nur noch pro forma, das hat er mir früh gestanden. Er hat Charlotte schon lange nicht mehr geliebt. In seinen Kreisen ist es aber nicht einfach, sich zu trennen. Zu viel hängt daran. Erst vor Kurzem hat er den Entschluss gefasst.«

»Welchen Entschluss?«

»Die Scheidung einzureichen. Sich beruflich ein zweites Standbein aufzubauen. Ein Zuhause für unsere Familie zu schaffen.«

Momke merkte auf. Die nächste Frage war ihm sichtlich unangenehm. »Verzeihen Sie die indiskrete Frage, aber bedeutet das, dass Sie schwanger sind?« Julia nickte. »Wer wusste von Karls Plänen und Ihrer Schwangerschaft?«

»Er hatte es seiner Frau gesagt. Und seinem Vater wohl auch. Schließlich ging es bei den geplanten Investitionen, die unsere Ehe sichern sollten, um sein Erbteil. Karl wollte sich vorzeitig auszahlen lassen.«

»Über wie viel Geld reden wir?«

»Über Geld redet man nicht, man hat es.« Sie lächelte dünn und schlug den Golfball weit und flach über die Dünen. »Aber ich verstehe Ihr Interesse natürlich. Es handelte sich um mehrere Millionen Euro, soweit ich weiß.«

»Was hatte Karl damit vor?«, fragte Hennes. Es war so heiß, dass sein Kopf glühte. Er schlug vor, dass sie sich in den Golfwagen setzten. Etwas mitleidig sahen Julia Dupois und Momke ihn an; sein Kollege stellte sich neben sie in den Schatten des Carts.

»Er wollte sich gemeinsam mit seinem Freund Piet an einem Investmentfonds beteiligen. Zudem wollte er einen eigenen Anteil an dem Grundstück, das die Holding erwerben will, und dort ein Luxus-Spa errichten. An seinem Vater vorbei hat er bereits Geld in den Kauf geschossen. Es waren Geschäfte, von denen er absolut überzeugt war, die sein Vater jedoch ablehnte.«

Als ob es auf Sylt ein Mangel an Spas geben würde. »Haben Sie zufällig Unterlagen, die uns Aufschluss über Karls Pläne geben könnten?«, fragte Hennes.

»Bestimmt. Ich werde sie heraussuchen, wenn ich wieder zu Hause bin.« Sie hatte sich so lange beherrscht und wischte sich nun doch eine Träne aus dem Augenwinkel.

Mitleid für die Golferin keimte in Hennes. »Was werden Sie jetzt machen?«

»Weiter wie bisher. Das Kind kann ich allein aufziehen, auch wenn das nicht meine Wunschvorstellung ist. Finanziell wird es schon gehen. Eduard von Raboisen wird wohl den Anstand besitzen und für das Kind seines Sohnes zahlen.«

»Wann haben Sie Karl zuletzt gesehen?«, fragte Momke.

»Bei dem Krebsfest. Ich kam erst spät hinzu. Ich hatte Sorge, dass es zu einem Eklat kommen würde, aber seine Frau zog sich gerade zurück, sodass wir einander kaum begegnet sind. Ich blieb aber nicht lange. Wir waren übereingekommen, dass Karl unsere Beziehung noch nicht bekannt machen würde.«

»Warum nicht?«

»Das Fest war ein wichtiger Termin für ihn, auch geschäftlich. Außerdem wollte er einen würdigen Rahmen für die Bekanntgabe unserer Liebe haben, in dem sich alle unserem Glück widmen konnten.«

»Wie lange sind Sie auf dem Fest geblieben?«

»Ich kam eine halbe Stunde vor Mitternacht und ging gegen zwei wieder.« Das deckte sich mit den Aussagen der Zeugen.

»Wohin gingen Sie anschließend?«

»In ein kleines Hotel in Tinnum. Ich muss gegen halb drei dort gewesen sein, das kann der Nachtportier bestätigen.« Hennes brauchte nicht zu rechnen. Leicht hätte Julia in ihr Hotelzimmer gehen und zum Todeszeitpunkt wieder in List sein können. Sie würden nicht nur mit dem Portier sprechen, sondern auch den Parkplatz und die nähere Umgebung auf Videokameras überprüfen. »Wir, also Karli und ich, wollten uns am Samstagmorgen bei seiner Jacht treffen, aber die *Barmstede* war schon fort, und ich konnte ihn telefonisch nicht erreichen.«

»Sie müssen sauer gewesen sein.«

»Ich dachte eher, dass er es sich anders überlegt hat. Ich wusste, dass er gerne allein war.«

»Sie sagten, Karl sei sehr maskulin, sehr klar gewesen. Wie hat sich das in Ihrer Beziehung ausgewirkt?«, fragte Hennes nach.

Julia überlegte, als wüsste sie nicht, was Hennes von ihr wollte. Sie verließ den Golfwagen und betrachtete prüfend die Eisen in ihrem Golftrolley. »Karl war dominant, bestimmend. Aber das mochte ich. Ich weiß, was ich will – warum soll es meinem Lover nicht ebenso gehen?«

»Und wenn Sie mal … nicht wollten?«

»Die Frage hat sich bislang nicht gestellt.«

»War Karl verbal manchmal abfällig Ihnen gegenüber?«

»Als Sportlerin bin ich es gewohnt, dass man Klartext redet. Das war okay.«

Nach dem Gespräch wanderten die Ermittler über den Golfplatz zurück. Hennes rief bei Hilke Hasselbrecht an und informierte sie über den Verlauf des Gesprächs und Julias

Schwangerschaft. »Gibt es sonst etwas Neues? Hat sich Michelle Müller angefunden?«, fragte er.

»Nein, bislang nicht. Aber wir haben etwas anderes.«

* * *

Hildegard pulte Krabben und sah aufs Watt vor Munkmarsch hinaus. Die Nordseekrabben wurden auch immer teurer, aber einmal in der Woche gönnte sie sich ihr Rührei mit Krabben und Schwarzbrot. Sie blickte aus dem Fenster. Bei diesen Temperaturen ging sie nur morgens früh und abends spät hinaus, sie vertrug die Hitze einfach nicht mehr. Mittagessen gab es auch später als sonst – aber wen interessierte es schon, was sie tat? Früher, als junges Mädchen, hatte sie es geliebt, im Sommer weit hinauszuschwimmen. Jetzt kam sie kaum noch an den Strand und war schon froh, wenn sie überhaupt den Weg durchs Wäldchen und bis zur Bushaltestelle schaffte.

Sie wischte sich den Schweiß ab, der in ihren Augen brannte. Heute war es so heiß – da war der einzige kühle Raum ihr Keller. Aber wer wollte schon seinen Tag zwischen Betonwänden verbringen? Ihr Häuschen war schlecht isoliert, das musste sie zugeben. Einfach verglaste Fenster, keine Dämmung, alte Wasser- und Stromleitungen. So etwas gab es heute gar nicht mehr. Überhaupt, wie sich die Insel verändert hatte! Diese vielen großen Häuser. Die unzähligen Menschen. Kaum einer, der noch Sylter Platt sprach. Und die Inselbahn, die sie und Willy so geliebt hatten, war ja schon ewig verschwunden.

Sie hatte lange mit sich gerungen, aber bald würde sie dieses Haus verlassen und in eine Seniorenwohnanlage in Westerland ziehen. Ihr Haus würde abgerissen werden. Mit diesem Grundstück und dem ihres Nachbarn entstünde eine gewaltige Freifläche, die vermutlich komplett bebaut werden würde.

Gut, dass sie das wahrscheinlich nicht mehr erleben musste. Ja, das Haus war alt, aber sie hing daran. Sie und Willy hatten es nach dem Krieg mit ihren eigenen Händen gebaut. Da mochten um sie herum noch so viele schicke, protzige Häuser errichtet werden – sie liebte ihr Häuschen nun mal. So etwas gab es nicht zwei Mal. Zur linken Hand das Wäldchen, danach das Watt und die Lügenbrücke und schließlich Munkmarsch, zur Rechten Keitum mit seiner Kirche und dem malerischen Dorfkern. Für manche mochte ihr Grund eine gute Investition sein, für sie war es ihre Heimat – und das war doch viel mehr wert!

Mit schweren Schritten ging Hildegard zum Herd, schlug die Eier in die Schale, verquirlte sie mit Salz, Pfeffer und einem Schuss Mineralwasser – für die Fluffigkeit – und ließ die Masse in die heiße Pfanne laufen. Während sie zusah, wie das Ei stockte, wanderte ihr Blick zum Nachbarhaus. Es war ebenso alt, aber schon länger verlassen. Es hieß, die Bauhaie überböten sich, um dieses Sahnestück zu bekommen, denn das Grundstück erstreckte sich über einen Teil des Waldes, der zum Bauland umgewidmet werden sollte. Wenn man dann noch ihr Haus und ihren Grund dazubekäme …

Wehmut ergriff sie. Um das Wäldchen tat es ihr leid, das Nachbarhaus war ihr egal. Eine Schönheit war es nicht, kein altes Kapitänshaus oder so. Trotzdem war sie heute hinübergelaufen – geschlichen wohl eher, ihre Beine wollten nicht mehr so –, weil es ihr vorgekommen war, als ob jemand dort sein Unwesen triebe. Dass Jugendliche in der Ruine herumstromerten oder sich ein Obdachloser dort einnistete, kam nicht infrage! Sie wollte hier ihre Ruhe haben, bis sie auszog. Ein wenig mulmig war ihr gewesen, als sie das verlassene Haus aufgeschlossen hatte, aber natürlich war innen alles beim Alten gewesen; das wäre ja auch noch schöner.

Hildegard schob das Rührei in der Pfanne umher, bis es

ganz durch war. Anschließend hob sie es auf die mit Butter bestrichene Scheibe Schwarzbrot, legte sorgfältig die frisch gepulten Krabben daneben und träufelte Zitronensaft, Pfeffer und Petersilie darüber.

Sie wollte gerade an ihrem Resopaltisch Platz nehmen, an dem sie immer mit Willy gesessen hatte, aber dann schob sie Tisch und Stuhl doch ein Stück weiter, sodass sie durch das Fenster auf ihr Nachbarhaus blicken konnte. Ein Glas Leitungswasser noch – immer schön trinken, das hatte ihr Arzt ihr eingeschärft –, dann konnte die Mahlzeit beginnen.

Just als sie aufstehen wollte, kam jemand aus dem Wäldchen gerannt, hechtete über den Zaun und verschwand beim Nachbarhaus Richtung Kellertreppe. War die Haustür nur verschlossen und unversehrt gewesen, weil sich der Eindringling den Weg durch den Keller gebahnt hatte? Sollte sie die Polizei rufen? Hinübergehen? Und wenn er sie angriff? Ein Stoß reichte aus, um sie außer Gefecht zu setzen, so wackelig war sie.

Hildegard spürte, wie allein die Aussicht auf ein Eingreifen sie Energie kostete. Es war viel zu heiß, und die Hitze war so schrecklich anstrengend! Ohnehin war sie völlig aus dem Tritt – um diese Zeit Mittagessen, das durfte man ja niemandem erzählen. Der Fremde hatte die Kapuze seines Pullis über den Kopf gezogen, ganz so, wie es die jungen Rowdys im Fernsehen immer taten. Oder wie die netten Surfer, die ihr manchmal die Tasche bis zur Bushaltestelle trugen. Letztlich verriet die Kleidung einem nie, mit wem man es zu tun hatte. Dazu hatte er einen Mundschutz getragen, was ihr seltsam vorkam, denn hier war doch niemand!

Der Duft des Rühreis stieg zu ihr auf. Hildegard lief das Wasser im Munde zusammen. Was sollte sie tun?

* * *

Die Holzbohlen quietschten. Und jetzt waren da eindeutig Schritte zu hören, kein Schlurfen. Oder war es wieder ihre Entführerin? Michelles Puls raste. Sternchen tanzten vor ihren Lidern. Ihre Lippen, ihre ganze Mundpartie war trocken wie Papier. So schnell ging ihr Atem, dass sie kaum Luft bekam. Wieder schubberte sie über Boden und Wände, ruckte über den Verband. Die Schritte näherten sich, schneller jetzt. Was sollte sie, was konnte sie tun?

* * *

Andreas pfefferte den Papierstapel auf den Schreibtisch. Stöhnend ließ er sich auf dem Schreibtischstuhl zurücksinken und faltete die Hände hinter dem Kopf. Er konnte keine Papiere mehr sehen! Ob hier in Karl von Raboisens Büro oder anderswo. Im Haus war Ruhe eingekehrt. Man schien ganz vergessen zu haben, dass er noch da war. Hielten seine Kollegen ihn für so unwichtig? Er wollte nicht geschont oder abgeschoben werden! Wenn er die anderen gleich bei der Besprechung träfe, würde er darauf drängen, dass er eine andere Aufgabe bekam.

Aus dem Untergeschoss waren Stimmen zu hören. Er ging auf den Flur. Eine Zimmertür, die bislang immer geschlossen gewesen war, stand offen. Er spähte hinein: ein Jugendzimmer, weiß eingerichtet, mit einer Art Baldachin und Lichterketten wie in einem Prinzessinnenschloss, gleichzeitig modern wie für einen Instagram-Auftritt. Da war er froh, dass die Kleinen seiner Freundin mit Fortnite- und Minecraft-Spielen zufrieden waren und so einen Firlefanz nicht brauchten. Er lauschte, spähte hinein. Auf der flauschigen Tagesdecke lag ein Buch, offen, daneben ein Füller. War das ein Tagebuch? Hatte Jennifer vielleicht etwas hineingeschrieben, was zur Aufklärung des

Falls beitragen könnte? Der Anblick zog ihn magisch an. Andreas überwand seine Skrupel binnen Sekunden. Noch einmal sah er sich um, dann beugte er sich über die Seiten.

»… tut mir nicht leid, was ich getan habe. Ich habe es einfach nicht mehr ausgehalten. Es ging nicht mehr. Ich muss immer daran denken, was Mama gesagt hat. Sie hat recht. Es musste sein …«

Geräusche aus dem Treppenhaus. Andreas unterdrückte einen Fluch. Er musste hier verschwinden, an den Schreibtisch zurück. Was meinte Jennifer damit? Was hatte sie getan? Oder zumindest: Was wusste sie?

18

Westerland, 16.30 Uhr

Der Fundort war eine idyllische, ruhige Ecke am Rande Westerlands und durch das umgebene Wäldchen angenehm vor der Hitze geschützt. Nur wenige Touristen verirrten sich in die Süderinge, und wenn, dann wollten sie die Eidum Vogelkoje besuchen. Am Ende der Straße befanden sich die Kläranlage, ein Entsorgungsunternehmen und ein Radweg, weshalb sich neben den Radfahrern vor allem Lkw-Fahrer über die Absperrung durch die Polizei beschwerten. Michelle Müllers up! war dicht am Gebüsch geparkt worden und wurde bereits von der Kriminaltechnik untersucht. Botersen-Evers hatte einen Teil seines Teams beim Gartenpavillon der Raboisens zurückgelassen. Als sie erfahren hatten, dass der Wagen gefunden worden war, hatten Liv und Hilke Hasselbrecht sich ein Fischbrötchen gekauft und sich ebenfalls auf den Weg gemacht; das Mittagessen war ausgefallen und würde auch nicht nachgeholt werden.

Liv befragte gerade einen der ehrenamtlichen Helfer des Hegerings Sylt, der die Eidum Vogelkoje betreute. Der alte Herr schweifte jedoch immer wieder zur Geschichte des Ortes ab.

»… eine der Vogelkojen auf Sylt. Die älteste war die siebzehnhundertsiebenundsechzig nach niederländischem Vorbild errichtete Kampener Vogelkoje, die zweite unsere Eidumer. Die meisten Besucher denken, die Vogelkojen dienten der Aufzucht und der Beobachtung von Vögeln …«

»... und nicht dazu, sie in die ewigen Jagdgründe zu schicken«, ergänzte Liv.

»Genau.«

»Wann ist Ihnen der Wagen zum ersten Mal aufgefallen?«, fragte sie, ehe er weiter abschweifen konnte.

»Gestern. Manche parken ihre Wagen in dieser Sackgasse, weil sie den Bus nehmen und keine Parkplatzgebühr entrichten wollen. Aber die meisten stehen dann nicht so lange hier wie dieser. Außerdem ist mir das kaputte Vorderlicht aufgefallen. Sie kennen das ja vielleicht: Wenn irgendwas kaputt ist, lädt das zum Randalieren ein. Dann sind bald alle Autofenster zerschlagen, und als Nächstes nehmen sich die Bagaluten unsere schöne Vogelkoje vor.«

»Eine zerbrochene Fensterscheibe zieht weitere nach sich? Diese Theorie ist inzwischen von Forschern widerlegt worden«, meinte Liv.

»Kann nicht sein. Ich habe diese Entwicklung schon oft genug beobachtet!«

Genau das war das Phänomen, das zu dieser Theorie geführt hatte. Menschen, die sich vor Kriminalität fürchteten, nahmen diese viel stärker wahr, als sie tatsächlich auftrat – eine Wirklichkeitsverzerrung also. Dennoch hatte die Broken-Windows-Theorie Folgen gehabt und beispielsweise zu höherer Polizeigewalt im Zuge einer Null-Toleranz-Politik geführt. Allerdings war jetzt weder die Zeit noch der Ort, dies zu diskutieren. »Haben Sie mit Ihren Kollegen über Ihre Beobachtung gesprochen? Hat vielleicht jemand gesehen, wer das Auto abgestellt hat?«

»Danach kann ich mich gerne bei meinen Kollegen erkundigen. Waren Sie denn schon in der Eidum Vogelkoje? Der Ort ist wirklich ein Idyll!«

»Mein letzter Besuch ist lange her. Ich komme auf jeden

Fall mal vorbei«, versprach Liv. Hennes und Momke trafen gerade ein. Sie wollte unbedingt mehr über ihre Ermittlungsergebnisse erfahren. »Danke, dass Sie uns geholfen haben.«

Die Kommissare kamen am Straßenrand für eine improvisierte Besprechung zusammen. Während die Kollegen, die Festgäste und Personal befragt hatten, von den immergleichen Fragen ermüdet waren, erregten die Berichte von Hasselbrecht und Liv sowie von Momke und Hennes Interesse.

Sobald Hennes geendet hatte, zog er sich zurück. Er verhält sich noch merkwürdiger als sonst, dachte Liv. Als ob ihn etwas bedrückt. Sie nahm sich vor, nachher in Ruhe mit ihm zu reden.

»Charlotte von Raboisen und Maja Forsberg haben angegeben, nachts in dem Strandkorb am Rande der Terrasse gesessen zu haben. Tatsächlich wurden die beiden dort aber zuletzt um vier Uhr fünf gesehen. Für die Zeit danach konnten keine definitiven Angaben gemacht werden«, berichtete Momke.

»Auf jeden Fall war der Eklat mit Georg nicht der einzige. Als Julia eintraf, gab es einen scharfen Wortwechsel mit Charlotte und Eduard. Die Auslöser dafür kennen wir nicht«, ergänzte Rabia.

»Gibt es eine Spur von Michelle Müller?«, fragte Liv nach.

Hilke Hasselbrecht übernahm die Antwort, während sie sich Luft zufächelte. »Ihre Handynachricht wurde von Sylt aus abgeschickt. Michelle Müllers Handy loggte sich gestern zuletzt um dreizehn Uhr dreißig in den Funkmast von Westerland ein. Seitdem ist es anscheinend ausgeschaltet. Keine weiteren Drohnenaufnahmen wurden von Frau Müller hochgeladen. Die Suche läuft auf Hochtouren«, sagte sie.

Liv hatte auf der Fahrt den Suchhubschrauber über den Dünen kreisen gesehen, die Suchhundestaffel war ebenfalls im Einsatz. Hunderte taten alles, um Michelle Müller zu finden.

Es drängte Liv, bei der Suche mitzuhelfen; letztlich tat sie das ja, allerdings auf ihre Weise.

»Treiben wir die Befragung der Festbesucher voran, um ein möglichst vollständiges Bild zu erhalten. Wir müssen wissen, ob Charlotte von Raboisen nach vier Uhr fünf noch einmal gesehen wurde, ob jemand Karl von Raboisen am Gartenpavillon beobachtet hat oder sonst etwas Ungewöhnliches aufgefallen ist. Andreas und Momke, sobald die Verstärkung hinzukommt, werden Sie die Kollegen instruieren«, wies Hasselbrecht die Kollegen an.

»Was ist mit der Befragung der Töchter?« Wieder Andreas. Es war, als hätte er sich an diesem Thema festgebissen.

»Ist beantragt. Aber das kann dauern.«

»Wir werden noch einmal mit Eduard von Raboisen und den Angestellten des Hauses sprechen. Ich will wissen, was sie zu Karls gewalttätiger Ader sagen, und zudem, wer noch darunter zu leiden hatte. Was hat Raboisen senior von den Scheidungsplänen seines Sohnes gehalten? Und was Charlotte von Raboisen?«

»Wie gehen wir bei Georg von Raboisen vor?«

»Wir suchen noch einmal das Gespräch.«

»Das kann ich übernehmen«, bot Andreas an.

»Hennes und Liv machen das«, entschied Hasselbrecht.

»Werden wir Eduard und Georg von Raboisen ins Kommissariat laden?«

Hasselbrecht überlegte. »Da Georg unseren Informationen nach alles für eine Abreise vorbereitet, würde ich sagen, nein. Auch von Eduard von Raboisen gibt es Informationen, die wir jetzt benötigen – nicht in ein paar Wochen.«

Liv überlegte, mit welcher Hypothese sie in das Gespräch gehen sollte. Hielt sie Eduard von Raboisen für einen Unsympathen? Ja. Würde sie wünschen, dass er für seine Herrschsucht zur Rechenschaft gezogen würde? Wieder ja. Hielt sie ihn für den Mörder seines Sohnes? Nein.

Als sie Hennes folgte, um ihn über ihren Auftrag zu informieren, fing Momke sie ab. »Sei bloß vorsichtig – vorhin hatte Hennes eine Laune zum Weglaufen«, meinte er.

»Schlimmer als sonst?«, sagte Liv mit einem Lächeln, doch ihr Kollege blieb ernst.

»Viel schlimmer.«

Liv fand Hennes auf einer Waldlichtung mit Blick auf die Vogelkoje. Er malträtierte seinen Anti-Stress-Würfel. »Alles okay bei dir?«

Hennes sah auf. »Klar, wieso?«, fragte er argwöhnisch.

»Momke hat mich vor deiner schlechten Laune gewarnt.«

»Ach, der soll sich nicht so haben. Hat in aller Öffentlichkeit Polonaise getanzt, der Kasper.«

»He, so redet man nicht über einen Kollegen und Freund!«

Er streckte den Rücken durch. »Was steht an?«

Liv legte die Hand auf seine Schulter und sah ihm in die Augen. »Sag ehrlich: Alles in Ordnung?«

»Ist mir nie besser gegangen. Also: Was steht an?«

Sie ließ ihn los. »Wir sollen noch mal mit Raboisen senior reden.«

Hennes kniff die Augen zusammen und strebte dem Dienstwagen entgegen. »Das wird mir eine Freude sein.«

Liv fürchtete das Schlimmste. Vielleicht hätte sie Hasselbrecht doch um einen anderen Begleiter für diese Aufgabe bitten sollen.

Da Hennes nichts dagegen hatte zu fahren, nahm Liv auf dem Beifahrersitz Platz. Eduard von Raboisen war derzeit wohl auf dem Gelände des Poloturniers, um das Verladen der Pferde zu beaufsichtigen. Liv telefonierte, während der Fahrtwind ihre Haare flattern ließ. Sowohl Elise als auch Sanna und Sebastian hatten ihr bereits Nachrichten hinterlassen.

Es dauerte, bis Sanna ans Telefon ging. Im Hintergrund waren Meeresrauschen und Kinderlachen zu hören. »Moin, Mam.«

Ein Lächeln breitete sich auf Livs Gesicht aus. »Hey, Lütte. Bist du schon am Strand?«

»Klar. Kimi hat Dienst. Später wollen wir kiten.« Sanna klang abgelenkt. Ihr Freund gehörte zu den Sylter Rettungsschwimmern. Ein Hund bellte im Hintergrund.

»Ist Zorro auch da?«

»Nee, dem ist zu heiß. Er ist mit Oma im Haus geblieben. Die ruht sich aus.«

»Und Sebastian? Hat alles mit dem Abholen gut geklappt?«

»Aber safe. Der ist bei seinem Sohn. Wir wollen uns heute Abend zum Essen treffen, alle zusammen.«

»Mit Larissa und Noah?«

Jemand sagte im Hintergrund etwas. Sanna lachte. Liv tat es gut zu hören, dass ihre Tochter Spaß hatte. »Das ist der Plan. Es sei denn, du kannst mal wieder nicht.«

»Natürlich kann ich«, sagte Liv beinahe entrüstet.

»Hmhm.« Es klang skeptisch. »Kann ich heute bei Kimi schlafen?«

Liv zögerte. Ein heikles Thema, fand sie. Aber wie sollte sie ihrer Tochter etwas verweigern, was sie in diesem Alter auch getan hatte? »Ich würde lieber die ersten Tage mit dir und Oma genießen, wenigstens, wenn ich frei habe. Aber wenn's unbedingt sein muss. Hauptsache, ihr seid … du bist vorsich-«

»Du, Mam, ich muss Schluss machen.« Schon war Sanna weg.

Liv wog das Smartphone in der Hand. Sanna war verantwortungsbewusst und würde sich schon richtig entscheiden.

Es sei denn, die Hormone vernebelten ihr das Hirn. Liv entschied sich, ihre Bedenken loszulassen. Ein Abendessen mit der gesamten neuen Patchworkfamilie. Was für eine schöne, aber auch aufregende Aussicht. Hoffentlich konnte sie früh genug Feierabend machen. Sie wandte sich Hennes zu, der ganz aufs Fahren konzentriert schien. Er strömte den Geruch von Eukalyptus aus, und sein linkes Knie wippte hektisch.

»Wir wollen heute Abend gemeinsam essen gehen. Meinst du, ich sollte Noah ein kleines Geschenk mitbringen?«

»Um ihn zu bestechen?«

»Um ihm eine Freude zu machen.«

Er verdrehte die Augen. »Vergebene Liebesmüh. Noah ist ein Trennungskind, der hat bestimmt alles.«

Das könnte natürlich sein. Außerdem hatte sie keine Ahnung, worüber Noah sich freuen würde. Und Sebastian wollte sie deswegen nicht fragen. Hennes wirkte nun nicht nur grantig, sondern auch angegriffen auf sie. »Komm doch mit«, sagte Liv.

»Mal sehen. Erzähl mir lieber noch einmal in Ruhe, was du für einen Eindruck von Charlotte von Raboisen hattest, ehe du ganz in Feierabendpläne eintauchst, dann können wir die Gesprächsstrategie abstimmen.«

Auf dem Keitumer Poloplatz herrschte Feststimmung, schließlich waren heute drei Finalspiele und die Siegerehrung vorgesehen. Jetzt, zwischen den Spielen, machten sich Besucher auf dem Polofeld einen Spaß daraus, die aufgewühlten Grassoden wieder einzutreten. Pressefotografen dokumentierten das Geschehen. Neben dem Stallzelt beaufsichtigte Eduard von Raboisen die argentinischen Pferdepfleger, die ein Pferd in einen Anhänger dirigierten. Als er Liv und Hennes sah, entgleisten ihm beinahe die Gesichtszüge, er fing sich jedoch schnell wieder.

»Womit kann ich Ihnen dieses Mal helfen?«, fragte er.

»Wir müssten nur noch einmal kurz mit Ihnen sprechen.« Liv hatte gehofft, dass sie ein ruhiges Plätzchen finden würden, aber Raboisen senior weigerte sich, mit ihnen irgendwo hinzugehen. Die Pferdepfleger hatten das Tier untergebracht und verschwanden nun im Stallzelt.

»Ich fürchte, hier im Stehen werden wir kein vernünftiges Gespräch führen können. Dann müssen wir Sie wohl einbestellen. Dabei dachte ich, Sie wollen die Insel verlassen«, sagte Hennes.

»Was wollen Sie damit andeuten? Glauben Sie, ich kenne meine Rechte nicht? Sie dürfen mich gar nicht hier festhalten! Aber bitte, bringen wir es hinter uns.« Eduard von Raboisen steuerte sein Festzelt an, in dem die Möbel darauf warteten, abtransportiert zu werden. Sie nahmen drei Klappstühle vom Stapel und stellten sie zusammen. »Geht es um Georg? Beschämend, sein Benehmen. Es ist eine schwierige Zeit für uns alle. Georg muss wissen, dass er so nicht weitermachen kann.« Eduard von Raboisen legte die Hände zusammen und schlug das Bein über; sein Fuß wippte. »Berichten Sie mir, was Sie herausgefunden haben. Haben Sie die Spur des Mörders aufgenommen?«

»Von Mord reden wir nicht, sondern von einem Tötungsdelikt. Und nein, bisher verfolgen wir eine Vielzahl Spuren. Wir holen Informationen ein und bewerten diese in Hinblick auf die Tat. Deshalb sind wir hier.« Liv machte eine kurze Pause. »Im Zuge der Ermittlungen haben wir auch mit Julia Dupois gesprochen.«

Eduard von Raboisen legte seine Hände ineinander, strich über den Siegelring. Ihr fiel Karl von Raboisens Ring ein. Wohin war das Schmuckstück verschwunden? Auf den Fotos war zu sehen, dass er den Ring beim Krebsfest getragen hatte. »Der Golferin?«, fragte Raboisen gleichmütig.

»Der Geliebten Ihres Sohnes Karl. Der Frau, für die er sich scheiden lassen wollte«, sagte Hennes.

»Unfug!«, wischte Raboisen die Worte weg. »Karli wusste, was er zu tun hatte. Ich habe ihm diese Verbindung untersagt.«

»Offenbar hat er sich nicht daran gehalten. Julia Dupois ist von Karl schwanger. Sie werden noch einmal Großvater.«

»Lächerlich! Eine Finte, um an unser Geld zu kommen. Diese Vaterschaft werde ich selbstredend anfechten, sobald die Frau irgendwelche Ansprüche stellt.«

Vor dem Stallzelt neben ihnen wurde es laut. Ein Polospieler auf seinem Pferd wurde von Schaulustigen und Fotografen umringt. »Wir hörten auch von den Geschäftsplänen Ihres Sohnes. Die Investition in den Fonds und in die Immobilie auf Sylt«, sagte Liv.

»Schnee von gestern. Beides hatte ich bereits abgelehnt. Wir konzentrieren uns auf konservative Investitionen.«

»Karl hatte bereits Geld investiert und wollte sich angeblich seinen Erbteil auszahlen lassen, um beide Projekte durchzuführen.«

»Von vorne bis hinten erstunken und erlogen! Das hätte Karli nie gewagt«, sagte Eduard von Raboisen mit schneidender Schärfe.

»Und wenn er es doch getan hätte? Wenn er sich Ihnen widersetzt hätte?«

»Das hat er nicht.«

Hennes funkelte den Adeligen an. »Hätten Sie ihn in diesem Fall auch so behandelt, wie Sie Ihre Schwiegertochter und Ihre Enkelinnen behandeln – hätten Sie ihn beschimpft oder vielleicht sogar …«

Eduard von Raboisen fuhr auf. »Dass Sie es wagen! Ich habe genug! Ich werde mich über Sie beschweren.« Er war laut geworden.

»Tun Sie das, aber beantworten Sie meine Frage. Haben Sie …«

»Kein Wort sage ich mehr ohne meinen Anwalt.« Eduard von Raboisen stürmte davon.

Liv blickte Hennes ernüchtert an. »Das hast du ja großartig hingekriegt.«

»Als ob du es besser gemacht hättest!«, fauchte Hennes sie an. »Ohne mich hätten wir gar nichts herausbekommen!«

»Ah ja? Und was haben wir jetzt so Großartiges herausbekommen?«

Hennes machte auf dem Absatz kehrt und marschierte leicht humpelnd zum Dienstwagen. Liv blieb vor Fassungslosigkeit die Stimme weg. Was hatte er nur?

* * *

Andreas stützte die Ellbogen auf und neigte sich zu der Frau, die er gerade befragte. Ein echtes Luxusweib. Langes Sommerkleid mit tiefem Ausschnitt, das ihr auf die Kurven geschneidert schien, extragroße Sonnenbrille, High Heels von Louboutin – seine Freundin hatte von der Marke geschwärmt, aber so viel Geld ausgeben, nur weil die Schuhe rote Sohlen hatten, hielt er für affig. Er hatte einen Augenblick Pause von den Geschäftsakten gebraucht und die Kollegen unterstützt, die sich nach wie vor mit dem Krebsfest beschäftigten. Außerdem war diese Frau genau sein Typ. Und sie stand auch auf ihn, das war nicht zu übersehen. Wie sie lachte, sich durch die Haare strich, an der Perlenkette nestelte …

»Ist Ihnen sonst noch etwas aufgefallen? Sie haben doch sicher auch Raboisens Töchter bei dem Fest gesehen, vielleicht sogar mit ihnen gesprochen.«

»Nur kurz. Jenny geht mit meinem Sohn Marvin in dieselbe Schulklasse.«

»Tatsächlich? Ich hätte nicht gedacht, dass Sie einen Sohn in dem Alter haben – Sie sehen so jung aus.«

Sie schien geschmeichelt. »Die beiden sind nicht gerade befreundet. Jenny ist … ach, das tut ja nichts zur Sache.«

»Sagen Sie ruhig. Alles kann wichtig sein. Oder auch nicht. Das entscheiden wir. Als Ermittler haben wir ja schließlich den Überblick über die Geschehnisse.«

»Bei dieser schrecklichen Geschichte ist es besonders gut, dass wir es mit kompetenten Männern wie Ihnen zu tun haben.« Sie lächelte scheu. Nach einem kurzen Zögern fuhr sie fort: »Jenny ist merkwürdig. Manche ihrer Klassenkameraden halten sie für hochnäsig oder schräg. Anfangs hat die Familie sich nur mit ›Raboisen‹ in der Schule angemeldet, weil sie kein Aufheben um ihren Adelsstand machen wollen, aber es hat sich natürlich schnell herumgesprochen. Viele fanden das Vorgehen lächerlich. Wir haben uns angefreundet, weil ich mit Charlotte im Schulelternrat war. Und weil wir inzwischen geschäftliche Beziehungen haben. Mein Mann ist Architekt.«

»Inwiefern ist Jenny merkwürdig?« Sie bedeckte mit der einen Hand die andere, als ob sie ihren Ehering verdecken wollte. »Reden Sie ruhig. Sie können mir vertrauen«, versicherte Andreas ihr.

»Sie hält sich von den anderen fern. Hat immer diese langärmligen Klamotten an, selbst beim Sport. Oder Stulpen.« Sie neigte sich vor. Der Hauch eines blumigen Parfüms wehte ihn an. »Manche sagen, sie ritzt sich«, flüsterte sie.

Andreas merkte auf. Ritzen war ein Zeichen für ernsthafte psychische Probleme. »Hat jemand die Wunden gesehen?«

»Das nicht.«

»Derartige Verletzungen müssen doch auffallen! Hat Jenny denn keinen engen Freund oder eine Freundin in der Klasse?«

»Nur Nea. Aber darüber hinaus? Soweit ich weiß, nein.«

»Und an dem Abend des Krebsfestes … Was für einen Eindruck hat Jenny auf Sie gemacht? Worüber haben Sie mit ihr gesprochen? War Ihr Sohn auch auf dem Fest?«

»Marvin war krank. Jenny wirkte irgendwie matt. Krank oder vielleicht traurig. Und als Karl sie dann noch zurechtgewiesen hat, ist sie abgehauen. Weiß wie eine Wand war sie.«

Das hatte bislang anscheinend noch niemand beobachtet. »Wann war das? Und wissen Sie, worum es ging?«

»Spät am Abend, eigentlich schon nachts. Ich wollte gerade gehen und bin noch einmal auf die Toilette. Erst habe ich nur die Stimmen gehört. Karl hat Jenny angefaucht. Die hat zurückgeschimpft – so hatte ich sie noch nie erlebt.«

»Wo war das?«

»Es gibt bei der Terrasse eine Gästetoilette. Niemand war dort, und als sie mich sahen, befahl Karl sie in sein Büro. Kurz darauf, als ich mich frisch gemacht hatte, sah ich, wie Jenny nach draußen verschwand. Karl habe ich nicht mehr gesehen.«

Deshalb hatte es vermutlich auch sonst niemand beobachtet. Was war genau vorgefallen? Was hatte Karl gesagt? Wie hatte Jenny reagiert? Sie mussten unbedingt so schnell wie möglich das Mädchen vernehmen!

* * *

Rund um das Revier ging es inzwischen zu wie auf dem roten Teppich. Auf dem Fußweg vor dem Backsteingebäude lauerten Fotografen und Reporter auf die prominenten Gäste des Krebsfestes. Den meisten war dieses Interesse unangenehm, andere sonnten sich in der Aufmerksamkeit. Manche twitterten nach der Befragung oder baten sogar Polizisten, sich mit ihnen fotografieren zu lassen. Auf dem Gang hörte Liv die einschmeichelnde Melodie von *Royals* der Sängerin Lorde, den anscheinend ein Witzbold bewusst abspielte. Dabei ging es in dem Song darum, dass man stolz auf seine Herkunft sein könne, selbst wenn man arm und nichts Besonderes sei. Liv musste lächeln. Auf jeden Fall musste sie sich für den Rest des Tages um ihren Ohrwurm keine Sorgen mehr machen. Der Song war zwar schlicht, blieb aber unweigerlich hängen. »And we'll never be royals, royals …«

Ihre SOKO wuchs nun sehr schnell an. Liv schrieb Berichte, half, die neuen Kollegen ins Bild zu setzen und weitere Zeugen abzutelefonieren. Die Anzeichen mehrten sich, dass Charlotte von Raboisen nach vier Uhr fünf die Terrasse verlassen hatte. Ja, mehr noch: Etwa um diese Zeit war ein unbekanntes Fahrzeug im Mövenweg angekommen; offenbar hatte es sich um einen Jeep gehandelt. Zudem war eine Analyse eingetroffen: Das Wasser in Karl von Raboisens Lungen hatte beinahe dieselbe Zusammensetzung wie die Flüssigkeit in dem Zimmerbrunnen. Handelte es sich hier um einen Haustyrannenmord, hatte Charlotte sich von ihrem Mann zu befreien versucht?

Die Fahndung nach Michelle Müller hatte noch immer nichts ergeben, die junge Frau blieb verschwunden. Andreas hatte ihnen erneut in den Ohren gelegen, weil er unbedingt Jenny befragen wollte. Aber für den Umgang mit Minderjährigen galten nun einmal besondere Abläufe, und das zu Recht.

Während Liv den Dienstwagen aus Westerland heraussteuerte, dachte sie über den Fall nach, doch immer mehr wurde die Grübelei durch Vorfreude verdrängt. Sie hatte noch ein paar Mal kurz mit Sebastian, Elise und Sanna gechattet. Zwischendurch war sie in die Fußgängerzone gelaufen, um ein

Geschenk für Noah zu kaufen. Sie hatte sich für ein Fußball-Quartett entschieden, es sollte ja nur eine Kleinigkeit sein, die ihm im Restaurant die Zeit vertrieb.

Die Fenster heruntergefahren, laut »Sun is shining« von Bob Marley auf den Ohren. Liv dachte daran, dass der Legende nach ein heißer Sommer den Ska verlangsamt und so der Reggae entstanden sein sollte. Als Schlagzeugerin liebte sie die Offbeats. Die Landschaft war in goldenes Licht getaucht. Kurz stellte sie sich vor, wie es wäre, wenn sie wieder auf Sylt leben würde und dies ihr täglicher Arbeitsweg wäre. Vor ein paar Jahren hätte sie diese Vorstellung als Albtraum bezeichnet, aber inzwischen hatte sie gelernt, ihre Liebe zu Sylt und ihre schrecklichen Erinnerungen zu trennen.

Als sie durch die Gartenpforte trat, sprang Zorro, ihr Mischlingshund, begeistert um sie herum. Elise und Sebastian saßen bei Erdbeerbowle und einem Kartenspiel auf der Terrasse. Eine Bö zupfte an den Buschrosen, die sich an der weiß gekalkten Wand bis aufs Reetdach emporrankten, und trug einen zarten Duft zu ihr. In der Ferne schimmerte azurblau die Nordsee. Sanna teilte sich mit ihrem Freund Kimi die Hängematte.

Liv begrüßte ihre Großmutter und ihre Tochter mit einem Kuss. Dann setzte sie sich auf die Stuhllehne zu Sebastian, der den Arm um ihre Taille legte. Elise trug auf der grauen Kurzhaarfrisur einen ausladenden Sonnenhut, der ihr gut stand, und dazu den gleichen türkisen Nagellack wie ihre Enkelin; offenbar hatte Sanna für einen Sommerlook gesorgt. »Schön, dass du da bist! Deine Großmutter hat mir einen tonnenschweren Rollkoffer aufgebürdet und mich beim Asse raus völlig abgezogen …«, meinte Sebastian grinsend.

»Nun werd mal nicht frech!«, gab Elise das freundschaftliche Sticheln zurück. »Flensburg gegen Kiel, da ist es doch klar, wer gewinnt«, spielte sie auf das ewige Duell beim Handball und zugleich Sebastians Wohnort an.

Sebastian nahm die Karten wieder auf. »Jetzt will ich es aber wissen! Ich fordere eine Revanche. Liv, bist du dabei?«

»Später vielleicht. Ich muss erst mal unter die Dusche. Außerdem habe ich einen Bärenhunger.« Sie spießte sich einige von den Oliven und Weintrauben auf, die in einer Tonschale lockten.

»Der Fall ist wohl ziemlich übel, oder? Im Netz geht es auf jeden Fall rund. Unglaublich, worüber die Leute alles spekulieren«, sagte Sanna.

»Kann schon sein. Du weißt ja, dass ich nicht viel dazu sagen darf.«

Liv sah, dass ihre Tochter mit dieser Antwort nicht zufrieden war. Bei ihrem nächsten Satz wusste Liv auch, warum. »Unser Name tauchte in einem Artikel auf. Hat der, dessen Namen ich nicht mehr in den Mund nehmen werde, etwas mit dem Toten zu tun gehabt?«

»So, wie es bislang aussieht, nur entfernt. Ansonsten wäre ich allerdings auch raus und könnte mich ganz unseren Ferien widmen.« Liv wandte sich Kimi zu, der ihnen interessiert gelauscht hatte. Er war achtzehn und mit Livs Neffen Jan befreundet gewesen, bis er sich in Sanna verliebt hatte. »Kennst du die Familie Raboisen?«

»Nicht wirklich. Die Mädchen sind viel zu jung, mit solchen albernen Hühnern gebe ich mich nicht ab.«

»He! Diese Jennifer ist beinahe so alt wie ich. Bin ich etwa auch ein albernes Huhn?«, protestierte Sanna und versuchte ihn aus der Hängematte zu werfen. Gleich darauf knutschten sie wieder.

Eine Stunde später spazierten sie gemächlich den Strandweg entlang. Nach dem Duschen hatten Liv und Sebastian sich noch für eine kurze Weile zurückgezogen. Sie spürte, wie nervös sie wegen des »Familientreffens« war, zumal Sebastian noch ein paar Mal mit Larissa Nachrichten gewechselt hatte. Ihre Verbindung war nach wie vor eng und ging weit über Absprachen wegen des gemeinsamen Kindes hinaus. Nun hatten sich seine Finger mit Livs verflochten. Elise hatte sich bei Liv eingehakt, sie ging etwas schleppend. Das Strandbistro schmiegte sich an eine Düne, von der Holzterrasse hatten sie eine perfekte Aussicht: auf ein Meer aus Dünengras, den weiten Puderstrand und die funkelnde Nordsee. Sie nahmen an ihrem reservierten Tisch Platz, Liv legte das kleine Geschenk neben sich.

»Was ist das?«, fragte Sanna neugierig.

»Ein Fußball-Quartett für Noah.«

»Oh. Lieb gemeint, aber ich fürchte, solche hat Noah schon«, sagte Sebastian.

Sie bestellten einen Aperitif und nach einer Weile auch einen Antipasti-Teller. Die sinkende Sonne färbte den Horizont in zarten Apricot-Tönen. Larissa und Noah schienen sich zu verspäten. Schließlich klingelte Sebastians Telefon. Er erhob sich, ging ein paar Schritte bis an den Strand und telefonierte.

»Sie werden nicht kommen. Larissa fühlt sich nicht gut«, sagte er, als er wieder an den Tisch trat. Er schien ernster als vorher; war er enttäuscht?

* * *

Hennes trottete zum Strand. Er war wütend, hatte einen quälenden Hustenreiz, und sein Bein tat ihm höllisch weh. Er musste sich weit an Urlaubern vorbeidrängen, bis er ein ruhiges Plätzchen fand. Ein- und ausatmend versuchte er sich zu beruhigen, doch es gelang ihm nicht. Was für ein Scheißtag! Immer wieder musste er an das Gespräch mit der Ärztin denken. Was war so besorgniserregend, dass sie dringend eine Nachuntersuchung empfahl? Sie hatte von CT und Bronchoskopie geredet. War er todkrank und wusste es nur noch nicht?

Sein Hals wurde so eng, dass er kaum Luft bekam. Er hatte immer nur gekämpft und geackert, erst auf See, dann bei der Polizei. Er hatte etwas verändern, die Welt besser machen wollen. War ihm das gelungen? Nein. Und jetzt hatte er nicht nur Beef mit dem Staatsanwalt und Hasselbrecht, die ihn wegen Eduard von Raboisens Beschwerde zur Rede gestellt hatten, er hatte sich auch noch mit Liv gestritten, obgleich sie ihn sogar verteidigt hatte. Aber er hatte ihr Mitleid und ihre Kritik einfach nicht ertragen. Genauso wenig, wie er den Gedanken ertrug, Rachel von den Untersuchungen und seinen Wehwehchen, die längst mehr als das waren, zu berichten und damit ihre Hoffnungen auf einen anregenden Unruhestand zunichtezumachen.

Unter dem nächsten Hustenanfall krümmte Hennes sich, bis seine Stirnadern hervortraten und seine Augen tränten. Die Spaziergänger schlugen einen weiten Bogen um ihn. Verächtlich sah er ihnen hinterher. Hennes wusste nur eines, was ihm helfen würde. Mit zitternden Fingern holte er das Päckchen aus der Brusttasche. Dann rollte er sich eine der dicken Zigaretten, mit denen er sich ab und zu tröstete, rauchte und sah aufs Meer hinaus, bis ihm alles ein wenig gleichgültiger wurde. Er überlegte, ob er sich bei Liv entschuldigen sollte, und rief ihre Nummer auf. Nein, das würde er nicht tun. Entschieden schaltete er sein Handy aus. Er wollte mit niemandem sprechen. Schon gar nicht mit Rachel: Sie würde sofort hören, dass etwas nicht stimmte.

Eine Dreiviertelstunde später lief Hennes leichteren Schrittes durch die Fußgängerzone und kicherte beim Anblick der Touristen. Die einen trugen Angeberklamotten, die anderen waren ausgerüstet, als würden sie auf eine Arktis-Expedition aufbrechen, und wieder andere waren in ultraleichte Daunenjacken gehüllt, als wollten sie ihrer Hohlheit auch in ihrer Kleidung Ausdruck verleihen. Ja, die anderen mochten ihn für einen Stinkstiefel halten – aber er fand's lustig. Wieder kicherte Hennes. Er hatte wohl doch etwas mit dem Dope übertrieben. Aber wenigstens schmerzte sein Bein jetzt nicht mehr. Auch die nagenden Sorgen verflüchtigten sich allmählich. Manchen Leuten half es ja, über das zu sprechen, was ihnen auf der Seele lag. Aber er hatte das nie gelernt. Und vermutlich würde er es auch nicht mehr lernen.

Die Kneipe kam in sein Blickfeld, in der er gestern seinen Absacker getrunken hatte. Einen Augenblick später saß er schon am Tresen. So oft war er in solchen engen, gemütlichen Kneipen zur Melodie der Spielautomaten versackt, dass sich beinahe ein heimeliges Gefühl einstellte. Das schlechte Gewissen spülte er mit einem Bier herunter. Neben ihm feierten ein paar Rheinländer einen Geburtstag. Sie lenkten ihn mit ihrem übersprudelnden Gebebbel ab. Plötzlich stand ein Schnaps vor ihm: eine Lokalrunde. Cannabis und harter Alkohol, das war keine gute Kombination, das wusste Hennes genau. Er sollte ablehnen …

Auf dem Weg zu den Toiletten musste er sich einige Zeit später an der Wand abstützen. Als suchte er Halt, ging sein Blick ins Nebenzimmer. Der Pokertisch war umringt, gespannte Erwartung und Lässigkeit lagen in der Luft. Hennes überschlug, wie viel Geld er noch in der Tasche haben mochte, aber nach dem Kurzen, für den er sich natürlich hatte revanchieren müssen, hatte er den Überblick verloren. In diesem

Augenblick pfefferte einer der Spieler seine Karten entnervt auf den Tisch. Da würde wohl ein Platz frei werden.

* * *

Hildegard schaltete den Fernseher aus. Ohnehin war nur noch Quatsch über den Bildschirm geflimmert. Mit Willy hätte sie sich diese Verdummungen nie angeschaut, aber seit sie allein war, konnte sie die Stille im Haus nicht ertragen. Sie starrte auf die Standuhr. Himmel, wie spät es schon war! Normalerweise schlief sie um diese Zeit längst. Sie war ja völlig von der Rolle! Diese Hitze war schuld. Ihr Mittagsschlaf war so lang gewesen, dass sie nach dem Sonntagskrimi am Fernsehprogramm kleben geblieben war. Der heutige Fall war so verzwickt gewesen, dass der anschließende Naturfilm ihr gutgetan hatte. Schließlich musste sie auf ihr schwaches Herz Rücksicht nehmen.

Mühsam stemmte Hildegard sich aus ihrem Sessel. Sie blieb stehen, bis der Schwindel, der sie nach langem Sitzen überfiel, abgeklungen war. Ob sie genug getrunken hatte? Was hatte sie überhaupt getrunken? Das halb volle Glas mit abgestandenem Wasser, das auf dem Couchtisch stand, schien ihr nicht sehr verlockend. Nicht einmal das schmutzige Geschirr hatte sie vorhin vom Tisch abgeräumt. Sogar die Vorhänge standen noch offen!

Ihre Puschen schrappten über den Fußboden, als sie zum Fenster ging, um die Vorhänge zuzuziehen. Vereinzelt brannten bei den Nachbarn noch Lichter; diffuse Strahlen, die durch das Dickicht des Wäldchens drangen. Ihr Blick wanderte zu dem verlassenen Haus. Nach dem Mittagessen hatte sie sich nicht aufraffen können, dort nach dem Rechten zu sehen. Vermutlich hatte sie sich ohnehin geirrt.

Sie wollte die Vorhänge gerade zusammenziehen, als sie stutzte. War dort ein Licht aufgeblitzt? Mit einem Mal war Hildegard wieder hellwach. Gebannt starrte sie in die Dunkelheit.

* * *

Die Lider schmirgelten über die Augäpfel. Licht … so grell, dass Michelle ihre Augen, die sie ohnehin kaum aufbekam, wieder zukniff. Kein Gefühl in den Händen, in den Füßen, in den Beinen … Hart hämmernder Puls. Blanke Panik. Jemand packte sie, zerrte sie hoch. Sie wollte schreien – unmöglich. Ihr Mund, mit dem Knebel zu einer harten, trockenen Masse verschmolzen. Zerren am Tuch. Das Gefühl, als ob ihre Lippen mit abgerissen würden. Eisengeschmack im Mund. Gleich darauf Wasser auf ihrem Gesicht. Sie verschluckte sich, krampfte, prustete. Unmöglich, zu trinken. Zu eng ihr Hals. Ein Geräusch, das Klingeln eines Handys. Plötzliches Erstarren. Sie wurde fallen gelassen, schlug hart auf. Dann wieder der Knebel. Das Klappen einer Tür. Schritte. Finsternis. In ihr aufblitzende Bilder, erneut. Die Drohne. Die Düne. Der Tote. Ihre Freunde vor den Zelten, lachend, sie mittendrin. Warum kam keiner ihr zu Hilfe? Warum fand sie niemand? Oder suchte etwa niemand nach ihr?

19

List, 6. August, 4.34 Uhr

Der Trommelwirbel ließ Liv auffahren. Sie tastete nach dem Handy, dessen Klingelton ihr um diese Zeit markerschütternd erschien. Kaum bekam sie die Augen auf. Die Nacht war kurz gewesen. Frösteln.

»Lammers.« Ihre Stimme klang rau. Rauschen am anderen Ende. Sollte das ein Scherz sein? »Wer ist denn da?«

Ein Keuchen. »Ich … wusste nicht … wen ich sonst anrufen soll …«

Liv löste sich eilig und doch behutsam aus Sebastians lockerer Umarmung. »Wo bist du?«

Die blaue Stunde vor Anbruch der Dämmerung ließ sogar Westerlands Hochhäuser malerisch erscheinen. Leuchtend spannte sich der Himmel über der Insel, eingefasst von einem orangefarbenen Band. Liv hatte jedoch kaum einen Blick für das Lichterspiel, als sie den Bulli parkte und durch die leeren Gassen lief. Wie ausgestorben war die Stadt, die bald wieder vor lauter Urlaubern wimmeln würde. Eine Gestalt taumelte ihr entgegen. Sie beschleunigte ihre Schritte. »Mach keinen Quatsch! Du solltest doch warten!«, rief sie. Da schlug Hennes schon lang hin.

Liv kniete sich neben ihn, untersuchte ihn oberflächlich. Hennes keuchte, hustete. Einige Prellungen im Gesicht, eine aufgeplatzte Lippe, wunde Knöchel, Gestank nach Alkohol und Rauch. »Gestern … habe es nicht so gemeint …«

»Schon gut. Wer hat dich denn so zugerichtet?«

»Haben mich beim Poker … über den Tisch …«

Poker? Na großartig. »Wir fahren ins Krankenhaus, sicherheitshalber«, murmelte sie.

Hennes umklammerte ihre Hand. »Auf keinen Fall … ins Krankenhaus … ohnehin halbtot … kommt nicht mehr darauf an … verdammte Axt …«

Was meinte er damit? Ins Gästehaus der Polizei wollte sie ihn in diesem Zustand ungern bringen. Liv zog Hennes hoch, umfasste ihn. »Geht schon …«, murmelte er widerstrebend. Sein Alkoholdunst nahm ihr den Atem.

»Meine Güte, was für ein Teufelszeug hast du denn getrunken?!«

Er setzte zu einem Kichern an, stöhnte dann aber auf. Seine Unterlippe blutete. Schwer hing er an ihr, als er den Arm über ihre Schulter legte. »Nicht … ins Krankenhaus … das Dope …«

Er hatte gekifft? Das spräche wirklich gegen einen Krankenhausaufenthalt. Vorerst auf jeden Fall.

Liv schleppte Hennes zu Sebastians Auto und bugsierte ihn auf die Sitzbank. Sofort kippte er um. »Warte!« Sie nahm ein Handtuch, das sie gemeinsam mit dem Erste-Hilfe-Set in den Wagen geworfen hatte, und legte es Hennes unter. Sorgfältig reinigte sie die Wunden.

»… hätte gleich merken müssen, dass die Karten gezinkt … und dann der Schnaps … aber dieser verdammte Anruf aus der Klinik …« Er sog die Luft ein, rasselnder Atem.

»Ich weiß nicht, wovon du redest«, murmelte Liv und tupfte die Lippe ab.

»Autsch! Du Grobian … Grobianin … wie heißt das denn …« Er lachte heiser auf, hustete. Sie klebte Pflaster über die Wunden.

»Am besten bringe ich dich unauffällig ins Gästehaus und melde dich für heute krank.«

»Nicht … ins Gästehaus. Lass mich einfach … hier.« Schon war er wieder umgefallen. Sie sollte ihn wirklich nicht allein lassen. Was, wenn er eine Gehirnerschütterung hatte? Liv schob Hennes in eine aufrechte Position, schnallte ihn an und fuhr wieder in den Inselnorden.

Während Hennes sogleich zu schnarchen anfing, hing Liv ihren Gedanken nach. Vielleicht konnte sie noch ein Stündchen schlafen. Auch ohne Larissa und Noah war es ein sehr schöner Abend gewesen, den sie bis zuletzt ausgekostet hatten. Oder vielleicht gerade deshalb? Das leckere Essen im Strandbistro, wunderbare Aussicht, ein guter Wein. Dazu angeregte Gespräche mit Elise, Sanna, Kimi und Sebastian.

Sie parkte das Auto nah am Haus. Hennes schlief so fest, dass sie lediglich den Sicherheitsgurt öffnete. Sein Handy fiel dabei aus der Tasche. Es zeigte etliche verpasste Nachrichten an, die meisten von Rachel. Entweder war etwas passiert, oder Rachel sorgte sich um Hennes. Liv legte das Handy neben ihn, sodass er sie gleich nach dem Aufwachen anrufen konnte, und öffnete das Fenster einen Spalt breit.

Im Haus war alles still. Beinahe fünf Uhr. Liv wollte Sebastian nicht noch einmal wecken. Sie stellte sich den Handywecker, nahm ihr Notizbuch, zog sich aus und kuschelte sich in einer Decke aufs Sofa. Sie überflog ihre Aufzeichnungen, blieb bei Andreas' Hinweisen zu Jennifer von Raboisen hängen. Er schien sich da in etwas hineinzusteigern.

Sie ließ das Notizbuch sinken, als ihre Gedanken zu Hennes wanderten. So von der Rolle hatte sie ihn noch nie erlebt. Was war denn nur los mit ihm? Und was sollte dieses Gerede mit dem Krankenhaus? Als jemand, der sich immer um andere sorgte, rechnete Liv unwillkürlich sofort mit dem Schlimmsten. Sie musste unbedingt in Ruhe mit ihm reden, wenn er ausgenüchtert war.

Als ihr Handy sie erneut weckte, duftete es aus der Küche bereits nach Kaffee. Liv setzte sich auf und ließ den Kopf kreisen, um ihren verspannten Nacken zu lockern. Sonne flutete das Wohnzimmer; die Terrassentür stand offen und trug den Duft des Meeres, der Rosen und des Heidekrauts herein. Die Decke war halb auf den Boden gerutscht, das Notizbuch lag ordentlich auf dem Tisch. Sebastian beugte sich über sie, sodass seine Locken ihr Gesicht kitzelten, und küsste sie. »Ich habe schon nach Hennes gesehen. Sanna hat ihn entdeckt, als sie mit Zorro Brötchen holen war. Ernsthaft verletzt oder benommen ist er auf jeden Fall nicht. Zumindest hat er mich schon wieder angebrummt.«

Liv zog Sebastian zu sich aufs Sofa und ließ sich für einen Augenblick an ihn sinken.

»Wenn Hennes ausfällt, kann ich meinen Urlaub wohl kaum wieder aufnehmen. Wir haben zu viel zu tun«, sagte sie und unterdrückte ein Gähnen.

»Das habe ich schon befürchtet.«

Ehe sie darüber reden konnten, kamen Elise und Sanna mit dem Hund herein. Liv umarmte ihre Großmutter. »Na, bist du schon aufgeregt?«

»Ich bin vor jeder Lesung aufgeregt. Aber heute ist ja nur die Probe«, gab Elise zurück.

Zorro trug die Zeitung im Maul. Er setzte sich vor die alte Dame und legte sie ab. »Brav, gib mir fünf.« Pfote traf Handfläche. Sie lachten.

Sanna küsste Liv auf die Wange. »Du bist übrigens in der Zeitung.«

»Nicht schon wieder!« Liv blätterte, bis sie den Artikel fand.

»Muss ja ein komischer Fall sein. Ertrunken auf einer Düne. Die armen Töchter«, meinte Sanna. Da war also doch etwas durchgesickert. Oder hatte Sanna etwa in ihren Notizen gelesen? »Stimmt es eigentlich, dass Ertrunkene manchmal fälschlicherweise für Gewaltopfer gehalten werden? Das habe ich in einem Blog gelesen«, wandte sie sich an Sebastian.

»So ist es. Weil die Leichen beispielsweise in Uferzonen über Steine schrammen, von Tieren angenagt werden oder durch Schiffsschrauben …«

»Nicht vor dem Frühstück!«, rief Elise dazwischen.

Liv war dem Gespräch nur mit einem Ohr gefolgt; sie war in die Zeitung vertieft. Der Artikel war mit einem Foto bebildert, wie Eduard von Raboisen beim Poloturnier vor Hennes und ihr aufgesprungen war und sie angeblafft hatte. »Pikant: Kommissarin Lammers ist die Tochter des Sylter Immobilienmoguls Ocke Lammers, der mit Karl von Raboisen um die Sahne-Immobilie am Munkmarscher Watt konkurriert«, lautete die Bildunterschrift.

Der Tag fing ja gut an.

»He, Schlafmütze, du musst ins Haus umziehen.« Vorsichtig rüttelte Liv an Hennes' Schulter. Die Lippen ihres Kollegen waren geschwollen, blaue Flecken wuchsen unaufhaltsam. Sie hätte ihn mindestens mit Kühlpacks versorgen sollen. Sie dachte daran, wie oft Hennes schon bei ihren Einsätzen verletzt worden war, wie oft sie ihn im Krankenhaus besucht hatte. War das einfach Pech? War er zu waghalsig? Oder hatte seine Reaktionsfähigkeit inzwischen stark abgenommen? Dagegen sprach, dass er ihr beim Krav-Maga-Training weit überlegen war. Aber das war auch ein vorhersehbarer Ablauf, den er als erfahrener Kämpfer im Blut hatte.

Stöhnend wurde Hennes wach, rieb sich grob über das Gesicht. »Ich fühle mich, als hätte mich ein Monstertruck überrollt. Was war los?« Er sah sich aus rot geränderten Augen um, blickte sie an. »Oh nein!« Hennes ließ den Kopf gegen die Rückbank sinken.

»Guten Morgen, Sonnenschein. Ich will dich gar nicht lange wach halten. Du sollst deinen Luxuskörper nur eben umbetten – ich brauche den Wagen.«

»Du hättest das Wrack seinem Schicksal überlassen sollen.«

»Du hast mich angerufen, schon vergessen?«

Hennes beugte sich brummend vor und massierte seine Schläfen.

»Was war denn eigentlich los?«, fragte Liv.

»Kleiner Absturz«, murmelte er.

»Und warum?«

Abwägend sah er sie an. »Ich glaube, ich brauche erst einen Kaffee. Und dann eine Zigarette.«

»Den Kaffee kann ich dir bieten.«

Verstohlen sah Liv auf die Uhr. Sie würde zu spät zur Besprechung kommen. Während ihr Freund sich ins Haus schleppte, schickte sie eine Kurznachricht an ihre Chefin, in der sie Hennes krankmeldete und ankündigte, dass sie wegen eines Notfalls eine halbe Stunde später kommen würde.

Gleich darauf saß Hennes in einem schattigen Winkel der Terrasse und nippte an dem Becher, den Sanna ihm mit starkem Kaffee gefüllt hatte. Nur Liv war bei ihm; darum hatte Hennes gebeten, da er sich anscheinend für seinen Zustand schämte. Tatsächlich hingen ihm die grauen Haare strähnig herunter, ein Stoppelbart spross, und er dünstete Hochprozentiges und Schweißgeruch aus.

»War gestern wohl ein bisschen viel. Vor allem, nachdem ich gekifft hatte.« Er verzog das Gesicht. »Ich wollte gar nicht Poker spielen. Darf ich ja auch nicht. Und als die Typen mich dann nach Strich und Faden mit ihren gezinkten Karten ausgenommen haben …«

Was meinte Hennes mit, er dürfe nicht Poker spielen? Und war das wirklich alles, was zu diesem Zusammenbruch geführt hatte? »Rachel hat mehrfach versucht, dich zu erreichen«, berichtete Liv. »Das habe ich gesehen, als dir gestern das Handy aus der Tasche gefallen ist.«

»Ich weiß. Ich hatte noch nicht die Nerven, mit ihr zu sprechen.« Was waren das denn für neue Töne? Hennes stellte den Becher auf den Boden und streckte ein Bein aus, als hätte er einen Krampf. Ein schweres Seufzen. »Ich war nicht beim Durchchecken. Also, nicht nur. Ich bin ernsthaft krank. Wie ernsthaft, weiß ich noch nicht genau. Aber es muss schlimm sein.«

Sorge wallte in Liv auf. Das konnte nicht sein. Das durfte nicht sein! »Wie kommst du darauf?«

Hennes erzählte ihr von den Untersuchungen und dem Anruf aus der Klinik. »Ich will noch einiges reißen in unserem Job. Will noch was verändern. Und stattdessen …« Heftig hieb er sich mit der Faust auf den Oberschenkel. »… verrecke ich an Lungenkrebs oder werde durch ein Raucherbein zum Krüppel!«

Liv wurde bei den Worten flau im Magen. »Das weißt du doch noch gar nicht.«

»Aber ich spüre, wie's mir geht. Das taube Bein, der Husten, der … ach, du musst auch nicht alles wissen!« Hennes funkelte sie an. »Und Rachel – sie schmiedet Pläne für unseren gemeinsamen Ruhestand. Für Reisen und Projekte. Aber vielleicht erlebe ich das gar nicht mehr!« Seine Augen brannten. So angegriffen hatte Liv ihn noch nie gesehen. Sie hockte sich neben ihn, legte die Hand auf sein Knie. Aus dem Wohnzimmer sah sie die besorgten Blicke ihrer Familie; sie alle mochten und schätzten Hennes. »Verdammich, was bin ich für ein rührseliges Weichei geworden!«, schimpfte er.

»Vielleicht ist es nur eine Routineuntersuchung. Ein Doppelcheck. Um Schlimmeres auszuschließen.«

»Kommt mir nicht so vor.«

»Aber du weißt es auch nicht. Wir können Sebastian fragen, ob so etwas …«

»Auf gar keinen Fall!«

»Ich kann nachvollziehen, dass es dir Sorgen bereitet. Trotzdem hat es keinen Sinn, dich verrückt zu machen. Und Rachel … Sie verdient es, davon zu wissen. Du musst diese Angst nicht allein tragen.«

»Psychoquatsch!«

Liv kam eine Idee. »Am besten fährst du gleich heute mit der Bahn nach Flensburg, erzählst es Rachel und gehst zu den Untersuchungen in die Klinik. Dann hast du Klarheit.«

»Vielleicht will ich aber gar keine Klarheit.«

»Und wenn du nun etwas verschleppst, was sich gut behandeln ließe – und irgendwann ist es zu spät? Das wäre doch mehr als ärgerlich.«

Hennes nahm seinen Kaffeebecher wieder auf und starrte hinein. »Dann wärt ihr mich Stinkstiefel endlich los! Ich weiß doch, was die Kollegen so reden.«

Da klang ja schon beinahe wieder der alte Hennes durch. Liv erhob sich etwas beruhigter.

Die SOKO »Düne« war erneut um einige Köpfe angewachsen. Etwa dreißig Beamte saßen in dem Besprechungsraum im ersten Stock des Kirchenwegs, in dem die Luft schon jetzt stickig war, und lauschten konzentriert Hilke Hasselbrechts Ausführungen. Liv teilte die Anspannung ihrer Kollegen, schließlich wurde noch immer eine junge Frau vermisst. Michelle Müller war vermutlich einem Verbrechen zum Opfer gefallen, und mit jeder Stunde, die verging, stieg die Wahrscheinlichkeit, dass sie nicht gerettet werden konnte. Wenn sie zwischendurch Zeit hatte, würde auch sie sich den Suchmannschaften anschließen.

Liv schlich hinein, um sich einen Sitzplatz am Rand zu suchen. Andreas zwinkerte ihr zu. Diese Mischung aus Vertraulichkeit und Stichelei irritierte sie.

»… drängt die Zeit. Auch durchkämmen die Suchmannschaften wieder Sylt. Suchdrohnen sind im Einsatz, und wir bekommen Unterstützung durch die Bundeswehr, die mit Tornados die Insel abfliegt«, berichtete Hilke Hasselbrecht. »Wir wissen inzwischen, dass der VW up! von Michelle Müller am Samstagmorgen noch auf dem Parkplatz des Campingplatzes gesehen worden ist. Gegen dreizehn Uhr dreißig stieß sie auf dem Weg Richtung Parkplatz mit Badegästen zusammen. Die Familie erinnert sich, weil Müller heftig den Pfauen-Schwimmring der Tochter anrempelte. Der up! wurde danach um etwa fünfzehn Uhr von einem Radfahrer an der Süderinge gesehen. Wer brachte den Wagen dorthin? Wurde Michelle Müller in ihrem eigenen Auto verschleppt? Hat wirklich niemand beobachtet, wie sie beim Campingplatz in ihr Auto stieg? Wohin ist sie gebracht worden? Und wo steckt sie jetzt?«

Sie gingen die Alibis der in den Raboisen-Fall verwickelten Personen für diese Zeit durch. »Wir werden Charlotte von Raboisens Handy überwachen. Mit dem fehlenden Alibi und den Spuren, die wir am Zimmerbrunnen gefunden haben, rückt sie ins Zentrum der Ermittlungen. Wir haben von einer Freundin die Bestätigung erhalten, dass Charlotte möglicherweise ebenfalls eine Affäre hatte. Dies sagte ja auch bereits Julia Dupois. Um wen handelt es sich bei diesem Mann? Ist er der Unbekannte, der gegen vier Uhr mit seinem Jeep im Mövenweg eintraf? Ein Team wird Charlotte von Raboisen heute bei ihrer

Pressekonferenz beobachten und anschließend erneut befragen.«

Liv war wie elektrisiert. »Wenn Charlotte einen Geliebten hatte, dann könnte sie doch froh sein, dass Karl sich von ihr trennen wollte«, sagte sie. »Oder hätte sie Karl loswerden wollen, um frei für ihren Geliebten zu sein?«

»Karl von Raboisen könnte ihrem Betrug auch auf die Schliche gekommen sein und sie unter Druck gesetzt haben. Die Lage eskalierte, und bei Charlotte oder ihrem Geliebten brannten die Sicherungen durch«, meinte Rabia.

»Wie ist es mit den Töchtern? Die Überwachungskamera hat in den letzten Wochen ein paar Mal aufgezeichnet, wie Karl von Raboisen auch seine Töchter zur Schnecke machte. Wenn Raboisen wirklich mit einem verschwundenen Gartengerät im Pavillon niedergeschlagen wurde, hatte Jennifer ebenfalls Zugang dazu.«

Das war Liv ebenfalls neu. »Die Aufnahmen der Überwachungskameras wurden ausgewertet?«

Tim, ein neues Teammitglied, das für digitale Spuren zuständig war, berichtete. Er hatte blonde Rastalocken, zu denen er ein hochgeschlossenes Opa-Hemd aus Leinen trug, und um die Handgelenke jede Menge Festivalbänder. »Karl von Raboisen scheint sein Benehmen nicht unangenehm gewesen zu sein, zumindest hat er keine Aufnahme gelöscht, in der er ausfällig wird. Sogar die Auseinandersetzung mit seiner Frau im Bad ist zu sehen, in der sie vor ihm zurückweicht und in die Glastür stürzt. Allerdings konnten wir an dem Timecode ablesen, dass einige Aufnahmen vom Abend des Krebsfestes fehlen.«

»Kann man diese Aufnahmen wiederherstellen?«, fragte Liv nach.

»Jede Datei lässt sich wiederherstellen. Die Frage ist nur, wie lange es dauert. Wir sind dran.«

Hasselbrecht kam auf Andreas' Einwurf zurück. »Noch haben wir keinen Termin für die Befragung der Mädchen. Aber selbstverständlich werden auch ihre Fingerabdrücke überprüft. Was haben die weiteren Untersuchungen der Geschäftsverbindungen ergeben?«

»Bislang keinen konkreten Anhaltspunkt für eine Tat. Ich werde vor Ort noch einiges überprüfen müssen«, berichtete Andreas knapp.

»Ich denke, die Geschäftspapiere liegen inzwischen hier vor? Nun gut. Dann weiter zur Jacht.«

Karlpeter Botersen-Evers blätterte in seinen Unterlagen. »Wir haben bislang jede Menge Fingerabdrücke, aber keinen Hinweis darauf, dass die Jacht der Tatort sein könnte. Der Autopilot war programmiert, sodass die *Barmstede* Grönland gerammt hätte, wenn sie dem Fischtrawler nicht in die Quere gekommen wäre.«

»Ist zum Programmieren dieses Autopiloten besondere Kenntnis nötig? Muss derjenige ein Segler gewesen sein?«, fragte Liv.

»Nicht wirklich. Der Autopilot war vermutlich bereits mit den Jachteigenschaften und Grundeinstellungen gefüttert worden, es musste nur noch der Kurs eingegeben werden. Das ist kein Hexenwerk.«

»Also auch kein echter Hinweis. Hoffen wir, dass Georg von Raboisen uns einen hilfreichen Einblick in das Familien- und Beziehungsgeflecht gibt, wenn wir ihn gleich befragen«, sagte Hilke Hasselbrecht.

Demnach hat Karls Bruder sich vermutlich bei der Polizei gemeldet und ein Gespräch angeboten, dachte Liv; erstaunlich, wenn man seine erste Reaktion auf die Todesnachricht bedachte.

»Alle wissen, was zu tun ist. Wir werden heute hoffentlich Michelle Müller finden und dem Täter einen Schritt näher kommen«, schloss Hasselbrecht die Besprechung.

Der Gedanke an die verschwundene junge Frau und die stickige Luft verursachten Liv Beklemmungen. Als sie das Fenster weiter aufriss, sah sie die graue Silhouette eines Bundeswehr-Kampfflugzeugs am wolkenlosen Sylter Himmel.

Das Büro, in dem Tim die Überwachungsaufnahmen auswertete, war abgedunkelt. Im Zuge der Aufstockung der SOKO waren Unterteams gebildet worden.

»Ich würde gerne einige der Aufnahmen sehen, in denen Karl von Raboisen ausfällig wird, um mir selbst einen Eindruck zu verschaffen. Hättest du dafür kurz Zeit?«, fragte Liv.

»Klar. Was schwebt dir so vor?«

Liv sagte es ihm. Tim konsultierte eine Liste mit Minutenangaben und den dazugehörigen Infos und sprang dann in der Videodatei an die entsprechende Stelle. Sie begannen mit dem Streit im Badezimmer. Karl von Raboisen trug beim Sprechen einen harten, hochmütigen Ausdruck zur Schau, Charlotte wirkte hingegen vom ersten Wort an eingeschüchtert. Zu hören war nichts.

»Gibt es keinen Ton?«

»Sie sprechen zu leise. Das Mikrofon springt nur an, wenn die Lautstärke hoch genug ist.«

Auf einmal drang das Klirren der Glastür aus den Lautsprechern. Tatsächlich hatte Karl seine Ehefrau nicht gestoßen. Charlotte wich zurück, blieb mit dem Fuß an einem Vorleger hängen, wollte sich abfangen und fiel dann doch. Beim Sturz hatte sie sich die Hände und Handgelenke aufgeschnitten und blutete heftig. Karl schimpfte mit ihr, legte ihr ein Handtuch um die Wunde und zog sich zurück, sobald die Töchter und Gunda eingetroffen waren. Diese waren verständlicherweise aufgewühlt, sprachen dann aber auch zu leise, als dass man verstehen konnte, was sie zu dem Unfall sagten. Auch Karl hatte sich offenbar verletzt, als er Charlotte geholfen hatte. Ihr Kollege ließ die Aufnahmen weiter in der Timeline zurückspringen. Es hatte anscheinend nichts gegeben, was nicht Karls Missfallen erregt hatte, ob es nun Hundehaare, herumliegende Dinge, zu lautes Gehen im Haus oder das persönliche Aussehen gewesen waren; sogar im Kühlschrank hatte militärische Ordnung zu herrschen. Jedes Mitglied des Haushalts war im Laufe der wenigen Wochen, die die Aufnahmen zurückreichten, gemaßregelt worden. Besonders hart hatte es neben Charlotte auch Jennifer getroffen.

»Weitere Aufnahmen vom Tattag?«, fragte Liv schließlich.

Tim ließ seine Rastazöpfe tanzen, als er den Kopf schüttelte. »Haben wir bereits analysiert. Keine offensichtlichen Hinweise auf die Tat. Es ist auch nicht zu sehen, wer die Kamera abgedeckt oder die Aufnahmen gelöscht hat. Wer immer das getan hat, ist vorsichtig vorgegangen und wusste um die Überwachung.«

»Wie ist es mit der Kamera aus dem Schlafzimmer?«

»Die war in einem Duftspender versteckt.« Der Kameraausschnitt zeigte das Bett. In einer Aufnahme sahen sie, wie Karl zu Charlotte unter die Decke stieg. Sie lag, von ihm abgewandt, auf der Seite. Karl machte Annäherungsversuche, auf die sie jedoch nicht reagierte. Schließlich nahm er etwas aus dem Nachttisch. Mit etwas gutem Willen glaubte Liv eine Nadel zu erkennen. Unter der Decke bewegte sich etwas, woraufhin sich Charlotte beinahe unmerklich immer weiter zu entziehen versuchte. Schließlich hob sich Karls Hand über die Bettdecke und sie konnten beobachten, wie er zwischen die Schulterblätter pikte, bis sich seine Frau ihm zuwandte und sich seinen sexuellen Wünschen fügte.

Liv war sprachlos vor Empörung und Wut. Wenn sie das sah, fiel es ihr schwer, Karl von Raboisen als Opfer zu betrachten. »Und dieses perfide Verhalten scheint ihm nicht einmal peinlich gewesen zu sein«, brach es schließlich aus ihr heraus.

Tim sah sie abwägend an. »Wenn du mich fragst, scheint er sich eher daran noch aufgegeilt zu haben.« Er vergrößerte ein Bild, in dem Karl von Raboisen direkt in die Kamera sah. Ein selbstzufriedenes Lächeln lag auf dem Gesicht des Mannes.

Das Day-Spa in dem Fünfsternehotel stand in erstaunlichem Gegensatz zu der sommerlichen Atmosphäre auf Sylt. Das Interieur war in verschiedenen Grau- und Brauntönen gehalten, das Licht war gedämpft, sogar der Gaskamin loderte. Alles hier strahlte Luxus aus, von der Einrichtung über die Gäste, das Personal und die dezente Musik. Mit einer Schlüsselkarte wurde ihnen die Tür zu einem abgedunkelten Raum mit einem übergroßen Spiegel und medizinischen Geräten geöffnet. Georg von Raboisen war unter flauschige Decken gebettet und hing am Tropf. Liv und Momke sahen sich fragend an. Was war mit ihm los?

»Wir wollten nicht stören. Ich hoffe, es ist nichts Ernstes«, sagte Momke, der peinlich berührt den Blick abwandte.

Georg von Raboisen ließ mit einem Fingerdruck das Oberteil der Liege etwas hochfahren. »Keine Sorge, nur eine Hangover-Infusion. Rollmops und Konterbier sind out. Stattdessen Antioxidantien, Elektrolyte und Vitamine. Ich habe meinen Kummer über den Tod meines Bruders gestern im Alkohol ertränkt. Nicht die beste Methode, aber wirksam. Hier wird übrigens auch ein Corona-Detox angeboten. Kann ich nur empfehlen.« Er seufzte und strich sich durch das gefärbte Haar; ein alternder Gigolo, eine beinahe tragische Figur. »Allerdings hätte ich wohl regenerieren sollen, ehe ich das Gespräch mit meinem Vater suchte. Hinterher ist man immer schlauer.«

»Es würde mich interessieren, wie Sie Ihre Unterkunft in dem Fünfsternehotel und diese Infusionstherapie bezahlen wollen. Wir haben Erkundigungen über Ihre Finanzen eingeholt. Sie sind pleite«, sagte Liv. Momke schien diese direkte Konfrontation unangenehm zu sein, denn er beschäftigte sich eingehend mit der Inneneinrichtung.

»Das ist Rufmord. Verraten Sie mir, wer das gesagt hat, und ich verklage ihn!«

»Eine weitere Klage? Soweit ich weiß, haben Sie auch bei Ihrem Anwalt diverse Rechnungen offen. Ich glaube kaum, dass er einen zusätzlichen Auftrag für Sie übernehmen wird.«

»Abgesehen von diesen böswilligen Gerüchten wüsste ich nicht, was meine finanzielle Lage mit dem Mord an meinem Bruder zu tun hat.« Georg von Raboisen funkelte Liv an. »Es ist tragisch. Sie sind mir bei unserer ersten Begegnung so sympathisch gewesen. Aber jetzt zeigt sich Ihre wahre Natur. Und sie gefällt mir ganz und gar nicht.«

»Auf Ihr Wohlwollen kann ich verzichten, mir geht es um die Wahrheitsfindung. Und Sie haben uns nun einmal verschwiegen, dass Sie Ihren Bruder angepumpt haben.«

»Karl hat mir das Geld geschenkt. Eine kleine Summe«, sagte Georg von Raboisen mit einer wegwerfenden Handbewegung.

»Zwanzigtausend Euro sind eine kleine Summe für Sie? Und nein, anscheinend war es kein Geschenk, denn Ihr Bruder hatte einen privaten Darlehensvertrag aufgesetzt.«

»Dieser Erbsenzähler!«

»Was wollten Sie wirklich am Abend des Krebsfestes von Ihrem Bruder und Ihrem Vater?«

Raboisen verschränkte die Arme über der Decke, was ihm

wegen der Infusion schwerfiel. »Sagen Sie es mir! Sie wissen doch anscheinend alles!«

»Das nicht.«

»Dann werde ich es Ihnen auch nicht sagen«, verkündete er widerspenstig.

»Das ist Ihr gutes Recht. Zusammen mit dem Fakt, dass Sie kein Alibi für die Tatzeit haben, wirft diese Verweigerung aber kein gutes Licht auf Sie.« Liv machte sich eine Notiz und wandte sich ab. »Wir werden also Ihre persönlichen Verhältnisse noch deutlich genauer durchleuchten.«

»Ja, machen Sie das! Und nun verschwinden Sie!«, schimpfte er. Sein Gesicht war von hektischen Flecken übersät.

»Regen Sie sich doch nicht so auf! Dann ist doch die Wirkung der Hangover-Infusion gleich wieder für die Katz«, mischte sich Momke beruhigend ein.

Liv setzte beim Hinausgehen noch einmal nach. »Ihr Vater wird sicher nicht begeistert sein, wenn er von Ihrer finanziellen Notlage hört. Vermutlich hat er es bei der Durchsicht von Karls Geschäftsunterlagen bereits entdeckt. Und wenn er dann noch erfährt, dass Sie am Abend seines Todes mit Karl darüber gestritten und für den Zeitpunkt seines Todes kein Alibi haben …«, sagte sie.

Eine resignierte Stimme hielt sie auf: »Warten Sie!«

20

List, 12.08 Uhr

Im Saal des Luxushotels redeten die Gäste durcheinander. Sogar die Töchter und die Hunde der Raboisens waren anwesend, die einen konnten anscheinend nicht ohne die anderen sein. Charlotte von Raboisen zog sich für einen Augenblick in ein daneben gelegenes Zimmer zurück, um ihr Make-up zu erneuern. In ihrer Villa hatte Unruhe geherrscht. Etliche Verwandte und Freunde waren eingetroffen, um der Familie beizustehen, beim Packen zu helfen oder schlicht und ergreifend den neuesten Klatsch aufzuschnappen. Dazu kamen Maja und ihre Helfer, die alles für das Pressegespräch vorbereitet hatten.

Charlotte von Raboisen strich eine großzügige Schicht Concealer auf ihre Augenringe. Üblicherweise nahm sie die Dienste einer Visagistin in Anspruch, aber sie wollte heute nicht noch mehr Fremde um sich haben. Dabei könnte sie professionelle Hilfe gebrauchen; grauenvoll sah sie aus! Sie schlief zu wenig. In der Nacht hatte Phi wieder Reizhusten und Atemnot gehabt. Ihr Giemen, das pfeifende Geräusch beim Atmen, hatte Charlotte aufschrecken lassen. Sie hatte Phi sofort in den Kutschersitz gesetzt und mit ihr mit Lippenbremse geatmet. Nach dem Asthmaspray hatte sie Phi mit warmem Tee aus der bereitstehenden Thermoskanne versorgt und das Mädchen weiter beruhigt. Jenny war ebenfalls schnell zur Stelle gewesen. Nur in Unterwäsche war sie angelaufen gekommen; erschreckt hatte Charlotte die Wunden an ihrem

Körper gesehen, die bewiesen, wie sehr auch Jenny gelitten hatte. Seltsamerweise hatte Jenny nicht wie üblich Hipster und Bustier getragen, sondern einen Push-up-Bra, den Charlotte noch nie an ihrer Tochter gesehen hatte. Phis Arzt hatte bestätigt, dass ihr Kummer und die psychische Belastung durch die Ermittlungen ihr Asthma verstärken könnte – und das trotz der Nordseeluft. Nicht auszudenken, wie es Phi erst im Herrenhaus ginge!

Die Augenringe waren abgedeckt, auch mit der Foundation sparte Charlotte nicht. Schließlich hatten sich etliche Journalisten und Fotografen angekündigt. Mehr, als sie eigentlich erwartet hatten. Vermutlich waren Vertreter der Klatschpresse dabei, die sie seit Karls Tod ohnehin heftiger als üblich bedrängten. Wenn normale Menschen einen Schicksalsschlag erlitten, war das bewegend, aber wenn es Personen des öffentlichen Lebens traf, kam offenbar ein beinahe obszöner Kitzel dazu. Mit Grausen dachte Charlotte daran, wie sich die Öffentlichkeit an dem tödlichen Unfall von Lady Diana geweidet hatte. Für sie war das damals ein Schock gewesen. Ihr großes Vorbild war bei der Flucht vor Paparazzi gestorben. Vielleicht hatte diese schockierende Nachricht auch dazu beigetragen, dass sie Karl überredet hatte, das Herrenhaus zu verlassen und nach Sylt zu ziehen. Hier auf der Insel hätten sie eher ihre Ruhe, war ihre Hoffnung gewesen. Damals hatte Karl ihre Wünsche nicht gleich abgetan, sondern sie respektiert, ein wenig zumindest.

Cremerouge und Puder folgten. Charlotte war froh, dass sie Eduard gegenüber nicht eingeknickt war, was die Pressekonferenz anging. Natürlich würden sie rechtzeitig aufs Festland reisen, um die Beerdigung vorzubereiten. Aber ihre Kinder und sie würden so lange wie möglich auf der Insel bleiben. Vielleicht könnte sie sich erneut für ein paar Stunden davonstehlen. Allerdings musste sie warten, bis Eduard abgereist war. Er beobachtete sie genau und rieb ihr jeden kleinen Fehler unter die Nase. Beim letzten Mal war es beinahe schiefgegangen.

Charlottes Hand bebte, als sie ihre Wimpern tuschte. Prompt befleckte sie mit der Bürste ihr Oberlid. Vielleicht hätte sie doch die Visagistin buchen sollen. Es war seltsam. So erleichtert sie auch war, Karls Gemeinheiten nicht mehr ausgesetzt zu sein, so stark brannten Scham und Reue. Es kam ihr vor, als hätte sie als Ehefrau versagt, obwohl sie doch alles getan hatte, um es Karl recht zu machen. Aber auch das war typisch für Frauen, die unter häuslicher Gewalt litten, das wusste sie. Mochte sie auch sonst etwas Besonderes sein, in dieser Hinsicht war sie eine von vielen. Charlotte legte dezenten Schmuck an und betrachtete sich ein letztes Mal im Spiegel. Zum Wohl ihrer Familie hatte sie so viel erduldet, so viel getan. Jetzt war sie dran. Sie hatte ihre Zukunft in die Hand genommen und würde sich von niemandem aufhalten lassen. Weder von ihrem Schwiegervater noch von der Polizei.

* * *

Eduard von Raboisen beobachtete, wie Charlotte in dem Hotelsaal vor die Presse trat. Dass sie sich erdreistet hatte, auf dieser Pressekonferenz zu beharren! Er wäre bereits mit den Pferden aufs Festland gereist, wenn er seine Schwiegertochter dazu hätte zwingen können, diese Torheit aufzugeben. Äußerlich konnte er Charlotte nicht kritisieren. Stilvoll, sichtlich in Trauer. Aber sie wirkte durch Karls Tod nicht gebrochen, im Gegenteil. Sehr gut nachvollziehbar, dass die Ermittler sich auf sie einschossen, wie er von seinem Freund aus der Staatsanwaltschaft gehört hatte.

Eduard ließ Charlottes Rede an sich vorbeiziehen – unwürdiges Blabla – und hing seinen Gedanken nach. Ein Mentoringprojekt von Frauen für Frauen, so unnötig wie ein Kropf. Natürlich konnte es ihm nicht recht sein, dass die Polizei ein Mitglied seiner Familie verdächtigte und sie alle damit diskreditierte. Es gab andere Hypothesen, die ebenso wahrscheinlich waren, man müsste sie lediglich in den Fokus rücken. Wenn er an die Geschäfte dachte, die Karl gegen seinen ausdrücklichen Willen mit Piet geplant hatte. Piet, der sich geschäftlich übernommen hatte und auf Karls Hilfe angewiesen gewesen war. Als Karl sein Geld zurückgefordert hatte, hätte Piet überreagiert haben können. Verdächtig waren auch die Konkurrenten um die Sylter Immobilie. Oder natürlich Georg, der sich gerade reumütig erneut gemeldet hatte. Georg, der Karli Geld geschuldet hatte, wie Eduard jetzt wusste. Georg, der nach Karlis Tod Haupterbe wäre.

Eduards Blick wanderte über die Anwesenden. Wem konnte man überhaupt trauen? Seinem Butler, dem er erst vorhin seinen Unwillen angemerkt hatte? Seinem Fahrer, der entgegen den ausdrücklichen Anweisungen mit Gunda herumpoussierte? Selbst seine Enkelinnen, diese überkandidelten Mädchen, gefielen ihm ganz und gar nicht mehr. Jennifer hatte auch jetzt keine angemessene Haltung angenommen, sondern stand, die Hände in die Ärmel geschoben, neben diesem Hundesitter. Phi kümmerte sich natürlich nur um ihren Köter. Charlotte verzärtelte sie unnötig. Jetzt, wo Karli tot war, würde er andere Saiten aufziehen. Weder Charlotte noch ihre ungeratenen Töchter würden sich ihm entziehen können.

Einige Journalisten meldeten sich bereits zu Wort. Ein junger Mann mit einem auf einem Stativ befestigten Smartphone hielt besonders hartnäckig die Hand hoch. Eduard hoffte inständig, dass Charlotte sich nicht dazu herablassen würde, sich auch noch den Fragen zu stellen; dabei konnte nichts Gutes herauskommen. Und da waren auch schon wieder die Polizisten, darunter diese impertinente Kommissarin Lammers, deren Familie Karli das Grundstück streitig machen wollte. Mochten die offiziellen Angaben auch anders lauten, er wusste genau, dass Ocke Lammers und seine Tochter Annika sich eine derartige Immobilie niemals entgehen lassen würden. Die Familienehre forderte es von ihm, dass er sich allen Widersachern entgegenstellte, auch diesen.

* * *

Anerkennend musste Liv feststellen, dass Charlotte von Raboisen trotz ihrer derzeitigen Lage souverän als Politikerin auftrat. Auch das von ihr vorgestellte Programm schien durchdacht, ebenso wie ihre Ansichten zur Innenpolitik und allgemeinen politischen Themen, die Schleswig-Holstein bewegten und die nun in der Fragestunde zur Sprache kamen. Neben Liv zupfte Andreas unruhig an seiner Unterlippe. Nachdem Georg von Raboisen ihnen gestanden hatte, dass er die Nacht des Krebsfestes in Westerland bei einer Escort-Lady verbracht hatte – wie es aussah, war er beim Betreten und Verlassen des Penthouses gefilmt worden –, konnten sie einen weiteren Verdächtigen von der Liste streichen. Das Gespräch mit ihnen schien für Georg von Raboisen eine wahrhaft ernüchternde Erfahrung gewesen zu sein. Auch Piet von und zu Krummendiek war entlastet. Überwachungsaufnahmen bewiesen, dass er nach dem Krebsfest komplett besoffen gewesen war. Paul Dekker hatte ihn ins Hotel tragen müssen.

Liv konzentrierte sich wieder auf die Pressekonferenz. Ausdauernd meldete sich der Vlogger zu Wort. Liv kannte ihn von einem früheren Fall, hatte aber seinen Namen vergessen.

Der junge Mann betrieb eine Online-Zeitung auf Sylt mit Videonachrichten, was ihm große Beliebtheit bescherte. Charlotte von Raboisen erteilte ihm das Wort.

»Die polizeilichen Ermittlungen über den Tod Ihres Mannes sind in vollem Gange, und täglich dringen neue Details an die Öffentlichkeit, wie beispielsweise die Tatsache, dass Karl von Raboisen, obgleich er auf einer Wanderdüne gefunden wurde, ertrunken ist«, sagte der Vlogger. »Was aber sagen Sie, Frau von Raboisen, zu dem Vorwurf, dass Ihr Mann eine Geliebte gehabt haben soll und dass Sie Ihren Mann aus Eifersucht umgebracht haben sollen?«

Ein Raunen machte die Runde. Unter den Pressevertretern brach ein Tumult aus. Eduard von Raboisen bellte herrisch: »Unverschämtheit! Unterlassen Sie diese Lügen gefälligst! Paul, Gerhard – schafft ihn raus!« Die beiden Angestellten, die sich bislang im Hintergrund gehalten hatten, drängten sich durch die Reihen.

Charlotte von Raboisen rang sichtlich um Fassung. »Das ist eine Lüge!«, brachte sie mühsam hervor.

»Tatsächlich?«, fragte der Vlogger beinahe süffisant. Er versicherte sich der Aufmerksamkeit der anderen Pressevertreter. »Diese Fotos, die mir zugespielt wurden, beweisen das Gegenteil.« Der Vlogger hielt sein Tablet hoch. Zwei Fotos wechselten einander auf dem Display ab. Auf einem waren Karl von Raboisen und Julia Dupois in inniger Umarmung zu sehen. Das andere war offenbar aus größerer Entfernung durch eine Fensterscheibe aufgenommen worden und zeigte Karl und Charlotte von Raboisen in einem erbitterten Streit. Beide wirkten völlig außer sich, ihre fliederfarbene Bluse war ebenfalls derangiert. Karl hatte Charlotte anscheinend in die Ecke getrieben; sie presste sich an das Regal, als suchte sie zwischen ihren Büchern, Pokalen, Kakteen und Steinen nach Halt.

Plötzlich geriet die Lage außer Kontrolle. Unter den Journalisten brach ein Tumult aus. Alle fotografierten oder filmten nun.

Woher hatte er die Fotos? Liv stürzte los und hielt ihre Marke hoch. »Stopp! Sofort aufhören!«, rief sie.

Niemand reagierte.

»Aufgenommen wurden diese Fotos übrigens in der Nacht, in der Ihr Gatte ermordet wurde. Haben Sie ihn in dieser Situation zur Rede gestellt?«, fragte der Vlogger laut. »Hat er Ihnen gesagt, dass er die Scheidung wollte? Haben Sie sich nicht anders zu helfen gewusst, als ihn zu töten?«

Während Liv sich durch die Reihen drängte, sah sie, wie Jenny ihre Schwester aus dem Saal schob. Für die Mädchen mussten diese Fotos verstörend sein. Ihre Hunde kläfften und mussten von dem Hundesitter, der in der Nähe gewartet hatte, beruhigt werden.

»Polizei! Dieses Foto wird als Beweismittel beschlagnahmt! Alle Aufnahmen werden sofort gelöscht!«, versuchte Liv sich lautstark Gehör zu verschaffen.

* * *

Das war seine Chance. Andreas hatte doch gewusst, dass in dieser Familie mehr faul war als das, was sie bislang zutage gefördert hatten! Und Jenny stand nicht nur das Entsetzen ins Gesicht geschrieben, sondern auch das schlechte Gewissen. Er eilte den Schwestern nach. In der Hotellobby holte er sie ein.

»Halt, Stopp!«

Jenny und ihre Schwester fuhren herum. Phi hatte die Augen aufgerissen und presste die Hände auf die Brust. Jenny redete auf sie ein. Andreas trat vor. Adrenalin durchbrandete ihn. Jetzt würde er die Geheimnisse dieser Familie ans Licht bringen. Jetzt würde er erfahren, wer Karl von Raboisen getötet hatte. Jetzt würde er diesen Fall im Alleingang lösen. Seine Kollegen würden staunen. Aus dem Saal waren erregte Stimmen zu hören.

Andreas schoss auf Jenny zu. »Du wusstest das, oder? Du wusstest, was deine Mutter so treibt. Du willst sie beschützen, deshalb redest du nicht mit mir. Und du willst dich selbst nicht in Verdacht bringen.« Er packte ihre Hand und zerrte ihren Ärmel hoch. Rot und geschwollen leuchteten die Wunden. Jenny wollte sich losmachen, aber sein Griff war wie ein Schraubstock. In seinem Kopf rauschte es. Er war so nah dran, endlich einen Erfolg vorzuweisen!

»Lassen Sie mich los, aber sofort! Ich weiß gar nichts!«, stieß Jenny leicht hysterisch aus. Ihre kleine Schwester taumelte, sie atmete pfeifend. »Phi, ich muss ihr helfen!«

Heftigeres Zerren, um sich loszumachen. »Erst sagst du mir, was du weißt! Hast du beobachtet, wie deine Mutter deinem Vater etwas angetan hat? Oder warst du es vielleicht selbst? Du hast deinem Vater den Tod gewünscht, das weiß ich.«

Entsetzt starrte Jenny ihn an. »Wie … aber wieso …«

»Es hat keinen Sinn, zu leugnen. Wenn es deine Mutter war, dann finden wir es so oder so heraus!«

Neben ihnen brach Phi zusammen. Tränen schossen in Jennys Augen. Skrupel überfielen Andreas. Übertrieb er etwa? Hätte er auf Liv warten, den Dienstweg einhalten sollen? Aber noch immer war eine junge Frau verschwunden, schwebte vielleicht in Lebensgefahr, könnte gerettet werden, wenn sie den Täter überführten …

»Wo hat deine Mutter die Zeugin versteckt? Wo ist die Drohnenpilotin?«

»Ich weiß nicht, wovon Sie reden! Ich muss zu Phi! Lassen Sie mich!«, flehte Jenny und ließ schließlich die Schultern hängen. »Ich sage Ihnen, was Sie wissen wollen! Ich gestehe!«

* * *

Entgegen seinen Gewohnheiten hatte Hennes für die drei Kilometer vom Flensburger Bahnhof zum Malteser Krankenhaus Sankt Franziskus ein Taxi genommen. Er fühlte sich von der letzten Nacht noch ziemlich lädiert. Vermutlich keine gute Idee, in diesem Zustand zur Untersuchung zu fahren, aber er wollte es hinter sich bringen. Außerdem hatte er, als er in der Pneumologie angerufen hatte, sofort einen Termin bekommen und gleichzeitig keine Kraft für Ausflüchte gefunden.

Das Gebäudeensemble aus braunrotem Backstein war zum Teil über einhundert Jahre alt und galt als Kulturdenkmal, aber etliche der Anbauten waren von ausgesuchter Hässlichkeit, fand Hennes. Der Geruch nach Krankheit und Siechtum schien in den Räumlichkeiten zu hängen; vermutlich war das Einbildung, aber es fühlte sich nicht besonders gut an. Als er sich vom Empfang den Weg weisen ließ, verfluchte er Liv und Sebastian, die ihm gut zugeredet hatten. Mit Rachel hatte er hingegen nur kurz gesprochen und sie auf den Abend vertröstet.

Als er in der Abteilung für Lungenkrankheiten auf seinen Termin wartete, wäre er am liebsten geflohen. Wenn er ernsthaft krank war, wollte er es gar nicht wissen. Unwissenheit könnte Vorteile haben. Er würde seine Kraft darauf verwenden, noch ein paar Verbrecher zur Strecke zu bringen und mit Rachel eine gute Zeit zu haben. So belastete er wenigstens sie und sich nicht mit Sorgen. Noch konnte er verschwinden. Dann war er eben plötzlich unpässlich geworden. Konnte doch vorkommen …

Auf seinem Handy las er in den Online-Medien die neuesten Entwicklungen im Fall. Seine Kollegen brauchten ihn!

Hennes erhob sich von dem Plastiksitz und wollte ein paar schnelle Schritte machen, was ihm jedoch schwerfiel.

Hinter ihm war das leise Quietschen einer Tür zu hören, dann Gummisohlen auf Linoleum. »Herr Erdt? Hennes Erdt?«

* * *

Wo steckte denn nur Andreas? Liv hatte das Foto an sich gebracht und mit dem Vlogger zu reden versucht, der jedoch behauptete, nicht zu wissen, wer ihm das Bild zugespielt hatte. Charlotte und Eduard von Raboisen hatten – in seltener Einigkeit – mit Hilfe des Personals die Presseleute hinauskomplimentiert. Anschließend war es zum Streit zwischen Schwiegervater und -tochter gekommen. Charlotte von Raboisen hatte die Auseinandersetzung kurzerhand abgebrochen und war in die Lobby gestürmt. Dort telefonierte Maja Forsberg mit lauter, drängender Stimme. Liv sah sich nach Andreas um. Noch immer war ihr Kollege nirgends zu sehen, was Liv ein ungutes Gefühl bereitete. Sie hatte ihm bereits diverse Nachrichten geschickt und ihn anzurufen versucht, worauf er aber nicht reagiert hatte. Es half nichts: Sie musste ihn suchen. Für die wichtigen Gespräche, die jetzt möglicherweise anstehen würden, benötigte sie einen Partner.

»Frau Lammers?« Charlotte von Raboisen stand unvermittelt hinter ihr.

Gleichzeitig betrat Eduard von Raboisen die Lobby. »Charlotte, das tust du jetzt nicht! Ich habe dir doch befohlen …«

Charlotte ließ sich nicht beirren. »Ich möchte mit Ihnen

über das Foto sprechen, Frau Lammers«, unterbrach sie ihren Schwiegervater.

Noch einmal spitzte Liv auf ihr Handy. Nichts, Andreas blieb verschwunden. Normalerweise waren Polizisten immer zu zweit unterwegs. Nur im Film oder in Ausnahmefällen ermittelte der einsame Wolf. Sollte sie Charlotte von Raboisen vertrösten, wenn diese doch offensichtlich reden wollte?

»Wollen Sie mich ins Kommissariat begleiten?«, schlug Liv vor, in der Hoffnung, dass Eduard von Raboisen nicht weiter dazwischenfunken würde.

»Ich würde es lieber gleich hinter mich bringen. Neben dem Saal ist ein kleiner Raum, den ich als Garderobe genutzt habe.«

Tatsächlich blieb Raboisen senior zurück. Liv bat in der Garderobe, das Gespräch aufzeichnen zu dürfen, und betätigte nach der Einverständniserklärung die Aufnahmefunktion ihres Handys, nannte Datum und Uhrzeit sowie die Namen der Gesprächsteilnehmer.

Charlotte von Raboisen zupfte ein Kosmetiktuch aus dem Spender und tupfte sich die verschmierte Wimperntusche ab. »Diese Hetze ist der Grund, warum ich zurückgezogen auf Sylt leben wollte!«, brach es aus ihr heraus.

»Mit Verlaub, auch als Politikerin suchen Sie das Licht der Öffentlichkeit.«

Mit einem weiteren Kosmetiktuch schnäuzte Raboisen sich geziert. »Das ist noch lange kein Grund, einen zu verfolgen! Paparazzifotos zu schießen!«

Liv machte sich eine Notiz. Die Qualität des Fotos, das sie bereits an Hilke Hasselbrecht gemailt hatte, war schlecht. Wo hatte der Fotograf vermutlich gestanden? Warum hatte ihn niemand bemerkt? Wäre es möglich, das Foto mit einem Smartphone zu schießen, oder benötigte man eine professionelle Fotoausrüstung, wie Raboisen mutmaßte?

Aus rot geränderten Augen sah Charlotte von Raboisen sie an. »Sie wissen ja nicht, wie viel Arbeit hinter dieser Initiative steckt. Wie viele Vorbereitungen. Wie viele Hoffnungen! Und nun ist alles zunichtegemacht worden durch diesen Schmierenjournalisten! Niemand wird mehr über das Mentorenprogramm berichten, sondern sich nur noch das Maul über unser Privatleben zerreißen. Statt mich mit Verdächtigungen zu verfolgen, sollten Sie sich lieber fragen, wer ein Interesse daran hätte, mir ... uns derart zu schaden.«

»Haben Sie eine Vermutung, wer der Fotograf gewesen sein oder wer dem Vlogger das Foto zugespielt haben könnte?«

Charlotte von Raboisen sann einen Augenblick über diese Frage nach. »Am ehesten kommen meine politischen Gegner infrage. Jemand will mich fertigmachen. Es gibt mehrere, die mit mir um den Sitz für den Landtag und den Vorsitz des Wirtschaftsförderungs-Gremiums konkurrieren«, sagte sie schließlich. »Auch in manchen Gremien bekomme ich Gegenwind. Dabei geht es meist um bestimmte Gebiete der Wirtschaftsförderung, denen ich die Unterstützung entziehen werde, wie chronische Umweltsünder oder die Rüstungsindustrie, oder auch meinen Einsatz für die Integration von Flüchtlingen.«

Liv ging davon aus, dass ihre Kollegen diese Bereiche im Blick hatten, würde sie aber trotzdem noch einmal darauf hinweisen. »Uns ist das Gerücht zu Ohren gekommen, dass Sie selbst eine Affäre hatten.«

»Ebenso ein böswilliges Gerücht.«

»Aber Sie haben an diesem Abend noch einmal mit Karl gestritten?«

Charlotte von Raboisen nickte schicksalsergeben. »Seine Geliebte war auf dem Fest so indiskret, dass es kaum zu ertragen war! Als ich Karl darauf ansprach, kam es zum Streit. Wie betrunken und wütend er war, sieht man ja auf dem Foto.« Sie senkte den Blick. »Wir stritten über seine Projekte. Über den Bau auf Sylt und den Fonds, den ich ebenso wie Eduard kritisierte. Er sagte mir, dass er mich verlassen wolle. Dann verschwand er wutschnaubend. Er wollte sich mit Julia auf der Jacht treffen und mit ihr die Scheidung planen.« Charlotte von Raboisen suchte Blickkontakt mit Liv. »Aber ich habe ihm nichts getan. Dazu wäre ich gar nicht in der Lage.« In diesem Augenblick trat Andreas ein. »Ich habe nichts mit dem Mord an Karl zu tun«, setzte sie eindringlich hinzu.

»Das kann ich bestätigen«, sagte Andreas, ein triumphierendes Grinsen im Gesicht. »Ihre Tochter, Jennifer von Raboisen, hat nämlich gestanden, dass sie ihren Vater umgebracht hat.«

21

Liv musste sich beherrschen, um sich ihre Fassungslosigkeit nicht anmerken zu lassen. Was sollte das heißen, Jenny hatte ein Geständnis abgelegt? Warum hatte Andreas überhaupt mit ihr gesprochen, allein mit einer Minderjährigen, die unter besonderem rechtlichen Schutz stand? Ein derartiges Geständnis durfte kaum verwendet werden – es würde ohnehin widerrufen werden. Und was genau hatte Jenny gestanden? Am liebsten hätte Liv die Antworten aus ihrem Kollegen herausgeschüttelt, so ungeheuerlich fand sie sein Vorgehen. Andreas schien jedoch der Inbegriff der Selbstzufriedenheit zu sein. Liv kam es vor, als müsste sie platzen vor unterdrücktem Zorn. Das arme Mädchen! Jenny tat ihr leid, ob sie nun aus irgendeinem wichtigen Grund ein falsches Geständnis abgelegt hatte oder ob sie tatsächlich die Täterin war. Als Vertreterin des Gesetzes fühlte Liv sich in der Pflicht, besonders die Schwachen zu schützen – und das war hier gründlich schiefgegangen.

Nachdem Charlotte von Raboisen vor Schock wie erstarrt gewesen war, begann sie jetzt beinahe hysterisch nach ihrer Tochter zu suchen und betätigte gleichzeitig ihr Handy.

Einundzwanzig, zweiundzwanzig, dreiundzwanzig … Liv atmete durch, um ihre Emotionen in den Griff zu bekommen. Wenn Andreas schon auf Vorschriften und Ethik seines Berufs pfiff, musste sie sich umso korrekter verhalten. Sie musste dem

Opfer zu Hilfe kommen – und auf irgendeine Weise war Jennifer von Raboisen ein Opfer.

Charlotte und Eduard von Raboisen trafen in der Lobby aufeinander. Offenbar hatte auch er bereits von dem Geständnis erfahren. Während Charlotte durch die Tür auf ihre Tochter einredete, die sich in der Toilette verschanzt hatte, schimpfte und hämmerte ihr Schwiegervater dagegen. Mit lauter, fester Stimme zog Liv die Aufmerksamkeit auf sich. »Ich verstehe, dass Sie aufgewühlt sind. Wir werden den Angaben Ihrer Tochter – und Enkelin – auf den Grund gehen und Jennifer dafür mit aufs Revier nehmen. Bitte rufen Sie zunächst einen Anwalt …«

»Was glauben Sie denn, was ich bereits getan habe? Unser Anwalt ist unterwegs!«, fiel Charlotte von Raboisen ihr mit sich überschlagender Stimme ins Wort. »Ihr Kollege hat meine Tochter dazu getrieben! Er hat Jenny etwas in den Mund gelegt!«

»Das sind schwerwiegende Anschuldigungen, denen wir natürlich nachgehen werden. Ziehen Sie sich jetzt bitte zurück. Das hier ist eine ernste Situation«, sagte Liv und legte ihre volle Autorität in ihre Worte. Da gleichzeitig aus der Lobby Phis pfeifender Atem zu hören war, kam Charlotte von Raboisen der Aufforderung nach. Bei Eduard von Raboisen musste Liv noch einmal energisch werden, doch dann wich auch er zurück und begann zu telefonieren.

Andreas schlenderte zu Liv und wackelte mit seinem Handy. »Ich habe alles aufgezeichnet. Einzig, was mit der verschwundenen Drohnenpilotin ist, habe ich noch nicht herausfinden kö–«

Liv packte ihn am Shirt. »Über deine Ermittlungsmethoden reden wir später! Jetzt müssen wir erst einmal den Schaden begrenzen und rechtssicher vorgehen, du …« Sie konnte sich gerade noch beherrschen und ließ ihn los.

Er starrte sie irritiert an. »Du solltest froh sein, dass ich die Ermittlungen endlich vorangebracht und den Fall aufgeklärt habe, während ihr mit endlosen Befragungen beschäftigt seid.«

Sie kniff die Lippen zusammen und klopfte sanft an die Toilettentür. »Jennifer, hier ist Kommissarin Lammers. Wir werden dich mit ins Kommissariat nehmen müssen. Deine Mutter wird dich begleiten. Dort kannst du mit uns warten, bis dein Anwalt eingetroffen ist. Keiner wird dich bis dahin befragen, du musst nichts sagen, sondern einfach nur mitkommen.«

Es wäre Liv viel lieber gewesen, wenn sie ihren Kollegen hätte in List lassen können, nur um ihn aus den Augen zu haben, aber sie durfte keinesfalls allein mit Jennifer von Raboisen und ihrer Mutter im Auto fahren. Charlotte von Raboisen saß mit ihrer Tochter auf der Rückbank des Dienstwagens und redete aufgewühlt auf diese ein. Jennifer strahlte eine Mischung aus rebellischem Stolz und Verzweiflung aus. Die Hände hatte sie unter ihre Ärmel geschoben und die Arme verschränkt. Ärgerlich war sie lediglich geworden, als Liv um ihr Smartphone gebeten hatte, das natürlich untersucht werden musste. Andreas hatte sich in das Gespräch einmischen wollen, aber Liv hatte ihm Einhalt geboten, woraufhin er gemeint hatte, man könne es ihr aber auch gar nicht recht machen.

Die Fahrt kam Liv unendlich lang vor. Vor dem Polizeirevier am Kirchenweg warteten, wie üblich bei diesem Fall, Journalisten und Fotografen. Liv fürchtete, dass es in den nächsten Stunden noch mehr werden würden. Hilke Hasselbrecht nahm sie auf dem Parkplatz in Empfang. Der Ernst der Lage war ihr ins Gesicht geschrieben. »Jennifer, ich bin Erste Kriminalhauptkommissarin Hasselbrecht, Leiterin des K1. Wir werden deine Mutter und dich in ein Büro bringen, wo ihr warten könnt, bis euer Anwalt eingetroffen ist.«

»Meine Tochter hat nichts getan! Ihr Kollege hat sie gezwungen, diesen Unfug auszusagen, das müssen Sie doch begreifen!«, sagte Charlotte von Raboisen eindringlich.

»Nein, das hat er nicht!«, meldete sich Jennifer zu Wort. »Ich habe es freiwillig gesagt.«

»Wir werden den Umständen der Aussage genauso gewissenhaft nachgehen wie dem Inhalt, verlassen Sie sich darauf. Nun folgen Sie bitte meinen Kollegen in das Büro.« Hasselbrecht wies auf die wartenden Schutzpolizisten.

Dann wandte Hilke Hasselbrecht sich an Liv und Andreas. »Und wir reden jetzt. Getrennt.«

Während Hasselbrecht mit Andreas sprach, informierte Liv sich darüber, was ihre Kollegen in der Zwischenzeit in die Wege geleitet hatten. Ihre Wut hatte sich in Entschlossenheit verwandelt. Ob Jenny mit dem Tötungsdelikt an ihrem Vater etwas zu tun hatte oder nicht – sie musste korrekt, gerecht und vor allem empathisch behandelt werden, und dafür würde Liv sorgen. Sie schickte Sebastian eine Kurznachricht, in der sie das gemeinsame Mittagessen absagte. Entschlossen begann sie aufzulisten, was für Jennifers Geständnis sprach und welche Aspekte das Mädchen entlasteten. Ihr Instinkt sagte ihr, dass Jennifer nicht die Täterin gewesen sein konnte. Die Tat war kompliziert und hatte starke Nerven erfordert, ganz zu schweigen von der Körperkraft, die nötig gewesen wäre, um Karl von Raboisen durch die Dünen zu tragen. Dazu zweifelte sie an Motiv und Entschlusskraft. Man ermordete nicht einfach leichten Herzens jemanden, wie es in Actionfilmen oder Computerspielen der Fall war. Der gewaltsame Tod war eine quälende Angelegenheit.

»Momke redet mit dem Vlogger über die Herkunft der Fotos«, lenkte Rabia sie ab. »Der Eklat bei der Pressekonferenz hat sich in Windeseile verbreitet. Das Netz kocht über, alle spekulieren, wer der Geliebte sein könnte.« Die Kommissarin rief auf ihrem Computer ein paar Online-Medien auf, die sich mit reißerischen Schlagzeilen förmlich überschlugen. »Was ist eigentlich mit Hennes? Hat er sich verpieselt? Wir können hier jeden Mann gebrauchen! Und zwar sowohl für die Suche nach der Drohnenpilotin als auch für die Mordermittlung!«

»Hennes ist krank geworden. Ich dachte, das hätte sich schon herumgesprochen«, erwiderte Liv knapp. Sie hatte in einer Kurznachricht von Sebastian gelesen, dass er Hennes zum Bahnhof gebracht hatte, und hoffte, ihr Kollege würde sich melden, wenn er beim Arzt gewesen war. Wenn er denn wirklich zu der Untersuchung ging und nicht im letzten Moment kniff.

Liv setzte sich an ihren Schreibtisch und drehte den Ventilator so, dass er in ihre Richtung wehte. Die Hitze war kaum auszuhalten. Hoffentlich würde es sich bald abkühlen oder gewittern. Wenig verwunderlich, dass die Kollegen, die Schreibtischdienst taten, ihre Füße in Schüsseln gestellt hatten, in denen Eiswürfel schwammen. Sie setzte ihre Liste fort. Jennifers Freunde befragen. Eine Tatnachstellung beantragen; sie war beinahe sicher, dass es Jennifer unmöglich gewesen wäre, ihren Vater allein in die Wanderdünen zu schleppen. Im Sitzen wurde ihre Unruhe beinahe unerträglich. Liv sprang auf, zwang sich wieder an ihren Platz. Sie schrieb weitere Wörter auf, unterstrich das eine oder andere oder umkringelte es. Immer wieder betrachtete sie die Fotos, die dem Vlogger zugespielt worden waren. Irgendetwas war darauf zu sehen, was sie stutzen ließ. Aber was? Sie brauchte dringend einen Espresso; die abgebrochene Nacht machte sich bemerkbar.

Hasselbrecht fing sie auf dem Gang ab. Liv folgte ihrer Chefin in deren provisorisches Büro, das neben dem des Leiters der Sylter Kripo lag. Andreas war nicht mehr zu sehen. Hilke Hasselbrecht strahlte eine beherrschte Kühle aus.

»Was hat Andreas über den Ablauf des Geständnisses gesagt? Hatten Sie den Eindruck, dass er Jenny unter Druck gesetzt hat?«, brach es aus Liv heraus.

Hasselbrecht nahm einen Fächer von ihrem Schreibtisch und wedelte damit vor ihrem Gesicht. »Andreas sagt, er habe bei der Pressekonferenz gesehen, wie Jennifer von Raboisen den Saal verlassen habe, und sei ihr nachgegangen, weil ja bekannt sei, dass sie labil sei. Er habe sich um sie gesorgt. Jennifer habe ihm dann quasi sofort gestanden, dass sie ihren Vater umgebracht habe.«

»Und glauben Sie ihm?«

»Das kann ich erst beurteilen, wenn ich mit Jennifer gesprochen habe. Die Situation ist in jedem Fall sehr unschön. Glücklicherweise werden falsche Geständnisse meist schnell aufgedeckt.«

»Weil es den angeblichen Tätern an Detailwissen fehlt. Anzunehmen wäre, dass Jennifer mit einem Geständnis ihre Mutter schützen will«, überlegte Liv laut. »Die beiden scheinen ein enges Verhältnis zu haben. Sollte die Mutter als Täterin überführt werden, würden die Mädchen in die Obhut des Großvaters geraten – und das würde Jennifer vermutlich nicht wollen.«

»Auch das werden wir erst genau wissen, wenn wir sie vernommen haben. Der Anwalt wird demnächst hier eintreffen. Bereiten Sie bitte alles für die Vernehmung vor, einschließlich der Technik für die Videoaufnahme. Auch wenn die Richtlinie des Europäischen Parlaments und Rates der EU 2016/800 über Verfahrensgarantien in Strafsachen für Minderjährige, die verdächtige oder beschuldigte Personen in Strafverfahren sind, noch in der Umsetzung ist, werden wir uns daran orientieren«, sagte Hasselbrecht. »Ich habe die Kollegen gebeten, noch einmal alle Gesprächsprotokolle daraufhin zu prüfen, ob die Zeugenaussagen dieses Geständnis stützen. Also zu prüfen, wann und wo Jennifer an diesem Abend gesehen wurde.«

Zurück am Schreibtisch schweiften Livs Gedanken immer wieder ab. Warum hatte Jennifer gerade jetzt die Tat gestanden? Wer hatte die Fotos geschossen? Wer hatte sie dem Vlogger zugespielt? Offenbar gab die E-Mail-Adresse keinen Hinweis auf den Absender, und die Handynummer, die bei dem Provider hinterlegt war, gehörte zu einer Prepaidkarte. Warum hatte der Informant ein Interesse daran, Charlotte von Raboisen zu schaden? Oder hatte Charlotte wirklich ihren Mann getötet? Hatte sie einen der Pokale oder Steine genommen und ihn niedergeschlagen? Aber in ihrem Büro waren keine Blutspuren gefunden worden. Dennoch bat Liv einen Kollegen, die Dekorationsgegenstände, die auf dem Foto zu sehen waren, mit denen abzugleichen, die bei der Spurensicherung untersucht worden waren.

Wieder wanderten ihre Gedanken zu Jennifer zurück. Ein Geständnis galt als Königin der Beweismittel. Dieser Status hing auch damit zusammen, dass die Ermittler ohne ein Geständnis den Tatnachweis durch eine geschlossene Indizienkette erbringen mussten – und dabei galt der Grundsatz »Im Zweifel für den Angeklagten«, was besondere Sorgfalt und langwierige Ermittlungen nach sich zog.

Plötzlich riss Andreas sie aus ihren Überlegungen, der an ihren Schreibtisch getreten war und mit den Knöcheln laut auf die Tischplatte hämmerte. »Ich erziele den Durchbruch, und du darfst mit Hasselbrecht die entscheidende Vernehmung durchführen!«, blaffte ihr Kollege sie an. »Findest du das richtig, Lammers? Sind das jetzt Klüngeleien unter Frauen, oder traut Hasselbrecht mir die Vernehmung nicht zu? What the fuck!«

»Es geht wohl eher darum, in der Vernehmung auf Nummer sicher zu gehen und Jennifer unvoreingenommen zu befragen«, sagte Liv ruhig. Beschwichtigend setzte sie hinzu: »Du weißt ja, wie es ist, wenn man das Gefühl hat, dass man jemandem etwas schon einmal erzählt hat.« Andreas starrte sie an. »Wie genau ist das Geständnis denn abgelaufen?«

»Das habe ich Hasselbrecht schon erzählt.«

Liv zwang sich zur Geduld. »Also, wenn es dir nichts ausmachen würde …«

Als ob er es mit einer Begriffsstutzigen zu tun hätte, sagte Andreas: »Ich bin Jenny nachgegangen, weil ich fürchtete, sie könnte etwas Unüberlegtes tun …«

»Was zum Beispiel?«

»Keine Ahnung – abhauen oder so.« Er schnaubte. »Ich fragte, ob sie Hilfe brauche, da fuhr sie herum und sagte mir, dass sie ihren Vater umgebracht habe. Sie habe ihn gehasst. Aber das ahnte ich ja schon. Ich fragte also, wie sie es angestellt habe.«

»Hast du Details erwähnt?«

Ein kaum merkliches Zögern. »Hältst du mich für blöd? Außerdem ist ja auch schon genug in den Medien breitgewalzt worden. Sobald ich genug wusste, habe ich das Gespräch abgebrochen und dir Bescheid gesagt.« Noch einmal fixierte er sie mit seinem Blick. »Ich lasse mir von dir meinen Triumph nicht kaputtmachen. Heute Abend wird angestoßen – auf einen gelösten Fall! Bis dahin habe ich genügend Beweise zusammengetragen, um das Geständnis zu untermauern.«

22

Liv hatte mit Hasselbrecht die Befragungsstrategie durchgesprochen. Auf dem Gang trafen sie Eduard von Raboisen, der zunehmend ungehalten forderte, informiert zu werden. Sein Butler Paul stand in der Nähe und telefonierte. Von den Schutzpolizisten, die das Büro im Auge gehabt hatten – in eine der Zellen hatten sie die Minderjährige nicht bringen wollen –, hörten sie, dass es zwischen Mutter und Tochter eine lautstarke Auseinandersetzung und viele Tränen gegeben hatte. Verständlich. Das Geständnis musste für Charlotte ein Schock sein. Liv musste aufpassen, dass sie trotz ihrer Sympathie und ihres Mitleids objektiv blieb.

Jennifer von Raboisen sah verweint aus und ganz so, als hätte sie nächtelang nicht geschlafen, was Liv ihr kaum verdenken konnte. Trotzdem strahlte ihre Körperhaltung eine gewisse Entschlossenheit aus. Charlotte von Raboisen saß neben ihrer Tochter. Verstimmt warf sie dem Anwalt der Familie noch eine geraunte Bemerkung zu. Liv schaltete die Videokamera ein. Hasselbrecht tat den Formalitäten Genüge und belehrte die geständige Beschuldigte ausführlich über ihre Rechte.

»Dein Anwalt hat dich sicher auch auf dein Aussageverweigerungsrecht hinge–«, begann Liv.

»Ich habe nichts zu verheimlichen. Ich habe meinen Vater umgebracht. Ich habe ihn gehasst«, ging Jennifer dazwischen. Sie verschränkte die Arme vor der Brust.

»Ich begreife noch immer nicht, warum du das sagst, Jenny«, mischte Charlotte von Raboisen sich sichtlich erschüttert ein. »Das kann doch nicht stim…«

»Mama!«, fiel Jennifer ihr ins Wort. »Wir haben doch schon darüber gesprochen. Auch mit unserem Anwalt. Ich weiß, was ich tue!« Sie wandte sich an die Ermittler. »Vater hat mir immer gesagt, wie furchtbar ich bin. Er hat Phi, meine Mutter und mich tyrannisiert. Er hat uns mit Worten und Gesten jeden Tag gezeigt, wie sch…«

»Jenny!«

»Wie grauenvoll er uns findet. Wie wenig wir seinen Ansprüchen genügen.« Sie senkte die Stimme, schien ihren Vater nachzuahmen. »›Ihr seid zu dumm, zu dick, zu faul, zu unordentlich. Mit dir kann man sich nirgends sehen lassen. Du bist eine Schande für die Familie. Vermutlich ist es gut, dass ihr euch hier auf Sylt verkrochen habt und nicht auf ein anständiges Internat geht, dann bleibt mir wenigstens diese Peinlichkeit erspart.‹«

»Das ist schlimm, aber kein Grund, jemanden umzubringen«, wandte Hasselbrecht ein.

Jennifers Augen brannten. »Hätte ich mich etwa selbst umbringen sollen? Glauben Sie mir, ich habe oft genug daran gedacht!« Als wüsste sie, dass ihre Mutter etwas ausrufen wollte, hob Jennifer abwehrend die Hand. »Sie wissen ja nicht, wie das ist, wenn man jeden Tag, jede Stunde, jede Minute fertiggemacht wird. Das ist weird.«

»Rede ordentlich, Jenny!«

»Das ist gruselig. Irgendwann glaubt man es selbst. Ich habe gesehen, was diese seelischen Prügel mit meiner Mutter machen. Wie sie immer mehr den Kopf eingezogen hat, immer kraftloser wurde, als saugte man alle Lebensenergie heraus – wie in einem Vampirfilm. Dabei ist meine Mama toll – und mein Vater war nur …« Jennifer schüttelte voller Abscheu den Kopf. »Ich habe an Mamas Wunden gedacht, an meine eigenen und an Phi, die keine Luft mehr bekam, wenn sie in seiner Nähe sein musste. Als mein Vater meine Mutter an dem Tag des Krebsfestes durch die Glastür gestoßen hat …«

»Er hat mich nicht gestoßen!«, wandte Charlotte von Raboisen ein.

Jennifer brauste auf: »Nimm ihn nicht schon wieder in Schutz! Das verdient er nicht. Und das hat er auch früher nicht verdient.«

Liv hob beruhigend die Hände. »Auf den Aufnahmen der versteckten Kameras ist zu sehen, dass dein Vater deine Mutter nicht gestoßen hat«, sagte sie, um der Wahrheit Genüge zu tun.

Jennifer schien irritiert. »Allein schon diese Kameras! Wer bespitzelt denn seine Familie! Aber jetzt weiß ich natürlich, warum er über alles Bescheid wusste. Warum kein Geheimnis vor ihm sicher war!« Sie wandte sich ihrer Mutter zu. »Du hast immer gesagt, Vater würde sich ändern. Es würde besser werden. Aber das wurde es nicht. An dem Abend wusste ich, dass es nur noch schlimmer werden würde. Als er dann in der Nacht des Krebsfestes wieder auf mir herumgetrampelt ist und mir gedroht hat, bin ich durchgedreht. Ich habe ihn umgebracht.«

Bei dieser Aussage schien die Temperatur im Raum um zehn Grad zu sinken. Das Mädchen war so aufgewühlt, dass es vermutlich gar nicht die Tragweite seiner Äußerungen begriff.

Liv sah Jennifer ruhig an. »Wie geht es dir jetzt gerade seelisch und körperlich? Wie fühlst du dich?«

Kurz wirkte Jennifer befremdet. Sie rieb über ihre Unterarme, verschränkte sie. »Ich bin erleichtert. Und müde. Ich habe nicht besonders gut geschlafen in letzter Zeit«, gestand sie.

»Das ist nur allzu verständlich«, meinte Liv. »Ihr habt viel auszuhalten gehabt.«

»Trinkst du Alkohol? Nimmst du Drogen? Medikamente?«, fragte Hilke Hasselbrecht.

»Nein.«

»Und vor der Tat? Bei dem Fest?«, hakte Hasselbrecht nach.

»Ein Glas Champagner. Oder zwei. Mama hat's erlaubt. Zur Feier des Tages. Das war ja auch der Grund für den Streit mit Karl. Er meinte, ich hätte zu viel gefressen und gesoffen. Seine Worte. Wie die Schweine am Trog. Nicht besser als die Leute, die in ihren Sozialschläuchen oder Proletariertaxis fahren. Die kennen Sie nicht? So nannte Vater U-Bahnen und Busse.« Wieder dieses bittere Lachen, das gar nicht ihrem jugendlichen Alter zu entsprechen schien. Gleichzeitig eine Abwehrhaltung.

Wenn sie Jennifer Vorwürfe machten oder in die Ecke drängten, würden sie nie die Wahrheit und ihre Beweggründe aus ihr herausbekommen, dachte Liv. Für so ein Gespräch mussten sie sich Zeit nehmen, weiter ausholen.

Liv beugte sich vor. »Ich würde erst einmal gerne mehr über dich erfahren. Das hilft uns, deine Aussage richtig einzuordnen. Du kümmerst dich sehr um deine Schwester, das finde ich toll. Du reitest super, habe ich gesehen, und du liebst eure Hunde.« Sie lächelte Jennifer an. »Weißt du, ich bin auch auf Sylt aufgewachsen und früher hier viel geritten, daran musste ich bei dem Poloturnier denken. Ich habe das Reiten so geliebt! Zur Schule gegangen bin ich auch auf Sylt, genau wie du. Bist du gern auf der Insel, oder wärst du lieber auf dem Festland? Wo hast du mehr Freundinnen und Freunde? Für meine Tochter, eine Jugendliche wie dich, sind die Freunde gerade das Wichtigste.«

Bei dem Themenwechsel wurde Jennifers Mimik lebendiger. »Ich bin gerne auf Sylt. Hier ist alles freier. Im Herrenhaus ist es immer so kalt und düster. Alle sind so weit weg. Und Großvater so nah. Mein Pferd und meine Hunde habe ich da auch … aber Freunde? Ich habe hier ein paar, vor allem mit Nea verstehe ich mich gut.« Liv ließ sich die Namen geben. Es handelte sich um ein Mädchen, das Jennifer aus Schule und Reitstall kannte.

»Deine Freunde haben dir bestimmt in den letzten Tagen Trost zugesprochen.«

Jennifer nickte. »Ich habe viele Nachrichten bekommen und gechattet. Ich durfte ja kaum jemanden sehen, weil Großvater es verboten hat.«

»Und die Schule? Wie ist es da? Wärest du lieber auf einem Internat? Vielleicht auf Louisenlund, wie deine Mutter?«

»Auf keinen Fall! Zusammen mit diesen ganzen Typen, die sich für was Besseres halten, nur weil ihre Eltern Kohle haben? Und bloß, damit ich schon auf dem Internat die richtigen Kontakte knüpfe?« Jennifer schnaubte verächtlich.

Hilke Hasselbrecht mischte sich jetzt leicht genervt ein. »Das erscheint mir ein wenig undankbar. Es gibt bestimmt viele, die dich um dein Leben beneiden würden. Du bist eine ›von‹, ihr habt schicke Häuser und Autos und viel Geld«, sagte sie. »Andere wohnen zu viert in einem Hochhaus in einer Zweieinhalbzimmer-Wohnung ohne Balkon oder …«

»Was kann ich dafür? Ich hab mir das nicht ausgesucht. Ich will einfach nur …« Jennifer verstummte, als fehlten ihr die Worte.

Was wollte sie? Normal sein? Eine glückliche Familie haben? Geliebt werden? Das wünschen wir uns doch alle, dachte Liv.

»Erzähl uns bitte noch einmal, was an dem Tag des Krebsfestes genau passiert ist«, forderte Hasselbrecht Jennifer auf, ehe Liv nachfassen konnte. Jennifer wiederholte, was sie bereits angegeben hatte. »Du sagtest, dass du das Gefühl hattest, dass sich das Zusammenleben mit deinem Vater nur noch verschlimmern würde. Kannst du das beschreiben?«, fragte Liv.

»Er war noch ungeduldiger als sonst. Ist bei jeder Kleinigkeit sofort ausgeflippt, wenn etwas bei Tisch nicht hundertprozentig stimmte, wenn es in meinen Schulheften ein Eselsohr gab oder Phi einen Fleck auf der Bluse hatte. Es war, als hielte er es überhaupt nicht mehr bei uns aus. Als wären wir nur noch unerträglich. Neulich hat Phi eine schlechte Note nach Hause gebracht – aus seiner Sicht, es war eine Zwei, darüber würden sich die meisten Eltern freuen –, und er hat sie zur Schnecke gemacht. Zu mir war er so eklig, dass ich ihm nur noch aus dem Weg gegangen bin. Und Mama hat er oft so fest am Arm oder Handgelenk gepackt, dass sie das Gesicht vor Schmerz verzogen hat.« Die Erinnerung schien Jennifer zu schaffen zu machen. Doch da war noch etwas, was sie noch nicht gesagt hatte. »Ganz abgesehen von den Nadeln«, brach es schließlich aus ihr heraus.

Charlotte von Raboisen war es schon bisher sichtlich schwergefallen, ihrer Tochter zu lauschen, doch nun war es mit ihrer Beherrschung vorbei. »Du wusstest … davon? Du hast … es … mitbekommen?«

Jennifer senkte ruckartig das Kinn. »Einmal, als ihr im Bad gewesen seid und er dich bedrängte, stand die Tür einen Spalt weit offen«, brachte sie mühsam hervor.

Charlotte schossen die Tränen in die Augen; sie schloss ihre Tochter in die Arme. Die beiden hielten sich lange fest und weinten.

Der Anwalt räusperte sich. »Ich plädiere dafür, die Anhörung abzubrechen. Sie sehen doch, wie sehr die Befragung meiner Mandantin zusetzt. In Anbetracht ihres Alters und der derzeitigen Situation …«

Jennifer machte sich los. »Nein, ich will weitermachen. Ich will es hinter mich bringen.« Sie wischte sich mit dem Handrücken die Tränen ab, wobei ihr Ärmel hochrutschte und schmale oder kreisrunde Wunden enthüllte.

Liv wies auf ihre Arme. »Hast du dich verletzt?«

Jennifer zog die Ärmel bis über die Handballen. »Nur ein paar Kratzer.« Dann schien ihr etwas einzufallen. Sie stieß die Luft aus. »Was soll's! Vermutlich wissen Sie's ohnehin schon. Selbstverletzendes Verhalten nennt man das ja wohl. Ich weiß manchmal nicht, wohin mit meiner Wut. Finde mich selbst scheiße, komme mir taub und leer vor. Da hilft mir der Schmerz. Dann bin ich wenigstens für einen Augenblick ich, bin lebendig.« Es klang ein wenig, als würde sie eine ärztliche Diagnose nachplappern.

Charlotte tastete nach Jennifers Hand. »Jennifer wird schon länger psychotherapeutisch behandelt«, bestätigte sie Livs Vermutung. »Aber wenn sie Stress hat, wird es wieder schlimmer.«

»Und mit Karl gab es immer Stress!«

»Du hast es also mit deinem Vater nicht mehr ausgehalten«, kam Hasselbrecht auf den Fall zurück.

»Genau. Da wusste ich, dass ich etwas tun muss. Dass er wegmuss.« Jennifer verkündete es etwas unsicherer als noch zu Beginn des Gesprächs.

»Ging nach diesem Entschluss alles ganz schnell, oder hast du mit jemandem darüber gesprochen?«, fragte Hasselbrecht.

»Es ging alles ganz schnell.«

»Bitte beschreib uns genau, was du getan hast, als du deinen Va–«

Jennifer fiel ihr ins Wort, als wollte sie dieses Mal verhindern, dass Hasselbrecht es aussprach. »Ich hätte eigentlich schon lange im Bett sein sollen. Aber ich wollte nicht. Die Party war ja noch in vollem Gange! Also war ich noch mit Nea zusammen, und wir haben Champagner getrunken. Als Nea ging, war ich schon ein bisschen angetüdelt. Karl bekam das mit und putzte mich runter. Ich wollte mich im Pavillon verkriechen, aber er ließ mich einfach nicht in Ruhe. Da habe ich es getan.«

»Um wie viel Uhr war das etwa?«, fragte Hasselbrecht.

»Keine Ahnung.«

Liv versetzte sich gedanklich in den eleganten Gartenpavillon. »Wie bist du bei der Tat vorgegangen?«

»Karl ist mir gefolgt und hat mich wieder angeschrien. Ich versuchte, mich zu wehren. Die Beschimpfungen hörten aber nicht auf. Da habe ich irgendwas in der Nähe gegriffen und ihn niedergeschlagen. Und dann war da der Eimer mit dem destillierten Wasser. Ich habe Vaters Kopf hineingedrückt, damit das Schreien ein Ende hat.«

»Womit hast du ihn niedergeschlagen?«, fuhr Hilke Hasselbrecht fort, die Fakten zusammenzutragen.

»Das weiß ich nicht mehr. Irgendwas, was da lag. Ein Spaten, ein Golfschläger oder so – ich kann mich nicht mehr erinnern. Ich war so aufgeregt.«

Auch das deckte sich mit den Ergebnissen der Kriminaltechnik. Plötzlich wusste Liv, was ihr an dem Foto aufgefallen war. Unter den Pokalen hinter Charlotte im Regal war auch eine Glastrophäe gewesen, die sie noch nie gesehen hatte. Sie versuchte, sich ihre Aufregung nicht anmerken zu lassen. »Was hast du mit der Waffe getan?«, fragte Liv.

»Fallen gelassen, glaube ich. Oder vielleicht abgewischt.«

»Und dann?«

»Als niemand auf der Terrasse zu sehen war, habe ich ihn in

die Dünen geschleppt. Ich habe gehofft, dass der Sand ihn zudecken würde. Danach habe ich geduscht, meine Klamotten in die Waschmaschine gesteckt und bin ins Bett.« Liv machte sich eine Notiz. Die Kleidung musste bereits kriminaltechnisch untersucht worden sein. Wieder fiel ihr auf, was sie an dem Paparazzifoto gestört hatte: Unter den Spuren in der Akte hatte sie die fliederfarbene Bluse von Charlotte von Raboisen nicht gesehen, die diese auf dem Krebsfest getragen hatte. Hatte sie sie übersehen – oder war die Bluse verschwunden? Und wenn ja, warum?

Jennifer starrte auf ihre Hände. »Ich habe gebetet, dass niemand davon erfahren würde.«

Mit einem kehligen Laut nahm Charlotte die Hand ihrer Tochter. »Ach, Jenny …« Die Reaktion der Mutter schien etwas in Jennifer anzurühren.

»Du hast also mit niemandem darüber gesprochen?« Jennifer verneinte. Liv schlug einen mitfühlenden Ton an. »Es ist furchtbar, was ihr ertragen musstet, Jennifer. Ich weiß aus meinem eigenen Leben und von vielen Einsätzen, dass Gewalt in der Familie tiefe Spuren bei allen Beteiligten hinterlässt und sie teilweise für ihr ganzes Leben prägt. Ich weiß, wie hilflos man sich als Opfer in diesen Situationen fühlt. Wie alleingelassen.« Jennifer hielt ihrem Blick stand, blinzelte aber, als müsste sie sich nun doch beherrschen, nicht zu weinen. Liv fuhr fort. »Aber ganz ehrlich: Ich glaube dir nicht, dass du deinen Vater getötet hast. Ich glaube, dass du die Schuld auf dich nimmst, um jemanden zu schützen.«

Jennifer wurde ganz starr. »Das ist nicht wahr. Ich bin es gewesen.« Ihre Stimme bebte.

»Es kommt immer wieder vor, dass jemand eine Tat auf sich nimmt, obwohl er sie nicht begangen hat. Dafür gibt es die verschiedensten Gründe. Auch du wirst deinen Grund haben«, sagte Liv sanft. »Tatsächlich ist es aber so, dass falsche Geständnisse relativ schnell aufgedeckt werden, weil wir Fehler darin entdecken. Du magst noch minderjährig sein, trotzdem sind die Strafen für das Verbrechen, das du gestanden hast, hoch. Das Höchstmaß der Jugendstrafe für Heranwachsende beträgt zehn Jahre; sollte das Gericht eine besondere Schwere der Schuld feststellen, sogar fünfzehn Jahre. Ist dir klar, was das für dein Leben, für deine Zukunft bedeutet? Was es heißt, wenn du in den Augen deiner Freunde, deiner Verwandten als Mörderin giltst?«, formulierte Liv es bewusst drastisch. »Wenn du Jahre in der Jugendanstalt Schleswig verbringen musst, zusammen mit echten Kriminellen? Und falls du dir Sorgen machst, dass du jemand anders aus deiner Familie mit einer wahren Aussage beschuldigen könntest – das musst du nicht. Du hast ein Zeugnisverweigerungsrecht.«

Hasselbrecht legte die Finger zu einem Dach zusammen. »Wir haben alle Gäste und das gesamte Personal befragt, das beim Krebsfest anwesend war. Niemand hat dich oder deinen Vater bei dem Pavillon gesehen.«

»Wir waren aber dort!« Jennifers Stimme wurde laut, klang aufgewühlt.

»Außerdem stand das destillierte Wasser nicht einfach so in einem Eimer herum. Es war in einem Kanister. Genau wie das Reinigungsmittel«, wandte Liv ein.

»Doch, da war ein Eimer! Gerhard hatte ihn vorbereitet. Er bereitet das Wasser jede Woche in einem Eimer vor, um es im Zimmerbrunnen schnell austauschen zu können.«

Wieder Liv: »Dein Vater war größer als du und vermutlich stärker. Wie konntest du seinen Kopf so lange ins Wasser drücken?«

»Ich war so wütend! Das hat mir Kraft verliehen.«

»Was hast du danach getan?«

»Ihn in die Dünen getragen.«

»Du willst ganz allein den schweren Körper in die Dünen geschleppt haben?«

»Ja, das habe ich getan! Ob Sie es mir nun glauben oder nicht!« Ganz atemlos klang Jennifer jetzt. Dass sie über so viel Kraft verfügte, bezweifelte Liv nach wie vor.

Der Anwalt wandte sich eindringlich an Charlotte von Raboisen. »Wir sollten nun wirklich … Sie sehen doch, in welchem psychischen Zustand Ihre Tochter …«

»Ja, es reicht. Es reicht längst.« Charlotte von Raboisen erhob sich.

»Eines noch, nur ganz kurz: Ist dir bei dem Gang durch die Wanderdünen etwas aufgefallen? Ist dir jemand begegnet?«, fragte Hasselbrecht.

Ein erneutes Kopfschütteln. Dann war die Vernehmung beendet.

23

Hilke Hasselbrecht und Liv begleiteten Mutter und Tochter hinaus. Da keine Fluchtgefahr bestand und sie ohnehin Zweifel an dem Geständnis hatten, durfte Jennifer gehen.

»Ich glaube nicht, dass Jennifer es getan hat«, sagte Liv.

»Das habe ich wohl gemerkt. Sie können sich wegen Ihrer eigenen Geschichte besonders gut in Jennifer von Raboisen hineinversetzen und haben ja ohnehin einen guten Draht zu jungen Leuten.« Liv stutzte; wollte ihre Chefin damit sagen, dass sie nicht objektiv war? »Jennifers Angaben decken sich aber durchaus mit den Ergebnissen der Spurensicherung. Ich bin beinahe sicher, dass sich das Geständnis bei einer weiteren Befragung erhärten wird.« Hasselbrecht schien ihren Entschluss bereits gefasst zu haben. »Wir werden Jennifers Freunde und Klassenkameraden befragen und die Tat nachstellen. Danach brechen wir unsere Zelte auf Sylt ab.« Sie legte Liv die Hand auf den Arm, erneut eine vertrauliche, aber für Hasselbrecht unübliche Geste. »Und Sie können endlich Ihren wohlverdienten Urlaub wieder aufnehmen, Liv.«

Liv wusste, dass sie sich über diese Ankündigung freuen sollte. Aber das kam nicht infrage. Sie konnte Jennifer nicht einfach so in ihr Unglück laufen lassen. Sie musste ihr aus dieser Notlage heraushelfen und den wahren Täter oder die wahre Täterin finden.

Während Andreas raumgreifend alle Hinweise und Spuren zusammentrug, die Jennifer von Raboisens Geständnis untermauern konnten, fing Liv an, deren Freunde abzutelefonieren, und machte einen Termin mit ihrer Psychologin aus. Dann ging sie zum Bäcker, kaufte eine Laugenstange und ein Franzbrötchen und fuhr mit dem Dienstwagen los. Auf der Fahrt rief sie Sebastian an.

»Wir sind gerade im Meer und toben mit Zorro.«

Jähe Sehnsucht ergriff Liv. »Ich wäre so gern bei euch.«

»Das will ich hoffen. Hast du schon was von Hennes gehört?«

»Nein. Du?«

Sebastian lachte. »Nur, weil er mich nicht mehr als Klugscheißer bezeichnet und mit mir redet, ruft er mich bestimmt nicht an, um mir sein Herz auszuschütten. Wie läuft's?« Liv fasste knapp die Ereignisse zusammen. Geräusche. »Warte – da sind ja schon Elise und Sanna, ich gebe dich weiter …«

Bald wäre sie in Keitum für das Gespräch mit Jennifers Freundin Nea. Nachdem Liv mit ihrer Großmutter und ihrer Tochter geplaudert hatte, rief Liv noch schnell bei Hennes an. Sie musste wissen, wie es ihm ging. Lange erklang das Freizeichen. Sie fürchtete schon, dass er das Gespräch nicht annehmen würde, aber dann meldete er sich doch.

»Wie geht es dir? Wo erwische ich dich gerade?«, fragte sie.

Hennes schwieg einen Augenblick. »Ich bin noch im Malteser. Die Ärztin will mich in die Röhre schicken. Muss eine Nacht hierbleiben.«

»Ist bestimmt eine gute Idee. Dann kannst du sicher sein, dass alles in Ordnung ist.«

Hennes stieß einen entnervten Laut aus. »So kann man's auch sehen.«

»Weiß Rachel schon Bescheid?«

»Ich ruf sie an, keine Sorge«, versprach Hennes. »Und bei euch geht's rund, was? Hab die Aufnahmen der Pressekonferenz gesehen. Hatten wir doch den richtigen Riecher.«

»Das Neueste weißt du ja noch gar nicht.« Liv setzte ihn ins Bild. »Jennifers Beschreibung der Tat klingt zumindest sehr lückenhaft, als hätte sie sich die Informationen zusammengeklaubt, die ohnehin bekannt waren.«

»Was den Gartenpavillon angeht, könnte Jennifer sich ihren Reim auf die ausführliche kriminaltechnische Untersuchung gemacht haben. Ich nehme an, dass sie die Tat auf sich nimmt, um jemanden zu schützen, vermutlich ihre Mutter.«

»Das sehe ich auch so. Klassische Gründe für falsche Geständnisse kommen ja nicht infrage, wie eine lange Vernehmungsdauer.« Vor allem eine von dem Chicagoer Polizeibeamten John E. Reid entwickelte und weit verbreitete Methode führte zu vielen falschen Geständnissen. Untersuchungen hatten gezeigt, dass derartige Vernehmungen oft vierzehn bis dreißig Stunden andauerten. Nach so einer langen Zeit im Verhör und ohne Schlaf würde wohl beinahe jeder alles zugeben, damit er endlich seine Ruhe hatte, davon war Liv überzeugt. In Deutschland wurde die Reid-Methode inzwischen abgelehnt, weil sie zudem Belehrungspflichten missachtete sowie mit Drohungen und Täuschungen arbeitete. Bei der Befragung von Kindern und Jugendlichen war sie ohnehin ausdrücklich untersagt.

»Nein. Selbst wenn es nicht ganz so schnell ging, wie Andreas behauptet, kann das Gespräch mit Jennifer höchstens ein paar Minuten gedauert haben.«

»Wie ist es mit den anderen Klassikern für falsche Geständnisse?«, fragte Hennes.

»Eine illegitime Bagatellisierung der Tat? Die Täuschung

hinsichtlich der Beweislage? Angeblich hat Andreas nichts dergleichen getan.«

* * *

Nur das leise Motorengeräusch des Bentleys war zu hören, als Gerhard sie nach List zurückfuhr. Im Wagen war es angenehm kühl. Zu Hause würde sie erst einmal duschen und sich alles vom Leib schrubben: den Staub, den Schweiß und die Angst. Jenny ließ sich in die weichen Nappaledersitze sinken und fühlte eine tiefe Erschöpfung in sich aufsteigen. Wie so oft war sie todmüde. Gleichzeitig war sie zufrieden mit sich. Sie war beharrlich geblieben, war nicht eingeknickt, obgleich die jüngere Kommissarin ganz schön an ihrem Schutzschild gerissen hatte. Verstohlen sah sie ihre Mutter von der Seite an, die noch immer sauer zu sein schien. Jennifer ließ sich an sie sinken, legte den Arm um sie.

»Jetzt wird alles gut«, wisperte sie. »Kein Richter wird mich für längere Zeit ins Gefängnis schicken. Nicht, wenn er von Vaters Verhalten erfährt und davon, was er uns angetan hat. Von der Glastür, von Phi, dass ich mich ritze …«

Charlotte hatte wie mechanisch über Jennifers Rücken gestrichen, hielt nun aber inne. Jennifer spürte, wie der Körper ihrer Mutter versteifte. »Ich begreife nicht, wie du so reden kannst. Wie kommst du nur auf die Idee, dir diese Lügengeschichten auszudenken? Warum lässt du nicht einfach die Polizei ihre Arbeit tun?« Charlotte schien zu merken, dass sie zu schroff geklungen hatte. »Ich liebe dich, Jenny. Phi und du, ihr seid mir mehr wert als alles andere auf der Welt, aber …«

Jennifer machte sich los. Die Worte, und ärger noch der Zweifel, der mitschwang, taten ihr weh. »Aber ich habe mal wieder alles falsch gemacht?!«

»Nein! Ja, doch, vielleicht … was sollen denn die Leute …«

»Die Leute? Was interessieren mich Hans und Franz!«

»Großvater, unsere Familie, die Gesellschaft …«

Jennifer atmete schwer. Ihre Brust fühlte sich eng an. In dem Fond des Wagens schien kaum noch frische Luft zu stecken. Schweißperlen prickelten auf ihrer Stirn. »Habe ich dir etwa Schande gemacht? Willst du jetzt Karls Stelle einnehmen und mich herunterputzen?!«

»Niemals würde ich das tun! Aber du hast doch nicht … du bist doch keine …«

Sie starrte ihre Mutter an. »Mörderin? Und wenn doch?«

»Nein, das bist du nicht. Das weiß ich. Ich kenne dich, kenne dein Herz und deine Seele. Und doch begreife ich nicht, warum du das Geständnis abgelegt hast.« Jetzt klang echtes Unverständnis aus Charlottes Worten.

Jennifer nahm das Gesicht ihrer Mutter in die Hände. »Für dich, Mama. Ich habe es für dich getan«, sagte sie leise und als ob sie zu einem Kind spräche. »Jetzt wird alles gut.«

Charlotte schossen die Tränen in die Augen. »Nein, nichts ist gut daran! Das hättest du nicht tun dürfen. Du musst das Geständnis zurücknehmen! Sagen, dass du gelogen hast!«

Statt Liebe und Anerkennung sah Jennifer Schrecken und Furcht in den Augen ihrer Mutter. Sie wischte ihr mit den Fingern die Wangen trocken. Fühlte sich auf einmal sehr erwachsen. Ihre Sturheit hatte etwas Märtyrerhaftes, das ihr sehr gefiel. Und noch jemandem würde es gefallen, da war sie sich sicher. »Das werde ich nicht tun. Ich opfere mich für dich und für Phi.«

»Bitte, Jenny, tu das nicht.«

»Du kannst nichts dagegen machen.«

Ihre Mutter schien zu überlegen. »Ich kann dich zwingen. Eduard kann dich zwingen.«

Jennifer wurde zu Eis. War es ihrer Mutter so ernst? Würde

sie sich wirklich gegen sie stellen? Sie rang nach Luft. Auf einmal war ihr, als könnte sie es keinen Augenblick länger in dem Auto aushalten. Bei voller Fahrt riss sie die Autotür auf. Charlotte fiel ihr in den Arm, wollte sie aufhalten. Schon geriet der Bentley ins Schlingern.

* * *

Während Liv zu dem modernen Pferdestall in Keitum marschierte, der sich in unmittelbarer Nähe des Polo-Turnierfelds befand, das inzwischen abgebaut wurde, kreisten ihre Gedanken um die Frage, ob ihre Chefin recht hatte. War sie ihrer eigenen Biografie wegen voreingenommen? Wollte sie nicht wahrhaben, dass Jennifer ihren Vater tatsächlich umgebracht haben könnte?

Auf der Koppel trainierten Nea und weitere Jugendliche mit Poloschlägern. Liv unterhielt sich zunächst mit dem Trainer.

»Das Turnier mag vorbei sein, aber beim Polo ist es wie beim Fußball: Nach dem Spiel ist vor dem Spiel. Vor allem die Beidseitigkeit bei den Poloschwüngen, Beweglichkeit sowie die polospezifische Fitness müssen ständig trainiert werden«, sagte er.

»Sie trainieren auch die Raboisens?« Eine rhetorische Frage.

»Ja. Jenny und Phi sind ebenso talentiert wie ihre Mutter. Warum fragen Sie?«

»Wir ermitteln im Tötungsdelikt zum Nachteil von Karl von Raboisen«, sagte Liv förmlich. »Was für einen Eindruck hatten Sie von der Familie?«

»Eine Familie mit viel Gespür für Pferdesport und den entsprechenden Mitteln.«

»Kam Karl von Raboisen häufig zum Training oder den Spielen, um seiner Frau und den Töchtern zuzusehen?«

»Selten. Beinahe nie, würde ich sagen.«

»Ist Ihnen an der Familie etwas aufgefallen? Haben sich die Mädchen oder die Mutter anders verhalten als üblich?«

»Vielleicht war Jennifer ruhiger als sonst, das könnte schon sein. Am besten reden Sie mit Nea.« Der Trainer rief das Mädchen zu sich, das gerade ein rasantes Manöver geritten war und nicht begeistert über die Unterbrechung schien. Nea zog den Helm ab und strubbelte sich über das Haar, das schweißnass am Kopf klebte. Liv folgte ihr zu einer Bank im Schatten, wo das Mädchen aus einer Trinkflasche trank und sich das restliche Wasser über den Kopf kippte, wie man es von Fußballern kannte.

Zunächst antwortete Nea einsilbig, aber nachdem Liv ihr deutlich gemacht hatte, dass es für Jennifer und ihre Familie wichtig war, dass sie ihnen half, stellte sie sich den Fragen. »Jenny würde keiner Fliege etwas zuleide tun. Es ist nur, dass sie sich selbst … manchmal nicht besonders mag. Vor allem in letzter Zeit. Ihr Vater wollte sie aufs Internat schicken. Sie sei hier in schlechter Gesellschaft.«

Diese Information war neu. »Wen könnte er mit ›schlechter Gesellschaft‹ gemeint haben?«

Nea nahm den Poloschläger auf und ließ ihn nachdenklich schwingen. »Das weiß ich nicht. Jenny hat es mir nicht verraten. Dabei sagen wir uns doch sonst alles.« Sie wirkte verletzt bei diesen Worten. »Aber es gab jemanden, mit dem Jenny gechattet hat. Jemanden, den sie getroffen hat. Einen Jungen. Oder einen Mann – keine Ahnung.«

»Aus der Schule? Vom Sport?«

»Keine Ahnung, sagte ich doch!« Nea überlegte. »Marvin hat an ihr herumgebaggert, aber Jenny wollte nichts von ihm. Seine Eltern waren auch beim Krebsfest.«

»Er nicht?«

»Nein, Marvin war krank.« Liv machte sich eine Notiz. Den Jungen und sein Alibi würden sie überprüfen.

»Jennifer sagte uns, sie wolle nicht aufs Internat.«

»Das will sie auch nicht. Schön blöd. Ich würd's sofort machen.« Die Schwünge mit dem Schläger waren größer geworden, sodass Liv lieber einen Schritt zurücktrat. »Kann ich jetzt wieder zurück auf das Feld?«

Auch die weiteren Gespräche mit Schulfreunden und -freundinnen ergaben keine neuen Erkenntnisse. Jennifer schien introvertiert zu sein, was manche ihr als Hochnäsigkeit ausgelegt hatten. Eine Befragung von Jennifers Ärztin würde schwierig werden, da sie sehr nachdrücklich auf die ärztliche Schweigepflicht verwies. Dass Jennifer mit der Entführung der Drohnenpilotin etwas zu tun hatte, erschien erst recht unwahrscheinlich. Leider fehlte von Michelle Müller noch immer jede Spur.

* * *

Lautes Klopfen an ihrer Tür. Jennifer zog die Decke über den Kopf, obgleich ihre Haut auch so schon glühte. Nachdem Gerhard durch das Türaufreißen beinahe einen Unfall mit dem Bentley gebaut hatte, war der Streit mit ihrer Mutter erst recht eskaliert. Jetzt fühlte sie sich wie zerschlagen. Sie wollte mit niemandem sprechen, auch nicht mit ihrer Ärztin, die ihre Mutter informiert hatte. Nicht einmal das ständige Pingen ihres iPads hatte sie hervorgelockt. Das Handy hatte die Polizei ihr ja abgenommen. Irgendwann würde Charlotte begreifen, was sie für sie getan hatte …

Das Klopfen hatte sich zu einem Hämmern gesteigert. »Jenny, mach auf! Bitte!!« Phi klang weinerlich. Jenny ließ sich kraftlos aus dem Bett rollen, fing sich gerade so auf dem Boden ab. Am liebsten wäre sie liegen geblieben, so schlapp fühlte sie sich. Doch dann kam sie auf die Füße, schleppte sich zur Tür und öffnete. Phi war tränenüberströmt. Sie schlang die Arme um Jennys Hüfte.

»Du musst runterkommen! Du musst ihnen sagen, dass es nicht stimmt, was sie sagen, dass es gelogen ist!«

Also hatte es sich schon herumgesprochen. Jenny ließ die Schultern hängen. Sie hatte es sich nicht so schwer vorgestellt, das Richtige zu tun. Sogar ihre kleine Schwester weinte. Was war sie nur für ein Loser! Aber noch gab es Hoffnung. Jenny hockte sich neben Phi und versuchte sie zu beruhigen. Der Atem ihrer Schwester ging schon wieder schwer. »Was sagen sie denn? Und wer überhaupt?«, fragte Jenny.

»Es hat einen schlimmen Streit gegeben, als Mama mit Großvater telefoniert hat. Und dann haben Gunda und Gerhard gesagt … sie sagen, dass du …« Phi sog pfeifend die Luft ein. Nur das nicht! Phi durfte keinen Anfall bekommen, nicht ihretwegen! Was hatte sie nur getan! Verzweiflung ergriff Jenny. Wo waren ihre Nadeln? Die Rasierklinge? Sie sah sich nach einem Gegenstand um, den sie in ihre Haut stechen könnte, um sich zu bestrafen. Sie könnte die Vase auf dem Sideboard zerschmeißen und die Scherben … Ob auch *er* sie für das verurteilte, was sie getan hatte? Aber gerade er musste doch Verständnis haben. Er musste doch begreifen …

»Sie sagen, dass du … dass du Vater …«

Jenny sog die Lungen voll Luft, dann hielt sie ihre kleine Schwester an den Schultern und sah sie an. Das andauernde Pingen ihres iPads nervte sie zusätzlich; sie hätte längst den Ton ausschalten sollen. »Ich habe der Polizei gesagt, dass ich Vater getötet habe. Aber das stimmt nicht, hörst du«, sagte Jenny. »Ich habe es gesagt, um unsere Familie zu retten.«

Phi starrte sie an, rang nach Luft. Dann brach sie zusammen.

Jenny rief um Hilfe. Gunda und Gerhard eilten als Erste herbei, ihre Mutter kam eine Minute später. Sofort spürte Jennifer, dass etwas nicht stimmte. »Wir machen das schon«, sagte Gunda, wagte aber nicht, ihr in die Augen zu sehen.

»Geht lieber, junges Fräulein«, setzte der Fahrer hinzu. So nannte er sie nur selten. Die drei umringten Phi, um ihr zu helfen, und schlossen sie sichtlich aus, was Jenny wehtat. Begriff denn niemand, warum sie dieses Opfer brachte? Um sich von ihrem Kummer abzulenken, schaute sie auf ihr iPad. Aber das machte es nur noch schlimmer. Ihr Großvater hatte sie auf WhatsApp mehrfach angerufen. Sie hörte die Botschaften nicht ab, so sehr fürchtete sie, was er sagen würde. Und er war nicht der Einzige. Wie hatte sich ihr Geständnis so schnell herumsprechen können? Einzelne Worte stachen ihr ins Auge, als sie die Nachrichten ihrer Verwandten im Chat sah. »… habe immer gewusst …«, »… ausstoßen …«, »gemeine Mörderin« … Alle hassten sie. Sie war verloren.

* * *

Im Polizeirevier in der Kirchenstraße stand das Telefon nicht mehr still. Noch immer wurde unter Hochdruck nach Michelle Müller gesucht. Deren Familie und die Freunde unterstützten die Vermisstensuche intensiv, doch inzwischen waren auch die Medien auf dieses Thema eingestiegen. Auch nach Zeugen für die mutmaßliche Entführung von Michelle Müller wurde intensiv gefahndet. Von morgens bis abends klapperten Polizisten den Strandaufgang am Campingplatz sowie die Süderinge ab und befragten Passanten; sonnenverbrannt kehrten sie ins Revier zurück.

Liv blätterte an ihrem Schreibtisch zum gefühlt hundertsten Mal in ihren Notizen. Seit Stunden drehten sich ihre Gedanken im Kreis. Wenn Jennifer log, um ihre Mutter zu schützen, müsste Charlotte dann nicht mit der Wahrheit herausrücken? Und wenn sie auch nicht die Täterin war? Wenn Jennifer ihrer Freundin gegenüber geschwiegen hatte, würde sie ihnen erst recht nicht verraten, wer der geheimnisvolle Freund war. Bislang hatte niemand sonst diesen Freund erwähnt; sie waren also diskret gewesen. Marvin hatte anscheinend ein Alibi, er hatte eine heftige Magen-Darm-Grippe gehabt. Vielleicht könnte Sophia ihnen etwas erzählen? Allerdings stand noch nicht fest, wann sie Jennifers Schwester befragen durften. Könnte es jemand aus dem Haushalt sein? Gerhard war zu alt. Also Paul oder David? Aber hätten nicht Karl oder Eduard sofort einen Riegel vorgeschoben, wenn sie etwas bemerkt hätten? War das vielleicht sogar der Grund für einen weiteren Streit, für den Mord? Und war es wirklich ein echter Paparazzo gewesen oder ein Bekannter, ein Freund oder ein Familienmitglied, der dem Vlogger die Fotos zugespielt hatte?

Ihren Anmerkungen zu den Fotos war nachgegangen worden. Die fliederfarbene Bluse hing seltsamerweise frisch gewaschen in Charlotte von Raboisens Schrank. Sie hatten sie trotzdem beschlagnahmt, um sie auf Blutspuren zu untersuchen. Die Glastrophäe aus Raboisens Büro war verschwunden. Nach Ansicht der Rechtsmedizinerin konnte es sich durchaus um die Tatwaffe handeln. Botersen-Evers hatte zugesagt, morgen noch einmal das Grundstück der Raboisens zu durchsuchen, es notfalls umzugraben. Die Trophäe konnte sich ja nicht in Luft aufgelöst haben.

»Ich habe zur Feier des Tages etwas springen lassen – schließlich habt ihr es mir zu verdanken, dass ihr schon bald wieder nach Hause zu euren Familien könnt!« Andreas' Ankündigung riss Liv aus ihren Reflexionen.

Statt Andreas' Ausruf mit Skepsis zu begegnen, ertönten aus der Teeküche begeisterte Rufe. Liv hielt diese Selbstbeweihräucherung kaum aus. Zumal Andreas aus ihrer Sicht keinen Grund hatte, stolz zu sein. Nach Feiern war ihr ohnehin nicht zumute.

»Hier, Liv. Frieden.« Andreas hielt ihr ein kühles Bier hin, auf dem das Kondenswasser verlockend perlte.

»Danke, ich fahre noch«, sagte Liv. »Außerdem ist meiner Meinung nach dieser Drops noch lange nicht gelutscht, so gern du auch das Geständnis feiern möchtest.«

In diesem Augenblick betrat Hilke Hasselbrecht den Raum. Sie hatte sofort die Lage erfasst. »Kein Fall ist mit einem Geständnis beendet, das sollten Sie wissen, Andreas. Und schon gar nicht mit so einem. Ein Feierabendbier – okay. Aber zu feiern gibt es in dieser Situation nichts.«

Andreas' Blick flog von Hasselbrecht zu Liv, ärgerlich, als sei sie daran schuld. Livs Handy vibrierte. Sebastian. Liv kam eine Idee. »Wollen wir am Lister Hafen essen?«, simste sie ihm schnell.

24

Noch einmal ging Liv zu den Kollegen, die die Befragungen vornahmen und die Vermisstenmeldung bearbeiteten.

»Ist endlich was Brauchbares dabei?«, fragte Liv einen Polizisten, der gerade Telefondienst tat.

»Schwer zu sagen. Wir gehen jedem Hinweis nach. Zwei Kollegen sind vorhin sogar an die Koordinaten gefahren, die ein Wahrsager ausgependelt haben will; man weiß ja nie. Aber Fehlanzeige.«

Livs Blick fiel auf den Notizblock ihres Kollegen und blieb an der Eintragung »Munkmarsch« hängen. Dort befand sich doch das Grundstück, an dem Karl von Raboisen so brennendes Interesse gehabt hatte. Sie wies darauf. »Was ist damit?«

»Lass mich kurz nachlesen ... da waren so viele Anrufe ... Ach ja, eine alte Dame hat gemeldet, dass sie in ihrem leer stehenden Nachbarhaus etwas Verdächtiges beobachtet hat. Sie dachte erst, es wäre ein Einbrecher oder es seien herumstromernde Jugendliche, aber als sie von unserer Suchaktion hörte, hat sie es doch gemeldet. Ist ja auch richtig so.«

»Habt ihr schon jemanden hingeschickt?«

»Nein, haben wir noch nicht geschafft. Andere Hinweise erschienen wichtiger.«

»Dann übernehme ich das auf dem Heimweg.«

Der Kollege kratzte sich mit dem Stift hinter dem Ohr.

»Das liegt doch gar nicht auf deiner Strecke. Ich denke, du bist in List untergekommen.«

»Passt schon. Schreibst du mir netterweise Namen und Adresse auf?«

Liv und Momke parkten am Munkmarscher Jachthafen. Ihr Kollege hatte sich bereit erklärt, sie zu begleiten. Er würde anschließend weiter zu seinen Eltern nach Archsum fahren, wo er während der heißen Phase der Ermittlungen wohnte.

Weiß leuchtete das Fährhaus gegen den diesiger werdenden Himmel an. Im Hotel und Restaurant glommen einladend die Lichter. Es war Ebbe, und nach der Hitze der letzten Tage dünstete das Meer einen intensiven Algenduft aus. Etliche Boote lagen auf Kiel auf dem Wattboden, schief wie Seeleute, die sich gegen den Wind stemmen.

Sie marschierte Richtung Keitum am Strand entlang. Vor ihr schwang sich die Holzbrücke über die Ufer des Priels Jünkersmarsch.

»Haben deine Eltern dir auch früher erzählt, dass die Brücke einstürzt, wenn du gelogen hast?«, fragte Momke.

»Nein. Mein Vater hielt nichts von derartigen Sagen, und meine Mutter … na ja, sie hat sich ihm untergeordnet.« Momke tat betont vorsichtig die ersten Schritte auf die Lügenbrücke. »Die neue Brücke ist ohnehin so stabil, dass diese Drohkulisse definitiv ins Leere laufen würde«, sagte Liv. Einen Besuch, vor allem bei Sonnenuntergang, war die Lügenbrücke aber allemal wert. Heute jedoch war der mäandernde Wasserlauf, der unter der Lügenbrücke hindurchführte, beinahe trocken; ausgedörrt wogte das Ufergras im Wind. Liv und Momke passierten ein weitläufiges Grundstück und steuerten auf das Wäldchen zu. Die Häuser lagen halb verborgen am Waldrand. Klein und alt das Mauerwerk, wie man es sonst kaum noch auf Sylt fand, die

Grundstücke jedoch groß. Liv versuchte die Landschaft mit dem Exposé für den Immobilienverkauf in Übereinstimmung zu bringen.

»Unglaublich, dass die Gemeinde einer derart umfänglichen Bebauung zustimmen will, oder?«, fragte Momke empört.

»Ja. Dieses Bauvorhaben würde nicht nur das Aussehen dieses Ortes verändern, sondern auch seine Struktur. Noch mehr Gäste, noch mehr Autos, mehr Verkehr, weniger Natur – dabei ist es doch gerade die weite urwüchsige Landschaft, wegen der viele Sylt so lieben.«

»Wir Sylter müssen aufpassen, dass die Insel nicht zu Tode geliebt wird«, stimmte Momke ihr zu.

Die Gartenpforte quietschte, als Liv sie aufschob. Die alte Dame bekam wohl nicht viel Besuch, und auch um das Haus hatte sich lange niemand mehr gekümmert. Hildegard Dahl freute sich offenbar über den Besuch und plauderte angeregt mit Liv und Momke.

»Können Sie den Mann beschreiben, den Sie beim Nachbarhaus gesehen haben?«, fragte Liv schließlich.

»Er hatte wohl einen von diesen Kapuzenpullis an, sodass ich sein Gesicht nicht erkennen konnte. Aber da hing eine Haarsträhne aus der Kapuze, glaube ich. Schlank. Sportlich, nehme ich an, denn er ist über den Zaun gesprungen.«

Wohl. Glaube ich. Nehme ich an. Das war nicht viel. Zeugen waren notorisch unzuverlässig, vor allem unter diesen Bedingungen.

Liv und Momke dankten vorerst und gingen zu dem Haus hinüber. Altmodische Vorhänge und vertrocknete Blumen im Fenster, wie aus der Zeit gefallen. Eine Glasscheibe war kaputt. Hatte sie jemand eingeworfen, um sich in dem leer stehenden Haus umsehen zu können? Seit sich die sogenannten Lost Places, also vergessene Orte, großer Beliebtheit erfreuten, waren verlassene Häuser oder Fabriken vor neugierigen Besuchern nicht mehr sicher. Auch Michelle Müller hatte nach Auskunft ihrer Freunde gerne an diesen Orten, die oft einen morbiden Charme ausströmten, fotografiert und gefilmt. War sie vielleicht sogar hier gewesen? War sie entführt und hierher verschleppt worden?

Livs Herzschlag beschleunigte sich. Sie sah sich rund um das Haus um. Die Sonne stand tief hinter den Bäumen, sodass einige Bereiche im Zwielicht lagen. Soweit sie es erkennen konnte, gab es keine Schuhabdrücke. Dort, wo der Mann über den Zaun gesprungen sein sollte, waren einige Äste in einem Busch abgeknickt. Zigarettenkippen verrieten ihr, dass hier jemand im Schutz einer Erle gewartet hatte; sie sammelte die Stummel ein. Am Hinterhaus führte eine schmale Treppe in den Keller hinunter. Sie zogen Latexhandschuhe über. Die Kellertür ließ sich tatsächlich öffnen. Im Zwielicht des Treppenaufgangs musste sie die Taschenlampe ihres Handys einschalten, um die Tür zu untersuchen. Anzeichen für einen Einbruch gab es nicht. Allerdings war das Schloss einfach und alt, sodass man es mit einem Schlagschlüssel hätte öffnen können.

»Hallo! Ist da jemand?«, rief Momke laut ins Haus.

In den Räumen sah es aus, als hätte jemand sie von einem Tag auf den anderen verlassen. Im Keller standen Einmachgläser und selbst gemachte Alkoholika aufgereiht, das älteste Etikett war von 1967. Diese Getränke sollte man entsorgen, ehe sie in falsche Hände geraten, dachte Liv, daran kann man sich ja vergiften. Die Fernsehzeitung lag auf der Lehne des Sessels, aufgeschlagen auf den dritten März vor eineinhalb Jahren. Niemand war zu sehen. Sie fand auch keine Spuren, die auf einen Einbruch hindeuteten. Oder darauf, dass jemand hier gefangen gehalten worden war.

»Ua, das ist ja grauenvoll!«

Der Ruf schreckte Liv auf. Sie sprintete die knarzende Holztreppe hoch. »Was ist los?« Von dem Treppenaufgang gingen zwei Zimmer ab. Beide leer. »Wo steckst du? Ist alles okay?« Da sah sie die Stiege, die zum Dachboden führte. Die Luke stand offen.

»Ja, alles gut. Es ist nur … das ist ja ekelhaft. Wird Zeit, dass das Haus abgerissen oder saniert wird.«

Sie kletterte hoch auf den Dachboden, auf dem tropische Temperaturen herrschten. Mürbe Wäscheleinen, verrostete Angelhaken, alte Kleidung, Holzkisten, eingeschlagen in Zeitungen. Wieder sah sie Momke nicht auf Anhieb, fand ihn schließlich in einer Abseite. Neben dem Kaminschacht war ein gemauerter Kasten mit mehreren Luken von etwa einem mal einem Meter. Eine Luke stand offen, ein schwarzes Loch klaffte. Momke hielt sich das Taschentuch vor die Nase; auch Liv bemühte sich, flach zu atmen. Hier oben stank es undefinierbar, aber definitiv schrecklich.

»Das riecht ja, als wäre hier ein Tier verendet«, sagte sie.

»Das ist ein alter Räucherofen, wie man ihn früher zum Konservieren von Fisch oder Schinken verwendet hat. Vermutlich kommt der Geruch von dem Fett und sonstigen Flüssigkeiten, die dabei auf den Boden getropft sind.« Momke spähte kurz in das rußgeschwärzte Dunkel, zuckte aber sogleich zurück. »Sogar das Rost hängt noch drin, ein Holzbrett darüber. Ist ja ekelhaft!« Schnell verschloss er die Klappe. »Damals hat man in die untere Luke Späne geworfen, in die Mitte kam das Räuchergut, und oben zog der Rauch durch den Schornstein ab.« Momke wischte sich den Schweiß ab, der in der stickigen Hitze in Strömen floss. Auf der Stirn hinterließ er einen schwarzen Streifen vom Ruß, auf den Liv ihn aufmerksam machte. »Lass uns verschwinden. Ich brauche dringend eine Dusche und ein kühles Bier.«

»Ich gehe nur noch schnell zu Frau Dahl, damit sie Bescheid weiß, dass wir nichts gefunden haben.«

Liv beruhigte die alte Dame und ließ ihr die Visitenkarte da, falls ihr noch etwas einfallen würde, dann machte sie endlich Feierabend.

Sebastian kam mit dem Fahrrad zum Lister Hafen geradelt, das sie wie alles in Katharinas Haus nutzen konnten. Er wirkte sommerlich entspannt, genau so, wie Liv sich auch gerne fühlen würde. Sie versuchte noch immer, die Anspannung der letzten Stunden abzuschütteln. Rund um die Alte Tonnenhalle herrschte Trubel. Bei den Gosch-Restaurants und dem Piratennest drängten sich die Urlauber.

»Wollen wir zum Restaurant Königshafen? Da geht es etwas ruhiger zu«, sagte Sebastian. Er legte den Arm um ihre Taille und küsste ihre Halsbeuge. »Ich kann aber auch was auf den Grill werfen.«

»Lass uns ruhig hierbleiben.« Sie gingen Arm in Arm an dem metallenen Herz mit den Liebesschlössern und dem Büro des Hafenmeisters vorbei und fanden tatsächlich vor einem Restaurant einen freien Strandkorb. Während sie bestellten, tauschten sie sich über ihren Tag aus. So langsam kam Liv herunter. Sie freute sich an den vielen unterschiedlichen Leuten, die hier unterwegs waren; wie bunt die Welt war!

Als sie sich zum Nachtisch ein Eis vom Eiscafé holten und am Hafen entlangspazierten, entdeckte Liv einen der Seenotretter auf dem rot-weißen Kreuzer der Deutschen Gesellschaft zur Rettung Schiffbrüchiger. Sie steuerte auf ihn zu.

Mit seinen strubbeligen roten Haaren und dem sonnengegerbten Gesicht erinnerte er sie entfernt an Raimund Harmstorf als »Seewolf«, nur dass der Seenotretter weitaus sympathischer war. Liv stellte sich vor und sprach ihn auf seine

Arbeit an. »Als Kind haben wir oft mit der Familie Segeltouren gemacht. Da haben wir mal beobachten können, wie eine andere Jacht im Lister Tief beinahe in Seenot geraten ist. Das habe ich nie vergessen.«

Mit kräftigen Bewegungen legte der Seenotretter die Leinen zusammen. »List ist ja die nördlichste Station der Deutschen Gesellschaft zur Rettung Schiffbrüchiger. Mit unserem Seenotrettungskreuzer *Pidder Lüng* haben wir hier ein sehr seetüchtiges Schiff liegen.«

Liv erinnerte sich noch gut an den Spendenwettbewerb »Reetdach gegen Reeperbahn! Wer spendet mehr: Sylt oder Hamburg?«, der vor einigen Jahren über den Namen entschieden hatte. Pidder Lüng machte das Rennen, und der Seenotrettungskreuzer wurde nach dem legendären Sylter Fischer und Freiheitskämpfer benannt.

»Das ist sicher wichtig, weil das Revier nicht ungefährlich ist, wenn ich an die offene Nordsee im Westen, starke Gezeitenströmungen und den hohen Tidenhub denke«, sagte Sebastian.

»Genau. Der Strom ist drei Kilometer breit und bis zu vierzig Meter tief. Bei jeder Tide fließen fünfhundert Millionen Kubikmeter Wasser in die Wattenmeerbucht zwischen Sylt und Rømø.«

»Hut ab vor Ihrer Arbeit«, meinte Liv ehrlich.

»Sie haben es mit Privatjachten, Fischtrawlern und Fahrgastschiffen zu tun?«, wollte Sebastian wissen.

»Ab und zu kommen auch Kreuzfahrtschiffe dazu, die vor List auf Reede liegen. Und die Fähren, die nach Rømø pendeln. Also eigentlich mit allem, was sich auf See bewegt. Wir haben öfter grenzüberschreitende Einsätze. Die Zusammenarbeit mit den dänischen Kollegen ist immer hervorragend.«

»Da haben Sie bestimmt ganz schön was zu tun! Mit wie viel Mann sind die Seenotretter in List im Einsatz?«

»Wir sind sieben festangestellte und sechs freiwillige Seenotretter.«

»Einer Ihrer Kollegen war an der Bergung der *Barmstede* beteiligt, hörte ich«, kam Liv auf ihren Fall zurück.

»Jupp. Die Jacht hätte beinahe im Entenschnabel – so nennen wir den Festlandssockelsektor in der Nordsee, der die deutsche Ausschließliche Wirtschaftszone ausmacht – einen Fischtrawler gerammt. Niemand war am Ruderstand zu sehen oder reagierte aufs Anfunken, da wurde unsere Seenotleitung in Bremen benachrichtigt. Normalerweise werden im Rahmen der Amtshilfe mit einem Mayday Relay Schiffe in der Nähe aufgefordert, sich die Sache mal anzusehen, aber das sah schlecht aus. Die Vermutung stand im Raum, dass jemand in einer Notlage oder über Bord gegangen wäre. Also hat unsere Seenotleitung einen Heli geschickt, und ein Besatzungsmitglied hat sich abgeseilt. Kein Mensch war an Bord.«

»Gab es aus Ihrer Sicht Hinweise auf ein Verbrechen?«, fragte Liv.

»Wir sind keine Ermittlungsbehörde. Sobald feststeht, dass kein Mensch in Seenot ist, sind wir raus.« Nach kurzem Zögern setzte er hinzu: »Wie ich von der Wasserschutzpolizei hörte, gab es aber auch keinen Hinweis auf Selbstmord.«

»Kommt das öfter vor?«

Der Seenotretter kniff die Augen zusammen und sah aufs Meer hinaus, wo von einem Ausflugsschiff Gelächter zu hören war. »Es gibt Leute, die einen Suizid vortäuschen, also Ausweispapiere liegen lassen, wie bei einem Fall in der Ostsee, wo ein Mann einen Versicherungsbetrug begehen wollte. Das ist aber extrem selten und scheint bei der *Barmstede* nicht der Fall gewesen zu sein. Die Jacht war auf Selbststeueranlage, also auf Autopilot gestellt mit fünf Knoten, da kann es eine ganze Weile dauern, bis man merkt, dass etwas nicht stimmt.

Vor allem, wenn man keinen anderen Seglern begegnet, denn auch Freizeitkapitäne grüßen einander. Wenn der Fischtrawler nicht in die Quere gekommen wäre, hätte sie die Färöer oder Grönland erreichen können. Wie gesagt: Als klar war, dass es kein Seenotfall war, hat die Polizei übernommen.«

»Warum hat man die Jacht Ihrer Meinung nach nicht schneller gefunden?«

»Das AIS, das Automatische Identifikationssystem war ausgeschaltet. Die Funkpeilung funktioniert nur, wenn ein Signal ausgesendet wird.«

Liv sprach eine Frage aus, über die sie sich schon lange Gedanken gemacht hatten. »Wäre es möglich, dass jemand die Jacht vom Hafen aus unbemannt losgeschickt hat?«

Der Seenotretter überlegte. »Auf keinen Fall. Die Jacht muss ja erst einmal sicher aus dem Hafen und durch das Lister Tief auf Kurs kommen. Von dort aus an Land zu schwimmen wäre lebensgefährlich. Es kann eigentlich nur sein, dass jemand ein Motorboot im Schlepp hatte und mit diesem weggefahren ist, sobald die Jacht auf Kurs war.«

»Wenn ich mich richtig erinnere, wurden Sie schon gefragt, ob Ihnen, Ihren Kollegen oder einem der Segler in der Nacht von Freitag auf Samstag ein derartiges Manöver aufgefallen ist.«

»Jupp. Gefragt schon. Und nee. Das muss aber nicht heißen, dass es sich nicht doch so zugetragen hat. Auf See ist vieles möglich.« Er überlegte kurz. »Zumal wir abnehmenden Mond hatten; Vollmond war am siebenundzwanzigsten Juli. Da ist die Sicht eher schlecht.«

Das Schnarren des Funkgeräts drang von der Brücke zu ihnen. Liv dankte dem Seenotretter. Am Hafen wanderten sie weiter zu Raboisens Jacht. Die *Barmstede* lag ganz außen am Kai. »Wer das getan hat, muss auf jeden Fall gute Nerven haben«, sagte Liv nachdenklich. »Mit der Jacht durch das Lister Tief zu segeln und sie dann mithilfe eines Motorboots zu verlassen ist nicht ohne.«

»Oder er ist panisch gewesen, durchgedreht oder verzweifelt. Hat sich das Risiko nicht klargemacht.«

»Das kann ich mir kaum vorstellen. Entweder hat er – oder sie – den Mord geplant und während des Krebsfestes die Jacht auf Kurs gebracht. Oder der Täter hat Karl von Raboisen ermordet, in die Dünen geschafft, ist danach zur Jacht geeilt, hat sie aus der Bucht gesteuert und ist dann mit dem Motorboot wieder an Land.«

»Traust du das Jennifer von Raboisen zu?«, wollte Sebastian wissen.

»Nein, eigentlich nicht. Charlotte schon eher, die kann einen kühlen Kopf bewahren, wenn es sein muss. Vielleicht gab es aber auch einen Helfer.«

»Aber woher hatte der Täter das Motorboot? Ist ein Boot als gestohlen gemeldet worden?«

»Soweit ich weiß nicht. Vielleicht ist es eins, das niemand vermissen würde, weil der Besitzer gar nicht oft auf Sylt ist.«

»Ein Zweitwohnungs-und-Motorboot-Besitzer sozusagen.«

»Sozusagen. Möglicherweise. Danach sollten wir uns noch einmal umhören.«

Die *Barmstede* war noch abgesperrt. Die Kriminaltechnik hatte das Boot allerdings schon freigegeben. Liv musterte die Jacht mit den flachen Aufbauten, dem schlanken Rumpf und den eckigen Bullaugen, deren Mast hoch aufragte.

»Die Jacht ist schon schick, sie erscheint mir aber zu groß, um sie allein zu segeln. Es wäre interessant zu wissen, ob Karl doch geplant hatte, jemanden mitzunehmen«, sagte sie.

Sebastian überlegte. »Ich schätze, sie hat etwa zwölf Meter

Länge, damit ist sie noch einhandgeeignet«, urteilte er. »Auch das Selbstwendefock ist für Einhandsegler perfekt. Ansonsten handelt es sich um eine Bavaria aus der C-Klasse, die fahren zum Teil in vorderster Reihe bei Regatten mit.«

Sie schlüpften unter der Absperrung hindurch und betraten das Schiff. Das Interieur wirkte durch das helle Holz und die vielen Fenster großzügig, die Küche richtiggehend luxuriös. Liv blickte in die Schubladen und Schränke in der Hoffnung, etwas zu entdecken, was ihr kriminalistisches Gespür triggern würde. Sebastian nahm die zwei Steuerstände in Augenschein. »Schönes Ding. Hätte ich auch gerne. Bislang habe ich immer nur die vereinseigenen Boote des Kieler Yachtclubs ausgeliehen oder bin mit Freunden gesegelt.«

Liv unterdrückte ein Gähnen. »Entschuldige. Die Nacht ist einfach zu kurz und der Tag zu lang gewesen.« Sie wusste schon gar nicht mehr, mit wem sie heute alles gesprochen hatte. »Segeln Larissa und Noah eigentlich auch so gern?«

»Larissa hat ebenfalls einen Segelschein. Sobald er sieben ist, will Noah auf einem Opti seinen Grundschein machen. Also auf einem …«

»Ich weiß, was ein Optimist ist«, sagte Liv lachend.

Sebastian küsste sie auf den Nacken. »Klar, sorry. Wer weiß, vielleicht haben wir ja auch irgendwann ein kleines Bötchen, auf dem wir herumschippern können, hängen unser Liebesschloss gegenüber der Hafenmeisterei auf und gondeln über die Weltmeere.«

Liv sah ihn überrascht an, doch Sebastian schien es ernst zu meinen. Das ging ihr auf einmal viel zu schnell. Sie hatte sich doch gerade erst an den Gedanken gewöhnt, eine feste Beziehung zu haben. Die Luft unter Deck kam ihr stickig und verbraucht vor. »Was machen eigentlich Sanna und Elise?«, lenkte sie ab.

»Ich weiß nicht genau. Bin ja nicht ihr Babysitter.« Er zog sie an sich, ließ seine Hände ihren Rücken herunterfahren. »Viel mehr interessiert mich, was du jetzt vorhast. Mit mir.«

* * *

Jenny klaubte das Handy mit der Prepaid-Card, das er ihr geschenkt hatte, aus der Box mit ihren Handlettering-Stiften. Ihre Finger bebten, als sie die PIN eingab; ihr Kennenlerndatum. Sie war fertig mit den Nerven. Lange hatte ihre Mutter auf sie eingeredet, damit sie das Geständnis widerrief. Charlotte hatte den Verwandten ins Gewissen geredet, um sie dazu zu bringen, das vermeintliche Geständnis nicht weiter zu thematisieren – auch, damit nichts an die Öffentlichkeit drang. Es war schlimm genug, dass irgendjemand der Presse Familienfotos und Klatsch zutrug. Zuletzt hatte ihre Mutter sie sogar gezwungen, mit Großvater zu telefonieren, der ihr befohlen hatte, die Wahrheit zu sagen. Ob ihr nicht klar sei, was sie ihrer Familie, was sie Phi antat? Dass ihre kleine Schwester so litt, war für Jenny furchtbar. Dennoch war sie wie betäubt, unfähig zu handeln. Genau genommen war sie wirklich betäubt, denn sie hatte noch einige von Mutters Beruhigungspillen gehabt, die sie am Abend des Festes aus Charlottes Büro stibitzt hatte. Auch an dem Abend war sie so verzweifelt gewesen, dass sie eine – oder waren es mehr gewesen? – genommen hatte.

An ihrem Arm kitzelte es. Achtlos wischte Jenny den Blutstropfen ab. Sie hatte versucht, sich mit Eiswürfeln auf der Haut abzulenken, wie sie es von ihrer Therapeutin gelernt hatte. Hatte an Ammoniak gerochen. Nichts hatte geholfen. Aber die Nadeln hatten ihr ebenfalls keine Erleichterung verschafft. Jenny suchte ihr Zimmer ab, zunehmend verzweifelt. Tippte.

Kannst du kommen? Schnell.

Du weißt, dass wir vorsichtig sein müssen.

Aber ich brauche dich!!!

Ich brauche dich auch.

Du verurteilst mich nicht? Wie die anderen?

Nein. Du bist mutig.

Jetzt nicht. Bin nur fertig. Alle hassen mich.
Ich kann mich nirgends mehr sehen lassen.
Wenn du nicht kommst, tue ich mir etwas an.

Tu das nicht. Bald müssen
wir uns nicht mehr verstecken.

Und meine Mutter?

Die wird dich noch mehr
lieben als vorher.

Meinst du?

Bist du noch da?

Warum antwortest du nicht?

Warum?

Tränen rannen über Jennys Wangen. Auch er hielt es nicht mit ihr aus. Sie begann ihr Zimmer zu durchsuchen, nach etwas, das ihr Schmerzen bereiten und zugleich den Schmerz nehmen würde.

25

List, 7. August, 7.15 Uhr

Die Sonne zeichnete die Scherenschnitte der Häuser und Dünen auf den Fußweg. Liv lief zügig vom Haus ihrer Freundin aus zu Fuß zum Mövengrund und hielt sich dabei im Schatten. In der Nacht hatte es sich kaum abgekühlt. Schon zu dieser frühen Stunde senkte sich die Hitze wie eine Dunstglocke über die Insel. Gleich nach dem Aufstehen hatte sie erfahren, dass die Kriminaltechnik tatsächlich in der Nähe von Raboisens Villa noch einmal fündig geworden war. Es war nicht nur der gute Schlaf, der Liv Energie verlieh – sie war gestern sofort, nun ja: beinahe sofort – ins Bett gefallen. Es war auch die Empörung über die Berichterstattung in den Medien, die ihren Körper unter Spannung setzte. Und natürlich die Befriedigung, dass ihre Ermittlungen, dass die gemeinsamen Anstrengungen, endlich Früchte trugen. Hoffentlich würde ihnen die neue Spur dabei helfen, endlich Michelle Müller zu finden.

Als ihr Handy klingelte, schüttelte sie den Gedanken ab. »Katharina, du Urlauberin! Wie geht es euch? Genießt ihr das Leben?«

»Na sicher. Und du steckst mitten im nächsten Fall, du Arme. Hast du denn wenigstens etwas von deinen Ferien? Und macht Sebastian dein Workaholic-Leben mit? Oder bekommst du schon wieder Bindungsangst?« Katharina war ihre älteste Freundin. Kein Wunder, dass sie besser als andere wusste, wie es in Liv aussah.

»Ein wenig. Es ist mir schon unheimlich, wie genau Sebastian zu wissen scheint, dass wir zueinander gehören. Gleichzeitig sind ja auch Larissa, seine Ex, und sein Sohn auf Sylt. Eine wirklich reizende Familie. Und das meine ich ernst.«

»Eine reizende Familie, von der du dich ausgeschlossen fühlst.«

»Der Kurze hat mich nicht gerade mit offenen Armen in Empfang genommen.«

»Was erwartest du? Er braucht jemanden, dem er die Schuld für die Trennung seiner Eltern geben kann. Da kommst du gerade recht. Aber du kannst doch eigentlich gut mit Kindern. Sei einfach du selbst.« Livs Unruhe nahm zu; so gern sie Katharina mochte, so wenig wollte sie jetzt von ihr analysiert werden. Sie überlegte, ob sie mit Katharina über Jennifers Ritzen sprechen sollte, entschied sich aber dagegen; das Gespräch würde sonst ausufern.

»Bin gerade wieder auf dem Weg zu den Raboisens«, sagte Liv schließlich.

»Ich habe einmal kurz die Onlinemedien gecheckt. Sofort hat es mich gegruselt. Ich weiß schon, warum ich die Ferien offline genieße.«

»Sorry. Ich dachte nur, dass du und Dominik eventuell …«

»Klar, das ist doch selbstverständlich.« Katharina zögerte. »Dass politische Widersacher öffentlich darüber diskutieren, ob Charlotte von Raboisen ›noch tragbar‹ ist, überrascht uns nicht; das gehört zu den alltäglichen Grabenkämpfen in der Politik. Aber diese Hemmungslosigkeit, mit der die Familie in die mediale Schlammschlacht hineingezogen wird, ist furchtbar.«

»Das regt mich auch auf.« Bei der Überschrift »Welche Rolle spielt die Tochter in dem Familiendrama?« hatte Livs Herz heute Morgen bange ausgesetzt; glücklicherweise war bislang nichts über Jennifers Geständnis durchgesickert. Dafür wurden die Artikel mit verschiedensten Fotos aus ihrem Privatleben bebildert, was für die Jugendliche sicher schwer erträglich war; es fragte sich, wer aus dem Umfeld der Presse so bereitwillig Fotografien zuspielte. Auch jetzt standen vor der Villa Medienvertreter. Liv wandte sich ab. Sie wollte schon ihre Freundin ein wenig zur Eile drängen, als Katharina fortfuhr.

»Natürlich kennen wir Charlotte und Karl. Man kennt sich auf Sylt in gewissen Kreisen, das weißt du ja.« Katharina zögerte. »Erstaunlich war nur, dass Karl in letzter Zeit zunehmend den Anschluss suchte, zur Gemeindevertretung, dem Unternehmerverein, du weißt schon.«

»Karl hatte große Pläne für Sylt.«

»Scheint so. Baupläne wie die in Munkmarsch lassen sich nur umsetzen, wenn man den ganz großen Hebel bewegt. Und das hat Karl versucht. Allerdings formierte sich auch Widerstand von den Bürger- und Umweltverbänden.«

Diese Verbände hatten sie überprüft. Niemand war dabei, der auch nur entfernt als Täter infrage käme. »Weißt du, was Charlotte von Karls neuem politischen Engagement gehalten hat?«

»Nicht viel, soweit ich weiß.« Liv dankte ihrer Freundin und wünsche noch entspannte Ferien. Katharina lachte. »Sieh zu, dass du auch Urlaub machst, Liv, und zwar mehr als ein paar Tage. Du musst nicht nur auf andere, sondern auch auf dich selbst aufpassen.«

Liv steckte das Handy weg und steuerte auf die Raboisen'sche Villa zu. Die Journalisten würdigte sie keines Blickes. Die freie Presseberichterstattung war ein hohes Gut, aber hier wurde übertrieben, fand sie.

»Sie sind eine Kommissarin, oder? Haben Sie neue Erkenntnisse zu dem Mord an Karl von Raboisen? Hat seine Ehefrau ein Geständnis abgelegt?«, fragte ein Journalist.

»Unser Presseteam wird Sie auf dem Laufenden halten«, erwiderte Liv im Vorbeigehen. Ihrem Pressesprecher und seinem Team gelang es zum Glück, alle Anfragen von den Ermittlern fernzuhalten.

Als sie am Transporter der Kriminaltechnik vorbeikam, entdeckte sie Hilke Hasselbrechts Dienstwagen. Die K1-Chefin stand neben dem Gartenpavillon und redete mit Karlpeter Botersen-Evers. Der Friesenwall, der die Grenze zu den Wanderdünen bildete, wurde von Kriminaltechnikern abgetragen. Die Wasserhunde und die Terrier waren in ihrem Zwinger und bellten aufgeregt. »Jennifer von Raboisen hat sich gestern wohl schwerer als üblich verletzt. Ein Notarzt und die Therapeutin mussten kommen«, berichtete Hilke Hasselbrecht. »Offenbar hat sich das Geständnis in ihrer Verwandtschaft bereits herumgesprochen. Wir müssen also davon ausgehen, dass auch die Medien bald davon Wind bekommen. Unser Pressesprecher arbeitet bereits präventiv, um voreilige Schlagzeilen zu verhindern.«

»Hoffentlich gelingt es ihm. Eine ungerechtfertigte Vorverurteilung wäre für Jennifer von Raboisen eine Katastrophe.«

»Wir werden heute kurzfristig eine Tatnachstellung vornehmen. Eine Streifenpolizistin mit Jennifers Statur hat sich bereit erklärt, deren hypothetische Rolle zu übernehmen. Damit könnte das Geständnis untermauert werden.«

»Oder widerlegt, was ich für wahrscheinlicher halte.« Liv berichtete von ihrem Besuch bei den Seenotrettern. »Ich glaube kaum, dass Jennifer unter diesem Zeitdruck zu einer derart waghalsigen Tat in der Lage gewesen wäre. Wenn wir das Motorboot finden, mit dem der Täter die Jacht verlassen hat, könnten wir seine Fingerabdrücke darauf finden.«

Liv beobachtete, wie Jennifer mit Phi zu den Hunden ging, die Wasserhunde zu beruhigen versuchte und die Yorkshireterrier mit ins Haus nahm. Die Verbände um Jennifers Arme waren gut zu erkennen, auch Sophia wirkte kränklich. »Was haben die ITler noch auf Jennifers Handy gefunden?«, fragte Liv.

»Jede Menge Chats, die noch gesichtet werden müssen. Am Tatabend hat sie mit einer unbekannten Nummer telefoniert. Dabei soll es sich dem Vernehmen nach um das Handy des Hundesitters David Papen handelt. Jennifer habe sich nach dem Befinden des Hundes erkundigen wollen, mit dem er auf dem Festland beim Tierarzt war, heißt es.« Hasselbrecht fächelte sich Luft zu. »Wichtiger erscheint mir derzeit, was die KT gefunden hat.« Sie führte Liv in das Innere des Gartenpavillons. In einem Asservatenbeutel stand die Glastrophäe, von Erde und einer dunklen Flüssigkeit verschmiert. »Der Täter hatte sie im Friesenwall hinter dem Pavillon vergraben. Eine frisch gepflanzte Hortensie, die noch locker saß, herausziehen, die Trophäe hinein; das muss einigermaßen schnell gegangen sein.«

»Blut? Fingerabdrücke?«

»Noch unklar. Die Trophäe wird schnellstmöglich ins Labor …«

Einer der Kriminaltechniker kam raschelnd näher und unterbrach sie. In seinem Overall schien er heftig zu schwitzen, in der Hand hielt er ein Walkie-Talkie. »In den Wanderdünen ist ein Projektil gefunden worden. Es war so weit abgeschlagen, dass es bei der ersten Suche nicht entdeckt wurde. Theoretisch könnte es aber die Drohne abgeschossen haben.«

Ein Adrenalinschub durchfuhr Liv. »Wissen wir schon, aus was für einer Waffe die Kugel stammte? Wir müssen sie mit Eduard von Raboisens Waffensammlung abgleichen. Im

Zweifelsfall kann Hennes ihn aufsuchen; er ist heute wieder einsatzfähig.« Liv hatte morgens mit ihrem Freund und Kollegen telefoniert, der kurz davor war, sich selbst aus dem Krankenhaus zu entlassen. Die Untersuchung war anscheinend gut verlaufen, das Ergebnis würde allerdings ein paar Tage auf sich warten lassen. Da Hennes nicht mehr sagen wollte, hatte sie ihn auch nicht bedrängt.

»Gut zu hören. Und was steht heute Vormittag noch bei Ihnen an?«, forschte Hilke Hasselbrecht nach.

»Ich werde weitere Fakten zusammentragen, um Jennifer von Raboisens Geständnis zu widerlegen.«

Hasselbrechts Telefon schrillte. Die Leiterin der Mordkommission nahm das Gespräch an. Zunehmend angespannt wanderte sie hin und her. Anschließend drehte sie sich zu Liv um. »Einen alternativen Täter zu finden, wird Ihnen möglicherweise leichter fallen als erwartet. Der Vlogger ist im Kommissariat. Ihm ist erneut ein Foto zugespielt worden. Offenbar ist darauf Charlotte von Raboisen mit ihrem Geliebten zu sehen. Wie es aussieht, entstand das Bild nach dem Krebsfest. Momke mailt es mir gleich.«

Gespannt warteten sie. Es schien ewig zu dauern; der Handyempfang war auf Sylt teilweise wirklich schleppend.

Sie mussten warten, bis Charlotte von Raboisen Zeit für sie hatte; offenbar war sie in einer wichtigen Videokonferenz, in der es um ihre politische Zukunft ging, wie ihre Assistentin Maja Forsberg durchblicken ließ. Ihr Büro wirkte luftiger, was auch daran liegen mochte, dass etliche Kakteen das Haus erobert hatten; auf vielen Schränkchen und Fensterbänken standen inzwischen Töpfe. Als die Ermittlerinnen sie mit dem Foto konfrontierten, das bewies, dass sie einen Geliebten hatte, seufzte Charlotte von Raboisen resignierend.

»Darf ich das Foto noch einmal sehen?«, bat sie. Liv legte es zwischen sie auf den Tisch. Der Mann war nicht zu erkennen. Im Gegensatz zu Karl von Raboisen hatte er jedoch anscheinend schulterlange, glatte Haare, die unter einer Mütze hervorschauten und Liv entfernt an jemanden erinnerten. Wer war er? War er einer der Festgäste, und sie erkannte ihn nur nicht?

Ein weicher Zug schlich auf das Gesicht von Charlotte von Raboisen, als sie mit dem Zeigefinger über das Foto strich. »Kennen Sie diese Momente, die dem Leben eine neue Richtung geben? In denen Puzzleteile, mit denen man lange nichts anfangen konnte, endlich einen Platz finden? In denen Weichen umgestellt werden?« Ihre Stimme verklang.

»In denen man plötzlich klarsieht und weiß, was man tun soll?«, sagte Liv. »War das so ein Moment?«

Charlotte von Raboisen nickte. »Ich hatte Ihnen ja schon von dem Streit mit Karl und meinem Sturz durch die Glastür erzählt. Danach wusste ich, dass es nicht so weitergehen kann. Wie sollte ich beim Krebsfest heile Welt spielen? Und dann folgte dieser zweite, schreckliche Streit … Völlig aufgelöst rief ich ihn an …«

»Ihren Geliebten?«

»Ja. Sie müssen verstehen, dass ich seine Identität nicht preisgeben kann. Ich muss ihn erst fragen, ob es ihm recht ist, dass ich ihn in diese unerfreuliche Angelegenheit mit hineinziehe. Nur eines: Mein Schwiegervater würde meinen Geliebten verachten, aber ich sage Ihnen: Er ist mehr Mann als mein verstorbener Gatte; und das im besten Sinne.«

Noch immer war Liv nicht eingefallen, an wen der Unbekannte sie erinnerte. War er ein Beteiligter an diesem Fall gewesen? »Ihnen ist aber klar, wie wichtig es für uns wäre, mit Ihrem Geliebten zu sprechen. Er …«

»Natürlich ist mir das klar«, ging Charlotte von Raboisen dazwischen, ehe Liv ihre Überlegungen bezüglich der Alibis und Verdachtsmomente weiter ausführen konnte.

»Ein Gespräch mit ihm könnte Ihre Tochter entlasten.«

»Und ihn dafür zum Verdächtigen machen?«

»Selbstverständlich wird auch sein Alibi objektiv überprüft«, versicherte Hilke Hasselbrecht ihr. »Außerdem sollte Ihnen bewusst sein, dass wir seine Identität früher oder später ohnehin herausfinden werden.«

»Ich sagte doch: Ich werde seinen Namen nicht ohne sein Einverständnis nennen.« Charlotte von Raboisen klang entschieden.

»Sie riefen also Ihren Geliebten an«, kam Liv auf den Ablauf des Abends zurück.

»Er war so wütend auf Karl! Nichts verabscheut er mehr als Gewalt gegen Schwächere, vor allem gegen Frauen und Kinder. Ich beruhigte ihn, aber er bestand darauf, später zu mir zu kommen, um mich zu trösten. Wir trafen uns bei der Garage. Als wir uns in die Arme fielen, muss das Foto geschossen worden sein. Danach fuhren wir für einige Stunden davon.«

»Wohin?«

»Auf einen ruhigen Parkplatz an den Dünen.«

»Sie waren den Rest der Nacht zusammen?«, fragte Liv.

»Ja. Deshalb bat ich Maja, mir ein Alibi zu geben. Ich wollte ihn nicht mit in die Ermittlungen hineinziehen. Niemand wusste von unserer Beziehung.«

»Gibt es einen Zeugen für Ihr Beisammensein? Hat Sie jemand gesehen?«

»Ich denke nicht, nein. Wir waren diskret.«

Liv musterte Charlotte von Raboisen. War sie der Schlüssel zu diesem Fall? Sie dachte an die schillernde Fassade der Familie, an den gewalttätigen Ehemann, an den Geliebten, mit den schulterlangen Haaren und der Mütze. War dieser Aufzug aus praktischen Gründen gewählt oder einfach unkonventionell?

Plötzlich wusste Liv, wer er war. »Haben Sie Liam Wiesner über Ihre Liebe zu Wüsten kennen und lieben gelernt?«

Charlotte von Raboisen zuckte heftig zusammen. Nach einem Augenblick der Stille gab sie ihren Widerstand auf. »Ich habe einmal eine Exkursion zum Fuß der Wanderdüne bei Liam gebucht, als wir geologisch interessierte Gäste hatten.« Ihr Blick wurde weich. »Es war, als hätte ich einen Seelenverwandten getroffen. Endlich verstand jemand meine Liebe zu dieser Landschaft. Wir haben eine ähnliche Sicht auf die Welt. Er ist erfahren, aber nicht wie Karl, in Geschäftsdingen und in der Gesellschaft, sondern im wahren Leben. Liam hat bei der Beseitigung von Landminen geholfen, hat weitere Projekte in der Dritten Welt unterstützt, setzt sich vehement für Naturschutz ein. Für die wahrhaft wichtigen Dinge. Und er respektiert mich für das, was ich bin, was ich tue. Bei ihm habe ich mich zum ersten Mal wieder geborgen gefühlt.«

* * *

Nachdem die Ermittlerinnen gegangen waren, rief Charlotte sofort Maja zu sich. Sie hatte bereits seit Karls Tod darüber nachgedacht, wie sie damit umgehen würde, wenn ihre Affäre mit Liam aufflog. Sie liebte und begehrte ihn, aber in der derzeitigen Situation konnte sie kein Risiko eingehen. Beim Rennen um die Wählergunst hatten ihre Konkurrenten sie inzwischen eingeholt. Auch was den Vorsitz im Wirtschaftsausschuss anging, war sie ins Hintertreffen geraten. Im Umgang mit den wichtigsten Firmen und Politikern Schleswig-Holsteins war eine weiße Weste nötig – gerade als Frau. Letztlich konnte sie nur etwas bewegen, wenn sie an den Schalthebeln der Macht saß. Das hatte Karl zuletzt ja auch erkannt, was ihr natürlich gar nicht gefallen hatte. Sie musste herausfinden, wer das Foto geschossen hatte. Und ob es noch mehr Dinge gab, die ihr gefährlich werden konnten.

»Wir haben die Daten von der jüngsten Umfrage. Deine Umfragewerte sind um drei Prozentpunkte gefa–«

Das wollte Charlotte jetzt nicht hören. »Setz bitte eine Pressemitteilung auf, in der ich eine außereheliche Affäre bestreite«, unterbrach sie Maja. »Das Foto, das der Polizei zugespielt worden ist, wurde aus dem Zusammenhang gerissen. Außerdem muss ich mit den Chefredakteuren der wichtigsten Medien Schleswig-Holsteins sprechen, du weißt schon.« Ungeduldig sah Charlotte zu, wie Maja sich Notizen machte. »Und zwar schnell!«

Charlotte überlegte, ob sie Liam eine Nachricht schicken sollte, aber je weniger digitale Spuren sie hinterließ, desto besser. Nachdem sie Maja hinausgeschickt hatte, rief sie Liam an. Es brach ihr beinahe das Herz, als sie sagte: »Die Polizei weiß Bescheid. Wir können uns nicht mehr sehen.«

Der Wind strich über das Mikrofon seines Handys; er war draußen, wie immer. »Bist du verrückt geworden? Jetzt, wo wir uns endlich nicht mehr …«

Seine tiefe Stimme verursachte ihr eine wohlige Gänsehaut und weckte Erinnerungen. *Bleib stark! Es geht um mehr als um deine Gefühle!* Trotz dieser Mahnung schien sich ein Eisenring um ihre Brust zu legen. »Ich muss erst einmal diesen Scherbenhaufen beseitigen, den Karls Tod verursacht hat.«

»Aber Charlotte, my Love …«

»Okay, wir reden persönlich darüber. Ich rufe dich an.« Sie hatte das Gespräch getrennt. Charlotte spürte, wie ihre Knie zitterten. Dann drückte sie den Rücken durch. Und jetzt musste sie mit Jenny sprechen.

In dem kleinen Büroraum nebenan telefonierte Maja. Sie ging die Treppe nach oben. Auf dem Daybed saßen Gunda und Phi und lasen ein Buch. Die Terrier hatten es sich neben ihnen bequem gemacht; das hätte Karl niemals geduldet. Sofort kamen ihre Tochter und die Hunde angelaufen. Phi schmiegte sich an sie. Die Hunde sprangen an ihnen hoch, nach Hundeshampoo duftend. Charlotte war froh, dass David sich um die Wasserhunde kümmerte. Sie hatte nichts gegen die Rasse, aber die beiden waren zu groß und erinnerten sie zu sehr an Karl. »Darf ich mich später verabreden?«, fragte Phi.

»Warte noch ein bisschen. Ich weiß nicht, ob wir heute oder morgen zum Herrenhaus aufbrechen.«

»Ich will hierbleiben.«

»Ich auch. Aber wir müssen nun einmal zu Großvater und alles …«, die Beerdigung unterschlug sie, »… vorbereiten.« Charlotte machte sich los. »Wo ist Jenny?«

»In ihrem Zimmer. Ich wollte, dass sie mit mir malt, aber sie mochte nicht.«

Charlotte nahm die Treppe ins Obergeschoss. Jenny hatte ihnen gestern einen ganz schönen Schrecken eingejagt. Das viele Blut … Es wurde Zeit, dass Ruhe einkehrte, damit sie zur Besinnung kam. Aber vorher musste Jenny noch etwas für sie tun.

Jenny war unter ihrer Decke kaum zu sehen, die Vorhänge waren geschlossen. Charlotte legte sich zu ihrer Tochter auf das Bett und umarmte sie. »Willst du denn gar nicht aufstehen?«

»Ich fühle mich nicht danach«, drang es unter der Decke hervor.

Mitleid durchströmte Charlotte. »Das verstehe ich. Aber ich brauche jetzt deine Hilfe, Jenny.«

»Ich hab dir schon geholfen. Und jetzt hassen mich alle.

Steht schon in der Zeitung, dass ich eine Mörderin bin?« Es klang bitter. Und ängstlich.

Das hast du dir selbst eingebrockt, hätte Charlotte am liebsten gesagt. Das Geständnis war verheerend, in vielfacher Hinsicht. Nicht zuletzt schockierte sie der Gedanke, dass ihre Tochter wirklich zu glauben schien, dass sie ihren eigenen Mann umgebracht hatte. Um diese Schlagzeile zu verhindern, hatte sie ihre Verbindungen zur Presse strapaziert. Hatte Versprechungen machen müssen. Und jetzt würde sie diese noch weiter belasten müssen.

»Nein, das steht da nicht. Und das wird es auch hoffentlich nicht, denn die Polizei wird herausfinden, dass du gelogen hast.« Charlotte zog die Decke ein Stück herunter. »Ich brauche deine Hilfe, Jenny. Die Polizei geht davon aus, dass ich eine Affäre hatte.«

Jenny setzte sich auf, sah sie aus verweinten Augen an. Die Verbände um ihren Arm waren blutig, genau wie es Charlottes Verband gewesen war. Sie waren zwei Versehrte. »Ich weiß, dass du … jemanden hast.«

Sie hätte wissen müssen, dass Jenny nichts entging. Ihre Tochter war ein wacher Geist. Aufmerksam. Sensibel. Vermutlich hatte sie auch deshalb solche psychischen Probleme. Aber jetzt, wo Karl weg war, würde alles besser werden – auch das. »Hattest. Es ist vorbei. In der Öffentlichkeit werde ich diese Beziehung leugnen. Sonst kann ich meine politische Karriere bis auf Weiteres vergessen. Und das wollen wir doch nicht, oder?«

Sie schien erst jetzt zu bemerken, dass ihre Tochter in stille Tränen ausgebrochen war. Erschrocken schloss sie sie in die Arme. »Dass ich Karl nicht mehr geliebt habe, hat mit euch nichts zu tun. Ihr seid das Beste, was ich zustande gebracht habe, was mir geschenkt wurde. Und das musst du auch Phi deutlich machen, falls ihr dieses Gerücht zugetragen wird. Alle werden versuchen, diese Affäre gegen mich zu verwenden, nicht zuletzt Großvater. Deshalb müssen wir jetzt zusammenhalten.«

26

Morsum, 9.30 Uhr

In unzähligen Orange-, Ocker- und Rottönen stemmte sich das Morsum-Kliff gegen den sich immer weiter eintrübenden Himmel. Schon jetzt war es extrem schwül. Staub klebte an Livs Haut, und in der Hitze fühlte sie sich wie eine Wüstenwanderin. Vor dem Kliff erstreckte sich um diese Zeit eine Wattfläche, eine weitere wüstenähnliche Landschaft, nur dass die waschbrettartigen Wellen vom Wasser geformt worden waren.

»Ich komme mir wie Lawrence von Arabien vor«, meinte Momke stöhnend, der sich sein Halstuch über den Kopf gelegt und mit dem Basecap befestigt hatte. »Warum können wir Liam Wiesner nicht in einem klimaanlagengekühlten Büro treffen?«

»Weil sich ein echter Geologe natürlich an den geologischen Sensationen der Insel aufhält. Und da steht das Morsum-Kliff nun mal an erster Stelle«, sagte Liv und nahm einen Schluck aus ihrer Trinkflasche. Gleich darauf erreichten sie die nächste Kliffkuppe. Nun ging es bergab. Am Fuß des Naturdenkmals umringte die Urlaubergruppe Liam Wiesner, der heute mit seinem breitkrempigen Hut mehr denn je wie ein Abenteurer aussah. Sie hatten überlegt, ob sie ihn zum Gespräch einbestellen sollten, hatten dann aber entschieden, erst die Ergebnisse der Kriminaltechnik abzuwarten. Eine lockere Befragung war aber nötig.

»... sehen Sie Millionen Jahre Erdgeschichte auf kleinstem Raum. Der schwarzgraue Glimmerton ist fünf bis sieben Millionen Jahre alt. Im braunroten Limonitsandstein – vor vier bis fünf Millionen Jahren entstanden – können Sie das Önereerskenpottjüch entdecken. Dabei handelt es sich um das Geschirr der Unterirdischen, der sagenhaften Sylter Zwerge, die in den Dünen gehaust haben sollen. Seltsam geformte Verkrustungen, die seit jeher die Fantasie der Menschen anregen.«

Wiesner hatte Liv offenbar erkannt, denn er lud seine Gruppe ein, sich umzusehen, ehe er mit seinem Vortrag fortfahren würde. »Aber nichts abbrechen oder einsammeln! Hier handelt es sich um ein Naturdenkmal ersten Ranges, ein Naturschutzgebiet und Nationales Geotop!« Er kam auf Liv und Momke zu, als wollte er sie abfangen. »Ich dachte mir schon, dass Sie auftauchen würden.«

»Hat Charlotte von Raboisen Sie vorgewarnt?«

»Vorgewarnt ist gut!« Er lachte höhnisch. »Abserviert hat sie mich!« Aus seinen Worten sprach eindeutig gekränkte Eitelkeit.

»Sie hat Ihre Beziehung beendet?«

»Das politische Kalkül hat über ihre Gefühle gesiegt. Dabei verbindet uns mehr als Leidenschaft.«

»Charlotte sagte, Sie seien sehr wütend darüber gewesen, wie Karl sie behandelt hat.«

»Und jetzt wollen Sie mir einen Strick daraus drehen? Viel zu wenige regen sich über Gewalt auf. Wir nehmen es hin, dass unsere Welt immer gewalttätiger wird, statt etwas dagegen zu tun.«

»Da gebe ich Ihnen recht. Haben Sie das Gespräch mit Karl über sein Verhalten gesucht?«

»Noch nicht. Ich hatte es mir aber fest vorgenommen.« Er stieß die Luft durch die Nase aus. »Und nein, ich habe Karl nicht in dieser Nacht angegriffen und getötet. Ich habe mit Charlotte in meinem Jeep gelegen und sie abgelenkt, wenn Sie verstehen, was ich meine. Da hätte der Paparazzo wirklich was zu fotografieren gehabt. Wäre vielleicht gar nicht so schlecht gewesen, dann hätte ich wenigstens ein Alibi.« Er strich über die Krempe seines Huts. »Und jetzt entschuldigen Sie mich, die Erdgeschichte ruft. Im Angesicht des Morsum-Kliffs sind wir und unsere Probleme unbedeutend.«

»Eins noch: Sagt Ihnen der Name Michelle Müller etwas?«

»Schon wieder die verschwundene Drohnenpilotin? Nein, immer noch nicht.«

Liv und Momke kämpften sich unter aufwirbelndem roten Staub wieder das Morsum-Kliff hoch.

»Was für ein kalter Fisch«, meinte Momke pustend.

»Gelassen schon. Aber gekränkt war er auch«, überlegte Liv. »Die Reaktion von Charlotte von Raboisen ist radikal. Sie setzt ihre Karriere über alles.« Kurz kam ihr der Gedanke, dass Charlotte ihre Tochter um das falsche Geständnis gebeten haben könnte und ihr Erstaunen nur vorgespielt hatte. Nein, das konnte nicht sein. Bei den vielen beteiligten Personen und Hinweisen musste sie einen klaren Kopf und den Überblick behalten. »Ich bin froh, wenn endlich die Aufnahmen der Überwachungskamera und vielleicht sogar der Drohne entschlüsselt sind. Tim meinte, die IT könnte heute so weit sein.«

»Vielleicht haben wir ja auch Glück, und auf der Glastrophäe finden sich Spuren. Bald wissen wir, ob es die Tatwaffe ist und der Täter Fingerabdrücke oder DNA hinterlassen hat.«

Sie hatten die Ebene erreicht. Liv sah vom Morsum-Kliff noch einmal über das Watt. Richtung Festland türmten sich Wolkenberge auf. Etwas braute sich zusammen. Dann ließ sie ihren Blick schweifen. Sylt war so klein und gleichzeitig so groß. Groß genug, damit jemand verschwinden konnte. »Lieber wäre mir aber, wenn wir erst einmal Michelle Müller finden würden.«

* * *

»Hier kannst du nicht reinfahren! Das ist doch gar kein Weg mehr! Außerdem wird dieses Schöpfwerk ja wohl ausgeschildert sein!« Der Pkw holperte derart über den Feldweg, dass Herbert mit dem Kopf an das Wagendach stieß.

»Ich konnte es doch eben schon sehen. Wenn du das Navi eingepackt hättest …«

Äste kratzten am Lack, und Staubwolken brausten um sie und legten sich auf die Kühlerhaube. »Carola, der schöne Wagen! Zurück! Fahr doch zurück!«

Carola bremste abrupt, beinahe wäre Herbert mit dem Kopf an das Armaturenbrett gestoßen. »Du willst mich wohl loswerden, was?«, fragte er fuchsig.

»Warum das denn? Dann würde mir ja langweilig werden! Wer will denn schon morgens gemütlich im Hotel frühstücken, wenn er auch zwischen langweiligen Feldern herumirren kann«, sagte sie und legte den Rückwärtsgang ein.

»Das sind keine langweiligen Felder! Frühstücken können wir jeden Tag, aber das Watt erkunden können wir nur um diese Zeit. Du beklagst dich doch immer, dass es dir tagsüber zu heiß ist!«

Sie folgten dem breiteren Weg. Nach einer gefühlten Ewigkeit tauchte endlich das kleine Haus aus rotem Backstein vor ihnen auf. Mit seinen zwei Stockwerken und dem grauen Dach schien es sich an den Deich zu schmiegen. »Endlich sind wir da. Warum denn nicht gleich so? Aber nein, du musst immer eine Abkürzung nehmen!«

»Warum haben wir auch noch kein Navi gekauft? Jeder hat heutzutage eins!« Ihre Sticheleien schienen eine gewisse Eigendynamik entwickelt zu haben.

Während Herbert sich umständlich für die Wattwanderung bereitmachte, schnallte Carola ihren Rucksack um und betrachtete die Schilder, die sich unter dem kleinen Flachdach befanden. »›Das Keitumer Schöpfwerk am Nössekoog‹«, las sie laut vor. Eine Bö wehte sie an. Die Wolken wurden immer dichter. Sie sollten sich besser beeilen.

»Mach mal hinne! Das Wetter schlägt um!«, rief sie.

»Als ob du Ahnung vom Wetter hättest!« Noch einmal kontrollierte Herbert den Inhalt seines Rucksacks.

Carola spähte durch die Fenster des kleinen Gebäudes. »Vielleicht hätten wir doch eine offizielle Wattwanderung machen sollen. Dann hätten wir uns bestimmt die Ausstellung anschauen können – sieht interessant aus.«

»Das Geld können wir uns sparen. Und was wir im Watt sehen, kann ich dir auch erklären.« Herbert schwenkte das Bestimmungsbuch und marschierte in seinen Gummistiefeln den Deich hoch.

»Soll man nicht barfuß ins Watt gehen?«

»Jeder wie er will, würde ich sagen. Und ich will nicht barfuß gehen, nachher trete ich noch in Schafscheiße.«

Sie umkurvten die dunklen Hinterlassenschaften der Schafe auf dem strohigen Gras. Auf der Deichkuppe angekommen, spähten sie nebeneinander über das Watt. Ein wenig kam Carola sich wie eine Entdeckerin auf einem Berggipfel vor, obgleich sich vor ihr lediglich eine eintönige grau-braune Fläche ausbreitete. »Sieht nicht gerade aufregend aus«, meinte sie ehrlich.

»Der Zauber des Watts verlangt ein genaues Hinsehen und vor allem Geduld«, dozierte Herbert. »Wie heißt es so schön bei Wolf Biermann: ›Beständig ist bei uns nur das Unbeständige. Nur wer sich ändert, bleibt sich treu‹.«

»Lyrik am Morgen, jetzt überforderst du mich aber.«

Carola marschierte voraus. Im Watt angekommen, zog sie sogleich die Schuhe aus. Feucht squitschte der Meeresboden durch ihre Zehen. »Herrlich!« Sie nahm eine Handvoll Erde und warf sie Herbert zu. »Schlammschlacht!«, rief sie.

Herbert musste sich ducken. »Mach keinen Quatsch, das schöne Buch! Und meine teure Outdoorjacke!«, rief er empört.

Carola lachte. »Für die Jacke ist es ohnehin bald zu warm. Suchst du mir jetzt einen fetten Wattwurm? Das wird bei den Wattwanderungen immer geboten. Oder hast du etwa keine Schaufel dabei?«

Mit einem Griff hatte Herbert die Schaufel aus seinem Rucksack befördert und stocherte im Meeresboden. Die Wattwürmer schienen sich jedoch alle verkrochen zu haben. Dafür entdeckten sie Muscheln, Schnecken und über ihnen unzählige Vögel. Immer weiter marschierten sie hinaus. Das Watt wurde weicher, mit jedem Schritt sanken sie tiefer ein. Herbert bekam seine Gummistiefel kaum noch aus dem Boden. Das Gehen war so anstrengend, dass er keuchte. »Schlickwatt nennt … man das.«

Ein Grummeln ließ Carola in die Ferne blicken. Am Horizont braute sich anscheinend etwas zusammen. »Das sieht gar nicht gut aus.«

»Von Gewitter hat nichts im Wetterbericht gestanden. Das zieht weiter«, war Herbert überzeugt.

»Wir sollten lieber zurückgehen. Im Watt kann man sich leicht verlaufen.« Sie hörte es unter sich glucksen. »Wenn das Gewitter herzieht, können wir nirgends Schutz suchen. Und diese kleinen Priele können zu reißenden Strömen werden. Komm jetzt, Herbert.«

»Du bist doch sonst nicht so vernünftig.«

»Was Gewitter angeht, schon.« Carola marschierte voraus. »Mach schneller. Wo bleibst du denn?«

»Ich stecke fest!« Sie wandte sich um und musste unwillkürlich lachen. Bis zu den Knien steckte Herbert im Schlick. Sie half ihm, herauszukommen, fiel dabei ins Watt – doch die Gummistiefel blieben stecken. Während das Gewittergrummeln stärker wurde, versuchte Herbert mit seiner kleinen Schaufel, die Stiefel auszugraben. »Die kann ich doch nicht hierlassen! So eine Umweltschweinerei!«

Mit den Händen half sie nach, buddelte im Schlick, bis sie die Stiefel befreit hatten. Dann packte sie ihn mit den schmutzigen Händen und zog ihn mit sich. Erste Tropfen fielen vom Himmel. Ein Blitz brachte das spiegelnde Watt zum Funkeln. Der Wind frischte auf. Ein wunderschöner Anblick, der Carola jedoch eine Heidenangst einjagte. Glücklicherweise ließ der Donner etwas auf sich warten.

»Ein echter Wattführer hätte bestimmt gewusst, dass ein Gewitter heraufzieht.«

»Nicht ... schon ... wieder ... dieses ... Genörgel!« Herbert keuchte unter der Last des Rucksacks und der Gummistiefel, die er unter den Arm geklemmt hatte.

Beinahe hatten sie das Ufer erreicht. »Haben wir es doch geschafft!«, rief Carola, klaubte übermütig eine Handvoll Schlick auf und warf damit nach ihm. Als sie ihn vor die Brust traf, musste sie lachen.

»Na warte!« Nun schleuderte er ihr ebenfalls Matsch entgegen. Beide kicherten, ebenso erleichtert wie erschöpft.

Carola steuerte auf buschige Inseln und eine Reihe von Pfosten zu, um sich einen Augenblick auf ihnen niederzulassen und das Gesicht sauber zu wischen. Hell schien etwas zwischen dem Holz auf. Neugierig trat sie näher. »Da hat sich etwas verfangen«, sagte sie.

»Lass gut sein. Treibgut können wir nicht gebrauchen. Wir haben heute schon genug Abenteuer erlebt.«

Doch Carola konnte ihre Neugier nicht bezähmen. Der Anblick dessen, was da zwischen den Pfosten klemmte, sollte sie allerdings bis in den Schlaf verfolgen.

* * *

Das Wasserschloss Glücksburg mit seiner zauberhaften Gartenanlage hatten die Kommissare schon lange hinter sich gelassen. Wanda plapperte, während Hennes den Blick schweifen ließ, um sich von den Eindrücken aus dem Krankenhaus abzulenken. Es sei ein unklarer Befund, der abgeglichen werden müsse, hatte die Ärztin gesagt. Flecken auf seiner Lunge. Rachel gegenüber hatte er versucht, seine Sorgen herunterzuspielen, aber natürlich hatte sie auch so gespürt, wie es in ihm aussah. Arbeit würde ihm helfen, die Wartezeit zu überbrücken, würde ihn ablenken. Eigentlich hatte er schnell wieder nach Sylt aufbrechen wollen, aber Hasselbrecht hatte ihn gebeten, mit Eduard von Raboisen zu sprechen. Hier, am nördlichsten Ende Deutschlands, gab die Natur den Ton an, das spürte man. Da war nicht nur der Glücksburger Wald, sondern die unter Naturschutz stehende Halbinsel Holnis lockte auch mit ihrer Steilküste und einer Salzwiese mit einer bedeutenden Kolonie Seevögel. Dass die Gegend schon zu Urzeiten geschätzt wurde, bewiesen verwunschene Großsteingräber. Wanda wippte mit den Knien. »Fahr mal ran«, sagte sie.

»Was ist los?«

»Ich muss schon wieder«, entschuldigte Wanda sich. Eigentlich hätte sie wegen ihrer Schwangerschaft den Schreibtisch gar nicht verlassen dürfen, aber in Anbetracht ihres Ziels hatte sie Hasselbrecht überredet, ein Auge zuzudrücken.

Endlich hatten sie die Ländereien der Raboisens erreicht, wie ein hohes schmiedeeisernes Tor verkündete. Gehörten die umgebenden Wälder ebenfalls der Familie? Plakate wiesen darauf hin, dass das Event dieses Jahr wegen eines Trauerfalls ausfallen musste. Eine geschwungene Sandstraße führte durch die Parkanlage, die in den Sommermonaten üblicherweise von Besuchermassen geflutet wurde, wie Hennes auf Fotos gesehen hatte. Als sie aus dem Auto stiegen, zog trompetend und flügelsirrend ein Schwarm Graugänse über sie hinweg.

Die wollen sich wohl vor dem aufziehenden Unwetter ins Kleine Noor retten, dachte Hennes: in die verlandete Meeresbucht, die inzwischen wieder geflutet und Teil des Naturschutzgebiets war. Oder waren es Nonnengänse? Noch einmal legte er den Kopf in den Nacken. *Werde ich etwa auf meine alten Tage noch mit der Vogelbeobachtung anfangen und ein Vogelkieker werden?* Hennes sah sich halb grausend mit dem Spektiv und Gummistiefeln durch die Felder ziehen. Andererseits: Es gab Schlimmeres, Golfspielen zum Beispiel. Bingo spielen. Torten gestalten.

Das Herrenhaus bestach mit langen Fensterreihen, einem Portal und Türmchen. Etwas zurückgesetzt konnte man eine Remise und die Schlosskapelle, auf der anderen Seite Ställe und Koppeln erkennen. Vor dem Springbrunnen am Rondell stand der Bentley. Wanda kam gar nicht mehr aus dem Staunen heraus. »Schade, dass die Gartentage ausfallen! Bei der Gelegenheit habe ich die Herrschaften manchmal gesehen, aber dass ich jetzt mit ihnen reden werde …«

»Es sind ganz normale Menschen. Sie haben lediglich Namen mit historischem Bezug.«

»Jaja, ich weiß. Trotzdem finde ich's aufregend!«

Am Eingang wurden sie von Paul Dekker in Empfang genommen. Der Butler sah wie immer makellos aus. In dem

Gemäuer umfing Kälte sie. Wandas Lächeln wurde hingegen umso wärmer. »Ich wollte schon immer einen echten Butler kennenlernen«, gestand sie begeistert. »Meine Lieblingsfigur in den *Batman*-Filmen ist Alfred Pennyworth, vor allem, wenn Michael Cain ihn spielt. So einen Ehrenkodex wie bei Butlern findet man sonst nur beim Militär – und bei der Polizei natürlich«, verwickelte sie Dekker sogleich in ein Gespräch. »Verraten Sie mir ein paar Geheimnisse aus Ihrer Ausbildung?«

»Diesem Wunsch werde ich mich sicher kaum verweigern können. Zunächst möchte ich Sie aber bitten, diese Filzschuhe über Ihre Straßenschuhe zu ziehen; das Parkett ist Jahrhunderte alt und empfindlich.«

»Wenn es Jahrhunderte alt ist, kann es ja so empfindlich nicht sein«, murmelte Hennes.

Der Butler überhörte seine Bemerkung geflissentlich, führte sie durch eine Halle und dann durch eine Galerie, in der sich goldgerahmte Porträts aneinanderreihten.

»Das ist die Ahnengalerie, nicht wahr?«, fragte Wanda. »Wen haben wir denn hier?« Sie wies auf das Porträt eines dicklichen Ritters. Hennes stutzte. Die Nase hatte entfernte Ähnlichkeit mit der von Eduard von Raboisen und seinen Söhnen. Ob das so ein Erbdefekt war wie die Habsburger Unterlippe? Was machte das mit einem, wenn man jeden Tag seiner so langen Familiengeschichte gegenüberstand? Betrachtete man jede Entscheidung mit dem seelischen Gepäck der Familientradition? Würde ein Mann wie Eduard von Raboisen vor diesem Hintergrund wirklich seinen Sohn töten? Stünde nicht das Weiterleben des Clans an erster Stelle? Oder hatte Karl gerade das gefährdet? Hennes war kein Traditionalist, jeder war seines Glückes Schmied – oder seines Peches, ganz nach Wunsch. Trotzdem stellte er sich vor, wie eine Ahnengalerie seiner Familie aussehen würde. Weit kam er nicht. Eigentlich war schon bei seinem Vater Schluss, der Nieter bei der Flensburger Schiffbau-Gesellschaft gewesen war und auch zu Hause das Hämmern nicht hatte lassen können; nur, dass es seine Kinder gewesen waren, die er gestaucht hatte. Letztlich ging es Hennes wie Liv. Auch seine Familie war dysfunktional gewesen, wie man das heute wohl nannte. Das hatte ihn schon früh auf See getrieben: Er wollte die Freiheit spüren. Hennes riss sich aus seinen Grübeleien.

»Wie hat es Sie nach der Ausbildung in London hierher verschlagen? Die Flensburger Förde muss Ihnen ja sehr fremd vorgekommen sein«, sagte Wanda gerade, der es offenbar doch gelungen war, Paul Dekker aus der Reserve zu locken.

»Ganz und gar nicht.«

»Oder sind Sie etwa aus dieser Ecke?«

»Gewissermaßen«, sagte Paul Dekker knapp und wies auf das letzte Gemälde, das von einem schwarzen Samttuch zugehängt war. Hennes hatte aufgemerkt. Paul Dekker stammte, wenn er sich recht an die Akte erinnerte, aus Hamburg – oder stimmte das etwa nicht? Gab es vielleicht eine Verbindung nach Flensburg und zu den Raboisens, die er ihnen verschwiegen hatte? Er schickte seinem Kollegen Aziz eine Nachricht mit der Bitte, die Herkunft des Butlers zu überprüfen.

»Ein Familienporträt mit Karl von Raboisen. Wir haben es aus Pietätsgründen verborgen. Aber nun kommen Sie, Freiherr von Raboisen ist gerade in der Schlossremise und muss demnächst aufbrechen. Herr Georg ist im Forst.«

»Georg von Raboisen ist hier?«, wunderte Hennes sich.

»Er ist gestern eingetroffen.«

Eilig schritt der Butler durch einen schlichteren Gang voraus. Sie verließen den rückwärtigen Teil des Schlosses, zogen die Filzpuschen aus, passierten den Kräutergarten und strebten auf ein flaches und lang gezogenes Gebäude zu. Aus dem Wald am Rande des Grundstücks war das Ächzen fallender Bäume und das Brummen eines Traktors zu hören. Hätten sie nicht auf dem direkten Weg vom Rondell hierher gehen können? Aber dann hätten sie das Ambiente des Schlosses verpasst, das ihnen vermutlich deutlich machen sollte, mit wem sie es zu tun hatten. Bei Wanda zumindest war das gelungen. Gut, dass ich unbestechlich bin, dachte Hennes.

Offenbar sollte Eindruck geschunden werden. Hennes wollte gerade anfangen, sich über diese Finte zu ärgern, als er in die Remise hineinsehen konnte und unter Tüchern eine ganze Reihe Oldtimer entdeckte. In der hinteren Ecke röhrte ein Motor; Paul schickte sich an, einen Jaguar E-Type umzuparken. Eduard von Raboisen diskutierte mit einem Zimmermann in Cordschlaghosen, sodass Hennes Zeit hatte, sich umzusehen. Was für Schätzchen hier standen …

»Ist das etwa ein Mercedes 500 K?«, fragte er staunend und lüpfte das verrutschte Tuch etwas weiter. Der Wagen darunter war in seiner geschwungenen Form ebenso schön wie beeindruckend.

»Mein Großvater bestellte ihn gleich nach der Automobilausstellung vierunddreißig in Berlin; über fünf Meter lang, Achtzylinder. Der Spezialroadster war schon damals ein absolutes Luxusmodell.« Raboisen strich beinahe zärtlich über den Lack, der eine markante Patina hatte. Seine Finger zitterten dabei; ohnehin schienen auch ihm die Ereignisse stark zuzusetzen.

»Fährt er noch?«, fragte Hennes und blickte ins Cockpit, in dem auch nach all den Jahren die Instrumente wie in einer Juwelierauslage schimmerten.

»Leider nicht.«

»Warum lassen Sie diesen Mercedes nicht reparieren, wenn er so etwas Besonderes ist?«, wollte Wanda wissen. »Ich dachte, Sie sind Millionär!«

Eduard von Raboisen wirkte auf einmal sehr müde. »Das mag sein. Aber ein Schloss wie dieses verursacht jährlich hohe Kosten, die dringlicher sind. Schauen Sie sich beispielsweise dieses Dach an: Der Dachstuhl ist baufällig. Wir schaffen gerade Platz für die Fahrzeuge der Trauergäste. Etliche werden einige Tage bei uns bleiben, sodass wir ihre Wagen nicht im Freien stehen lassen können.« Sein Gesicht verdüsterte sich. »Heutzutage ist ein Adeliger ein Unternehmer, der seine Ländereien verwalten muss.« Raboisen schien Hennes weniger arrogant als auf Sylt. Als sei er, ganz abgesehen von den tragischen Umständen, hier mehr in seinem Element. »Macht es Ihnen etwas aus, wenn wir zur Kapelle hinübergehen? Auch dort müssen vor der Beisetzung noch einige Arbeiten vorgenommen werden.«

Er wartete ihre Antwort gar nicht ab, was Hennes ärgerte. »Laut Waffenbesitzkarte haben Sie eine Sig Sauer P226 Kaliber 9 mm«, sagte er laut, während er ihm langsamer folgte; sein Bein schmerzte schon wieder, was er sich nicht anmerken lassen wollte.

»Ja, und?«, fragte Eduard von Raboisen mit einem scharfen Unterton.

Das Traktorbrummen wurde lauter. »Wir möchten diese Waffe beschlagnahmen«, sagte Hennes ruhig.

Eduard von Raboisen versteifte, dann wandte er sich langsam zu ihnen um. »Aus welchem Grund?«

»Im Zusammenhang mit unseren Ermittlungen natürlich, was denken Sie denn?«

Sein Gegenüber schien zu wanken. »Geht es Ihnen nicht gut?« Wanda umfasste Eduard von Raboisens Oberarm und führte ihn zu einer geschwungenen Holzbank, die sich unter einem knorrigen Blauregen duckte. Er bat sie, nach Paul zu rufen. Der Butler brachte sofort ein Tablett mit Wasserkaraffe,

Gläsern und einem Pillendöschen, aus dem Eduard von Raboisen sich bediente.

»Meine Neun-Millimeter-Pistole ist verschwunden, die ich üblicherweise für den Fangschuss verwende. Ich habe es am Tage von Karlis Tod bemerkt, aber vollkommen vergessen, Ihnen zu sagen«, sagte Raboisen senior.

»Soso, vergessen«, wiederholte Hennes.

»Die Ereignisse haben auch mich überrollt, das gestehe ich ein. Ich habe keinen Zusammenhang zwischen dem Verschwinden der Waffe und Karlis Tod gesehen. Ehrlich gesagt, bin ich davon ausgegangen, dass ich sie versehentlich hiergelassen habe.« Eduard von Raboisen schien glaubhaft zerknirscht. »Außerdem wollte ich mir ungern unterstellen lassen, dass ich zu alt für den Waffengebrauch bin oder gar senil werde.« Zu seinem Erstaunen spürte Hennes Mitleid mit dem alten Mann. Nun ja, alt. Eduard von Raboisen war zwölf Jahre älter als er. Die Erkenntnis, dass er kein Jungspund mehr war, legte sich, wie so oft, schwer auf Hennes' Schulter. »Ich bin eben keine dreißig mehr.«

»Und keine vierzig oder fünfzig. Genau wie ich. Wann haben Sie die Waffe zuletzt gesehen?«

»Das muss ein paar Tage vorher gewesen sein. Auch der Schalldämpfer für die Pistole ist verschwunden.« Das wäre die Erklärung dafür, dass man den Schuss in den Wanderdünen nicht gehört hatte.

»Wo bewahren Sie Ihre Waffen auf?«

»Ich habe einen Waffenkoffer. Mit einem Zahlenschloss gesichert. Niemand kennt die Zahlenkombination.« Eduard von Raboisen fixierte einen entfernten Punkt. »Allerdings handelt es sich dabei um das Geburtsdatum meiner verstorbenen Frau, sodass es nicht unmöglich wäre, die Kombination herauszubekommen.«

Aus einem Feldweg brach ein Traktor. Auf dem Bock saß – Hennes musste zwei Mal hinschauen – Georg von Raboisen. »Glamour-Georg« hatte sich in einen Landadeligen englischen Zuschnitts verwandelt. Als er sie sah, stoppte er das Fahrzeug und sprang herunter.

»Was ist los, Vater? Brauchst du Hilfe?«, fragte er.

»Die Herrschaften benötigen Informationen über meine Waffen.«

»Es wundert mich, Sie hier zu sehen«, sagte Hennes. »Auf Sylt waren Sie nicht so gut aufeinander zu sprechen.«

Georg von Raboisen musste sichtlich eine spitze Bemerkung herunterschlucken. »Die tragischen Umstände führen natürlich dazu, dass man sich auf die wahren Werte besinnt.«

Während sie ins Jagdzimmer gingen, um den Waffenkoffer zu untersuchen, setzte Eduard von Raboisen seinen Sohn ins Bild. Mit den aufgehängten Waffen und Geweihen hatte der Raum etwas Martialisches, das Hennes zuwider war. Georg von Raboisen setzte sich auf einen Lehnstuhl vor den Kamin, vorgebeugt, als wollte er gleich losspringen.

Wanda entschuldigte sich für einen Moment. »Wo sind denn die Toiletten? Meine Schwangerschaft treibt mich ständig …« Die Raboisens blickten sie indigniert an. Sie verstummte und lief schlagartig rot an.

Hennes nahm den teuren, mit Samt ausgeschlagenen Waffenkoffer in Augenschein. »Und dieses schwere Ding führen Sie immer mit sich?«, fragte er. »Falls Ihnen auf Sylt was vor die Flinte kommt?«

Eduard von Raboisen missfiel Hennes' Ton sichtlich. »Sie haben vielleicht schon von der alljährlichen Lister Treibjagd gehört?«

Hennes ging nicht darauf ein. »Wir müssten den Koffer auf Fingerabdrücke untersuchen.« Raboisen stimmte zu.

»Wow, goldene Wasserhähne – die machen echt etwas her! Ich mochte sie kaum benutzen«, platzte Wanda heraus, als sie wieder eintrat.

Seine Kollegin drehte ja vollkommen durch. Waren das die Hormone? »Ich wollte gerade das zweite Thema anschneiden, das uns hierherführt«, sagte Hennes ernst. »Es ist eher intimer Natur.«

»Es geht um den Geliebten Ihrer Schwiegertochter beziehungsweise Schwägerin«, übernahm Wanda. »Uns wurde ein Foto zugetragen, auf dem Charlotte von Raboisen in Gesellschaft ihres Geliebten zu sehen ist. Dabei handelt es sich um den Geologen Liam …«

»Das ist jetzt nicht wahr, oder?« Georg von Raboisen war aufgesprungen.

»Georg!«, wies Eduard von Raboisen seinen Sohn scharf zurecht; und dann gemessener: »Du wolltest gerade nach den Handwerkern in der Hauskapelle sehen.«

Es fiel Georg sichtlich schwer, dem unausgesprochenen Befehl seines Vaters nachzukommen. »Bleiben Sie«, forderte Hennes ihn auf. »Es interessiert uns, was Sie zu sagen haben. Sie kennen diesen Mann?«

»Flüchtig. Ein unangenehmer Kerl«, sagte Georg knapp. »Und jetzt entschuldigen Sie mich bitte. Ich habe etwas zu erledigen.«

Als sie allein waren, meinte Hennes: »Auch Sie scheinen Liam Wiesner zu kennen.«

»Wie mein Sohn bereits sagte: flüchtig. Ansonsten habe ich nichts zu dem Foto oder der Unterstellung zu sagen. Schon gar nicht, solange ich nicht mit meiner Schwiegertochter gesprochen habe.«

Im weiteren Gespräch wich Eduard von Raboisen ihren Fragen aus. Schließlich verstauten Hennes und Wanda den

Waffenkoffer spurenschonend. Die Ermittler wollten gerade abfahren, als Hennes eine Nachricht erhielt.

Sie fanden Paul Dekker in einem vollgestellten, kühlen Büro, in dem dieser gerade Platzkarten kalligrafisch beschriftete. »Wir haben uns kurzfristig mit Ihrer Herkunft beschäftigt. Warum haben Sie uns nicht gesagt, dass Ihr Vater durch die Schuld Karl von Raboisens zu Tode kam?« Kollege Aziz hatte schnell gehandelt und gleich die richtigen Leute ans Telefon bekommen: ein Glücksfall.

Ein Zucken um die Mundwinkel des Butlers verriet seine Gemütsregung. »Weil es keine Rolle spielt.«

»Das würde ich nicht so sagen. Ihr Vater arbeitete für die Raboisens. Als sie noch ein Junge waren, fuhr Karl beim Zurücksetzen mit seinem Sportwagen gegen einen Schuppen, dessen Wand dabei einstürzte. Ihr Vater lag unter den Trümmern und starb noch vor Ort. Sie sollen untröstlich gewesen sein.«

»Sie haben mit meinem Onkel telefoniert?«

»Der Sie damals aufnahm, ja. Und dessen Namen Sie tragen«, sagte Hennes.

»Weiß Eduard von Raboisen von dieser Verbindung?«, wollte Wanda wissen.

Wieder dieses Zucken. »Nein. Und er muss es auch nicht wissen, weil es für meine Anstellung keinen Unterschied macht.« Paul Dekker stieß scharf die Luft aus. »Karl von Raboisen trug keine Schuld an dem Unfall, das hat später ein Gutachten ergeben. Der Wagen war defekt. Das hätte Ihnen mein Onkel auch gleich erzählen können. Ich habe das Leben und die Umgangsformen in diesem Herrenhaus bewundert und wollte als Junge nichts mehr, als irgendwann wieder ein Teil davon zu sein. Das können Sie doch sicher verstehen?«

Paul Dekker blickte Wanda um Unterstützung heischend an. »Und wenn Sie wirklich dem Irrglauben erliegen sollten, dass ich mich an Karl von Raboisen hätte rächen wollen, hätte ich es bei anderen Gelegenheiten unauffälliger tun können. Abgesehen davon gibt es genügend Zeugen dafür, dass ich zur Tatzeit immer unter Leuten war.«

27

Keitumer Schlickwatt, 11.30 Uhr

Eine drückende Stimmung hing über Deich, Salzwiesen und Watt, obgleich das Gewitter weitergezogen war. Sogar die Schafe scheinen verstummt zu sein, dachte Liv, als sie in ihrem Schutzanzug die Kriminaltechnik unterstützte, bis die Leiche freigegeben war. So schnell waren sie wohl noch nie an einem Fundort gewesen. Sie alle hatte der Notruf mit Sorge erfüllt.

Und ihre Befürchtungen hatten sich leider bestätigt. *Allen, die an der Suche beteiligt gewesen sind, kommt es wie ein Versagen vor, wenn ein Vermisster tot aufgefunden wird.* Auch Sebastian hatte den Minigolfschläger abgegeben, sich bei Larissa und Noah entschuldigt und war hierhergeeilt, um die rechtsmedizinische Untersuchung vorzunehmen. Auf seine erste Einschätzung warteten sie jetzt. Ein Ehrenamtlicher des Kriseninterventionsteams und ein Rettungssanitäter betreuten die beiden Wattwanderer, die die Leiche gefunden hatten. Michelle Müllers Körper war zwischen den Pfosten einer Lahnung, eines niedrigen Damms zur Landgewinnung, eingeklemmt. Es war schwer zu sagen, wo er dem Wasser übergeben worden war, denn Ebbe und Flut unterwarfen die Nordsee an der südöstlichen Seite Sylts einem beständigen Richtungswechsel. Dazu kam, dass der sogenannte Anwachs, ein Vorlandgebiet, mit Inseln durchsetzt war, zwischen denen die Leiche bereits vor der letzten Ebbe gelegen haben könnte; denn der Marschboden wurde längst nicht mehr bewirtschaftet. Hatte der Täter sie ebenfalls ertränkt?

Der Anblick der jungen Frau war Liv nahegegangen. Nackt, zerschunden, mit tief in die Haut geschnittenen Rissen um die Handgelenke, die vermutlich von Fesseln stammten. Am erschütterndsten war jedoch Michelle Müllers Gesicht gewesen. Augen und Wangen tief eingesunken, die Haut zerschrammt. Was hatte diese junge Frau in den Tagen seit ihrer Entführung erdulden müssen?

Sebastian erhob sich und klappte seinen Tatortkoffer zu. Angespannt ging Liv zu ihm. »So einen Befund sieht man leider meist bei vernachlässigten Kindern, alten Menschen oder in der Dritten Welt«, sagte er. »Denn anders als es der Fundort vermuten lässt, ist Michelle Müller nicht ertrunken oder ertränkt worden. Vermutlich haben ihre Nieren und ihr Herz wegen Wassermangels aufgegeben. Verkürzt gesagt: Sie ist wahrscheinlich verdurstet.«

Nach dem zweiten Leichenfund war es, als hätten die Ermittlungen einen Booster erhalten. Nur, dass dieser Energieverstärker nicht zu überhastetem Handeln führte, sondern zu noch konzentrierterem, entschlossenerem Vorgehen – wenn das überhaupt möglich war. Allen Ermittlern war anzumerken, dass sie denjenigen, der Michelle Müller das angetan hatte, unbedingt dingfest machen wollten. Während am Keitumer Watt noch die Spurensuche andauerte, richteten Hilke Hasselbrecht und der zugeschaltete Staatsanwalt Roman Leipoll vom Kommissariat im Westerländer Kirchenweg aus die Teams neu aus. Ständig trafen neue Spuren ein, die gewichtet werden mussten. Auch die Medien hatten von dem Fund Wind bekommen und spekulierten wild drauflos. Schon machte das Gerücht von einem irren Serienmörder die Runde, der die Polizei mit seinen Taten zum Narren hielt.

Als Liv sich einige Stunden nach dem Leichenfund bereitmachte, weil sie nun endlich auch Sophia von Raboisen vernehmen durften, war Hennes auf die Insel zurückgekehrt. Liv war froh, den Freund und Kollegen wiederzusehen. Gemeinsam brachen sie nach List auf, wo Charlotte von Raboisen und der Familienanwalt sie erwarten würden.

Hennes schien ebenso angegriffen wie Liv von dem Fund. »Was für ein Dreckschwein lässt eine junge Frau verdursten? Und wo hat er sie eingesperrt, dass niemand ihr Martyrium bemerken konnte?«

»Wenn du an die Kinder denkst, die ihre Eltern verhungern und verdursten lassen – auch das will hinterher kein Nachbar bemerkt haben«, sagte Liv und dachte mit Grausen an die Fälle, die in den vergangenen Jahren für Schlagzeilen gesorgt hatten. Wie abgestumpft musste man sein, um das Leiden eines anderen Menschen derart zu ignorieren? »Üblicherweise tritt bei Wasserverlust der Tod nach zwei bis sechs Tagen auf, bei Hitze kann es auch schneller gehen. Wie lange das Verdursten bei Michelle Müller gedauert hat, werden wir hoffentlich nach der Obduktion erfahren.«

»Sonstige Spuren?«

»Es sieht so aus, als hätte der Täter die Leiche von Michelle Müller gewaschen. Vielleicht hat auch das Meer die Spuren abgespült. Auch hier können wir vorerst lediglich auf die Ergebnisse der Kriminaltechnik warten«, berichtete Liv. »Was habt ihr auf dem Festland erreicht?« Hennes berichtete von den Gesprächen mit den Raboisens und Paul Dekker. »Es stimmt leider, dass Dekker ein Alibi hat. Aber vielleicht hatte er einen Helfer. Dieser könnte dann auch für den Tod von Michelle Müller verantwortlich sein.«

»Wir gehen davon aus, dass die Taten zusammenhängen. Umso ärgerlicher, dass es unserer IT noch immer nicht gelungen ist, Zugang zu Michelle Müllers Cloud zu erhalten.«

»Was für eine Hypothese habt ihr entwickelt?«

»Im Augenblick fokussieren wir uns auf Charlotte von Raboisen und Liam Wiesner. Motiv vorhanden, Alibi fehlt. Gerade Wiesner hat sich anscheinend in der Vergangenheit bei seinen Auslandseinsätzen gewaltbereit gezeigt. Die Kollegen durchleuchten ihn gerade.«

»Und Jennifer von Raboisen?«

»Wenn die Taten zusammenhängen und wir von einem Täter ausgehen, kann sie es eher nicht gewesen sein. Es würde uns aber viel Arbeit ersparen, wenn sie ihre Falschaussage endlich eingesteht.« Liv wandte sich Hannes zu. »Jetzt erzähl, wie ist es dir ergangen?«

»Muss ich wirklich? Krankenhaus ist ätzend.« Hennes tastete nach seinem Anti-Stress-Würfel, den er beim Autofahren nun wirklich nicht gebrauchen konnte. Dennoch gab er ihr eine Kurzzusammenfassung des Aufenthalts und der Untersuchungen.

»Und Rachel?«

»Geht davon aus, dass alles in Ordnung sein wird.«

»Das solltest du auch tun.«

»Mag schon sein, aber ich spüre, dass etwas nicht stimmt.«

Als sie im Mövengrund ankamen, fielen schwere Regentropfen vom Himmel. In der Villa standen Koffer und Taschen für die Abreise. Charlotte von Raboisen und der Anwalt warteten bereits mit Sophia im Salon. Hennes baute die Kamera auf. Üblicherweise fanden derartige Anhörungen im Revier statt, aber Charlotte von Raboisen hatte um dieses Vorgehen gebeten, um Phi nicht noch stärker zu belasten. Die Sechsjährige ließ nervös die Füße baumeln und hielt ihr Kuscheltier auf dem Schoß. Auf dem Tisch vor ihr stand ein Inhalator. »Du könntest auch deinen Hund bei dir haben, wenn du dich dann wohler fühlst. Dagegen haben wir nichts«, sagte Liv freundlich.

Das Gesicht des Mädchens umwölkte sich. »Das geht nicht. Pipa ist krank«, sagte sie bedrückt.

Auch das noch, dachte Liv.

»David muss mit ihm den Tierarzt auf dem Festland aufsuchen. Aber dann kommt er uns nach, versprochen«, versicherte Charlotte von Raboisen ihr.

»David kümmert sich gut um Pipa. Er gibt ihm immer Medizin«, sagte Phi. »Bestimmt ist er bald wieder gesund. Dann kann er wieder mit den anderen raus. Mit Jenny. Wie ich.«

»Jenny ist gerade mit ihrem Hund am Strand, wollte sich durchpusten lassen«, erklärte Charlotte von Raboisen. »Ich hoffe, dass der Spaziergang ihr guttut. Sie schließt sich nur noch in ihrem Zimmer ein.«

»Jenny will niemanden sehen. Nicht mal mich«, sagte Sophia bedrückt.

Liv redete einfühlsam weiter mit Phi und kam schließlich auf das Krebsfest zu sprechen. Es zeigte sich, dass Phi die Gäste recht genau beobachtet hatte, wenn sie oft auch nicht begriffen hatte, was diese umtrieb. »Ich wusste, wann ich ins Bett gehen sollte. Und die Uhr kann ich auch schon lesen. Ich wollte Jenny fragen, ob sie mich raufbringt, habe sie aber nicht gefunden, genauso wenig wie Mama. Da habe ich mich von Vater und Großvater verabschiedet und bin eben allein gegangen.« Phis Atem ging leicht pfeifend; Charlotte beobachtete sie besorgt.

»Und dann hast du bis zum Morgen geschlafen?«, fragte Liv.

»Nachts bin ich noch einmal hoch. Ich musste auf die Toilette.« Phi sagte es sehr würdevoll.

»Hast du auf dem Weg dorthin jemanden gesehen? Hast du etwas gehört? Oder ist dir etwas aufgefallen?«, fragte Hennes.

Phi runzelte nachdenklich die Stirn, das Pfeifen wurde lauter. Charlotte und der Anwalt tauschten Blicke. Liv wollte gerade die Anhörung beenden, da sagte Phi: »Ich habe Paul gesehen. Er steckte etwas in die Waschmaschine. Ich habe mich noch gewundert, weil das doch Gunda sonst macht. Ganz lila und rot war das.«

»Hast du gesehen, was das war, was Paul in die Waschmaschine gesteckt hat?«

Phi schüttelte den Kopf. Liv jedoch hatte eine Ahnung. Und ein Blick auf Charlotte bewies ihr, dass sie es ebenfalls wusste.

Auf der Straße war der Wind so weit aufgefrischt, dass sie sich dagegenstemmen mussten. Hennes verstaute die Kameratasche im Kofferraum des Dienstwagens. »Wieder Paul«, sagte er und schnalzte. »Du meinst, er hat die blutige Bluse von Charlotte von Raboisen gewaschen, um Spuren zu vernichten?«

»Sieht so aus.«

Plötzlich entdeckten sie Jennifer von Raboisen, die ihnen mit den Hunden der Familie entgegenkam. Je an einer Hand hielt sie eine Leine mit mehreren Bändern. Nur Phis Terrier fehlte. War für den Hundespaziergang nicht der Hundesitter verantwortlich? Oder war er schon auf dem Festland?

»Frau Lammers? Gut, dass ich Sie sehe. Ich wollte ohnehin noch einmal mit Ihnen reden. Haben Sie kurz Zeit?«, sprach Jennifer sie an. Blass und zerzaust sah sie aus, ihre Augen waren rot gerändert, die Wimperntusche verschmiert.

Liv war erleichtert über die plötzliche Offenheit des Mädchens. War Jennifer zur Besinnung gekommen, und würde sie das Geständnis zurücknehmen? Würde sie endlich die Wahrheit sagen? »Wollen wir für das Gespräch ins Kommissariat fahren?«

»Nein. Lassen Sie uns hier sprechen.« Jennifer von Raboisen schwieg jedoch, als grübelte sie über etwas nach.

»Worüber wolltest du mit mir reden?«

»Ich wollte wissen, ob man verhindern kann, dass bekannt wird, was ich ausgesagt habe. In unserer Verwandtschaft machen Gerüchte über mein Geständnis die Runde, und alle dissen mich.«

»Wir haben nichts über dein Geständnis verlauten lassen und werden es auch nicht tun.« Liv suchte Jennifers Blick und fand ihn schließlich. »Ich glaube noch immer nicht, dass du deinen Vater ermordet hast. Und nach dem, was wir heute gefunden haben, schon gar nicht.«

Jennifer von Raboisen schluckte. »Was haben Sie gefunden?«, fragte sie heiser.

»Eine weitere Leiche«, antwortete Hennes, dessen graue Haare wild sein Gesicht umwehten. »Eine junge Frau wurde unter grausamen Umständen getötet. Und es gibt vermutlich eine Verbindung zu dem Mord an deinem Vater.«

»Solltest du bei deinem Geständnis bleiben, könnte es sein, dass diese Tat auch mit dir in Verbindung gebracht wird. Das kannst du nicht wollen«, redete Liv ihr ins Gewissen. »Nichts ist es wert, dass du diese furchtbare, menschenverachtende Tat auf dich nimmst.«

»Zumal du gleichzeitig die Suche nach dem wahren Täter erschwerst, der noch immer frei herumläuft und möglicherweise den nächsten Mord plant«, setzte Hennes hinzu.

Jennifer blieb stehen, starrte auf die Wanderdünen hinaus, denen heute schon der nahende Herbst anzusehen war; vermutlich lag das an der Trockenheit. Die Wasserhunde zerrten an ihrer Leine, die Terrier umtollten sie; Jennifer schien es gar nicht zu bemerken. Dann wandte sie sich den Kommissaren wieder zu. In ihren Augen schwammen Tränen.

»Ich bin es nicht gewesen«, brach es aus Jennifer heraus. »Ich wollte nur meine Mutter schützen! Wir dürfen nicht getrennt werden! Sie und Phi sind mir doch das Wichtigste. Nicht, dass ich glauben würde, dass sie … dass Mama … aber ich …« Sie schluchzte und blickte Liv so verzweifelt an, dass diese sie in die Arme schloss.

»Bist du bereit, ganz offiziell und in Anwesenheit deiner Mutter und eures Anwalts dein Geständnis zurückzunehmen?«, fragte Liv schließlich.

Jennifer nickte.

Am Nachmittag verließen Charlotte und Jennifer von Raboisen mit ihrem Anwalt das Kommissariat durch den Hintereingang. Die Familie würde sich nun um Schadensbegrenzung bemühen müssen. Allerdings hatte sich die Aufmerksamkeit der Medien ohnehin gerade der zweiten Leiche zugewandt. Einen neuen Hinweis auf einen Täter hatte Jennifers Aussage nicht ergeben. Immerhin hatten sie eine weitere Lücke in der Chronik des Abends schließen und die Kratzspuren an Karls Händen erklären können, die im Handgemenge entstanden waren. Liv war erleichtert; dass die Jugendliche diese schwere Straftat auf sich genommen hatte, hatte ihr schwer auf der Seele gelegen.

»Nun bist du happy, Liv, was?!«, fragte Andreas, als er sie am Drucker abfing. »Freust du dich, dass du mir meinen Triumph kaputtgemacht hast?«

»Es geht hier nicht um dich, Andreas«, sagte Liv ruhig. »Es geht um das Leben einer unbescholtenen jungen Frau.«

»So unbescholten ist sie nun auch wieder nicht. Immerhin hat sie ihren Vater gekratzt und Tabletten genommen. Sie hat eine Ermittlung behindert.«

Liv wandte ihm den Rücken zu und versuchte ruhig zu bleiben. »Lass uns nicht mehr davon sprechen, okay?«

Andreas stellte sich jedoch vor sie. »Das würde dir so passen, was? Aber ich schwöre, wenn ich irgendeinen Hinweis finde, dass deine Familie doch in dem Mordfall mit drinhängt, dann wirst du sehen, wie es ist, wenn man dumm dasteht!«

In diesem Augenblick bog Hennes um die Ecke. Er erfasste die Situation sofort. »Hast du sonst nichts zu tun?«, fragte er Andreas scharf. »Dann müssen wir wohl mal bei Hasselbrecht nachfragen, ob sie Arbeit für dich hat.«

Als sie allein waren, kontrollierte Liv die Kopien. Andreas' latente Aggressivität gefiel ihr nicht. »Danke, aber das hätte ich auch allein geschafft«, sagte sie zu Hennes.

»Weiß ich. Musst du aber nicht.« Er hielt ebenfalls Papiere in den Händen. »Der vorläufige Obduktionsbericht ist gekommen. Ein paar Fremdhaare in Körperspalten, die erst noch analysiert werden müssen. Keine Fasern, nichts. Die Leiche ist anscheinend gründlich gewaschen worden. Nur in der Schläfenwunde wurden mikroskopisch feine Spuren von schwarzem Kohlenstoff gefunden, die zu tief eingedrungen waren, um sie auszuspülen.«

»Schwarzer Kohlenstoff? Gibt es einen Hinweis, woher der stammte?«, fragte Liv.

»Möglicherweise ist sie über etwas geschleift worden, das damit bedeckt war. Sieht wie Schürfwunden aus.«

Wo fand sich normalerweise schwarzer Kohlenstoff? Am Watt wohl kaum, zumindest nicht in entsprechender Menge, die für ein derartiges Spurenbild nötig wäre. Plötzlich stand Liv ein Bild vor Augen: ein tiefschwarzer Streifen auf heller Haut. Sie warf die Kopien auf ihren Schreibtisch; das konnte warten. Vor ihrem inneren Auge lief ein Film ab, der ihr eine Gänsehaut bereitete.

»Ich glaube, ich weiß, wo der Täter Michelle Müller versteckt gehalten hat.«

* * *

Ocke Lammers ließ den Telefonhörer sinken und blickte über die Sylt-Karte und die Dokumentenmappe auf dem Schreibtisch, ohne sie wahrzunehmen. Durch das Fenster sah er, dass auf seinem weitläufigen Grundstück bei den Morsumer Wiesen gewerkelt wurde; ohne aufdringliches Gelärme, wie er es angeordnet hatte. Annikas Bericht ernüchterte ihn. Gleichzeitig hatten ihre unterwürfigen Erkundigungen nach seinem Befinden Ocke erzürnt. Noch war er Herr seiner Sinne, das würden seine Töchter bald erfahren, und zwar Annika wie Liv.

Einem ungewohnten Impuls folgend holte er ein abgegriffenes Fotoalbum aus dem hintersten Winkel seiner Schreibtischschublade. Seine verstorbene Frau hatte es angelegt. Die ersten Seiten waren liebevoll gestaltet, doch je weiter man blätterte, umso stärker konnte man ihre Zerrüttung erkennen. Ein Foto fiel zwischen den Seiten heraus. Annika und Liv als Heranwachsende bei einem Ringreitturnier. Wie jung, wie blühend sie aussahen! Mit den Fingerspitzen zeichnete er ihre Umrisse nach. Er hatte als Witwer die Familie gerettet, hatte ein Unternehmen aufgebaut, wie es auf Sylt nur wenige gab. Und wie hatte Liv ihm diese Fürsorge gedankt? Groll ließ ihn erzittern. Aber er hatte sie noch immer nicht aufgegeben. Er würde Liv zurechtbiegen, genau wie seine renitente Enkelin Sanna. Ohne seine Entschlossenheit wäre weder seine Familie noch sein Unternehmen das, was es heute war.

Entschlossen verstaute Ocke das Fotoalbum. Erneut wandte er sich der Mappe und der Sylt-Karte zu, auf der die Immobilien von Lammers Estates und der Familienbesitz markiert waren. Auch das Grundstück in Munkmarsch war nach wie vor umrissen. *Dieser verdammte Karl von Raboisen, dieser Betrüger!* Er musste handeln, wieder einmal. Es war ohnehin höchste Zeit.

* * *

Die Kollegen vom K6 rückten mit ihren Spurensicherungskoffern sofort bei dem verlassenen Haus in Munkmarsch an. Liv informierte die Nachbarin. Hildegard Dahl sagte aus, dass sie erneut jemanden am Haus beobachtet hatte, mehr konnte sie aber auch nicht beisteuern. Weitere Polizisten hörten sich in allen Häusern der näheren und weiteren Umgebung um. Dann half Liv, auf dem Grundstück die Spuren zu sichern. Sie war gerade dabei, einen halben Fußabdruck, den sie in der Nähe des Kellerabgangs gefunden hatte, mit Gips auszugießen, als Botersen-Evers aus dem Haus kam und sie vom Spurenpfad aus rief. »Wir haben etwas gefunden!«

Sofort eilte sie auf den ausgelegten Trittplatten zum Haus und folgte ihm die Treppen und Stiege hoch bis zum Dachboden. »Du musst an die Seitenwand leuchten, auf die am wenigsten Licht fällt, dann siehst du es.«

Vorsichtig beugte Liv sich in ihrem Schutzanzug durch die Luke des Räucherkamins und leuchtete. Erst sah sie nur Streifen im Ruß. Könnten diese darauf hindeuten, dass hier jemand gefangen gehalten worden war? Jetzt fiel ihr auf, dass sich in den Gestank von Rauch und Fisch eine leichte Ammoniaknote mischte, wie sie für Urin typisch war. Sie schauderte bei dem Gedanken an die junge Frau, die möglicherweise bei der Hitze hier eingesperrt gewesen war.

Warum habe ich den Geruch nicht früher bemerkt?, fragte Liv sich ärgerlich. Warum haben Momke und ich nach dem Gespräch mit der Nachbarin nicht andere Anlieger befragt? Vielleicht hatten diese ebenfalls etwas gesehen! Sie konzentrierte sich wieder auf das rußige Verlies. In diesem Moment erkannte sie, fein und krakelig, wie von Fingernägeln geritzt, die Buchstaben. Ihr Puls ging schneller.

»Habt ihr schon ein Foto gemacht?«, fragte sie.

»Natürlich, was glaubst denn du?«

Liv zog ihren Oberkörper in dem schwarz gefleckten Einwegoverall aus der Luke. Was für eine Botschaft hatte Michelle Müller ihnen hinterlassen? Sie ließ sich das Handy geben und vergrößerte das Foto. Immer wieder musste sie das Display drehen, ehe sie etwas erkannte. »›Cloud‹ steht da. Und dann noch etwas. Sieht aus wie Zahlen und Buchstaben.«

»Wenn du mich fragst, handelt es sich dabei um Kennwort und Passwort, mit denen man Zugang zu der Cloud und damit zu ihren Drohnenaufnahmen hat. Leider ist die Schrift schwer lesbar. Bei der Anzahl der Buchstaben und Zahlen sind die Kombinationsmöglichkeiten endlos.«

»Dann muss die IT beim LKA eben ein Computersuperhirn anschmeißen, das alles durchprobiert. Wenn Michelle Müller in ihrer Todesangst und Verzweiflung die Kraft und den Mut gefunden hat, uns eine Nachricht zu hinterlassen, dann müssen wir alles tun, was in unserer Macht steht, um diese auch zu entschlüsseln.«

* * *

Jennifers Mut sank mit jedem Meter, den sie sich dem Familiensitz näherten. Nach dem Autozug hatten sie wie stets die Landstraße 199 genommen. Inzwischen hatten sie bereits Flensburg umfahren. Gleich wären sie da. Ihre Mutter telefonierte die ganze Zeit, um die Unterbringung der zahlreichen Beerdigungsgäste zu organisieren. Der engste Familienkreis würde im Herrenhaus wohnen, aber es kamen noch viel mehr, sodass sie händeringend nach Zimmern in Hotels und Gasthöfen in der Umgebung suchten, was wegen der Ferienzeit schwierig war. »Nein, Babettchen, sorge dich nicht, wir werden schon etwas Standesgemäßes für dich finden. Nein, natürlich werden wir dich nicht mit den unsäglichen …« Charlotte warf einen schnellen Blick zu Jenny und Phi, die dieser Familienklatsch nun wirklich nicht interessierte. »… du weißt schon … unterbringen. Schon gar nicht nach dem …« Sie senkte die Stimme. Dann runzelte sie die Stirn. »Wie meinst du das?«

Nun lauschte Jenny doch und meinte etwas wie »zur Besinnung gekommen« zu hören. Ihre Mutter drehte sich weg. »Der Empfang ist gerade ganz schlecht«, sagte sie und trennte seufzend das Gespräch. Dann lächelte sie Jenny an. Jenny starrte nun ihrerseits aus dem Autofenster. Sie war froh, dass sie die Wahrheit gesagt hatte. Gleichzeitig wollte sie die Kommentare ihrer Verwandten nicht mehr lesen. Sollten sie sich doch das Maul zerreißen, sie wollte es gar nicht wissen. Sie hatte lediglich versucht, das Richtige zu tun. Andere, die ihr wichtiger waren, wussten ihren Mut zu schätzen.

Paul erwartete sie bereits am Eingangsportal des Herrenhauses. Jennys Herz schlug schneller, als der Butler sie in den Blick nahm und das Wort an ihre Mutter richtete.

»Dein Großvater wünscht dich im Jagdzimmer zu sehen. Allein«, sagte Charlotte anschließend und umarmte Jenny, als müsse sie ihr Mut zusprechen. Paul ging einen halben Schritt voraus, keine Miene verziehend. Jennys Knie waren weich, und sie hätte sich am liebsten bei ihm festgehalten, aber das war natürlich unmöglich. Schnell schob sie die Hände in die Ärmel, obgleich sie damit ihren neuen schwarzen Kaschmirpullover von Burberry ausbeulte.

Sie hatten das Jagdzimmer erreicht. Die Waffen und Geweihe an den Wänden erschienen ihr heute besonders feindlich, der Raum eiskalt. Sie zitterte, als sie sich vor Großvaters Schreibtisch stellte und Paul die Tür hinter ihr schloss. Nun war sie mit Eduard allein. Als sie die Verschränkung ihrer Arme löste, kratzte sie noch schnell ein paar Wunden auf; der

Schmerz erleichterte sie für einen Moment. Ihr Großvater erhob sich, kam näher, hochaufgerichtet und streng. »Dass du es gewagt hast …«

Trotzig hielt Jenny seinem Blick stand. In diesem Moment traf sie auch schon der erste Schlag ins Gesicht.

28

List, 21.05 Uhr

Ein Gewitter hatte die Insel erschüttert. Jetzt goss es, aber Liv bemerkte es kaum. Ihr Herz setzte aus, als sie den Wagen und vor allem seinen Fahrer in der Nähe von Katharinas Haus stehen sah. Es war Ockes Fahrer. Offenbar hatte ihr Vater den Phaeton gegen einen Mercedes S-Klasse getauscht; klar, was würden die Leute denken, wenn er zu lange dieselbe Nobelkarosse fuhr? Kurz hoffte sie, dass sein Auftauchen nur ein Zufall war. Aber eigentlich wusste sie, dass es das nicht sein konnte. Insgeheim hatte sie längst damit gerechnet. Kaum ein Aufenthalt auf Sylt, der ohne einen Zusammenstoß mit ihrem verhassten Vater oder ihrer Schwester ablief. Am liebsten wäre sie umgekehrt. Aber diese Blöße wollte sie sich nicht geben.

Sie beschleunigte ihren Schritt, wollte nicht noch einmal hineinsehen, schon gar nicht mit ihrem Vater reden. Das hielt sie nicht aus, nicht heute. Der Tod von Michelle Müller setzte ihr schon genug zu. Es war ein echter Achterbahn-Tag gewesen: der Leichenfund, Jennifer von Raboisens Rücknahme des Geständnisses, die Entdeckung von Michelle Müllers Botschaft. Zuletzt ein erneuter Rückschlag: Enorm schnell hatte die IT-Abteilung des LKA Michelle Müllers Passwort entschlüsselt und Zugang zur Cloud erlangt – allerdings hatte jemand offenbar die Dateien gelöscht. Wenn es überhaupt gelingen würde, die Drohnenaufnahmen wiederherzustellen, würde das dauern. Tim, der rastazöpfige ITler, hatte immerhin verkündet, er würde Überstunden schieben.

Liv ergriff die Sorge, dass Sanna ihren Großvater sehen würde. Dass die Erinnerungen ihrer Tochter wieder aufbrechen würden. Erinnerungen, die sie sich mühten zu verarbeiten, an das, was Ocke ihr angetan hatte und vor allem mutmaßlich hatte antun wollen. Und da waren Livs eigene verschüttete Erinnerungen, die sie nicht ans Licht zu holen wagte.

Der Fahrer stieg aus, als sie sich näherte, und öffnete die Tür zum Fonds. Ocke Lammers saß eingesunken auf dem Ledersitz, ein Männchen nur, mager und eingefallen. Auf seinen Knien ein Aktenordner mit Papieren, den Rotstift in der Hand. Aber sie wusste, wozu ihr Vater trotz seiner körperlichen Schwäche fähig war. Sein eiserner Wille und seine Bosheit, die aus den blanken Augen zu sprechen schien, schienen den schwächlichen Körper anzutreiben. Hatten ihn auf beinahe wundersame Weise von einem Schlaganfall genesen lassen. Als hätte er einen Pakt mit dem Teufel geschlossen. Unwillig schüttelte Liv den Kopf über diesen Gedanken. Manchmal übernahm das Kind in ihr, das seinen Vater fürchtete. Dabei war Ocke Lammers nur ein alter Mann mit einem abscheulichen Charakter, mehr nicht.

»Liv, warte! Ich muss mit dir reden!« Ocke Lammers zischte eine Anweisung.

Schnellen Schrittes stieg der Fahrer erneut aus und folgte ihr. Er stand unverbrüchlich zu Ocke, das wusste sie. »Frau Lammers, Ihr Vater möchte Ihnen etwas sagen.« Sie wollte ihn weiter ignorieren, doch dann setzte er lauter hinzu: »Es geht um Karl von Raboisen.«

Liv hielt inne. Sagte über die Schulter: »Er soll mit meinen Kollegen sprechen. Ich bin ohnehin nicht befugt …«

»Herr Lammers redet mit Ihnen oder gar nicht.«

Sie zögerte. Regen fiel auf ihre Kopfhaut und in ihren Kragen, rann ihr Gesicht herunter, selbst die Zehen in ihren Sandalen schwammen schon. Hatte Ocke wirklich Informationen, die ihnen weiterhelfen konnten? Oder war das wieder eines seiner Machtspielchen? Ein weiterer Versuch, ihren Schutzschild zu überwinden, einer seiner Versuche, sie zu brechen? Sie könnte Ocke natürlich vorladen lassen, aber das würde dauern. Konnten sie diesen Zeitverlust wirklich riskieren, wenn ein skrupelloser Mörder frei herumlief?

Sie trat an den Wagen heran, beugte sich hinein. Das Gesicht ihres Vaters, kahl und verschrumpelt wie ein Apfel. Von dem mit seinem markanten Rasierwasser vermischten Altmännergeruch, der zu ihr dünstete, wurde ihr übel. Hatte er Sanna und ihr nicht genug angetan? Was wollte er von ihr?

»Steig nicht ein, so wie du aussiehst.«

Typisch Ocke. Sie könnte ja sein tolles Auto beschmutzen! So war es schon in ihrer Kindheit gewesen. Nichts hatten sie und Annika ihm recht machen können. Trotz wallte in ihr auf. Eigentlich müsste sie sich jetzt gerade auf den Ledersitz schmeißen und die Schuhe am Beifahrersitz abstreifen. Aber dafür müsste sie ja ihre Abscheu vor seiner Nähe überwinden, und das war undenkbar. »Was willst du?«

»Karls Tod bedauere ich. Ich mochte ihn, genau wie den alten Raboisen. Auch, wenn wir in mancher Hinsicht Konkurrenten waren.« Ocke sprach abgehackt, etwas atemlos. »Das Grundstück in Munkmarsch …«

»Das ist nichts Neues für mich. Ein Kollege hat die Geschäftsverbindungen zwischen euch und den Raboisens überprüft.«

»›Euch‹? Redest du mich endlich so respektvoll an, wie es sich geziemt?« Kicherte er wirklich? Es war ein schauriges Geräusch.

Liv erstarrte. Sie presste die Worte durch die Zähne: »Das war's. Ich verschwinde.«

»Hast du dich je gefragt, warum Lammers Estates das Gebot für das Grundstück in Munkmarsch zurückgezogen hat?«, hielt Ocke sie auf. »Du weißt, dass ich mir so eine Gelegenheit nie entgehen lassen würde. Im Gegensatz zu dir mit deinem verklärten, weltfremden Blick sehe ich Sylt als das, was es ist: eine großartige Gesamtinvestition, die ausgebeutet werden muss, bis uns der Klimawandel mit seinen Sturmfluten einen Strich durch die Rechnung macht. Um das zu wissen, muss man sich nur ein wenig mit Zahlen auskennen.« Es klang, als müsse er nach dieser langen Rede erst wieder zu Atem kommen.

»Worauf willst du hinaus? Komm endlich zum Punkt«, trieb Liv ihn dennoch an.

»Es gibt ein Bodengutachten, das die Erschließung der Fläche beeinträchtigen oder sogar verhindern könnte. Wir haben es selbst in Auftrag gegeben. Und natürlich auf ein anderes Ergebnis gehofft. Nach dem Gutachten darf die Fläche nicht derart umfangreich bebaut werden. Der Kaufpreis wäre damit völlig überhöht. Illusorisch. Ein Mondpreis.« Ocke sog die Luft ein.

Ein Energieschub schoss durch Livs Adern. Sie ahnte, worauf er hinauswollte. »Wer hat das Gutachten erstellt? Von wem redest du?«

»Du weißt es doch längst.«

»Ich will es von dir hören.«

»Liam Wiesner«, bestätigte Ocke Livs Vermutung.

»Wie hat Karl von Raboisen darauf reagiert?«

»Was glaubst du wohl? Karl hat ihm gedroht. Wollte ihn verklagen. Ihn mundtot machen. Schließlich hatte er bereits eine große Summe investiert. Wiesner sollte das Gutachten zurückziehen, aber dann hätte er seine Reputation verloren. Man muss kein Sherlock Holmes sein, um von diesem Konflikt auf ein Motiv zu schließen.« Sein Ton klang ätzend.

Liv war jetzt tropfnass, merkte es jedoch kaum. Ihre Gedanken rasten. Hatte Liam Wiesner seine Geliebte von ihrem verhassten Ehemann befreit? Hatte er verhindern wollen, dass dieser ihn vor Charlotte schlechtmachte? Dass er seinen Ruf verlor? Seine Lebensgrundlage? Und Michelle Müller war lediglich am falschen Ort zur falschen Zeit gewesen? Oder hatte Karl versucht, Wiesner unter Druck zu setzen, und war dabei zu Tode gekommen?

Liv wandte sich ab, wollte im Gehen ihre Gedanken sortieren. Hinter ihr flog die Autotür zu. Die Limousine fuhr im Schritttempo neben ihr. »Ist Sanna auch auf Sylt? Ich würde meine Enkelin gerne wiedersehen.«

Die Übelkeit, die sich in Liv angestaut hatte, schoss hoch. Und ihre Wut.

»Damit du sie verprügeln oder sexuell belästigen kannst?!«, fauchte sie, ehe sie die Worte aufhalten konnte. Sie ging schneller, lief beinahe.

»Das bestreite ich. Und das Gericht wird mir recht geben«, rief Ocke ihr nach. »Und mit dir muss ich auch in Ruhe reden. Morgen um neun Uhr bei meinem Anwalt.« Ein Befehl. Kein Vorschlag oder gar eine Bitte.

Liv bog in die Dünen ab. Sie musste ihn hinter sich lassen. Sie verschwendete ihre Zeit. Ja, gruseliger noch: Sie verschaffte Ocke Genugtuung – endlich tanzte sie wieder nach seiner Pfeife.

Liv lehnte an der gekalkten Hausmauer, bis sich ihr Herz und ihr Geist einigermaßen beruhigt hatten. Dann telefonierte sie mit Hilke Hasselbrecht. Diese machte eine Ansage, die Liv hart traf.

Nass und ausgelaugt schloss Liv Katharinas Haus auf. Aus dem Wohnzimmer war Gelächter zu hören. Sie freute sich darauf, mit Sebastian, Elise und Sanna zusammen zu sein, wenn sie sich umgezogen und gesammelt hatte. Ihre Familie würde ihr guttun.

Die durchweichten Sandalen kickte sie von sich, den tropfnassen Pullover und die Hose zog sie kurzerhand im Flur aus und tapste barfuß und in Unterwäsche ins Wohnzimmer.

Vom Sofa aus starrten Larissa und Noah sie an. Sie saßen mit Sebastian am Tisch und spielten Mensch-ärgere-dich-nicht. Neben dem Spielbrett standen Eisschalen, Kaffeetassen und ein Saftglas. Liv schoss die Hitze ins Gesicht. Sie musste ja schön aussehen! Die Haare nass und strähnig, die Unterwäsche klebte an der Haut, vermutlich verschmierte Wimperntusche und Ringe unter den Augen …

Larissa sprang auf. Sie mochte fünf Jahre älter als Liv sein. Zart und dunkelhaarig, Typ Französin. Eine attraktive Frau, zugleich eine gute Ärztin, soweit Liv wusste. »Wir wollten nicht stören, sondern uns nur dafür entschuldigen, dass wir es zu unserer Verabredung nicht geschafft haben«, begann Larissa. »Sebastian hat uns eingeladen zu bleiben. Aber jetzt …«

Noah ignorierte sie völlig, spielte ungerührt weiter.

»Nein, lasst euch nicht stören!«, wehrte Liv ab. »Ich hatte nur gerade …« Sie wischte sich über das Gesicht in dem Bemühen, etwas Fassung zurückzugewinnen. Am liebsten würde sie sich in einen Vorhang wickeln oder sich gleich unter der Sofalandschaft verkriechen. Sebastian erhob sich und legte ihr eine Kuscheldecke um die Schultern. Er berührte zart ihre Wange.

»Du siehst aus, als hättest du ein Gespenst gesehen. Das ist aber auch grauenvoll, mit …«

Jetzt von Leichenfund oder Ockes Auftauchen zu sprechen, wäre der ultimative Party-Crasher.

Würfelklappern. »Ich mach schon mal weiter. Papa, du bist dran«, sagte Noah.

»Gleich.«

Als niemand reagierte, verstellte Noah nicht nur seine, sondern auch die anderen Figuren, wie Liv bemerkte. »Und – wer gewinnt?«, fragte sie.

Der Junge starrte sie an. »Ich schummle nicht!«, rief er, als hätte sie ihn ertappt.

»Das hat auch keiner behauptet«, sagte Sebastian schnell.

Liv wandte sich um. Nach dem langen Tag war sie nicht in der Lage zu einem Patchwork-Balanceakt. Wo waren Sanna und Elise? »Ich mache mich nur eben frisch.«

Als sie unter der Dusche stand, ärgerte sie sich über den verpatzten Auftritt. Sie sollte sich wenigstens höflich mit Larissa unterhalten. Und Noah – natürlich hätte sie ihn nicht verpetzt.

Schnell schlüpfte sie in ihre Kleidung, rubbelte die Haare ab und ging ins Erdgeschoss zurück. Sebastian räumte das Geschirr in den Geschirrspüler. Liv sah sich um.

»Wo sind Larissa und Noah?«

»Die beiden wollten nicht länger stören.«

»Sie haben nicht gestört. Ich habe doch gesagt …«

Ein Geräusch an der Tür ließ sie innehalten. »Kimi und ich haben eben Oma abgeholt. Die war mit Herrn Harksen noch am Weißen Kliff, als der Regen kam«, berichtete ihre Tochter, als sie ebenfalls tropfnass hereinplatzten.

»Wir haben gerade Larissa und Noah ins Taxi steigen sehen. Schade, dass wir sie verpasst haben.« Elises Aussehen strafte ihre Worte Lügen; sie wirkte müde. Eilig half Liv ihrer Großmutter aus der Regenjacke und nahm ihr den gelben Südwester ab. Elise war wirklich auf alle Eventualitäten eingerichtet.

»Machst du uns einen Rumgrog?«, fragte Elise. »Ich habe

ein Fläschchen besten Flensburger Rum im Gepäck.« Sie blinzelte verschwörerisch Sebastian zu.

»Und uns eine heiße Schokolade? Mit Mini-Marshmallows?«, stieg Sanna begeistert auf den Vorschlag ein.

»Wir haben August und nicht Dezember!«, protestierte Liv.

»Komm schon, Mam!«

»Schietwetter ist Schietwetter«, stimmte Elise ihr zu.

»Ich glaube kaum, dass Katharina Mini-Marshmallows hat.«

»Aber ich hab welche dabei.«

Sebastian lachte. »Kein Wunder, dass dein Rollkoffer so schwer war!« Er küsste Liv auf die Wange. »Ich kann mich darum kümmern.«

»Nein, das mache ich.« Liv hörte selbst, wie eingeschnappt sie klang, und machte sich an die Arbeit. Wo waren denn nur die Töpfe? Und wie ging dieser hypermoderne Herd an? Sanna hatte Rum und Süßigkeiten geholt. »Ich muss nur noch morgen kurz ins Revier, dann bin ich aus dem Fall raus, und wir können endlich Ferien machen. Habt ihr einen Vorschlag, was wir unternehmen wollen?«, fragte sie versöhnlich.

»Morgen ist schlecht. Kimi und ich sind zum Kiten am Königshafen verabredet.«

»Und ich besichtige mit Herrn Harksen das Altfriesische Haus; da war ich lange nicht mehr.«

Sebastian schien zerknirscht. »Damit, dass du Zeit hast, habe ich jetzt auch nicht gerechnet. Larissa und Noah haben mich gebeten, sie auf der Tour zu den Seehundbänken zu begleiten. Aber vielleicht bekommen wir noch ein Ticket für dich.«

Na toll, alle waren verplant. Was hatte sie auch erwartet! Sie hatte doch die ganze Zeit gearbeitet und ihre Familie sitzen gelassen. Und wofür? Für eine weitere Leiche und ein Zusammentreffen mit Ocke. Der Tod der jungen Frau lastete schwer auf Liv. Dass sie sich gerade jetzt aus den Ermittlungen zurückziehen sollte, machte sie wütend. Sie musste herausfinden, was Michelle Müller zugestoßen war, wer sie derart gequält hatte! Musste den Täter überführen, sodass er der Justiz übergeben werden konnte. Jetzt ausgebootet zu werden, nur weil es eine Verbindung zu ihrem furchtbaren Vater gab …

Liv riss heftig an der Tüte mit den Mini-Marshmallows, bekam sie aber noch immer nicht auf. Der Kessel pfiff schrill, und ein Zischen verriet, dass die Milch überkochte.

Sebastian nahm ruhig den Topf vom Kochfeld, schaltete den Herd aus und schnitt die Tüte mit der Schere auf. Dann schloss er Liv in die Arme. »Ist schon gut«, flüsterte er. »Ihr habt alles getan, um sie zu finden. Euch trifft keine Schuld an ihrem Tod.«

»Sie ist verdurstet! Wenn wir sie nur ein paar Stunden früher gefunden …«, wisperte Liv. Tränen ließen ihren Hals eng werden, und sie klammerte sich an ihn. Wie gut es ihr tat, von ihm gehalten zu werden! Sie spürte weitere Berührungen. Auch Elise und Sanna nahmen sie nun in die Arme, strichen ihr über Rücken und Haar. Selbst Zorro drängte sich an sie. Lange standen sie so beieinander.

Als sie wenig später mit ihren Getränken auf dem Sofa saßen, hatte Liv sich schon etwas beruhigt. »Ich habe mich eben vor Larissa und Noah total blamiert … war von der Rolle, weil Ocke …«, sie biss sich auf die Zunge, als sie sah, wie alarmiert Sanna allein auf die Erwähnung des Namens reagierte.

»Es war schon ein heißer Anblick, wie du da in Unterwäsche und völlig durchnässt im Raum gestanden hast«, sagte Sebastian mit einem Grinsen.

»Nicht im Ernst – wie endpeinlich!« Sanna schien diese Vorstellung abzulenken. Sie sah auf ihr Handy.

»Kannst du das nicht mal wegtun?«

»Nein. Ich warte auf eine dringende Nachricht.« Sanna schnalzte. »Wenn du ohnehin aus dem Fall raus bist, kann ich es dir ja sagen: Ich chatte mit Jenny. Ich dachte mir, dass sie vielleicht jemanden gebrauchen kann, dem sie ihr Herz ausschütten kann.«

Liv konnte es nicht fassen. Nachdem Ocke Sanna im letzten Jahr angegriffen hatte, hatten sie mit verschiedenen Jugendhilfe-Einrichtungen zu tun gehabt. Über diesen Kontakt hatte Sanna angefangen, selbst Jugendlichen in Notlagen ihr Ohr zu leihen. Aber dass ihre Tochter sich in diesen Fall einmischte ... »Wie lange chattet ihr schon?«, fragte Liv bemüht ruhig.

»Seit ein paar Tagen.«

Liv atmete durch. »Ich finde es gut, dass du dich so einsetzt. Aber wir sind in einem laufenden Ermittlungsverfahren. Wenn herausgekommen wäre, dass meine Tochter ...«

»Es ist aber nicht herausgekommen!« Sanna sprang erbost auf. »Du hast doch keine Ahnung, wie alle auf Jenny herumhacken! Die ist fertig! Wenn sich niemand um sie kümmert, tut sie sich vielleicht etwas an! Ich hätte mehr Verständnis von dir erwartet, Mam!«

Türenschlagend stürmte Sanna heraus. Elise erhob sich müde. »Ich glaub, ich muss an der Matratze horchen.«

Liv und Sebastian blieben zurück. Er fing an aufzuräumen, was Liv ganz nervös machte. »Du solltest Sanna klarmachen, dass sie mit dieser Intervention im schlimmsten Fall riskiert, dass ein Mörder nicht verurteilt werden kann«, meinte er.

»Willst du mir jetzt auch noch sagen, was ich alles falsch mache? Hast du nicht genug mit deiner eigenen Familie zu tun?«, fragte sie scharf und wusste im selben Augenblick, wie ungerecht das war.

Abwägend sah Sebastian sie an. »Weißt du, Liv, manchmal kommt es mir so vor, als ob du dich gar nicht auf eine Beziehung einlassen willst. Dieses Herumgedrücke um gemeinsame Treffen, endlose Überstunden, die Gereiztheit. Vielleicht solltest du dir erst einmal darüber klar werden, was du willst.«

»Genau wie du! Wenn ich dich mit Larissa und Noah zusammen sehe …«, brach es aus Liv heraus.

»Dazu habe ich alles bereits gesagt. Glaub es mir endlich – oder auch nicht. Aber entscheide dich.«

Eine Sekunde später hatte er die Küche verlassen.

29

List, 8. August, 8.25 Uhr

Liv radelte zwischen den Dünen entlang zum Bäcker. Trotz des gestrigen Regengusses war es schon wieder warm, die Luftfeuchtigkeit war enorm. Zorro lief an der Leine neben ihr. Im Korb dufteten die pralle Brötchentüte und ein Bund Hortensien um die Wette. Heute musste sie nicht pünktlich zur Lagebesprechung im Kommissariat aufschlagen, denn sie hatte Hasselbrecht bereits die Zusammenfassung ihres Gesprächs mit Ocke gemailt. Noch immer fiel es ihr schwer, die aktuellen Ermittlungen aus ihren Gedanken zu verbannen. Andererseits vertraute sie ihren Kolleginnen und Kollegen vollauf.

Sie war froh, dass sie sich abends noch mit Sebastian versöhnt hatte. Es könnte sein, dass er recht mit seinen Mutmaßungen hatte. Eigentlich hatte sie noch nie eine längere glückliche Beziehung geführt – und der Gedanke, dabei verletzt zu werden, jagte ihr noch immer Angst ein. Andererseits: Was hatte sie zu verlieren? Gewann sie nicht nur? Und Schmerz gehörte nun einmal zum Leben dazu. Ohnehin wusste niemand, was die Zukunft bringen würde.

Ihre Tochter hingegen hatte gemauert. Nach einem klärenden Gespräch hatte Liv wissen wollen, worüber Sanna mit Jennifer von Raboisen chattete. Sanna hatte Liv daraufhin vorgeworfen, sie als Spionin missbrauchen zu wollen, was natürlich nicht stimmte. Glücklicherweise schmollte Sanna nie lange.

Vor ihr bog Sebastian von den Dünen auf den Fußweg ein. Er joggte schnell. Am Armgurt bewegte sich das Smartphone, in seinen Ohren steckten Kopfhörer. Als Liv zum ihm aufschloss, wollte er aus dem Weg springen.

»Ich dachte schon, es wäre einer dieser rücksichtlosen Radler, die nicht klingeln können«, sagte er lächelnd. »Du hast Glück, ich habe noch telefonisch eine zusätzliche Karte für die Seehundfahrt reservieren können. Wir machen heute einen schönen Ausflug!«

Liv erwiderte sein Lächeln. Ja, sie würden es sich schön machen.

An der Haustür kam ihnen Sanna entgegen. »Du hast dein Handy vergessen! Das hat in einer Tour gelärmt.«

»Macht nichts. Ich habe Urlaub.«

»Okay. Dann simse ich Hennes, dass dich seine dringende Nachricht nicht interessiert.«

Ihre Tochter wusste genau, wie sie sie ködern konnte. »Na gut, ich rufe ihn an. Aber erst frühstücken wir.«

Gemeinsam deckten sie den Tisch. Elise arrangierte die Blumen in einer Vase. Kaum hatten sie sich zum Frühstück gesetzt, läutete Livs Handy erneut.

»Kannst du das Handy nicht mal weglegen, oder ist es festgewachsen?«, wiederholte Sanna, was Liv ihr so oft sagte.

Liv musste lachen. »Ich schalte es aus!«, versprach sie.

Doch dann sah sie die Nachricht, die Hennes ihr geschickt hatte. Sofort rief sie ihn an, lief dabei aufgeregt in die Heidelandschaft. In der Ferne glitzerte das Wasser im Königshafen. Ob sie den Täter wirklich gefunden hatten?

»Es ist sicher, dass die Haare, die bei den Leichen von Karl von Raboisen und Michelle Müller gefunden wurden, demselben Mann gehören?«, fragte Liv, als sie ihn erreicht hatte.

»Exakt. Liam Wiesner hatte im letzten Jahr wegen des Verdachts auf eine Tätlichkeit eine DNA-Probe abgegeben. Damals konnte man ihn ausschließen, die Löschung des Datensatzes hat er jedoch nicht beantragt«, berichtete Hennes.

»Aber ist es nicht seltsam, dass der Täter sonst keine einzige Spur hinterlässt – nur ein paar Haare, und relativ lange noch dazu? Das erscheint mir seltsam.«

Hennes ließ seinen Anti-Stress-Würfel klicken. »Muss nicht sein. Jeder macht mal Fehler.«

»Habt ihr Wiesner schon dazu befragt?«

Das Knicken wurde hektischer. »Noch nicht. Er hat anscheinend die Insel verlassen. Kein schöner Gedanke, sollte er wirklich ein Doppelmörder sein. Dabei hat er nachher einen Termin auf seiner Baustelle am Mellhörn. Ausschachtungsarbeiten für eines dieser Eisberghäuser. Eine riesige Baugrube direkt in Ufernähe. Wahnsinn. Aber das ist noch nicht alles. Die ITler könnten schon heute die Drohnenaufnahmen wiederhergestellt haben. Dann haben wir vielleicht ein Bild des Mörders.«

* * *

Charlotte von Raboisen zog das Headset ab und rollte den Kopf auf ihrem Nacken. Sie war völlig verspannt. Die Vorbereitungen für die morgige Beisetzung, die Sorgen um Jenny und Phi, das Haus voller Gäste und dann noch die politischen Grabenkämpfe erdrückten sie förmlich. Das Herrenhaus wimmelte inzwischen von Grafen und Gräfinnen, Freiherren und Freifrauen, Verwandten, Bekannten und Freunden. Mit dem Tiefschlag, den sie jetzt hatte einstecken müssen, hatte sie nicht gerechnet. Ihr Handy vibrierte. Sie hatte keine Kraft, das Gespräch anzunehmen. Sie aß einen Macaron, ohne ihn zu schmecken, dann noch einen, langsamer.

»Wie ist die Sitzung gelaufen?«, fragte Maja Forsberg unvermittelt; sie musste geräuschlos eingetreten sein.

Charlotte massierte Schläfen und Augenbrauen. »Nicht gut. Meine politischen Ämter liegen auf Eis, bis der Trubel um unsere Familie aufhört.« Ihre Stimme hatte gebebt, das war ihr lange nicht passiert, wenn es um Politik ging.

Majas Augen weiteten sich. »Alle Ämter?«

»Die Kandidatur für die Landesliste und für die Geschäftsführung im Wirtschaftsverband.«

»Und wie steht es mit dem Mentoring-Programm für Frauen in der Politik?«

Charlottes Schultern hingen, als habe sie für den Moment jede Spannung verloren. »Die wichtigen Partner überlegen ernsthaft, ein neues Gesicht für das Programm zu finden.«

»Aber es ist dein Projekt, Charlotte!«, rief Maja empört.

»Das ist es. Und deshalb werde ich kämpfen. Wir werden kämpfen.« Wieder vibrierte Charlottes Handy. Sie sah seinen Namen aufblitzen. Sie wurde schwach, dieses Mal aber in anderer Hinsicht.

Das, was sie tun musste, drückte sie nieder. Sie rief die Nachricht auf. »Warte hinter der Remise auf dich«, hatte Liam geschrieben. Charlotte erhob sich, schüttelte die Locken aus und behob die größten Schäden an ihrem Make-up. Sie durfte nicht noch einmal nachgeben. Liam und sie durften sich nicht wiedersehen. Hoffentlich würde er ihre Entscheidung ruhig aufnehmen. Er schien insgeheim zu hoffen, dass er sie zurückgewinnen konnte. In gewisser Hinsicht war er genauso dominant, wie Karl es gewesen war.

Charlotte räusperte sich. »Setze eine Pressemitteilung auf. Ich habe in Anbetracht der Umstände auf eigenen Wunsch meine Kandidatur für einige Wochen ruhen lassen, werde dann aber wieder antreten. Ich werde nicht kampflos aufgeben. Aber beeil dich. Der Text muss so schnell wie möglich raus«, wies sie Maja an, dann ging sie hinaus.

* * *

Das tropfnasse Fangnetz wurde an Bord gehievt und der Inhalt in ein Becken an Deck gekippt. Neugierig umringten die Kinder und Erwachsenen den Skipper, der nun eine kleine Scholle aus dem Wasser fischte und von Hand zu Hand reichte. Noah wollte die Scholle anscheinend nicht anfassen; er stopfte die Hände in die Hosentaschen und schüttelte den Kopf, also nahm Sebastian den Fisch und erklärte seinem Sohn etwas. Auch Larissa schien sich nicht sonderlich dafür zu interessieren, sondern schoss aus sicherer Distanz Fotos. Liv trat fasziniert näher und stellte sich hinter die beiden. Es war immer wieder schön, einen Einblick in die Welt zu bekommen, die sich unter der Wasseroberfläche befand. Sie hatte sich auf die Schiffsfahrt gefreut. Sobald sie am Hafen zusammengetroffen waren, hatte sie sich mit Larissa unterhalten. Sie hatte den gestrigen verunglückten Auftritt erklärt und angeregt geplaudert. Vor allem hatte das Gespräch sich entspannt, als Larissa ihr von ihrem neuen Freund vorgeschwärmt hatte. Larissa hatte also gar kein Interesse daran, Sebastian zurückzugewinnen. Einzig Noah ignorierte Liv auch weiterhin beharrlich.

Nun reichte der Skipper einen Seestern herum. Liv liebte Seesterne, und dies war ein besonders schönes Exemplar. Sie tat einen Schritt vor und hockte sich zu Noah, gerade als der Seestern weitergereicht wurde. »Darf ich?« Das Mädchen neben ihr legte den Seestern auf Livs Hand. Feucht war er, und seine kleinen Stacheln kitzelten auf ihrer Haut.

»Du magst Dinosaurier, habe ich gehört«, sagte Liv zu Noah. Der Junge zeigte seine übliche Abwehr, zugleich aber schien sie sein Interesse geweckt zu haben. »Wusstest du, dass die Vorfahren dieses Seesterns so alt sind wie der Tyrannosaurus Rex oder das Pteranodon? Und die Seesterne haben eine Superkraft: Wenn sie beispielsweise von einer Möwe angegriffen und schwer verletzt werden – sagen wir, wenn nur noch ein letzter Arm und ein Stückchen ihres Körpers übrig ist – dann kann daraus ein neuer Seestern wachsen. Mega, oder?«

»Als ob ihn eine Fee mit dem Zauberstab berührt hätte?«, fragte Noah fasziniert.

»Genau so. Manche Seesterne können in mehreren Tausend Metern Tiefe überleben – dort, wo sonst nur Tiefseeboote hinkommen. Du kannst ihn ruhig berühren, er würde dir nie etwas tun. Aber dann muss er schnell zurück ins Meer zu seinen Freunden und Verwandten, sonst stirbt er.« Sie hielt Noah den Seestern hin. Zögernd streckte er die Hand aus. Liv setzte ihm den Stachelhäuter auf die Handfläche, wo der Junge ihn fasziniert betrachtete.

»Tschüss, du Super-Seestern«, sagte Noah, als er ihn weitergeben wollte.

Livs Brust weitete sich. Wie süß Kinder in dem Alter noch sein konnten, hatte sie ganz vergessen. Sie war sehr froh, dass Noah sich endlich ein wenig auf sie eingelassen hatte.

»Wartet! Fotoalarm!«, rief Larissa da. Liv trat ein Stück zurück, um Platz für das Foto zu machen. Stolz posierte Noah mit dem Seestern. Liv suchte Sebastians Blick; er lächelte ihr zu. Der Seestern wurde zurück in das Becken mit Meerwasser gesetzt. Das nächste Meerestier wurde herumgereicht: eine riesige Seeschnecke, die neugierig ihre Fühler ausstreckte. Danach kam der komplette Fang in die Nordsee zurück, wohin er gehörte. Die Aufmerksamkeit der Reisenden hatte sich ohnehin bereits verlagert, denn die Seehundbank war in Sicht gekommen.

Als das Schiff im Hafen wieder anlegte, entdeckte Liv den Mercedes ihres Vaters am Kai.

Sie wollte daran vorbeigehen, denn sie hatte mit den anderen abgemacht, ein Eis essen zu gehen, doch wieder fuhr der Fahrer neben ihr her. Sebastian hatte beschützend den Arm um sie gelegt, während Larissa und Noah irritiert hinterhergingen. Ocke hatte das Fenster heruntergelassen. Sein Anblick machte Liv wütend. Was bildete er sich ein, sie schon wieder zu bedrängen? Nur gut, dass Sanna nicht hier war!

»Wir hatten heute Morgen einen Termin, den du versäumt hast«, sagte Ocke scharf.

»Ich hatte ganz sicher keinen Termin mit dir.«

»Liv, ich meine es ernst. Ich gebe dir noch eine Chance. Du wirst um sechzehn Uhr zu meinem Anwalt kommen! Keine Widerrede!«

Ihre Wut drohte überzukochen, das spürte sie. Und sie wusste nicht, wozu sie dann fähig wäre. Kurzerhand bog sie nach links ab und marschierte durch einen Garten in Richtung der nächsten Querstraße. Sie hörte noch, wie Sebastian sagte: »Liv will nichts mit Ihnen zu tun haben! Begreifen Sie das endlich! Lassen Sie sie in Ruhe!« So einen entschiedenen Ton hatte sie von ihm noch nie gehört.

* * *

Charlotte schlich an den Verwandten und dem Personal vorbei. Es war ihr unmöglich, zum wiederholten Mal zu erzählen, wie Karl zu Tode gekommen war, oder sich Ratschläge anzuhören, in welche Privatklinik Jenny gebracht werden sollte, damit sie den offenkundigen Nervenzusammenbruch überwand.

Noch immer zitterten ihr die Knie. Liam hatte ihre Entscheidung ganz und gar nicht verständnisvoll und ruhig aufgenommen. Wie sie ihre Liebe nun, wo sie füreinander frei seien, einfach so wegwerfen könnte! Was sie alles gemeinsam im Kampf gegen Landminen bewegen könnten! Dass es nur eine Pause sein sollte, bis sie ihre politischen Niederlagen rückgängig gemacht hatte, hatte Liam nicht nachvollziehen können. Ihr brach ja selbst das Herz dabei. Später könnten sie ihre Affäre wieder aufnehmen, im Geheimen natürlich, alles andere wäre angesichts ihres Standes unmöglich, das musste ihm doch klar sein! Außerdem war sie alles andere als frei. Eduard versuchte schon jetzt, stärkere Kontrolle über sie auszuüben. Anscheinend ließ er Verträge vorbereiten, in denen sie zusicherte, sich aus Karls früheren Geschäften herauszuhalten, das hatte sie von ihrem Anwalt erfahren. Einige von Karls Unternehmungen würde sie liebend gern im Sande verlaufen lassen, aber aus der Holding würde sie sich nicht drängen lassen.

Eduards Bestreben hing natürlich auch mit Georg zusammen, der auf geradezu widerwärtige Art und Weise angekrochen gekommen war. Aber was blieb ihm anderes übrig? Georg war finanziell ruiniert.

Als Charlotte in ihr Büro zurückkam, das sich im Westflügel des Herrenhauses befand, war Maja nicht da. Ein Papierbogen lag auf Majas Schreibtisch. Maja war wirklich schnell. Charlotte las die ersten Zeilen. Ihre Knie wurden so weich, dass sie sich setzen musste. Es war nicht die Pressemitteilung, sondern eine Kündigung. Die Ratten verlassen das sinkende Schiff, schoss es Charlotte durch den Kopf, obgleich das natürlich ungerecht war, wie sie sehr wohl wusste.

»Frau von Raboisen?« Paul stand in der Tür. Der Butler war wie immer ein Inbegriff der Perfektion. Gut, dass sie ihn, Gerhard und Gunda hatten. »Herr Wiesner steht in der Eingangshalle und besteht darauf, zu Ihnen gelassen zu werden.«

»Ich will ihn nicht sehen«, brachte Charlotte mit dünner Stimme heraus.

»Was soll ich ihm sagen?«

»Er soll verschwinden!« Auch ohne hinzusehen, ahnte sie Pauls Gesichtsausdruck. »Verzeihen Sie meinen Tonfall.« Sie sog tief die Luft ein und sah ihn an. »Habe ich Ihnen eigentlich dafür gedankt, dass Sie meine Bluse in der Nacht des Krebsfestes gewaschen haben? Die Polizisten haben es mir erzählt.«

»Das war doch selbstverständlich.«

»Ich bin so froh, dass ich mich wenigstens auf Sie verlassen kann. Und auf Gerhard und Gunda. Sie sind wirklich Goldstücke.«

Paul runzelte die Stirn. »Wo Sie es gerade ansprechen, hätte ich eine Anmerkung zu Gerhard und Gunda ...«

* * *

Ocke Lammers ließ sich vor dem unscheinbaren Haus in Westerland absetzen. Nur die Eingeweihten wussten, dass von hier die Geschicke der Insel geleitet wurden. Und nur Eingeweihte erhielten hier Zutritt.

Sein Fahrer ging einen Schritt hinter ihm, als Ocke sich auf seinen Stock gestützt zur Eingangstür schleppte. »Das reicht! Ich brauche kein Kindermädchen!«, fauchte Ocke, noch immer ärgerlich über das Benehmen seiner Tochter. Wieder stellte er seinen Plan infrage. Tat er wirklich das, was für sein Unternehmen das Beste war?

»Natürlich nicht, Herr Lammers«, sagte sein Fahrer steif. »Wann darf ich Sie abholen?«

»Ich rufe an, sobald ich hier fertig bin. Aber wir haben viel zu besprechen«, sagte Ocke. Der Tod von Karl von Raboisen und seine Folgen hatten auf der Insel einiges durcheinandergewirbelt. »Sie haben Zeit, den Umschlag an der Kanzlei in den Briefkasten zu werfen. Die restlichen Unterlagen bringen Sie zu Annika. Meine Tochter soll sich noch heute darum kümmern. Und dann waschen Sie bitte den Wagen. Der sieht ja unmöglich aus.«

»Ich werde mich darum kümmern, Herr Lammers.«

Natürlich hatte Ocke keine Probleme, die elektronische Einlasskontrolle zu passieren. Die anderen waren bereits da. Vielleicht würden schon heute die Weichen für Sylts Zukunft neu gestellt werden.

30

Kampen, 21.25 Uhr

»Macht Schluss – da braut sich etwas zusammen!«, rief Sebastian über die Heidelandschaft vor dem Restaurant am Roten Kliff, vor dem gerade in einem beinahe psychedelischen Farbenspiel die Sonne untergegangen war. Immer wieder hatte es heute kurze Güsse gegeben, aber nicht genug, um die Schwüle zu beenden. Jetzt türmten sich dicke Cumulonimbus-Wolken über dem Horizont.

Liv lehnte sich an ihn und beobachtete glücklich, wie Sanna und Noah weiter mit Zorro Ball spielten; begeistert tobte der Hund zwischen ihnen hin und her. Nach der Fahrt zu den Seehundbänken und dem Zusammenstoß mit Ocke hatten sie Eis gegessen und sich anschließend mit Elise und Sanna zu einem Strandspaziergang getroffen. Noah hatte Liv von Neuem ignoriert, aber Sanna und vor allem ihr Hund hatten sein Interesse geweckt. Anschließend hatten sie herumgegammelt, wie es sich für einen richtigen Ferientag gehörte; allerdings nicht am Strand, weil die Hitze zu drückend gewesen war, sondern auf der Terrasse von Katharinas Haus. Zum Abendessen hatten sie Noah wieder abgeholt; Larissa ging es nicht so gut.

Im Osten blitzte es. »Kommt jetzt! Wir wollen zurück, ehe das Unwetter losbricht!«, rief Liv. Ihre Tochter brach das Spiel ab. Noah hingegen wollte nicht hören, aber dann klatschte Sanna ihn ab und rief Zorro zu sich. Die Rückfahrt verlief schweigsam; sie waren voll von den Eindrücken und der Hitze des Tages. Das reinigende Gewitter war überfällig.

Als sie zum Auto liefen, klingelte Livs Handy. Es war Hennes. Seine Nachricht machte die Abendstimmung mit einem Schlag zunichte:

Kannst du ins Kommissariat kommen? Am besten jetzt gleich. Wir müssen reden.

Was gibt's so Dringendes?

Ocke ist verschwunden.

Auf der Fahrt versuchte Liv, jeden Gedanken an ihren Vater aus ihrem Kopf zu verbannen. Was ging es sie an, was mit Ocke war? War sie kaltherzig, weil es sie nicht interessierte? Ocke hatte ihre Mutter in den Tod getrieben, hatte Liv und ihre Schwester tyrannisiert, hatte sie zwingen wollen, Sanna abzutreiben, sie verstoßen und zuletzt seine eigene Enkelin angegriffen. Nichts davon würde sie ihm je verzeihen. Sollten doch ihre Kollegen herausfinden, ob es eine Verbindung zu den Tötungsdelikten an Karl von Raboisen und Michelle Müller gab.

Trotz der späten Stunde herrschte im Revier noch Hochbetrieb. Sebastian hatte Noah nach Hause gefahren; Elise und Sanna hatten ein Taxi genommen. Die Anspannung der Kollegen war mit Händen zu greifen – die Ermittlungen mussten entscheidend vorangekommen sein. Und sie war nicht dabei gewesen! Auch Hennes strahlte eine vibrierende Energie aus.

»Was habt ihr erreicht? Erzählt! Ihr habt etwas Entscheidendes herausgefunden – das spüre ich doch!«, sagte Liv.

»Eins nach dem anderen. Erst müssen wir mit dir über deinen Vater reden. Wann hast du Ocke zuletzt gesehen?«

»Nach der Fahrt zu den Seehundbänken. Er hat mich abgepasst, wie gestern schon.«

»Was wollte er von dir?«

»Ich hatte angeblich einen Termin versäumt. Als ob ich mich freiwillig mit ihm treffen würde!« Livs Blick flackerte durchs Kommissariat. An der Pinnwand war das Foto eines alten Kleinwagens aufgetaucht. Ob das der Wagen war, in dem Michelle Müller entführt worden war? »Nun sag schon: Was habt ihr?«

»Gleich! Dir ist also nichts Besonderes aufgefallen? War noch jemand dabei? Hat euch jemand beobachtet? Wirkte Ocke nervös? Sprach er von Drohungen?«

Livs Polizistinnengehirn schrillte. Nein, sie würde nicht anfangen, sich um Ocke zu sorgen! »Nur sein Fahrer. Ocke wollte mich am Nachmittag treffen. Weißt du noch, wann?« Sie blickte Sebastian an.

»Um sechzehn Uhr, bei seinem Anwalt, hat er gesagt«, erinnerte sich Sebastian.

»Ihr habt gestritten, sagte Ockes Fahrer aus.«

»Keine Überraschung. Du weißt doch, dass ich nichts mit Ocke zu tun haben will. Was ist denn nun los?«

»Ocke hat in Westerland Geschäftsfreunde getroffen. Sein Fahrer hat ihn dort abgesetzt. Als er ihn wieder abholen wollte, war Ocke schon weg. Seitdem gibt es von ihm keine Spur.«

»Und sonst? Spann mich nicht länger auf die Folter – was habt ihr? Ist wirklich Liam Wiesner der Täter?«

Hennes strich die grauen Haare aus dem Gesicht. Er wirkte übermüdet, aber seine Augen blitzten. »Die ITler haben die Drohnenaufnahmen von Michelle Müller wiederherstellen können.«

Aufgeregt folgte sie ihm zu dem Computer, an dem Tim saß. Hasselbrecht telefonierte gerade konzentriert, nickte Liv aber zu. Der Computerforensiker ließ auf dem Bildschirm einen Film ablaufen. Zauberhafte Aufnahmen des Sonnenaufgangs über den Wanderdünen, gefilmt wie für eine hochklassige Dokumentation. Michelle Müller hatte wirklich mit ihrer Drohne umgehen können. Doch dann bewegte sich etwas im Zwielicht. Ein Mann warf einen anderen auf die Düne. Das musste Karl von Raboisen sein. Er rührte sich nicht mehr. Der Täter sah irritiert in den Himmel. Vermutlich hatte er jetzt das Sirren der Drohne gehört. Für einen Augenblick war sein Gesicht perfekt zu erkennen. Dann zog er eine Waffe unter seinem dunklen Plastikoverall hervor und zielte direkt auf die Kamera. Das Bild wackelte, Schwärze. Taumelnde, aufblitzende Bilder, mal Himmel, mal Dünen. Dann nichts mehr.

Liv war wie erstarrt. Ihre Gedanken überschlugen sich.

»David Papen. Der Hundesitter. Aber ich dachte, er war zur Tatzeit auf dem Festland!«

»Offenbar hat er den Terrier an der Bahn an einen Helfer übergeben.«

»Wir haben seinen Termin bei dem Tierarzt bei Niebüll doch überprüft?«

»Bei der Routineüberprüfung der Alibis ist lediglich mit der Tierarztpraxis auf dem Festland telefoniert worden. Dort hat man uns bestätigt, dass David Papen mit dem Hund da gewesen sei. Als wir den Praxishilfen und der Ärztin nun aber ein Porträtfoto zeigten, stellte sich heraus, dass ein ihm ähnlich sehender Unbekannter den Hund zur Behandlung gebracht hat, und nicht Papen. Befragungen am Bahnhof Westerland haben ergeben, dass der Hund auf dem Bahnsteig von einem Mann zu einem anderen übergeben worden sein könnte.«

»Aber Papen hat doch vom Festland aus mit Jennifer von Raboisen telefoniert.«

»Genauso manipuliert. David Papen hat eine Rufumleitung genutzt. Auch das ist bei der Routineüberprüfung nicht aufgefallen. Es gab ja keinen Verdacht gegen ihn.«

Livs Gedanken überschlugen sich. Sie sah den Hundesitter vor sich. Harmlos, freundlich, beinahe albern mit seinem Zöpfchen. Kaum zu glauben, dass er der Täter sein sollte. »Hat er ein Auto? Der Wagen der Raboisens, in dem die Hunde transportiert werden, wurde auf Spuren untersucht. Wart ihr in seinem Zimmer in List? Wo ist er?«

Hennes hob die Hände. »Ich denke, das darf ich dir alles nicht sagen. Aber ich bringe dich noch hinaus.«

Empört wollte Liv protestieren. Auf dem Gang raunte Hennes ihr zu: »Papen durfte wohl den Wagen und das Motorboot seines Vermieters benutzen. Der ist neunzig und fährt nicht mehr. Mit dem Motorboot könnte Papen Karls Jacht verlassen haben. Der Wagen ist bei der Eidum Vogelkoje gesehen worden. Jetzt ist die Karre verschwunden. Übrigens ist der vorige Hundesitter vor drei Monaten überraschend krank geworden; so bekam David Papen den Job.«

»Da könnte er auch nachgeholfen haben. Habt ihr Papen in Gewahrsam genommen?«

»Eben nicht. Er wollte ja wieder mit einem der Terrier zum Tierarzt auf dem Festland.«

»David kümmert sich immer so gut um die Hunde und gibt ihnen Medikamente, das sagte Phi, weißt du noch? Vielleicht verabreicht David den Tieren etwas, damit sie zum passenden Zeitpunkt krank werden.«

»Kann gut sein. Der Hund ist beim Tierarzt angekommen. Papen ni–«.

Sie hatten den Empfangsraum des Reviers erreicht. Plötzlich schoss jemand auf Liv zu. Annika. Es kam Liv vor wie ein Déjà-vu – ihre Schwester hatte sie hier bereits früher angegriffen, sowohl verbal als auch körperlich. Aber heute schien Annika außer sich zu sein. Enno, ihr Mann, bieder in seinem tiefblauen Businessanzug, versuchte erfolglos, sie zurückzuhalten. Unwillkürlich neigte Liv sich zurück.

»Du hast doch gar kein Interesse daran, dass Ocke gefunden wird, jetzt, wo du weißt, dass er … dass er …« Die Empörung schien es Annika schwer zu machen, es auszusprechen. »… sein Testament ändern will!«, blaffte ihre Schwester Liv an.

Liv rauschte es plötzlich in den Ohren. Wovon sprach Annika? Der Bruch mit Ocke war schon in ihrer Jugend endgültig gewesen. Ocke hatte sie verstoßen und enterbt. Ihre Konflikte in den letzten Jahren hatten den Bruch nur noch verfestigt. Liv hatte das Gefühl, keine Luft mehr zu bekommen. Sie floh nach draußen.

Schweigend fuhren sie durch Westerland. Nebel waberte über die Straße. Seenebel kam normalerweise vor allem im Spätfrühling vor, aber manchmal ließen spezielle Wetterbedingungen dieses Phänomen auch zu anderen Zeiten auftreten. Dieser Nebel musste mit der Abkühlung durch das Gewitter zusammenhängen. Vermutlich gab es in der Nähe noch genügend warme Luftmassen, die nun auf die kühlen getroffen waren. Seenebel war tückisch, er konnte innerhalb von fünfzehn Minuten immer und überall aufziehen.

»Sympathische Familie hast du«, sagte Sebastian schließlich ironisch.

»Entschuldige. Was hast du gesagt?«

Sebastian wiederholte seine Worte und setzte etwas hinzu; Liv nahm nicht wahr, was. Sie spürte seine Hand auf ihrem Oberschenkel, eine Geste, die ihr guttat. Sie versuchte, Annikas Angriff auszublenden und sich auf das zu konzentrieren, was Hennes berichtet hatte. David Papen musste den Mord an Karl von Raboisen akribisch geplant haben. Dass er Michelle Müller in den Wanderdünen begegnen würde, hatte er nicht ahnen können. Er hatte vermutlich herausfinden wollen, ob sie die Drohnenaufnahmen irgendwo gespeichert hatte, und sie deshalb festgehalten. Hatte er seine Geisel in ihrem finsteren Gefängnis vergessen? Was war Papens Motiv für den Mord an Karl von Raboisen gewesen? Und was war mit Liam Wiesners Haaren, die man bei den Leichen gefunden hatte? Hatte Papen sie dort hinterlassen, um die Schuld auf Liam Wiesner zu lenken? Aber warum? Und wie kam Ocke ins Spiel? Wollte Papen auch ihn umbringen?

Liv ließ ihren Kopf gegen die Stütze sinken. Wieder sah sie Annikas verzerrtes Gesicht vor sich. Eilig schob sie jeden Gedanken an ihre Familie weg. Wusste David Papen, dass er aufgeflogen war? Sein Zimmer wurde bestimmt überwacht. Dass sie das verlassene Haus in Munkmarsch durchsucht hatten, musste er ebenfalls mitbekommen haben. Und was in aller Welt hatte er mit Ocke zu schaffen? Wenn er ihn denn in seine Gewalt gebracht hatte, was sie natürlich nicht wussten.

Sie sah aus dem Fenster. Funkelnde Lichter zogen an ihr vorbei; das Quermarkenfeuer Rotes Kliff schlug eine Schneise aus Licht in den Dunst. Es schien so, als gefiele dem Täter das Spiel mit der Presse. Die erschreckenden Gegensätze machten ihn an: ertrunken auf der Düne, verdurstet im Watt. Was käme als Nächstes? Liv spielte in Gedanken verschiedene Todesarten durch, brach aber sich grausend ab. Ocke war alt und krank. Er könnte ihm unter den Fingern wegsterben. Ein bekannter Bauunternehmer …

Adrenalin schoss durch ihre Adern. »Bieg bitte gleich rechts ab, wenn ich es dir sage. Ich will nur schnell etwas überprüfen.«

Sebastian sah sie überrascht an. »Du bist raus aus dem Fall! Willst du nicht lieber Hennes oder Hasselbrecht …«

Entschieden schüttelte Liv den Kopf. »Wir sind ja gleich da. Wenn ich mich irre, spielt der kleine Umweg keine Rolle.«

»Und wenn du dich nicht irrst?«

31

Der Nebel wurde immer dichter, er suppte in die Dünensenken und hing in den schmalen Straßen fest. Liv hatte sich im Sitz aufgerichtet, am liebsten wäre sie vorausgelaufen. Hier irgendwo musste die Baustelle sein, von der Hennes gesprochen hatte. Da! Schemenhaft zeichneten sich Bagger und Sandhaufen ab. Es war eine Sahnelage, direkt am Watt. Hier wurde tief ausgeschachtet. War das wieder der kranke Humor dieses Täters – einen Immobilienhai im Fundament eines Neubaus zu versenken? Nun sah sie ein fahles Licht. Das Blut hämmerte durch ihre Adern. Das musste er sein! David Papen hatte vielleicht gehofft, dass ihn bei diesem Sauwetter niemand bemerkte.

»Warte, ich rufe …«

Liv dachte nicht lange nach, sondern sprang aus dem Auto. Wenn sie auf die Kollegen wartete, wäre der Täter vielleicht verschwunden. Oder er hätte Ocke etwas angetan. Egal, wie sie zu ihm stand, ihr Vater war in dieser Situation nur das Opfer eines Verbrechens und verdiente wie jeder andere ihre Hilfe.

Sie erkannte den Strahl einer Taschenlampe im Dunst. Eine Gestalt, die sich an etwas zu schaffen machte. Daneben das Auto, die Beifahrertür stand offen. Auf dem Sitz ein Körper, regungslos. In diesem Augenblick fuhr die Gestalt herum. David starrte sie an. Sofort rannte er los.

Liv sprintete ihm nach. »Kümmer du dich um Ocke und ruf Verstärkung, ich halte ihn auf!«, rief sie Sebastian zu.

Der Dünenpfad war im Nebel kaum zu sehen. War er hier entlanggelaufen? Oder zwischen den Häusern verschwunden? Verbarg er sich hinter einem Hundsrosenbusch, um sie anzugreifen? Die Düne senkte sich zum Ufer. Feucht legte sich die Luft auf ihre Haut. Liv stolperte über die Steine der Uferbefestigung, blieb stehen, starrte in den Nebel. *Wo steckst du?*

Sie hielt den Atem an. Lauschte, obgleich ihr Herz hämmerte. Klackern der Kiesel von rechts. Sie spurtete los, doch er blieb verschwunden. Schon fuhr sie herum, fürchtete, er könnte sich von hinten anschleichen. Leises Platschen, das Geräusch aufspritzenden Wassers. Er würde doch nicht etwa ins Watt fliehen? Um diese Zeit, bei diesem Wetter war das lebensgefährlich!

»David, komm zurück! Ich muss mit dir sprechen!«, rief Liv. Instinktiv duzte sie ihn.

Sie schlüpfte aus Schuhen und Socken, obgleich sie wusste, dass vor List im Watt oft scharfkantige Muscheln steckten. Der wellige Meeresboden berührte kühl ihre Fußsohlen. Das Handy auf stumm schalten, denn Sebastian könnte sie anrufen, um ihr zu sagen, wie es Ocke ging. Oder ihre Kollegen, die vielleicht schon auf dem Weg hierher waren. Liv versuchte sich daran zu erinnern, wann Niedrigwasser war. Lief die Nordsee noch ab, oder stieg sie schon wieder? Sie rief sich die Sylt-Karte vor Augen. Wo gab es hier tiefe Priele, die schnell volllaufen konnten? Sie glaubte, Schritte zu hören, Atemgeräusche, lief los. Da war ein Schemen im Nebel! Plötzlich eine Untiefe, bis zum Knie steckte sie in einem eiskalten Priel. Als sie weiterschleichen wollte, umspülte das Wasser ihre Füße.

»Bleib stehen! Es ist zu gefährlich im Watt!«, versuchte sie David aufzuhalten, doch die diffuse Gestalt war bereits wieder verschwunden. Liv rannte in die Richtung, sah nichts mehr. Das Wasser war jetzt durchweg kniehoch. Sie lauschte. Nur das Glucksen der Nordsee. Das Meer lief auf, da war sie fast sicher – und jetzt wusste sie es auch wieder genau. Liv unterdrückte ein Fluchen. Niemals durfte man bei auflaufendem Wasser ins Watt gehen, sondern nur etwa zwei Stunden vor Niedrigwasser. Jetzt war es viel zu spät! Sollte sie umkehren? Sie wandte sich um, drehte sich im Kreis. Dichter Nebel und Dunkelheit umhüllten sie, düster war das Watt. Wo war das Land, wo war Sylt geblieben?

Sie schaute auf ihr Handy, doch es hatte keinen Empfang – die Navigationsfunktion funktionierte nicht. Angst kroch in ihr hoch. Hier könnte schon bald das Wasser wieder zwei Meter hoch stehen; dann würden sie den Fischen Gesellschaft leisten! Sollte sie zurückgehen und auf die Kollegen warten? Aber was wäre, wenn David im Schlick stecken blieb oder versuchte, auf der Flucht einen der Priele zu durchschwimmen? Dann könnte er elendig ersaufen, so wie Karl von Raboisen ertrunken war. Manchen mochte das als epische Gerechtigkeit erscheinen, aber für Liv war das keine Option. Solange sie Hilfe leisten konnte, würde sie es tun. Sebastian oder Hennes hatten sicher bereits die Rettungskräfte benachrichtigt.

Ein schmerzerfülltes Zischen ließ sie zusammenzucken. Sofort rannte sie in die Richtung, aus der die Stimme gekommen war. Vielleicht war David auf eine der scharfkantigen Muscheln getreten. Wieder zeichnete sich kurz ein Schatten ab, verschwand dann aber ebenso schnell.

Das erste Glimmen am Horizont kämpfte sich durch den Nebel. Der Sonnenaufgang verwandelte ihre Umgebung in eine spiegelnde Fläche. Der Anblick versetzte ihr einen Schock: überall Wasser. Sie musste sich an Land retten. Jetzt wusste sie auch endlich, in welche Himmelsrichtung sie unterwegs war.

Im selben Moment roch Liv Kräuter – das Hundeshampoo! –, hörte ein Platschen hinter sich, dann traf sie ein Schlag. Sie fiel, geriet mit Kopf und Körper unter Wasser, stemmte sich mit den Fußsohlen vom Wattboden ab, schoss hoch, durchbrach wieder die Oberfläche.

»Lass uns red–« Ein Faustschlag, dem sie halbwegs ausweichen konnte. Blut in ihrem Mund. Die Wunde brannte durch das Salzwasser höllisch. Die unzähligen Übungsstunden Ju-Jutsu waren ihr ins Blut übergegangen, und so reagierte sie, ohne darüber nachzudenken. Gleichzeitig flossen unbewusst auch Bewegungen aus Hennes' Krav-Maga-Lektionen ein.

»Das musst du nich–«

Papen sprang sie an, riss sie herum, drückte sie unter die Wasseroberfläche, schlug auf sie ein. Liv wehrte sich, so gut es ging. Doch er war stark und ein guter Kämpfer, was sie nicht erwartet hatte. Ringend und um sich schlagend bewegten sie sich, gerieten immer tiefer ins Nass. Ein Stoß. Plötzlich sein Arm um ihren Hals. Liv versuchte, sich zu befreien, doch David drückte erbarmungslos zu. Schon wurde ihr schwummrig. Die Strömung riss an Livs Beinen. Ein tückischer Priel – auch das noch …

* * *

Jennifer hatte sich aus dem Speisesaal gestohlen und drückte noch einmal auf Wahlwiederholung. Angespannt kratzte sie über ihre Arme, beherrschte sich dann aber. Leises Murmeln drang aus dem Saal zu ihr, vereinzeltes Lachen, verschämt, weil man doch eigentlich trauern sollte. Ihre Mutter und Eduard saßen mit den Gästen noch immer bei Tisch und sprachen über die bevorstehende Beerdigung. Die Herren rauchten Zigarren, die Damen sprachen dem Likör zu. Tapfer zog Charlotte die Mundwinkel hoch, aber Jennifer wusste genau, wie schlecht es ihrer Mutter ging. Nach der Entlassung von Gunda und Gerhard hatte Charlotte etliche Tabletten eingeworfen, um den gesellschaftlichen Anforderungen gewachsen zu sein.

Jennifer wurde wütend, wenn sie daran dachte, dass ihre Haushälterin und ihr Fahrer in den vergangenen Tagen Fotos und Informationen an die Presse verkauft hatten, wie die Polizei es ihnen nach Pauls Hinweis anhand der E-Mail-Adresse nachgewiesen hatte. Als Charlotte sie darauf angesprochen hatte, war Gunda auch noch frech geworden: Bei dem Geiz der Familie half alle Treue nicht, sondern sie mussten den mageren Lohn aufbessern, vor allem, weil sie auf einen bequemen Ruhestand hinarbeiteten. Plötzlich hatten sie ohne Dienstboten dagestanden – und das bei diesen vielen Gästen. Glücklicherweise hatte Paul sich der Notlage angenommen und für Ersatz gesorgt; er war wirklich ein Schatz.

Noch immer meldete sich David nicht. Er hätte längst mit Phis Terrier hier sein müssen! Ob ihm etwas passiert war? Wieder verspürte Jennifer den Drang, sich die Arme aufzukratzen. *Tu das nicht! Wenn alles hier zusammenbricht, musst du stark sein. Mutter braucht dich, das hat sie dir erst vorhin gesagt!* Sie mussten zusammenhalten! Um ihre Brust war es eng. Sie wählte eine andere Nummer.

Sanna meldete sich sofort.

»Mir geht's nicht gut. David, er ist weg. Und hier … bricht alles zusammen«, sagte Jenny. Sie hatte Sanna noch nie getroffen, aber es kam ihr vor, als würde sie sie schon ewig kennen. Sanna konnte wirklich gut zuhören. Und sie verurteilte sie nicht.

»Das ist ja ätzend für dich. Hast du deine Chilischote dabei?«

Die Schote! »Ja, warte.« Aus ihrer Hosentasche zog Jennifer die extrascharfe Chilischote, die Paul eigens für sie besorgt hatte. Sie musste sich überwinden, hineinzubeißen. Rasend breitete sich die Schärfe über Lippen und Mund aus. Zischend sog sie die Luft ein.

»Du machst das toll!«, feuerte Sanna sie an.

Jetzt brannte es in Jennys Gesicht wie Feuer. Aber immerhin war der Wunsch verschwunden, sich selbst Wunden zuzufügen. Vorerst. »Die Polizei hat so viel nach David gefragt. Ich weiß nicht, was sie von ihm wollen. Er ist doch nur ein Jurastudent und Hundesitter. Und mein Freund. Die ganze Zeit hat er mir beigestanden, mir gute Ratschläge gegeben …«

»Mach dir keine Gedanken über die Polizei, darauf hast du eh keinen Einfluss«, sagte Sanna. »Wie geht es deiner Schwester?«

»Phi ist im Bett. Sie ist wie betäubt, muss ständig ihre Medikamente nehmen, weil sich ihr Asthma hier derart verschlechtert hat.« Mitleid ergriff Jenny. Auch Phi brauchte sie. »Ich sollte nach ihr sehen. Ich melde mich wieder, okay?«

»Jederzeit.«

Jenny atmete durch. Die Enge um ihre Brust hatte sich etwas gelegt. Es wäre gut, wenn die Beerdigung endlich vorbei wäre, damit sie nach Sylt zurückkönnten und etwas mehr Ruhe in ihr Leben einkehrte. Noch einmal wählte sie Davids Nummer.

* * *

Über Liv dröhnte ein Hubschrauber, als sie David Papen an Land schleppte. Es war ihm beinahe gelungen, ihr die Luft abzudrücken, als die Meeresströmung ihn von den Füßen und weggerissen hatte. Hätte Liv nicht so gut schwimmen können und ihn gerettet, wäre er vielleicht ertrunken. Sebastian, Hennes und weitere Kollegen kamen ihr entgegengesprintet und nahmen ihr Papen ab. Keuchend sah Liv auf das fantastische Bild, das über ihr an den Himmel gemalt wurde, als sich die Sonne durch den Seenebel kämpfte.

Andreas legte David Papen Handschellen an. Papen war blutbefleckt und patschnass; hasserfüllt funkelte er sie an. Die Haare nass gescheitelt und ohne die weiten Klamotten wirkte er vollkommen anders. Gefährlich durchtrainiert. Ein Chamäleon. Sein hartnäckiges Schweigen irritierte sie. David wurde zum Ambulanzwagen gebracht, um die klaffende Wunde an seinem Fuß zu versorgen.

Beim Vorbeigehen hielt Andreas inne und raunte ihr zu: »Wusste ich doch, dass die Kleine Dreck am Stecken hat. Jenny hatte was mit dem Mörder ihres Vaters – jede Wette!« Er grinste. »Und du bist deinen Alten auch los.«

Ehe Liv auf diese Geschmacklosigkeit reagieren konnte, eilte Sebastian auf sie zu. »Liv, bist du verrückt? Du machst ja Sachen! Das war lebensgefährlich!«, schimpfte er und umarmte sie fest. »Ich habe mir solche Sorgen gemacht!«, setzte er leiser hinzu. Er verarztete Liv, sie hatte aber nur ein paar Platzwunden. Hart schlugen ihre Zähne aufeinander. Jetzt, wo sie zur Ruhe kam, machte sich die Kälte bemerkbar. »Du bist völlig verkühlt und musst ins Bett, aber schnellstens!«

»Was ist mit Ocke? Ist er … tot?«

Sie brauchte eigentlich keine Antwort. Dass keine Sanitäter bei Ocke waren, sondern die Baustelle abgesperrt wurde, sagte ihr alles. Sie waren zu spät gekommen. Ihre Beine gaben nach, beinahe wäre sie gefallen, aber Sebastian hielt sie fest. Ihr Vater war tot. Ocke Lammers war tot. Sie war in dieser Nacht zur Waise geworden. Obgleich sie ihren Vater verabscheut hatte, setzte dieser Gedanke ihr zu.

»So, wie es aussieht, ist dein Vater eines natürlichen Todes gestorben. Der Pistolenabdruck auf seinem Hals beweist nur, dass er bedroht wurde. Er war schwerkrank, das weißt du ja«, sagte Sebastian. »Die genaue Diagnose wird jedoch meine Kollegin in Kiel stellen.«

Viele kondolierten ihr, womit Liv nicht umzugehen wusste. Gesichter und Bilder wischten an ihr vorbei. Sie bibberte heftig. »Wir werden Sie über die Vernehmung und das Ergebnis der rechtsmedizinischen Untersuchung informieren, aber jetzt gehen Sie lieber, Liv«, sagte Hilke Hasselbrecht.

Liv legte den Arm um Sebastian und ließ sich von ihm zum Auto führen. In diesem Augenblick hörte sie einen Schrei. Annika stürzte erneut auf sie zu, krallte die Hand in Livs Haare. Liv versuchte, sich zu befreien, fühlte sich aber erschreckend kraftlos. Gleichzeitig bemühten sich sowohl Annikas Mann Enno als auch Sebastian, die Schwestern zu trennen.

»Beruhige dich doch, das bringt doch nichts!«, redete Enno leise auf seine Frau ein, doch Annika ließ sich nicht bändigen.

»Jetzt hast du, was du immer gewollt hast!«, fuhr sie Liv an. »Das ist deine Schuld! Warum hast du den Täter nicht früher gefunden, warum hast du ihn nicht aufgehalten, du Superpolizistin? Du wolltest es gar nicht! Das Erbe kommt dir wohl gut zupass, jetzt, wo du einen Neuen hast!«

»Ich begreife nicht, wovon du redest!«

Annika lachte höhnisch. »Wirklich nicht? Ocke hat dich wieder in sein Testament aufgenommen – tu doch nicht so! Wie du ihm das wohl abgeschmeichelt hast!«

Abgeschmeichelt? Liv wurde übel. Ihre Schwester war anscheinend vollkommen übergeschnappt. Wortlos wandte sie sich ab und ging mit Sebastian davon. Sie wollte Ockes Geld nicht, hatte es nie gewollt. Sie war diesen Streit einfach nur leid. Und sie war müde.

»Und ich, die ich alles für Lammers Estates getan, alles für Ocke getan habe, ich ziehe den Kürzeren! Freust du dich über diese Ohrfeige aus dem Grab?«, rief Annika ihr nach. Ehrliche Erschütterung sprach aus den Worten ihrer Schwester. Wie traurig war es, dass Liv die Einzige war, auf die Annika ihren Kummer und ihre Bitternis richten konnte!

Liv fasste sich ein Herz und wandte sich um. »Wenn du das so empfindest, tut es mir leid. Ehrlich. Ich habe nichts davon auch nur im Entferntesten gewollt.«

32

List, 10. August, 10.55 Uhr

Der Himmel war grau und wolkenverhangen, aber immerhin war es jetzt wieder trocken. Nach dem Regen war die Luft wie frisch gewaschen. Alle Klappstühle in dem Garten am Grünen Kliff waren besetzt. Gespannte Erwartung lag in der Luft. Liv ging noch einmal ins Haus, sie wollte nach Elise sehen. Sie bewegte sich vorsichtig, trotzdem zwickte es bei jedem Schritt irgendwo. Ganz abgesehen von den mitleidigen Blicken, die ihr wegen ihrer geplatzten Lippe und der blauen Flecke an ihrem Hals zugedacht wurden. Eine Frau hatte ihr sogar Hilfe angeboten, falls sie in einer familiären Notlage sei. Liv hatte ihr herzlich gedankt; es war wichtig, dass man auf den anderen Acht gab. Gestern, am Tag nach dem Kampf mit David Papen, hatte ihr alles wehgetan. Heute war es schon etwas besser.

Kurz dachte sie an das Ergebnis der Obduktion. Tatsächlich war ihr Vater an einem Herzinfarkt gestorben. Der Pistolenabdruck stammte von der Sig Sauer, die Eduard von Raboisen gestohlen worden war. War da Trauer in ihrem Herzen? Sie wusste es nicht, hatte aber jetzt auch nicht die Ruhe, ihre Gefühle zu ergründen. Vielleicht würde sie sich mit etwas Abstand über ihre Gefühle und auch über die schwammigen Erinnerungen an ihre Kindheit klar werden.

Ihre Großmutter plauderte in der Teeküche mit Herrn Harksen, die beiden lachten; zwei alte Herrschaften, die offenbar Spaß hatten. Liv wollte schon wieder gehen, um sie nicht zu stören, aber Elise rief sie zu sich und umarmte sie. Als Ockes Schwiegermutter hatte Elise dessen Tod bedauert, trauern aber konnte auch sie nicht. Hilflos hatte Elise vor vielen Jahren zusehen müssen, wie ihre Tochter Rosa, Livs Mutter, in der Ehe mit Ocke verkümmert und letztlich gestorben war. Und das war nur ein Teil seiner Tyrannei gewesen. Sanna hatte hingegen nicht einmal diesen Hauch des Bedauerns gezeigt.

»Wie sehe ich aus?«, fragte Elise und schwang ihren Rocksaum. Elise trug ein Kleid mit Spitzenkragen, Handtasche und einen Hut, wie es bei den Petuh-Damen üblich gewesen war.

»Absolut stilecht. Perfekt«, lobte Liv und drückte ihr einen Kuss auf die Wange.

»Ich bin gespannt, was unsere Zuhörer zu dem Programm sagen werden: *Söl'ring trifft Petuh.* Da wird man sehen, dass Platt nicht gleich Platt ist. Aber auch die Ähnlichkeiten der beiden Dialekte wird man erkennen«, meinte Herr Harksen voller Vorfreude. Er sah auf die Uhr und hielt Elise gentlemanlike den Arm hin. »Es ist so weit, meine Liebe.«

Die Lesung war ein voller Erfolg. Einmal hatte es einen kurzen Schauer gegeben, den das Publikum aber, wie es sich für echte Nordlichter gehörte, ignoriert hatte. Während Elise und Herr Harksen glücklich mit ihren Dankeschön-Blumensträußen dastanden und mit ihren Zuhörern plauderten, gesellte sich Liv zu Hennes und Momke, der mit seiner Familie da war. Sebastian stand gerade mit Momkes Frau Ionna, Larissa und Noah für frische Waffeln an.

»Super, dass ihr es trotz der Ermittlungen zu der Lesung geschafft habt. Das hätte ich nicht gedacht. Elise hat sich so gefreut«, sagte Liv.

»Das war auch wirklich ein lustiger Vortrag. Ohaueha«, meinte Momke; er betonte den Flensburger Ausdruck sehr ulkig. »Passt du mal kurz auf Ing auf?« Er schob Hennes die Kinderkarre hin. Das kleine Mädchen schlief tief und fest.

»Was gibt es Neues? Hat David Papen ausgesagt?«, fragte Liv, die ihre Neugier kaum bezwingen konnte.

»David Papen ist nicht gerade redselig.«

»Was hat er zu dem Mord an Karl von Raboisen gesagt? Was für ein Motiv hat er angegeben?«

»Erst sagte er, Raboisen sei schon tot gewesen und er habe die Leiche lediglich verschwinden lassen wollen, damit seine Freundin Jennifer und ihre Familie in Ruhe leben können. Aus demselben Grund hätte er die Jacht auf Autopilot gestellt.«

»Können wir ihm das denn nachweisen?«

»Wir haben einen Zeugen aufgetan, der Papen am Hafen gesehen hat, aber die ganzen letzten Tage auf See war. David Papen sagte, er sei in Jennifer verliebt, deshalb sei er ja auch in der Nacht des Krebsfestes kurzfristig nach Sylt zurückgekehrt. Jennifer habe er dann aber gar nicht getroffen, weil der Leichenfund dazwischenkam.«

»Das hört sich erstunken und erlogen an! Immerhin gibt er zu, dass er die Jacht programmiert hat. Das ist schon mal eine gefährliche Störung des Schiffsverkehrs, mindestens ein Jahr Gefängnis, würde ich sagen.«

»Tja, ansonsten liegt die Beweislast wie immer bei uns. Und wenn er Karl ermordet hat, müssen wir es ihm erst einmal nachweisen. Das wird schwierig, denn Spuren hinterlassen hat Papen im Gartenpavillon und auf der Glastrophäe nicht. Angeblich sei er in der Nacht alkoholisiert gewesen. Er sei vermindert schuldfähig nach Paragraf zwanzig StGB.«

»Er gibt also nur das zu, was wir ihm nachweisen können, und versucht sich herauszuwinden. Da spricht der Jurastudent«, meinte Liv angewidert.

»Exakt.« Hennes lächelte trotzdem versonnen.

»Ihr habt noch was gefunden? Nun mach es doch nicht so spannend!«

»Botersen-Evers und sein Team haben noch in der Nacht Davids Zimmer sowie das Auto auseinandergenommen, das Papens Vermieter gehört und mit dem David gefahren ist. Die Seitenverkleidung der Fahrertür ließ sich ablösen. Darin haben wir ein Notebook gefunden, ein Handy und Karl von Raboisens Ringe. Auf der Anrufliste ist zu sehen, dass Karl von Raboisen kurz vor seinem Tod mit diesem Handy angerufen wurde.«

»Immerhin. Vielleicht hat Papen ihn unter einem Vorwand in den Gartenpavillon gelockt.« Sebastian brachte ihr eine heiße Waffel. Liv löste ihm ein Herz ab und biss in das nächste, verbrannte sich die Lippen, wollte pusten und bestäubte Hennes mit Puderzucker. Sie musste lachen. »Oh, sorry. Möchtest du ein Stück?« Ing war aufgewacht und quengelte in ihrem Wagen.

»Jetzt gerade nicht«, meinte Hennes. »Aber dann hat einer unserer Techniker, du weißt schon, unser Rasta-Man Tim, die Aufnahmen der Drohne, in denen diese über List fliegt, vergrößert und Stück für Stück gesichtet. Die ganze Nacht hat er daran gesessen. Und siehe da: Es ist zu sehen, wie ein Schatten aus dem Gartenpavillon kommt und sich an dem Friesenwall zu schaffen macht. Dann schleppt der Schatten etwas in die Dünen, verschwindet – und taucht wenig später dort wieder auf, wo wir David Papen erkannt haben.«

»Super! So langsam wird die Beweislast erdrückend.« Hennes ruckelte an der Kinderkarre, was Ing nur noch munterer machte. Liv schenkte ihr das letzte Waffelherz. »Wie sieht es mit dem Tod von Michelle Müller aus?«

»Die Spürhunde haben im Auto seines Vermieters Leichengeruch erschnüffelt. Auch haben wir inzwischen einen

Zeugen, der Papen bei Michelle Müllers Wagen auf dem Campingplatz gesehen haben will. Für Papens Aufenthalt bei dem verlassenen Haus in Munkmarsch gibt es ebenfalls Zeugen unter den Nachbarn, die ihn und das Auto identifiziert haben. Er behauptet natürlich, mit Müllers Tod nichts zu tun zu haben.«

Liv schnaubte empört. Glücklicherweise hatte sie die Waffel schon aufgegessen, sodass jetzt nichts durch die Luft flog. Ing strampelte in ihrer Kinderkarre, bis Hennes sie herausholte. Sofort stapfte sie los, zog Hennes an der Hand hinterher. Liv ging neben ihnen. »Aber auch hier hat Papen die Rechnung ohne unsere Techniker gemacht«, sagte Hennes über die Schulter. »Tim hat Dateien auf Papens Notebook hergestellt. Anscheinend hat David Michelle Müller zu dem Mord an Karl von Raboisen befragt, diese Fragen aber eingetippt und von einer weiblichen Stimme vorlesen lassen.«

»Wie perfide! Michelle Müller muss gedacht haben, dass sie von einer Frau entführt wurde. Papen hat wirklich an alles gedacht.«

»Er behauptet, Liam Wiesner sei der Täter gewesen. Irgendjemand habe ihm von den Haaren erzählt, die an den Leichen gefunden wurden.«

»Die Haare könnte David Papen gezielt platziert haben. Denk nur mal an Gunda mit ihrer Fusselbrüste – die hat bestimmt so einiges eingesammelt! Und was ist mit der Entführung meines Vaters?«

»Auch die leugnet Papen. Er sei nur zufällig vorbeigekommen, und dann sei er erschrocken weggelaufen, als du ihn verfolgt hast.«

»Cleverer Bastard!«

»Kalt lächelnd und siegesgewiss dabei. Schwer zu sagen, was ihn wirklich angetrieben hat. Dass er Michelle Müller entführt hat, leuchtet ja noch ein. Er wollte die Drohnenaufnahmen in die Hände bekommen und herausfinden, ob diese ihm gefährlich werden können. Aber Karl von Raboisen und dein Vater …«

»Ja, das begreife ich auch nicht. Was ist wirklich Davids Motiv gewesen? Wollte er Jennifer helfen? War er einfach nur wütend auf Karl? Sind ihm die Sicherungen durchgebrannt?«

Hennes rieb sich über die huckelige Nase. »Vielleicht werden wir es nie erfahren. Im echten Leben ist es nicht wie im Krimi oder im Film, wo alle Rätsel am Schluss aufgelöst werden.«

»Leider«, meinte Liv ehrlich bedauernd. »Wie hat die Familie auf Davids Festnahme reagiert? Vor allem Jennifer?«

»Das wissen wir nicht so genau.«

Liv wusste es hingegen schon. Sanna hatte ihr verraten, dass Jenny am Boden zerstört war. Zum Liebeskummer kam die Trauer darüber, betrogen worden zu sein. Sanna hatte jedoch den Eindruck, dass Jenny ernsthaft versuchte, ihrer Familie eine Stütze zu sein. Charlotte von Raboisen und ihre Töchter hielten zusammen. Gut so!

Ing machte sich von Hennes los und tapste ihren Eltern entgegen, die ganz in der Nähe waren. Momke nahm die Kleine schwungvoll auf den Arm. Hennes sah Liv prüfend an. »Wie geht es dir? Setzt dir der Tod deines Vaters zu?«

»Mir setzt mehr zu, wie wenig sein Tod mir zusetzt. Bin ich ein schlechter Mensch, weil ich nicht um meinen Vater trauere?«

»Ich denke nicht. Vielleicht entdeckst du mit der Zeit auch gute Erinnerungen an ihn und kannst deinen Frieden mit ihm machen.«

»Das sagt Sebastian auch. Ich kann es mir aber kaum vorstellen.«

»Wirst du zur Beerdigung gehen?«

»Nein. Ich habe Ocke tot gesehen, das reicht mir. Abgesehen davon hat Annika mich auch nicht eingeladen.« Liv hatte genug von diesem Thema. »Und wie geht es dir? Wann musst du zur Nachbesprechung ins Krankenhaus?«

Hennes schwieg, als hätte er die Frage nicht gehört. »Schlafen ist derzeit Fehlanzeige. Dafür dreht sich das Gedankenkarussell zu heftig. Bin beinahe froh, wenn ich am Montag das Ergebnis erfahre.«

»Wird Rachel dich begleiten?«

»Nein. Das mache ich mit mir allein aus. Und jetzt muss ich los. Hab hier schon genug Zeit vertrödelt.« Mit einem Schulterzucken verabschiedete Hennes sich.

Epilog

Flensburg empfing sie mit klarem Himmel und einer kühlen Brise. Es war seltsam, heute nur für eine Stippvisite in der Stadt zu sein. Liv war so rechtzeitig vor dem Malteser Krankenhaus Sankt Franziskus, dass sie Hennes' Ankunft nicht verpassen konnte. Den Kopf gesenkt, die Haut blassgrau, die Hände in die Taschen seiner Jeansjacke vergraben, stapfte er heran. Als er sie sah, war es für einen Augenblick, als ob sein Gesicht auseinanderfiele, so überrascht war er.

»Was machst du denn hier? Ich dachte, du bist noch auf Sylt?«

»Bin ich auch. Theoretisch zumindest. Aber ich muss dir doch Beistand leisten.«

»Das hat keiner verlangt«, brummte er.

»Weiß ich. Möchte ich aber. Hier, Nervennahrung.« Liv zog ein dänisches Plunderstück, einen Glückskäfer aus Schokolade und einen Thermobecher mit Kaffee hervor.

»Wenn überhaupt, dann später. Falls mir der Appetit bis dahin nicht vergangen ist.«

Liv begleitete Hennes in die Pneumologie und wartete im Flur, als er aufgerufen wurde. Sie war nervös. Hoffentlich war es ein Fehlalarm. Sie wünschte es Hennes so sehr! Am Ende des Ganges telefonierte sie, behielt aber die Tür im Blick, durch die Hennes verschwunden war. »Er ist jetzt drin«, sagte sie leise, als Sebastian abnahm.

»Solange es keine ernsthafte Diagnose gibt, brauchst du dir auch noch keine ernsthaften Sorgen zu machen. Letztlich baut der Körper ab etwa Mitte zwanzig ab und nähert sich Stück für Stück dem Tod«, meinte Sebastian pragmatisch.

Liv musste lachen. »Du verstehst es, einem Mut zu machen.«

»Ich meine nur, dass man sich erst Sorgen machen sollte, wenn es so weit ist. Und keine Sekunde früher. Freu dich lieber auf nachher. Ich hab eine Überraschung für dich.«

In diesem Augenblick trat Hennes wieder auf den Gang.

»Hattest du mir nicht eine Überraschung versprochen?«

Träge lag Liv in der Hängematte und schmiegte sich an Sebastian. Die Fahrt nach Flensburg und die Nervosität hatten sie schlapp gemacht. Glücklicherweise hatte die Ärztin Hennes Entwarnung gegeben. Sie hatte ein altes CT mit den neuen Bildern verglichen. Auch damals hatte er schon die Flecke auf der Lunge gehabt – und diese hatten sich in der Zwischenzeit nicht vergrößert. Eine derartige Sarkoidose heilte meist aus. Die Raucherbronchitis und das Raucherbein würden allerdings behandelt werden müssen. Hennes hatte sich wie ein Kind gefreut.

»Noch ist es nicht so weit«, hielt Sebastian sie hin.

»Immer noch nicht?«

Sebastian schaukelte sich aus der Hängematte und prüfte den Himmel, dann küsste er sie. »Ich weiß schon, wie wir uns die Zeit vertreiben können …«

Sie hatten das Haus für sich. Elise war mit Herrn Harksen in einem Restaurant verabredet und Sanna mit Kimi und Freunden auf einer Party. Für Liv war es eine völlig neue Situation. Ihr Leben veränderte sich, auch Ockes Tod hallte in ihr nach.

Erst als es dunkel war, zogen sie los. Liv wusste nicht, was

Sebastian vorhatte. Es war eine so laue und windstille Sommernacht, wie es nur wenige auf Sylt gab. Barfuß liefen sie durch die Dünen, sich an den Händen haltend. Mond und Sterne schienen über der Landschaft um die Wette zu strahlen. Als das Meer über die Dünenkuppen blitzte, beschleunigten sie ihre Schritte, liefen jetzt, ließen sich schließlich den Dünenpfad hinunterkullern. Mit feinem Sand paniert kamen sie am Strand an. Sie sahen auf die Nordsee hinaus. Liv stockte der Atem. Die Wellen leuchteten wie verzaubert in einem blaugrünen Schimmer. Sie hatte das Meeresleuchten noch nicht oft erlebt, zuletzt an einem Abend vor vielen Jahren, der sich tief in ihre Seele eingebrannt hatte und dessen Wunde noch immer nicht ganz vernarbt war.

»Das Meeresleuchten. Wie wunderbar«, wisperte sie.

»Ich hab gewusst, dass du dich darüber freuen würdest.«

»Du wusstest, dass es Meeresleuchten geben würde?«

»Ich habe heute Morgen am Strand im Spülsaum die lachsrosa Wasserfarbe gesehen. Du weißt schon, Schwärme der Meeresleuchtalge Noctiluca. Da ahnte ich, dass das Meer leuchten würde. Die Biolumineszenz ist ein seltenes Phänomen. Auch wenn diese Alge ja eher eine Warnlampe ist, weil sie auf die Überdüngung des Mee–«

Liv verschloss seine Lippen mit einem Kuss. Sie wusste um die Schattenseite dieses Phänomens, wollte es heute jedoch einfach nur genießen. Küssend entledigte sie sich ihrer Kleidung und half Sebastian sich auszuziehen. Dann schritten sie nackt, Hand in Hand, beinahe andächtig ins Meer. Sie ließen sich von den grünlich-silbern schillernden Wogen umspielen und brachten mit sanften Bewegungen die kleinen Meerestierchen noch stärker zum Leuchten.

* * *

David Papen wurde durch Schloss Rotenstein geführt, wie die Justizvollzugsanstalt Flensburg im Volksmund genannt wurde. Die Haare hatte er zurückgegelt, die Schultern gespannt, und er wippte bei jedem Schritt voller Energie auf den Ballen. Es tat gut, sich nicht mehr verstellen, nicht mehr den nerdigen Hundesitter spielen zu müssen. Er liebte Hunde, das hatte immerhin gestimmt. Und er studierte Jura, was kein Problem war, denn das Studium würde er auch im Knast weiterführen können. Der Gefängnisaufenthalt kam ihm auch in anderer Hinsicht entgegen, erhöhte er doch seine Street Credibility. Er hatte seinen Auftrag ausgeführt, sich seine ersten Sporen verdient, das würde sich herumsprechen. Seinen Auftraggeber und seinen Helfer würde er schützen. Er konnte das Maul halten. Vieles war gut gelaufen. Die Manipulation der Überwachungskameras von Karl von Raboisen, die Beschaffung von Unterlagen bei dessen Vater, die Taten an sich. Sicher, ohne geschnappt zu werden, wäre es besser gewesen. Deshalb hatte es ihm ja auch so gefallen, dass Jenny die Tat gestanden hatte. Aber dann waren die Dinge aus dem Ruder gelaufen. Und er hatte sich verschätzt. Vielleicht hätte er das mit diesem Lammers doch lassen sollen. Überhastet zu handeln war gefährlich, das hatte er gewusst.

Aber letztlich sprach auch dieses Ergebnis für ihn. Tot war tot. Er würde die Kohle bekommen, die ihm einen gepflegten Neustart nach dem Knast erlauben würde. Und Jenny? Sie war so herrlich naiv, so wunderbar bedürftig – das perfekte Opfer. Sicher würde sie wieder schwach werden, wenn er sie nur genügend anflehte. Wer wollte nicht einen Bad Boy zum Freund? Vor allem, wenn man aus der langweiligen Schickeria stammte, wie Jenny. Er hatte die Gewalt gekostet, hatte Blut vergossen. Jetzt würde er nicht mehr damit aufhören.

* * *

Hinter ihm gellten Schüsse. Es roch nach schwefeligem Pulvergestank und Waffenöl. Die Kopien, die ihm eben zugespielt worden waren, bebten in seinen Fingern. Zu spät, es war zu spät gewesen! In seinen Ohren rauschte es, so heftig pumpte das Blut durch seine Adern. Bleib ruhig! Er lehnte sich gegen die Wand, sog ruckartig die Luft ein. Er hatte doch nicht auf so vieles verzichtet, nur um von einem banalen Managertod dahingerafft zu werden! Quälend langsam beruhigte sich sein Puls. Es war absurd. Ein Hindernis nach dem anderen hatte er aus dem Weg schaffen lassen, hatte Micromort um Micromort gezählt – und jetzt, wo er sich beinahe am Ziel glaubte, sollte er derart abgehängt werden?

Scharf stieß er den Atem aus. Hatte sie es also doch geschafft, ihm alles zunichtezumachen! Sie, Kommissarin Liv Lammers. Damit war ihr Todesurteil gesprochen. Auch sie würde er beseitigen müssen, und zwar bald. Letztlich eine Zwangsläufigkeit. Lag nicht die Todeswahrscheinlichkeit bei jedem Menschen bei einhundert Prozent? Und Polizist gehörte doch ohnehin zu den zehn gefährlichsten Berufen. Das Leben war nun einmal tödlich. Warum warten? Er würde ihr jämmerliches Leben lediglich vorzeitig zum Abschluss bringen. Liv Lammers wird gar nicht erst mit der Micromort-Zählerei anfangen müssen, dachte er mit einem müden Lächeln. Den kleinen Tod brauchte sie nicht zu fürchten, ihr drohte jetzt definitiv der große. Ehe sie sichs versah, würde sie auf dem Obduktionstisch ihres geliebten Rechtsmediziners landen.

Anmerkung und Dank

Entenschnabel, Geisterschiffe und Micromort – ich finde es immer wieder großartig, auf was für interessante Themen ich bei meinen Recherchen stoße. Auch für *Düsteres Watt* habe ich wieder spannende Hintergrundgespräche führen dürfen. Ich danke im Einzelnen sehr herzlich:

- Christan Druse von der Druse GmbH in Buchholz/Nordheide, der mir in Fragen der Sicherheitstechnik weiterhalf
- Detlef Graven, Leiter der Staatlichen Seefahrtschule Cuxhaven
- Christian Kartheus von der Pressestelle der Polizeidirektion Flensburg
- Prof. Dr. med. Benjamin Ondruschka, dem Leiter des Instituts für Rechtsmedizin am Universitätskrankenhaus Eppendorf in Hamburg
- der Krimiautorin und promovierten Apothekerin Sybil Quinke, die wie ich Mitglied bei den Mörderischen Schwestern e. V. ist
- meiner Zahnärztin Dr. Anneke Thalenhorst-Hüneke
- Patrick Testa-Kreitz, einem der Pressesprecher der Deutschen Gesellschaft zur Rettung Schiffbrüchiger.

Außerdem gilt mein Dank meiner Lektorin Dr. Stefanie Heinen, der Redakteurin Dr. Ulrike Strerath-Bolz, meiner Agentin Petra Hermanns und ganz besonders meinen Freunden

Anja Hufnagel, Dr. med. Tanja Kubica und Stefan – großartig, dass ihr mir neben eurer wichtigen Arbeit mit Informationen weiterhelft!

Das Adelsgeschlecht der Raboisen ist im 14. Jahrhundert ausgestorben, weshalb ich mir erlaubt habe, es in meinem Krimi auftreten zu lassen.

Der Micromort als Maßeinheit für den Tod wurde von dem amerikanischen Entscheidungstheoretiker Ronald A. Howard eingeführt. Einige der Beispiele habe ich *Warum Kugelschreiber tödlicher sind als Blitze* von Cord Balthasar und Thorsten Wiese entnommen.

Fotos von Schauplätzen und Hintergrundberichte finden Sie wie immer auf meiner Homepage sabineweiss.com. Auch über Anmerkungen oder Ihre Meinung zu diesem Krimi freue ich mich sehr. Schreiben Sie mir gerne unter mail@sabineweiss.com

In *Düsteres Watt* greife ich zwei gravierende gesellschaftliche Probleme auf: häusliche Gewalt und Selbstverletzung. Sollten Sie betroffen sein, bitte ich Sie: Wenden Sie sich beispielsweise an die Telefonseelsorge, das Hilfetelefon, den Weißen Ring oder auch eine andere Organisation – Ihnen kann geholfen werden!